AF302653

Konrad K.L. Rippmann hat Medizin studiert. Als Chirurg arbeitete er in verschiedenen Krankenhäusern in Hamburg. Heute leitet er eine Firma, die Unternehmen und Start-ups im Gesundheitsbereich berät. Seine Freizeit verbringt er beim Segeln und mit dem Sammeln zeitgenössischer Kunst. Seit der Kindheit, die er zum Teil in Südfrankreich verbrachte, ist das Schreiben seine große Leidenschaft, dabei zieht ihn das Genre des klassischen Kriminalromans besonders an. Der Autor lebt und arbeitet in Hamburg und am Neversdorfer See in Schleswig-Holstein.

KONRAD K. L. RIPPMANN

Poppy Dayton

und das Rätsel um

ARWEN ISLAND

Ein Cornwall-Krimi

Erstausgabe Mai 2022

Copyright © 2022 dp Verlag, ein Imprint der
dp DIGITAL PUBLISHERS GmbH
Made in Stuttgart with ♥
Alle Rechte vorbehalten

Poppy Dayton und das Rätsel um Arwen Island

ISBN 978-3-98637-825-7
E-Book-ISBN 978-3-98637-498-3

Covergestaltung: Grit Bomhauer
Umschlaggestaltung: ARTC.ore
Unter Verwendung von Abbildungen von
shutterstock.com: © vitek3ds, © Ken StockPhoto,
© Stephen Bridger, © andras_csontos,
© RUNGSAN NANTAPHUM, © ivangal, © VikaSuh
Depositphotos.com: © Farina6000
Lektorat: Katrin Gönnewig
Satz: dp DIGITAL PUBLISHERS GmbH
Druck und Bindung: Books on Demand GmbH, Norderstedt

1

„Ist schon wieder jemand gestorben?"

Poppy Daytons Frage entlockte dem Anrufer ein Lachen. Das war untypisch für Steven Edwards, Inspektor der Polizei von Falmouth, der meist schlecht gelaunt war und sich durch seine letzten Dienstjahre quälte.

„Nein, noch nicht", gab er zu.

„Ist das eine Drohung?" Poppy klemmte sich das Smartphone unters Kinn und knöpfte die weiße Bluse zu. Sie war in Eile und hatte den Inspektor nur angerufen, weil er es schon mehrfach versucht hatte.

„Nur eine Erinnerung an gemeinsame Abenteuer."

War das einfach nett, fragte sie sich, *oder hatte er wirklich etwas auf dem Herzen?* Dass ihm die Unterstützung der quirligen Künstlerin hochwillkommen war, wusste sie, seitdem sie den Fall um das Geheimnis von Wythcombe Manor gelöst hatte.

„Ich merke, Sie sind in Eile" fuhr er fort. „Im Augenblick wäre weniger Ihre kriminalistische Begabung als Ihre Erfahrung als Kunstexpertin gefragt."

„Klingt spannend! Aber im Moment muss ich Geld verdienen und Reisen nach Cornwall stehen eher mit Geld ausgeben in Verbindung ..."

„Mrs Dayton, es soll nicht zu Ihrem Schaden sein ..."

„Ich bin gerade unterwegs, um ein Projekt zu besprechen. Kann ich mich wieder bei Ihnen melden?"

„Na gut." Er klang enttäuscht. „Lassen Sie mich nur nicht zu lange warten. Und denken Sie immer daran: Cornwall vermisst Sie." Er legte auf.

Poppy schmunzelte. *Nicht nur Cornwall, scheint mir.*

Sie steckte das Smartphone in ihre Handtasche, schob die Schranktür auf, griff nach zwei Bügeln und ging damit ins Wohnzimmer.

„Barney, welches soll ich nehmen?"

Die zierliche Poppy hielt sich zwei Kleidungsstücke vor den sehr weiblich geformten Körper. Aus meergrünen Augen sah sie ihren Mann fragend an.

Barnabas Aloysius Dayton, der aus Liebe zu seiner zwölf Jahre jüngeren Studentin Poppy auf die Art-History-Professur am Royal College verzichtet und stattdessen einen Kunsthandel mit ihr gegründet hatte, ließ das Literary Supplement der Times sinken.

„Das fragst du mich nie, warum jetzt?"

„Flexer ist ein älterer Herr …"

„So wie ich, meinst du?"

Sie musterte den markanten Kopf mit dem Grübchen am Kinn und den kurzgeschnittenen, dunkelblonden Haaren, die an den Schläfen erste, dekorative Spuren von Grau erkennen ließen.

„Darling!", säuselte sie. „No fishing for compliments, please!"

„Ich bin ein antiquierter Antiquar, und er ist ein cooler Galerist."

„Du wirst achtundvierzig, allerdings erst im September, wenn dich das beruhigt. Und du bist ein genialer Verkäufer, der sich bestens in unterschiedliche Situationen hineinversetzen kann. Also sag: Blazer oder Overall?"

Sie hielt die lang geschnittene, dunkelgrüne Jacke mit roten und blauen Karostreifen von Vivienne Westwood neben den schwarzen Einteiler von Amy Farrar, einer jungen Londoner Designerin.

Barney betrachtete sie über die Brille hinweg. „Es ist ein geschäftliches Treffen, oder?"

„Bist du eifersüchtig?"

„Habe ich Grund dazu?"

„Natürlich nicht. Flexer hat enormen Einfluss in der Kunstszene, und du weißt, dass ich schon lange versuche, wegen meiner Arbeiten mit ihm ins Gespräch zu kommen. Jetzt will er mir ein Projekt anbieten. Mehr weiß ich auch nicht. Er meinte nur, wir müssten uns so schnell wie möglich sehen, es würde in einer Woche starten."

„Dann nimm das Dunkelgrüne. Es lässt die Farbe deiner Augen leuchten und schafft gleichzeitig Augenhöhe für seriöse Verhandlungen."

„Siehst du? Du kannst das!" Poppy wählte einen passenden, ziemlich kurzen roten Rock, zog den Blazer über und küsste Barney auf den Mund, der sich danach wieder in die Zeitung vertiefte.

Zu seinen Füßen lag Torry, der Terrier-Mischling mit den weiß-braunen Fellwirbeln, den Poppy aus dem Malstrom vor der Küste Cornwalls gerettet hatte. Er blinzelte nur und ließ sich von der Hektik seines Frauchens nicht anstecken.

Sie lief die Treppe herunter und durchquerte „Bromley Books & Art", ihren Laden an der Marylebone High Street. Das kontrastreiche Angebot wertvoller alter Bücher und Manuskripte und Poppys filigranen Objekten experimenteller Gegenwartskunst hatte auf den ersten

Blick wenig miteinander zu tun. Aber die Kombination und ihre beiden Persönlichkeiten machten den Erfolg aus. Trotzdem war es ein ständiger Kampf ums geschäftliche Überleben, und deshalb war Poppy der Termin mit Niall Flexer wichtig.

Draußen empfing sie die laue Brise eines englischen Junitags.

Kurz dachte sie daran, ein Taxi heranzuwinken, doch dann entschied sie sich, zu Fuß zu gehen. Sie liebte das Straßengewirr von Marylebone mit den vielen kleinen und individuellen Geschäften.

Erst als sie in die New Bond Street einbog, änderte sich die Szenerie. Hier waren vor allem Touristen vom Kontinent und aus Asien unterwegs. Neben den Headshops exklusiver Luxusmarken für Kleidung und Uhren lagen dort die ersten Adressen des Kunsthandels, wie Saatchi Yates, Bonhams, Hay Hill – und Flexer Contemporary Art.

Poppy sinnierte noch darüber, wie Flexer es geschafft hatte, sich in die erste Liga emporzuarbeiten, als ein Hupen sie zusammenzucken ließ.

Ein zitronengelber Bentley hielt neben ihr.

„Mrs Dayton!" Ein Kopf mit langen, grau melierten, zum Zopf zusammengefassten Haaren lugte aus dem Fond der Luxuskarosse. Zwei Arme streckten sich Poppy entgegen.

Will er mich vom Pflaster pflücken? Obwohl sie den Mann erkannte, trat sie einen Schritt zurück. „Mr Flexer! – Ich bin auf dem Weg zu Ihnen ..."

„Nicht in der Galerie, zu viele Leute! Fahren Sie mit mir, ich lade Sie zum Essen ein."

Er rückte zur Seite, und die Tür öffnete sich automatisch.

Poppy stieg ein. Flexer gab dem Chauffeur ein Zeichen, der gab Gas, und die plötzliche Beschleunigung drückte sie tief ins üppige Lederpolster.

„Wohin entführen Sie mich, Sir?"

„Nur um die Ecke, Lancaster Gate." Flexer langte über die breite Mittelstütze und griff nach Poppys Unterarm. „Wie lange kennen wir uns, Mrs Dayton?" Er beantwortete die Frage selbst: „Vier, fünf Jahre? Lassen wir das Formelle beiseite."

Das klingt eher flehend als jovial, dachte sie überrascht.

Er ließ sie los und streckte seine schmale, feingliedrige Hand aus: „Niall."

Sie erwiderte den Gruß: „Poppy."

Er hielt sie fest, etwas zu lange, wie sie fand.

„Dann wäre das geklärt."

Wieder wunderte sie sich über das Gehetzte in seiner Stimme. Schweigen breitete sich in der riesigen Limousine aus.

Poppy überlegte, wie sie die Beklommenheit überwinden konnte, als der Bentley anhielt. Flexer stieg aus und kam dem Chauffeur zuvor, Poppy aus dem Wagen zu helfen.

Sie standen vor „The Mitre Public House" einer traditionsreichen Bar an der Craven Terrace in der Nähe von Kensington Gardens.

Flexer ging vor. Sie durchquerten den an einem Dienstagmittag fast leeren Gastraum und nahmen die Treppe in den ersten Stock, Flexer immer zwei Stufen auf einmal.

Sie betraten den Lord Craven Grill, ein kleines, erlesenes Restaurant über dem Pub. Keiner der vier Tische vor dem Marmorkamin war besetzt.

Poppy sah sich um. Die Decke des Raums verlor sich irgendwo hoch über ihr, die schweren Brokatvorhänge waren nicht aufgezogen, sondern wurden nur von dunkelroten Kordeln zur Seite gehalten. Vor der verblichenen, goldfarbenen Wandbespannung flackerten Kerzen in bronzenen Halterungen.

Ein Ober empfing sie. „Aperitif?", fragte er knapp.

Flexer steuerte auf die Sesselgruppe neben den Tischen zu.

Poppy wollte sich auf den Platz direkt vor dem Kamin setzen, aber er hielt sie davon ab. „Nein – bitte, nehmen Sie ... entschuldige Poppy, nimm besser den hier."

Poppy gehorchte. *Das wird immer merkwürdiger.* „Warum?", fragte sie verwundert.

„Du kennst die Geschichte von Lord Craven?"

Sie schüttelte den Kopf.

„Die Cravens gehören zu den ältesten Familien Londons. Im siebzehnten Jahrhundert war einer von ihnen Bürgermeister. Er widmete dieses Haus und das Gelände den Pestkranken als Zufluchtsort." Er hörte das Räuspern des Obers und fragte Poppy nach ihrem Wunsch.

„Ich nehme einen weißen Port."

„Gute Idee. Für mich bitte auch." Er senkte die Stimme. „Die späteren Cravens waren weniger altruistisch aufgelegt. In den 1890ern versuchte ein exzentrischer Nachfahre den Kummer über den Verlust seiner Mätresse mit einer Unmenge Beefsteak und einigen Flaschen Claret zu verdrängen, als er auf dem Stuhl dort tot zusammenbrach. Seitdem berichtet das Personal von merkwürdigen Geschehnissen in diesem Raum, von Schritten auf der Treppe und davon, dass der Stuhl gelegentlich umgeworfen vor dem Kamin liegt – nicht wahr, Preston?", fragte er den Ober, der zwei Gläser mit einer hellgolden schimmernden Flüssigkeit vor ihnen abstellte und die Menü-Karten reichte. Ohne die Miene zu verziehen, sah er Poppy an und sagte leise: „Deshalb raten wir, den Platz zu meiden. Was natürlich nicht immer möglich ist, – und in der Nacht nach vollen Tagen knackt die Treppe immer ganz besonders."

Er wollte sich zurückziehen, aber Flexer hielt ihn auf. „Wir haben nicht viel Zeit. Poppy, darf ich dir die Dover-Seezunge empfehlen? Vielleicht mit Beurre Blanc und frischem Spargel? Noch gibt es welchen."

„Gern." Poppy grinste. „Auf keinen Fall Beefsteak."

Als der Ober verschwunden war, sah sie Flexer fragend an: „Glaubst du denn an Spukgeschichten?"

„Du nicht?" Die Gegenfrage kam sofort, und Poppy stutzte über die Schärfe in seiner Stimme.

Poppy widmete sich ihrem Glas und mied seinen Blick.

„Niall, ich beschäftige mich lieber mit den Lebenden." Sie versuchte, auf den eigentlichen Grund des Treffens zu kommen. „Und in meiner Kunst versuche ich …"

„Entschuldige!" Er hob die Hand. „Du weißt, das sind bloß Geschichten. Lass mich einen neuen Anlauf machen, Poppy. Du bist nicht nur eine begabte Künstlerin …"

„Die du bisher freundlich ignoriert hast …"

„Was sich hiermit ändert, versprochen! Im Moment suche ich allerdings nicht nur eine Kunstschaffende, sondern auch eine erfahrene Managerin – eine Kombination, die ausgesprochen selten ist, das kann ich dir sagen.“

„Wobei soll dir diese Wonder Woman denn helfen?“

Flexer prustete los. „Den Humor hatte ich vergessen zu erwähnen!“ Er wischte sich über die Lippen, und Poppy entging das Zittern der Finger nicht.

„Ich möchte, dass du mein sommerliches Art–Retreat leitest.“

Jetzt war es Poppy, die sich verschluckte. „Auf Arwen Island?“

Der Retreat war legendär. Er fand auf einer Insel statt, an einem der schönsten Abschnitte der Küste Cornwalls – Poppys Traumregion.

„Aber dafür hast du doch Julia Armstrong?“

Flexers Mund war jetzt eine schmale Linie. „Sie hat gestern abgesagt. Sie lässt mich im Stich, nicht mal eine Woche vor dem Start!“

„Warum, wenn ich fragen darf?“

Er nestelte an seiner Serviette herum. Die Antwort ließ auf sich warten, zu lange, fand Poppy.

„Keine Ahnung, sie sei krank, irgendwas mit den Nerven.“

„Oh, das tut mir leid …“

„Mir auch, und es trifft mich auf dem falschen Fuß! Ich kann das Treffen nicht selbst eröffnen, weil ich Anfang der Woche noch hier zu tun habe.“

Poppy sagte nichts und beobachtete Flexer, der auf dem Sessel hin und her rutschte.

„Du würdest mir einen enormen Gefallen tun, wenn du für sie einspringst. Natürlich bekommst du das gleiche Honorar wie sie. Mehr als das: Ich würde mich freuen, wenn du als hochtalentierte Künstlerin beim Retreat dabei bist, und später möchte ich mit dir darüber reden, wie ich dich in Zukunft in meiner Galerie vertreten kann."

Tausend Gedanken schossen Poppy durch den Kopf: *Der Retreat, eines der exklusivsten Künstlertreffen in England, die Auswahl herausragender kreativer Köpfe, das Honorar – und als Beigabe Arwen Island, das Juwel vor der kornischen Küste ...*

Das Angebot war mehr als verlockend, und trotzdem hatte es einen enttäuschenden Beigeschmack. Natürlich schmeichelte es ihr, wenn Flexer sie „hochtalentiert" fand, aber in erster Linie schien es ihm um ihre Fähigkeiten als Managerin zu gehen. Sie beschloss, dieses Gefühl nicht zu nahe an ihre Künstlerseele heranzulassen.

Sie blieb cool. Ihr Blick fiel in den Spiegel über dem Kamin. Mit ihren grünen Augen, den burgunderrot schimmernden, schulterlangen Haaren, den hohen Wangenknochen und der schmalen Nase strahlte sie pure Energie aus. Die sinnlichen Lippen, die jetzt leicht geöffnet waren und eine kleine Lücke zwischen den beiden Vorderzähnen durchblicken ließen, verstärkten den Eindruck natürlicher Autorität und Entschlossenheit.

„Lass uns das gern nach dem Essen besprechen, Niall", sagte sie, als der Ober zu Tisch bat.

2

Vorsichtig steuerte Barney das grüne Morris Minor Cabriolet die steilen Gassen von Mousehole hinab zum Hafen. Es war ein schöner Freitagabend, und die niedrigstehende Sonne brachte die grauen Granitfassaden und Schieferdächer der Fischerhäuser zum Leuchten.

Vor dem „Ship Inn" bog Barney auf den Parkplatz ein und unterbrach die Zündung.

Der uralte Motor kam ruckelnd zum Stehen und bedankte sich für die Pause mit einem heiseren Seufzer.

Poppy drückte Barney einen Kuss auf die Wange. „Es ist so lieb von dir, dass du mich hergebracht hast." Sie betrachtete ihn von der Seite. „Noch lieber wäre es mir, wenn du mitkämst."

„Das hatten wir mehrfach besprochen. Ich kann den Laden nicht schon wieder wochenlang allein lassen."

„Das sehe ich ein – obwohl Niall Flexer dich ausdrücklich mit eingeladen hat!"

„Ich weiß, und Cornwall ist herrlich, gerade diese Ecke." Barney blickte sehnsüchtig die Pier entlang. Durch die Lücke zwischen den Wellenbrechern war das dunkelblaue, mit Schaumkronen verzierte Meer zu sehen – und zu riechen. Jod, Fisch, Salz und Algen verbanden sich zu dem herben, unverwechselbaren Aroma der Küste. Auf Poppy wirkte es appetitanregend.

„Lass uns reingehen. Wenigstens haben wir diesen Abend – und die Nacht, Darling." Sie zwinkerte verschwörerisch. „Aber erst mal interessiert mich der

Catch of the Day." Sie deutete auf die schwarze, salzüberkrustete Tafel, auf der in schwungvollen Kreidelettern *FRESH TURBOT* stand.

Barney holte das Gepäck aus dem Kofferraum und folgte Poppy ins Haus.

Ernüchtert blieben sie stehen. Die Tische im Gastraum waren bis auf den letzten Platz besetzt. Eine junge Frau stellte eine riesige Fischplatte ab und kam auf sie zu.

„Haben Sie reserviert?", fragte sie außer Atem.

„Wir sind die Daytons und haben ein Zimmer für eine Nacht gebucht", antwortete Poppy geschickt.

„Aber keinen Tisch", stellte die Frau ungerührt fest.

„Nein, leider ...", räumte Poppy verlegen ein. „Ich dachte nicht, dass ..."

Die Frau sah sie groß an. „Wir haben Saison, und Sie werden im ganzen Ort nichts finden." Sie klang müde, aber freundlich. „Wissen Sie was? Es ist ein warmer Abend, und wenn es Ihnen nichts ausmacht, setzen wir Sie vor die Tür und stellen Ihnen draußen einen Tisch auf." Sie wischte sich die Hände an der weißen Schürze ab. „Ich bin Jane Mycroft. Der Laden gehört mir und meinem Mann. – Jerry, haben wir noch einen Klapptisch?"

„Das kriegen wir hin. – Jeremiah Mycroft, oder einfach Jerry, wie alle hier sagen." Ein großer, breitschultriger Mann, der ebenfalls eine Schürze trug, die allerdings nicht mehr weiß war, kam dazu. Er drückte Barney einen Schlüssel in die Hand. „Leider kann ich mit dem Gepäck nicht helfen, zu viel los. Es ist nur eine

Treppe hoch, die Nummer drei. Bis Sie wieder unten sind, ist Ihr Tisch fertig."

Der Steinbutt und das in Butter geschwenkte Marktgemüse schmeckten köstlich; und der von Jane empfohlene Weißwein, ein Chablis, passte hervorragend dazu.

„Auf ein inspirierendes Künstlertreffen." Barney prostete seiner Frau etwas steif zu.

Versonnen betrachtete Poppy die untergehende Sonne durch die Wassertröpfchen an dem kalten Glas.

„Woran denkst du?", fragte er.

Sie lächelte und zeichnete mit dem Finger ein Fragezeichen in die beschlagene Fläche.

„Um ehrlich zu sein – mir geht das Gespräch mit Julia nicht aus dem Kopf."

„Ist das die Frau, die du vertrittst?"

„Genau, Julia Armstrong. Eine versierte Kuratorin. Wir haben gestern Abend telefoniert. Sie hat versucht, mir zu erklären, wie die Auswahl der Künstler für den Retreat erfolgte. So ganz konnte ich das nicht nachvollziehen, ehrlich gesagt. Das letzte Wort hat in jedem Fall Flexer selbst."

„Immerhin ist es seine Galerie und seine Veranstaltung."

„Das stimmt schon, aber in der Kunstwelt sorgt sein Vorgehen für Kritik."

„Passiert das nicht immer, wenn der eine oder die andere nicht zum Zuge kommen? Neid spielt in der Kunstszene keine kleine Rolle."

Poppys Grinsen fiel schräg aus. Sie nickte. „Du triffst da einen empfindlichen Punkt. Ich finde nur, gerade deshalb sollte man sich um Transparenz bemühen.

Julia sieht das genauso, nur konnte sie sich bisher nicht durchsetzen. Am Ende unseres Gesprächs hat sie mir noch ein paar Details zu den Künstlern verraten und bereitete mich auf ein paar von deren Eigenheiten vor."

„Das ist doch nett, oder?"

„Am Schluss war sie komisch. Sie entschuldigte sich dafür, dass sie nicht kann. Es gehe ihr nicht gut, und … und dann sagte sie noch, ich solle auf mich aufpassen, mich ganz auf das Event konzentrieren und so wenig wie möglich auf der Insel unterwegs sein."

Poppy schaute nach Osten, wo in etwa einem Kilometer Entfernung der Hügel von Arwen Island goldgrün im Meer und in der Abendsonne badete.

„Was meinte sie denn damit?"

„Ich habe natürlich nachgefragt. – Es kam nichts mehr, nur eine Bemerkung, dass die Wege nicht sicher seien oder so etwas."

„Poppy?" Barney stellte sein Glas ab und sah sie ernst an.

„Was, mein Darling?"

„Geht das schon wieder los?"

„Was meinst du? – Ach wo, ich weiß gar nicht, warum ich dir das erzähle. Julia wirkte sehr angespannt; eine Nervenentzündung, wie sie sagte, wahrscheinlich ist sie überreizt und braucht einfach eine Pause, das wäre kein Wunder in dieser verrückten Branche mit seinen komplizierten Charakteren."

„Gut, dass du wenigstens Torry bei dir hast."

Der Terrier blickte interessiert von seinem Napf hoch.

„Finde ich auch." Poppy kraulte ihm den Nacken. „Kommt, ihr beiden! Lasst uns noch einen Spaziergang machen und dann ab nach oben." Sie griff nach Barneys Hand. „Die Nacht in der Fischerhütte gehört uns allein!"

Die Serviette rutschte ihr vom Schoß. Sie hob sie auf und stutzte: „Was ist das denn?" Sie griff nach dem blinkenden Gegenstand auf dem sandigen Pflaster und betrachtete ihn.

„Zwei Hryvni."

„Gesundheit."

„Danke, Barney. – Nein, das steht hier drauf, auf Kyrillisch. Eine Münze, aus der Ukraine, glaube ich. Wie kommt die denn hierher?"

„Cornwall ist ein internationales Reiseziel."

„Du hast recht." Sie steckte das Geldstück mit dem bärtigen Mann auf der Rückseite ein. „Vielleicht bringt es Glück."

Sie bestiegen den Hügel hinter dem Dorf. Barney schaute zur Insel hinüber.

„Wie kommt ihr da eigentlich hin?"

„Zu Fuß", sagte Poppy leichthin.

„Übers Wasser?" Er sah sie amüsiert an.

„Morgen Nachmittag ist da keins. Arwen Island ist eine Gezeiteninsel. Die Unterschiede zwischen Ebbe und Flut sind hier extrem. Und einmal im Monat, bei Niedrigwasser, liegt ein begehbarer Damm frei. Am späten Samstagnachmittag ist das der Fall. Dann haben wir eine Stunde, um rüberzukommen." Poppy sah seinen skeptischen Blick. „Keine Sorge, wir haben einen ortskundigen Führer. Flexers Verwalter holt uns ab."

„Ist das nicht etwas umständlich?"

„Vielleicht, aber anscheinend gibt es nur einen Bootsanleger, auf der Ostseite der Insel, und der ist wegen des Seegangs und der tückischen Strömung problematisch. Außerdem meinte Flexer, dass die gemeinsame Überquerung zum Ritual des Retreats gehört."

Barney fragte nicht weiter nach und drückte Poppy an sich.

Trotz Hochsaison war es still im Dorf, und sie begegneten nur zwei Paaren.

Am meisten schien sich Torry über die Bewegung zu freuen, der während der langen Autofahrt nicht auf seine Kosten gekommen war. Er lief hin und her und beschnüffelte konzentriert alle Ecken und Abzweigungen.

„Wusstest du, dass Hunde dreidimensional riechen können?", fragte Poppy.

Barney hob die buschigen Augenbrauen. „Wie soll das gehen?"

„Ich habe gelesen, dass ihr Geruchssinn hunderttausendmal besser funktioniert als unserer. Sie können aus den Eindrücken ganze Bilder formen."

„Dann sieht Torry jetzt mehr als ich", brummte er. „Ich versuche krampfhaft, nicht über die Pflastersteine zu stolpern."

Der Mond war noch nicht aufgegangen, und die engen Gassen waren kaum beleuchtet. Dazu frischte der ablandige Wind von Westen her auf und trieb sie vor sich her, hinunter zur Mole.

Poppy zog ihr Pashmina-Tuch über der Schulter zusammen. „Ich will ins Bett."

Sie betraten den Gastraum des „Ship Inn", der inzwischen leer war. Aus Richtung Küche hörte Poppy, wie sich die Mycrofts leise unterhielten.

Das Zimmer war einfach, aber behaglich eingerichtet. Kritisch musterte Poppy das uralte Bett mit den vier hoch aufragenden Pfosten aus Eichenholz.

Barney ließ sich der Länge nach auf die Matratze fallen. Grinsend sah er zu ihr hoch. „Um deine unausgesprochene Frage zu beantworten: Es quietscht nichts!"

„Dein Pech." Sie kicherte.

Beide konnten es nicht erwarten, aus den Kleidern zu kommen.

Poppy blieb vor dem Bett stehen. Barney legte die Hände auf ihre Hüften.

Sie betrachtete ihn und genoss seine wachsende Erregung. Als er sie zu sich ziehen wollte, stieß sie ihn sanft zurück.

„Das ist mein Abend heute", flüsterte sie rau und kniete sich über ihn.

Mitten in der Nacht wachte Poppy auf. Sie hatte Durst, kam aber nicht an das Glas auf dem Nachttisch heran. Behutsam, um ihn nicht aufzuwecken, löste sie sich aus Barneys Arm. Er rührte sich nicht; nur Torry hob den Kopf, schüttelte sich und rollte sich wieder auf dem Reisekissen zusammen.

Gierig trank Poppy das Glas leer, ging zur Karaffe auf der Kommode vor dem Sprossenfenster und füllte es wieder.

Sie sah hinaus aufs Meer. Wie ein schwarzes Loch hob sich die Silhouette von Arwen Island ab von der silbrig bewegten Wasserfläche und dem sternenübersäten Horizont.

Mitten in der dunklen Masse leuchteten zwei gelbe Punkte auf, fast gleichzeitig, ein Stück voneinander entfernt. Darüber stachen wie zwei Hörner die spitzen Giebel der Ruine von Arwen Abbey in den Nachthimmel. Poppy fuhr sich übers Gesicht und versuchte mehr zu erkennen, doch die beiden Lichter waren verschwunden.

Sie wartete eine Weile. Als sich nichts mehr tat, ging sie zum Bett zurück. Schlaftrunken hüllte Barney sie wieder ein in seine warme Umarmung.

Unheimlich, dachte Poppy, bevor sie einschlief. *Wie ein Tier, das mich angesehen hat.*

3

„Wir müssen los, Mrs Dayton, die Flut wartet nicht." Die mahnenden Worte kamen von Manas Bottrill. Der Caretaker von Arwen Abbey sah auf die Uhr.

Poppy ging die Teilnehmerliste durch. „Eine fehlt noch."

„Tyra", knurrte Cailan Tregenna. Poppy kannte den Bildhauer nicht nur von seinen kubistischen Skulpturen, sondern auch aus der Yellow Press, deren Klatschspalten er regelmäßig mit seinen monomanischen Eskapaden füllte. „Die war schon hier und weiß Bescheid. Sie wird schon kommen und wenn nicht ..." Er schraubte den Zeigefinger wie einen Korkenzieher in den Himmel.

Poppy wählte die Mobilnummer von Tyra Teague, aber vergeblich. Dann versuchte sie es bei Flexer, der kurz angebunden war. „Ich kann dir nicht helfen. Ich komme übermorgen nach. Wende dich an Bottrill, er wird dich nicht hängen lassen."

Poppy war sich da nicht so sicher. Der schlanke, dunkelhaarige Mann Anfang dreißig musterte abwechselnd sie und die Gruppe. Für Poppy lag in seinem Blick nicht nur Ungeduld. War es auch Verachtung? Den Eindruck verstärkte noch Muriel, die Bottrill als seine Frau vorgestellt hatte. Sie war sehr dünn, trug enge Jeans und der Kopf versank beinahe im üppigen Kragen eines dicken schwarzen Pullovers, der nicht zum Sommerwetter passte. Ständig sah sie aufs Meer hinaus.

Poppy wehrte sich dagegen, von Anfang an in eine negative Stimmung zu geraten.

Vielleicht sind die beiden einfach in Sorge wegen des bevorstehenden Marsches, dachte sie.

Sieben Augenpaare betrachteten sie erwartungsvoll. *Mach was, du bist hier die Chefin,* schienen sie auszudrücken. Poppy räusperte sich.

„Der Zeitpunkt war klar kommuniziert. Wir gehen los."

„Gute Entscheidung", knurrte Bottrill. „Es kommt Nebel auf."

Überrascht schauten alle in den blauen Himmel und dann zum Strand, der bei Ebbe fast bis zum Horizont reichte. Die eben noch scharfe Linie verquoll zu einer verwaschenen, weißblauen Schicht.

„So plötzlich?", fragte Poppy erschrocken und griff nach ihrer bauchigen Reisetasche. Wortlos taten die anderen es ihr nach. Die schwarzen Taschen, die wie ein Rucksack getragen werden konnten, waren alle gleich, sie trugen das Emblem von Flexers Galerie in gelber Signalfarbe. Mehr Gepäck war nicht gestattet, alle Utensilien für die künstlerische Arbeit wurden auf der Insel bereitgestellt.

„Die warme Sommerluft lässt über dem kalten Wasser Dampf ab." Tregenna wartete die Wirkung seiner Besserwisserei nicht ab, sondern marschierte los.

„Halt!", rief Bottrill, bevor Poppy etwas sagen konnte. „Ich weiß, dass Sie schon einmal auf der Insel waren, Mister, aber ich gehe vor. Bleiben Sie im Gänsemarsch und halten Sie Kontakt zueinander. Den Schluss bildet meine Frau, und Mrs Dayton geht in der Mitte."

So weit zu meinem Führungsanspruch, dachte Poppy. Trotzdem war sie ihm dankbar für die klare Direktive. *Tregenna muss ich im Auge behalten.*

Sie zogen sich die Rucksäcke über und betraten den Strand.

Erst konnte Poppy nicht erkennen, wonach Bottrill seinen Kurs ausrichtete, dann verdichteten sich abgeschliffene Felsbrocken und uralte Sedimentplatten.

Der Damm, es war mehr ein zerklüfteter Steg, führte im Bogen hinüber zur Insel.

Ein im felsigen Grund einbetonierter, verwitterter Metallpfosten ragte aus dem Boden und trug eine Plakette, die den Damm und die Insel als Privatgelände deklarierte und das Betreten verbot.

Schweigend passierte die Gruppe das Warnschild.

Alle achteten darauf, wohin sie ihre Füße setzten, obwohl es nicht leicht war, sich auf den Weg zu konzentrieren, so stark waren die Sinne beansprucht.

Poppy spürte, wie ihre Nasenflügel bebten unter dem Ansturm der Gerüche nach frischem Tang, Jod und Muscheln, die in den von der Julisonne aufgeheizten Prielen brieten.

Das Licht flimmerte, gebrochen von den Spiegeln unzähliger Wasserflächen, die den Damm säumten wie ein abstraktes Mosaik.

Möwen begleiteten die Prozession, ihr Geschrei wurde lauter und aufgeregter, wenn unter den Schritten der Wanderer Muschelschalen aufbrachen oder kleine Krebse zermalmt zurückblieben. Dann gingen die Vögel in den Sturzflug und machten sich gierig über die unverhoffte Beute her.

Wie befohlen, hatte Poppy den Platz in der Mitte der Prozession eingenommen.

Direkt vor ihr lief die elfenhafte Fia Saunders, die in T-Shirt und einer ausgeblichenen, kurz unter dem Po abgeschnittenen Jeanshose von Stein zu Stein hüpfte.

Poppy schätzte sie auf Ende zwanzig, obwohl ihr Look mit den kurzgeschnittenen Haaren und die beinahe kindliche Begeisterung, die sie ausstrahlte, sie noch jünger erscheinen ließ. Julia Armstrong hatte Poppy auf Fia vorbereitet und sie als Naturereignis beschrieben.

Das war nicht übertrieben, dachte Poppy und hielt den Atem an, als Fia aus einer schier unmöglichen Schräglage heraus die Balance wiederfand.

„Du brichst dir noch den Hals, du Kobold", ermahnte sie Brent Payne, den sie einige Male überholte, ihn dabei neckisch in die Seite stieß und sich dann wieder zurückfallen ließ.

Poppy fand, dass der charismatische Aktionskünstler mit den braunen Afro-Locken weniger besorgt als ermunternd klang. Fia schien es zu stimulieren, und sie setzte ihren Tanz fort.

Als sie mit den Sneakers ausrutschte, zog sie sich die Schuhe kurzerhand aus, knotete sie an den Rucksack und lief barfuß weiter. Fasziniert sah Poppy zu, wie sich die langen Zehen ihrer Füße mit dem glatten Untergrund verbanden und sie viel sicherer lief als vorher. Brent dagegen strauchelte häufig, da er seine Augen nicht von Fias schlanken Beinen abwenden konnte.

Bottrill drehte sich ein paarmal um und knurrte etwas Unverständliches, setzte den Marsch aber mit unvermindertem Tempo fort.

Dafür versuchte es Tregenna wieder: „Fia, Brent, hört auf, herumzualbern."

„Lass sie doch, Cailan, oder bist du eifersüchtig?", fragte Kyla Webb. Sie war die Älteste der Gruppe, Anfang fünfzig. In Flexers Galerie-Hierarchie stand sie ganz oben, da ihre sinnlichen Skulpturen aus ungebranntem Ton sehr gefragt und ihre nahbare Persönlichkeit bei den Sammlern beliebt war. Sie band die langen, roten Haare zusammen und steckte sie hoch, die dunkelblauen Augen unter den dicken Brauen zwinkerten belustigt.

„Ein Narzisst mit Führerkomplex ist doch nicht eifersüchtig!" Das kam von Torin Dupree, dem dritten Mann der Künstlergruppe. Er hatte die Statur eines Ringers. Mit seinen riesigen Händen gestaltete er komplexe Strukturen aus Metall, rätselhaft und repräsentativ zugleich. Sie wurden von bedeutenden Versicherungen und Anwaltsfirmen angekauft, um die Empfangshallen zu schmücken. Allerdings ergänzten sich physische Stärke und aufbrausender Charakter immer wieder unglücklich, hatte Julia Poppy vorgewarnt. Obwohl er in seinem Kern ein guter Mensch war, ließ er sich leicht provozieren und ging keinem Konflikt aus dem Weg, was ihm bereits eine Vorstrafe wegen Körperverletzung eingebracht hatte.

„Sieh dich vor, was du sagst", zischte Tregenna, der davon wusste. „Oder willst du im Knast Eisenstangen biegen?"

„Männer!", rief Juna Reid von hinten. Die Zeichnerin, ein aufsteigender Star der Londoner Graphic-Novel-Szene, schüttelte den Kopf mit den raspelkurzen, hellgrau gefärbten Haaren. „Reißt euch bloß zusammen, sonst schicken wir euch nach Hause und machen nächstes Jahr einen reinen Frauen-Retreat."

Kyla lachte schallend. „Super Idee, das besprechen wir mit unserem verehrten Galeristen."

„Untersteht euch! Was wären wir ohne euren Esprit und eure Schönheit und ihr ohne unseren herben Charme?", flötete Brent.

Juna reagierte, und Poppy meinte so etwas wie „toxisch" herauszuhören, die Worte gingen im Möwengeschrei unter. *Das kann ja heiter werden.* Aber sie wusste aus eigener Erfahrung, dass selbst erfolgreiche Künstler in ständiger Konkurrenz miteinander standen, und verbuchte die Auseinandersetzung als typische Frotzelei unter „besten Feinden".

Torry, dem der Spaziergang bisher gefallen hatte und der Krebse bis in tiefe Felsspalten verfolgte, lief zu ihr, sprang an ihr hoch und winselte leise.

„Was ist mit dir? Keine Lust mehr auf Meeresfrüchte?", fragte Poppy.

Er zitterte und gleichzeitig wurde die Gruppe langsamer. Sie blickte hoch. Die Szenerie veränderte sich. Eine grauweiße Kugel schloss sich um sie und entführte sie schlagartig aus dem strahlenden Sommertag.

Bottrill war stehen geblieben und wartete, bis alle zu ihm aufgeschlossen hatten. Fia kramte in ihrem Rucksack nach einem Fleece und zog es über.

„Jetzt sehen Sie, dass ich keinen Spaß gemacht habe." Die Stimme des Caretakers war schneidend und so kalt wie der Nebeleinbruch. „Wir sind fast drüben. Ich rate Ihnen, die Faxen zu lassen und dicht beieinander zu bleiben. Wenn Sie hier draußen verloren gehen, holt

Sie die Strömung und nichts kann Sie retten." Er drehte sich um und ging weiter.

Fia kicherte und griff nach Brents Hand.

„Hintereinander!"

Erschrocken gehorchte Fia Muriels scharfer Anweisung und zog einen Schmollmund. Aber sie konnte es nicht lassen und hakte sich mit einem Finger in Brents Gürtel ein.

Schweigend setzte die Gruppe den Marsch fort.

Nach einem Dutzend Schritten vertiefte sich das Grau. Der Nebel legte sich wie ein nasses Tuch über die Gesichter, und Poppy bildete sich ein, schwerer atmen zu können. Roch es nach Rauch, oder täuschten sie ihre angespannten Sinne? Was war das für ein Schatten, der nach ihr griff? Das Gelände stieg an, und aus dem Dämmerlicht schälten sich mannshohe Gestalten – Wildrosenbüsche, erkannte Poppy erleichtert.

Als sie die Uferzone der Insel betraten, wurde es heller. Vor ihnen lag ein Wäldchen aus Birken und Eichen, über dem sich der grüne Hügel und die Zacken von Arwen Abbey erhoben wie Kopf und Krone eines Riesen. Für einen Augenblick noch klammerten sich die Nebelschwaden an der Ruine fest, dann war der Spuk vorbei und die Sonne strahlte von einem wieder makellos blauen Himmel.

Die Bottrills führten sie parallel zum Strand um den Hügel herum zur Südspitze der Insel. Hinter einem Gürtel aus Strandrosen versteckten sich Nester aus Hortensien und Rhododendren. Obwohl sie künstlich angelegt zu sein schienen, fügten sie sich wie wild gewachsen in die ursprüngliche Vegetation ein. Auf dem schmalen Pfad umrundeten sie eine Felsnase – und Poppy blieb mit offenem Mund stehen.

Aus den Mauern der Abbey wuchs ein futuristisches Gebilde, ein weißer Kubus aus Beton und Glas. Scheinbar schwerelos überragte es die Steilküste. In die Terrasse war ein Swimmingpool mit transparentem Boden eingelassen. Sie gingen darunter hindurch, und Poppy blickte nach oben. Erst gerieten sie in den Schlagschatten der Betonplatte, aber dann schien die Sonne durch das Becken und projizierte schimmerndes Blau auf den weißen Strand. *Brutal und zart zugleich,* dachte Poppy.

Auch die anderen blieben immer wieder staunend stehen, selbst Tregenna und Kyla Webb, die schon einmal auf der Insel gewesen waren.

Über eine in den Felsen gehauene Treppe stiegen sie zum Haus hinauf.

Sie durchquerten ein antikes Portal und kamen auf einen quadratischen Hof, der von den restaurierten Wirtschaftsgebäuden des Klosters eingerahmt war und zu einem verglasten Eingang führte. Durch die dahinterliegende Halle, die den modernen Teil des Komplexes durchquerte, waren das Meer und die geschwungene, bewaldete Küste südlich von Mousehole zu sehen. Gemälde, Skulpturen und Videoinstallationen machten den Bereich zu einem spektakulären Ausstellungsraum.

„Ein Wow-Erlebnis jagt das andere!“, rief Fia.

„Wow!“, echote Juna.

„Sag ich doch“, meinte Fia. – Dann merkte sie, dass Juna auf etwas anderes reagiert hatte.

Eine hochgewachsene Gestalt erschien hinter ihnen zwischen den steinernen Pfosten des Portals, das Gesicht unter einem schwarzen Hoodie verborgen. Torry knurrte und hielt sich dicht an Poppy.

Die Kapuze wurde zurückgeschlagen und dunkelblonde Haare fielen herab, fast bis zur Hüfte.

Die Frau kam auf sie zu, nahm die Sonnenbrille ab und musterte die Runde aus blitzend blauen Augen. Lässig stellte sie den Rucksack ab, das gleiche Galerie-Exemplar wie das der anderen.

Fia begrüßte sie: „Tyra! – Wo kommst du denn her?"

Bottrill baute sich vor ihr auf. „Es gab eine Verabredung, an die auch Sie sich …"

„Manas, keine Aufregung." Sie klopfte ihm auf die Schulter. „Du weißt, ich kenne den Weg." Poppy sah, wie Bottrill zusammenzuckte. „Mein Freund brachte mich nach Mousehole, aber sein alter Citroën hatte auf dem Weg eine Panne. Ich war nur ein paar Minuten zu spät und bin euch einfach über den Damm gefolgt."

„Das hätte schiefgehen können, Miss Teague!" Bottrill ließ sich nicht beruhigen, und Poppy konnte ihn verstehen. Dort, wo noch vor einer halben Stunde Damm und Meeresgrund frei lagen, hatte sich das Meer inzwischen geschlossen. Strömungslinien und Strudel wirbelten zwischen Land und Insel, angetrieben vom auffrischenden Westwind.

„Ist es aber nicht." Tyra ließ den aufgebrachten Caretaker stehen, marschierte auf Poppy los und umarmte sie. „Du bist für Julia bei uns? Ich freue mich. Eigentlich brauchen wir keine Aufpasserin. Niall hat mir von deiner Kunst erzählt, und darauf bin ich gespannt. Wenn ich darf, würde ich sie gern in meine Filme einbauen!"

Sie ging in die Knie und kraulte Torry hinter den Ohren. „Ein so süßer Hund gehört auch dazu? Ist das deiner?"

Poppy nickte, sie mochte die hochgewachsene Frau, die etwas älter war als sie, auf Anhieb. Sie wusste, dass die Videokünstlerin mit Bildern und Tönen experimentierte, dass sie virtuelle Realitäten erzeugte, deren Geheimnissen sie gern auf den Grund gehen würde.

„Dann sind wir komplett." Poppy setzte damit weiteren Diskussionen ein Ende. „Muriel wird euch eure Zimmer und Ateliers zeigen. Um sieben treffen wir uns zum Abendessen, und danach besprechen wir das Programm."

Tyra zwinkerte Poppy zu. „Am besten, du vergisst das Programmieren und lässt uns einfach machen!" Dann folgte sie Muriel und den anderen.

Poppy zuckte mit den Schultern und unterdrückte einen Seufzer.

4

Jeder Retreat-Teilnehmer verfügte über ein eigenes, großzügiges Apartment. Atelier und Wohnung waren über eine Wendeltreppe miteinander verbunden, und vor beiden Bereichen erstreckte sich eine Fensterfront. Poppy schob die Tür auf und trat auf die Terrasse.

Den Blick als grandios zu beschreiben, wäre untertrieben.

Sie kämpfte gegen eine leichte Schwindelattacke und hielt sich am Geländer fest.

Tief unten lag der Strand. Möwen jagten über die Wellen und ließen sich im Aufwind vor der Wand aus Fels, Beton und Glas nach oben treiben. Die gegenüberliegende Küste mit den salzverkrusteten Klippen schien zum Greifen nahe.

Poppy konnte sich an dem ineinander verschlungenen Muster aus Land und Wasser nicht sattsehen, die Cornwall-Magie ließ niemals nach. So sehr sie eine Kultur- und Stadtpflanze war – sobald sie hier ankam, packte sie das Bedürfnis, für immer zu bleiben.

Lautes Geschrei holte sie aus ihrer Träumerei, und Torry fing an zu bellen.

„Verdammt! So kann ich nicht arbeiten!" Es kam aus dem Atelier neben ihr. „Ich reise ab!" Poppy lugte über die Trennwand zwischen den Terrassen und sah Cailan Tregenna wild gestikulierend vor Bottrill stehen. *Der Mann hat's nicht leicht mit dieser Truppe,* dachte sie und fragte laut: „Was ist passiert? Kann ich helfen?"

Tregenna fuhr herum. „Ach, unsere Managerin. Du hast deine Ohren überall, Poppy!"

Er beruhigte sich etwas. „Ich hatte mit Flexer verabredet, dass ich einen 3-D-Drucker gestellt bekomme, ich brauche ihn für meine neue Werkgruppe." Er stieß ihm den Zeigefinger vor die Brust. „Du bist verantwortlich, Manas!"

„In den letzten Tagen war der Seegang zu hoch für den maroden Anleger, und das Ding konnte nicht angeliefert werden."

„Und ich habe keine Lust, meine Porträts aus den nach Fisch stinkenden Steinen am Strand herauszuklopfen!" Tregenna nahm wieder Fahrt auf. „Ich bestehe ..."

„Ich rufe Niall an." Poppy bemühte sich, ihre Stimme ruhig zu halten. „Spätestens zum Abendessen kann ich dir mehr sagen."

„Wenn nicht, bin ich morgen weg."

Das Dinner wurde im Refektorium serviert, einem der restaurierten Bereiche des Klosters.

Es gab Salzlamm mit Kräutern von der Insel und veganes Curry.

Muriel stellte die Platte mitten auf den uralten Eichentisch, um den sich die Gruppe versammelt hatte, und hob den Deckel der silbernen Cloche. Der wild-aromatische, fast moschusartige Duft des Bratens breitete sich aus und rief eine Stille hervor, die zu dem sakralen Raum passte.

Juna stöhnte, als Manas ihr den Teller mit dem Curry brachte. Er war wunderschön angerichtet und mit Brunnenkresse-Blüten verziert, trotzdem schien er kein Trost zu sein. Sie schaute sich um. „Bin ich die einzige Vegetarierin hier?"

Fia und Tyra stießen sich an und kicherten. „Wir sind heute mal Flexitarier." Beide ließen sich großzügig mit Lamm bedienen.

Torry fand in seinem Napf einen interessanten Markknochen, machte aber zusätzlich eine Runde um den Tisch, wo ihm an fast allen Positionen diskret etwas heruntergereicht wurde.

Bei den Getränken waren sich alle einig. Nach einem Pastis als Aperitif wählten sie zum Essen den Pomerol Vieux Chateau.

„Aus zweitausendneun!" Tregenna schnalzte mit der Zunge. „Das war einer der besten Bordeaux-Jahrgänge." Seine Stimmung war einigermaßen wiederhergestellt, nachdem Poppy ihm nach Rücksprache mit Flexer mitgeteilt hatte, dass er das Gerät mitbringe, wenn er übermorgen auf der Insel eintreffe.

Doch allein ließ der Galerist die Gruppe an diesem Abend nicht. Das Dessert, eine Pinot-Grigio-Zabaione, wurde gerade serviert, als der große Bildschirm an der Stirnseite aufflammte.

„Ich sehe, es schmeckt!", donnerte seine Stimme durch den Saal.

Die Löffel klirrten auf den Tellern, alle blickten auf. Muriel griff nach der Fernbedienung und stellte den Ton leiser.

„Willkommen auf Arwen Island! – Aha, Tyra hat es auch geschafft. Ich wäre gern bei euch, ich muss bloß morgen noch schnell einen Basquiat verkaufen. Der wird mehr einbringen als alles, was ihr so produziert." Als ein Raunen durch den Raum ging, versuchte er seine Taktlosigkeit zu korrigieren und setzte noch schnell hinterher: „Aber das kann sich noch ändern." Er holte kurz Luft. „Ihr gehört zur Elite der britischen Kunst, sonst wärt ihr nicht auf der Insel. Die, die schon einmal dabei waren, erklären bitte den anderen, wie es läuft. Ihr habt die Arbeiten in der Halle gesehen. Am Ende des Retreats werdet ihr eure Werke präsentieren und das Beste davon wird angekauft und bleibt hier in der Ausstellung. Also strengt euch an! Und genießt die Zeit auf Arwen Island." Er griff nach etwas, das außerhalb des Sichtwinkels lag und hob ein Glas in die Kamera. „Lasst uns anstoßen auf den besten Retreat von allen! – Es wird euch an nichts fehlen. Und wenn doch, dann wendet euch bitte in künstlerischen Angelegenheiten an Poppy und in technischen an Manas – ganz zu schweigen von den kulinarischen: Die sind bei Muriel in den besten Händen, wovon, so hoffe ich, ihr euch heute Abend bereits überzeugen konntet." Beifall brandete auf. „Wir sehen uns!" Flexer verschwand vom Bildschirm und das Emblem der Galerie flammte auf.

Fast gleichzeitig erhielt Poppy eine Nachricht auf dem Smartphone: „Bitte ruf mich an, Gruß, Niall."

Einen Augenblick herrschte Ruhe am Tisch, dann übernahm Cailan Tregenna. „Ich glaube nicht, dass bei dem kurzen Vorlauf Poppys Briefing ausgereicht hat. Deshalb fragt mich ruhig, wenn ihr etwas wissen wollt." Als niemand auf sein Angebot einging, stand er abrupt auf, wünschte eine gute Nacht und verschwand.

Kyla Webb sah ihm kopfschüttelnd hinterher. „Ich kenne den Kerl schon ewig, trotzdem ich staune immer wieder, was für ein Idiot er sein kann."

„Wir hätten ihn gleich entsorgen sollen, vorhin im Nebel." Dupree legte seine Hand auf Poppys und sie staunte über die sanfte Berührung durch die riesige Pranke. „Ich entschuldige mich für den Kollegen."

„Brauchst du nicht, Torin, ich werde schon mit ihm fertig. Ich hoffe, wenn er seinen Drucker bekommt, hat er was zum Spielen und lässt mich in Ruhe."

„Unterschätze ihn nicht", sagte Tyra. „Er wird sich an dir abarbeiten."

„Wieso das denn?"

„Hat Flexer dir das nicht gesagt?", fragte sie. Poppy mochte den lauernden Unterton nicht. „Hat er dir überhaupt erzählt, warum Julia Armstrong ausgefallen ist? – Frag ihn besser selbst. Was Cailan angeht – er bildet sich ein, eine besondere Beziehung zu Niall zu haben."

„Und, hat er die?"

„Ja und nein. Eines der Geheimnisse unseres Meisters ist, dass er zu all seinen Künstlern eine besondere Beziehung hat, nur zu manchen eben eine ganz spezielle … oder?" Tyra sah Fia Saunders an, die sich von Bottrill Rotwein nachschenken ließ und mit den Augen rollte. Ein rosa Hauch auf ihren Wangen verriet Poppy, dass Tyra nicht verkehrt lag.

„Ihr wisst doch, dass er seine Finger nicht bei sich behalten kann, aber wir wissen uns zu wehren, don't we, girls?" Fia hob ihr Glas, und die anderen Frauen prosteten ihr zu.

Poppy verzichtete auf ein weiteres Glas. „Auch wenn ich nicht alle Geheimnisse von Arwen Island kenne, kann ich bestätigen, was Niall sagte: Euch steht alles zur Verfügung, was ihr braucht. – Die Sachen, die ihr bestellt habt, sind bereits in euren Ateliers, das habt ihr bestimmt schon gesehen." Sie sah auf ihre Liste. „Es gibt ein paar Einrichtungen und Werkstätten, die ihr gemeinsam nutzen könnte und für die ihr euch bitte in die digitalen Stundenpläne eintragt. Dazu hat jeder ein iPad, das ihr auf den Nachttischen findet. Dort könnt ihr auch Fragen und Nachrichten an mich eingeben, wenn ihr mich mal nicht findet. Ich habe vor, selbst so viel wie möglich an meiner Installation zu arbeiten. Ihr wisst vielleicht, dass ich dafür Fundstücke und Objekte aus der Natur verwende, und deshalb werde ich viel unterwegs sein." Sie blickte in die Runde und fand Zustimmung.

Tyra setzte ein schiefes Lächeln auf. „Da gibt's eine Menge zu finden, du musst nur aufpassen, wo du deine Füße hinsetzt."

„Was meinst du?"

„Lass dich überraschen", antwortete sie beiläufig. Kyla Webb warf ihr einen warnenden Blick zu, der Poppy nicht entging. Aber Tyra gähnte nur und stand auf. „Entschuldigt mich. Ich bin müde von dem Inselmarsch, gute Nacht und bis morgen."

Poppy sah ihr hinterher. „So anstrengend war die Überquerung doch nicht, oder?"

Fia schüttelte den Kopf. „Überhaupt nicht, ich fand's spannend, oder, Brent?"

Payne, der den ganzen Abend wenig gesagt hatte, freute sich über die Ansprache.

„Ganz allein, im Nebel? Vielleicht hat sie sich gefürchtet."

„Tyra doch nicht." Fia sprang auf. Sie war immer noch barfuß. „Ich mach noch einen Spaziergang runter zum Strand. Kommst du mit, Brent?" Der ließ sich das nicht zweimal sagen, und die beiden verschwanden. Auch der Rest der Gruppe verabschiedete sich.

Poppy dachte an Flexers Bitte, ihn zurückzurufen. Sie suchte das Klemmbrett mit dem Programm und ihren Anmerkungen. Im Refektorium fand sie es nicht. *Ich hatte mit Muriel den Menüplan durchgesprochen.* Sie ging in Richtung Küche.

Der steinerne Gewölbegang machte eine Biegung. Sie hörte, wie jemand ihren Namen sagte und blieb stehen.

„… warum er die statt Julia Armstrong hergeschickt hat?" Das war Bottrills Stimme.

„Wegen der bösen Geister von Arwen Island." Poppy erkannte Tregennas arroganten Tonfall. Sie hielt den Atem an.

„Welche Geister?"

„Manas, laufend beschweren sich hysterische Kolleginnen über unheimliche Stimmen, schattenhaften Erscheinungen und Löcher auf den Wegen, die am Vortag noch nicht da waren."

„Ich weiß, aber das ist doch Quatsch."

„Klar ist es das, doch du weißt auch, wie panisch Flexer reagiert, wenn es um seinen guten Ruf geht."

„Und das soll diese Dayton richten?"

„Angeblich hat sie einen siebten Sinn für Übernatürliches."

„Flexer soll sich lieber um die realen Probleme kümmern." Poppy spürte, dass Bottrills Erregung wuchs. „Ich habe ihm immer gesagt, dass Arwen Island gefährlich ist. Im Winter nagen die Stürme an der Steilküste, und im Sommer reißt die Trockenheit den Boden auf."

„Die geologischen Gutachter sahen kein Risiko."

„Meine Familie lebt seit Generationen in Cornwall. Wir haben gesehen, wie ganze Häuser in die Brandung rutschten, weil sie zu nahe an den Klippen standen."

„Das Kloster steht hier seit fünfhundert Jahren, Manas. Reg dich ab. Jetzt lassen wir erst mal den Geist aus dieser schönen Flasche Portwein. Dazu brauchen wir keine Exorzistin, oder?" Poppy hörte das schnalzende Geräusch, mit dem der Korken herausgezogen wurde.

Mühsam unterdrückte sie ihre Wut. Jetzt hatte sie noch einen Grund, mit Flexer zu sprechen. Wie konnte er es wagen, so über sie zu verfügen? Aber bevor sie sich ihn vorknöpfte, wollte sie den beiden Herren in ihren Digestif fahren. Sie bog um die Ecke und stand in zwei Schritten in der Küche.

Tregennas Kopf fuhr herum. Bottrill, der den Port in zwei Kristallgläser füllte, zuckte zusammen und schüttete die rubinrote Flüssigkeit über Tregennas strahlend weiße Leinenhose.

„Störe ich?", fragte Poppy unschuldig. Sie ging gerade auf den Tisch zu und griff nach dem Klemmbrett. „Das habe ich hier vergessen." Sie drehte sich auf dem Absatz um. Über die Schulter sagte sie: „Warum starrt ihr mich so an? Habt ihr einen Geist gesehen? Die soll's hier reichlich geben."

5

Auf dem Weg ins Apartment versuchte Poppy, ihre Wut wegzuatmen.

Auch wenn sie sich auf das Retreat gefreut hatte, gab es gewaltigen Klärungsbedarf.

Selbst der spektakuläre Sonnenuntergang, der vor ihrer Fensterfront in seine Endphase trat, lenkte sie nur kurz ab. Sie holte tief Luft, brachte ihre zitternden Finger unter Kontrolle und wählte Flexers Nummer.

„Poppy? Gut, dass du anrufst."

Warum wirkt der Mann ständig gehetzt, fragte sie sich.

Sie bekam die Antwort sofort: „Ich muss gestehen, ich stehe ein wenig unter Druck. Das mit dem Verkauf des Basquiat war nur ein Vorwand. Ich bekomme morgen Besuch von Carol Charteris."

„Der Journalistin vom *Guardian?* Das ist doch super, obwohl, – die ist nicht vom Feuilleton."

„Du bist scharfsinnig, Poppy, das liebe ich an dir. – Nein, sie hat es nicht auf unsere Kunst, sondern auf mich abgesehen. Sie will an meinem Beispiel die Praktiken in der Kunstszene und den Umgang mit Künstlerinnen demonstrieren. – Da ist mir eine Idee gekommen: Um Transparenz zu zeigen, werde ich sie spontan einladen, den Retreat zu begleiten, um sich selbst ein Bild zu machen. Was hältst du davon?"

„Es ist bestimmt nicht schlecht, in die Offensive zu gehen."

„Schön, dass du das auch so siehst, ich zähle auf deine Unterstützung."

Poppy beherrschte sich. Sie beschloss, die Sache strukturiert anzugehen.

„Kein Problem – obwohl, weil wir gerade davon sprechen ..."

„Na?"

„Hier herrscht eine gewisse Nervosität und Gereiztheit. Bottrill hat übertrieben aufgeregt darauf reagiert, dass Tyra Teague zu spät kam und urplötzlich allein auftauchte. Tregenna und Dupree sind sich auf den schlüpfrigen Steinen fast in die Haare geraten. Überhaupt liebt es Cailan, seinen Narzissmus ungehemmt auszuleben und meine Führung zu untergraben. Schließlich machte Tyra geheimnisvolle Andeutungen über die Insel, und kurz vor der Abfahrt rief mich Julia Armstrong an, die ..."

„Was hat sie gesagt?", unterbrach Niall sofort.

„Siehst du, du bist genauso nervös."

Flexer seufzte, und in dem Ton fühlte Poppy die Schwere eines Mannes, der schon lange den Moment für eine Aussprache gesucht hatte.

„Du hast recht. – Nur was Tregenna angeht, mach dir bitte keine Gedanken. Er hält sich für den Größten. Als Julia absagte, wollte er die Leitung übernehmen und meinte, wir bräuchten dich nicht. Aber er tut nur so stark, und mit seiner Art, zu polarisieren, würde er die Veranstaltung nach kürzester Zeit ins Chaos stürzen." Er atmete hörbar ein und aus. „Es ist etwas anderes. Bitte setz dich."

„Woher weißt du, dass ich stehe? Sind hier auch Kameras, wie im Speisesaal?" Sie sah sich um.

„Quatsch, eure Intimität ist selbstverständlich gewahrt." Die Antwort war spontan, trotzdem bekam Poppy eine Gänsehaut.

„Arwen Island hat ein Geheimnis, Poppy, und ich brauche dich, um es aufzuklären."

„Ein Geheimnis?", fragte sie und versuchte, unschuldig zu klingen. „Das erinnert mich an ein Buch von Enid Blyton."

„Kann sein, nur haben wir es hier nicht mit Kinderkram zu tun."

„Niall, dann rück raus damit, ich sitze ganz gemütlich auf meinem Bett und schaue in den Sonnenuntergang. Dein Haus ist einfach atemberaubend. Ich kann mir keinen schöneren Arbeitsplatz vorstellen."

„Danke – hoffentlich bleibt das so, Poppy. – Ja, das Haus ist perfekt für kreatives Arbeiten, nur die Insel ..."

„Was ist mit ihr?"

„Sie wehrt sich."

Poppy sagte nichts und wartete.

„Bist du noch dran?"

„Natürlich. Warum wehrt sich denn die arme Insel?"

„Spotte nicht und hör mir zu: Ich veranstalte den Retreat seit acht Jahren, und anfangs war alles in Ordnung. Aber seit drei Jahren ist der Wurm drin. Es passieren kleine Unfälle, manche berichten von unheimlichen Begegnungen, gruselige Objekte, die nichts mit den Kunstinstallationen zu haben, tauchen in der Landschaft auf, eine Künstlerin bekam eine Panikattacke nach einer Geistererscheinung vor ihrem Fenster. Das war im letzten Jahr."

„Ein Geist?"

Wieder der tiefe Seufzer. „Ich will offen mit dir reden, Poppy. Ich weiß von deiner speziellen Begabung. Wir haben einen gemeinsamen Freund, einen pensionierten Arzt aus Falmouth, Dr. Trelawney. Er war ein paarmal bei mir in der Galerie. Wir kamen über Arwen Island ins Gespräch, und am Ende hat er mir geraten, dich um Rat zu fragen."

Poppy hatte sich lange beherrscht, doch jetzt explodierte sie.

„Niall, was bildest du dir ein? Du spielst den großen Zampano und lässt die Puppen tanzen mit der naiven Poppy vorneweg? Bevor ich hier richtig angefangen habe, werde ich schon zum Gespött des Hausdieners und des Künstlerfürsten Tregenna. Sie kippen sich deinen teuersten Port hinter die Binde und zerreißen sich das Maul über Mrs Dayton, die Exorzistin!"

„Shit! Woher wissen die ...? Cailan – er muss etwas von dem Gespräch mit Trelawney mitgekommen haben. Er war am selben Tag in der Galerie. Ich ... ich wollte nicht ... ich ..." Dann holte er tief Luft und fing sich wieder. „Poppy, reg dich bitte nicht auf! Ich entschuldige mich in aller Form bei dir. – Ich wollte schon beim Mittagessen in London über die Hintergründe sprechen."

„Hast du mir deshalb die verschwurbelte Gespenstergeschichte aufgetischt? Ich hätte es ahnen müssen."

„Ich hatte Angst, dass du absagst."

„Mit Recht. Ich habe keinen Bedarf an neuen Abenteuern – ich möchte als Künstlerin ernst genommen werden."

„Ich versichere dir, das tue ich, und die anderen auch."

„Tregenna bestimmt nicht."

„Vergiss ihn. – Ich will nur, dass du alle Sinne offenhältst. Julia Armstrong ist nicht krank, sie hat auch nicht abgesagt, sondern ich habe sie gebeten, einmal auszusetzen, damit ...“

„... ich als Geisteraustreiberin aktiv werden kann.“

„Das klingt jetzt aber bitter. Verzeih mir, es war nicht fair, dich auf diese Weise zu schanghaien. Noch mal, mir ist an deinen Talenten als Künstlerin sehr gelegen, und wenn du nebenbei Licht ins Dunkel von Arwen Island bringen kannst, dann bringe ich dich ganz groß raus, das schwöre ich!“

„Du bist ein Schuft, Niall! Außerdem kann ich dir nicht garantieren, dass mein Shining funktioniert. Ich kann es nicht bewusst steuern.“

„Das hat mir Trelawney auch gesagt.“

„Die alte Plaudertasche werde ich mir auch noch vorknöpfen.“

„Lass den alten Knaben in Ruhe. Er hält ungeheuer viel von dir. Er sagt, deine Träume waren der Schlüssel für die Aufklärung eines Mordfalls am Lizard Point.“

„Er übertreibt.“

„Das wäre untypisch für ihn.“

Wider Willen musste Poppy grinsen. Tatsächlich neigte der knochentrockene ehemalige Schiffsarzt nicht zu Spinnereien. Umso beeindruckter war Poppy gewesen, dass er es war, der ihre Begabung damals entdeckt und ihr den Weg gezeigt hatte, die speziellen Traumbegegnungen nutzbar zu machen. Das half ihr dabei, das Phänomen zu akzeptieren, obwohl der Ursprung eine schwere seelische Erschütterung war: Bei einem Autounfall hatte sie ihre Eltern und die jüngere Schwester verloren, der sie seither in ihren Träumen begegnete. Erst in jüngster Vergangenheit waren dort auch unbekannte, fremde Personen aufgetaucht, im Zusammenhang mit besonderen Orten oder Ereignissen, zu denen Poppy in Verbindung stand.

„Weißt du was, Niall?“

„Ich bin ein böser Junge.“

„Wenn ich könnte, würde ich sofort abreisen, aber von dieser verdammten Insel kommt ja keiner runter.“

„Übermorgen bringt mich ein Boot rüber. Wenn du willst, fährt es dich zurück. Ich würde das sehr bedauern, obwohl ich sehe, dass …“

„Du siehst gar nichts, habe ich das Gefühl. Ich will nicht daran denken, was Barney dazu sagt, wenn ich ihm von der Geschichte erzähle. Er hatte kein gutes Gefühl.“

„Bitte, lass ihn aus dem Spiel. Es ist doch nichts passiert bisher, oder? Wahrscheinlich sind das alles Wahrnehmungen überspannter Künstler.“

„Das hoffe ich. Ich werde es mir überlegen, ob ich bleibe oder gehe. Ich habe zwei Nächte, um es zu überschlafen.“

„Soll ich jetzt sagen: Träum was Schönes?“

„Untersteh dich!“

„Genieß einfach das herrliche Wetter und die einmalige Kraft der Insel. Mich hat sie von Anfang an in ihren Bann gezogen. Alles, was an der Landschaft Cornwalls so wundervoll ist, findet sich konzentriert auf Arwen Island. Ich hoffe, sie wird dich nicht enttäuschen.“

Es klang bittend, beinahe flehend, aber Poppy wollte ihn damit nicht davonkommen lassen.

„Nicht so wie ihr Besitzer, meinst du?“

Er sagte nichts.

„Es ist tatsächlich herrlich hier. Mal sehen, wie mein Groll sich anfühlt, wenn morgen wieder die Sonne scheint und ich in der Frenchman's Cove schwimmen gehe."

„Eine prächtige Idee!" Es war greifbar, wie Flexer wieder Mut fasste. „Die Bucht fängt den Golfstrom ein und ist bekannt für ihr Strandgut. Ich bin sicher, dass du dort etwas für deine Installationen findest."

Poppy lachte in sich hinein. Ungerührt sagte sie: „Gute Nacht. Und grüß Julia Armstrong von mir. Sie soll sich bereithalten, für alle Fälle."

„In Ordnung", knurrte Flexer und legte auf.

6

Als Poppy am nächsten Morgen aufwachte, konnte sie sich an keinen Traum erinnern.

Umso besser, dachte sie. Sie gähnte, streckte sich, schwang sich aus dem Bett und öffnete die Terrassentür weit. Torry blieb auf seinem Kissen liegen und zeigte bis auf ein sich träge öffnendes und schließendes Auge keine weitere Aktivität.

Sie ging zum Geländer. Der Strand tief unter ihr lag noch im Schatten, das Meer war spiegelglatt.

Zwei Apartments weiter sah sie Kyla Webb beim Yoga.

Sie schaute auf die Uhr. *Halb sieben – zu früh für Barney?* Aber da hatte sie seine Nummer schon gewählt, und er ging nach dem ersten Ton dran.

„Habe ich dich geweckt, Darling?"

„Oh nein, ich hatte bereits ein Videomeeting mit dem Museum in Auckland. Die Neuseeländer wollen das Darwin-Manuskript kaufen, und niemand im Vorstand zuckte, als ich den Preis nannte!"

„Wow! Ich freue mich!" Das kam aus tiefstem Herzen. Poppy wusste, dass mit den fünfzigtausend Pfund aus dem Verkauf der Originalhandschrift ihre chronischen Geldprobleme auf längere Sicht beseitigt waren. Sie seufzte. „Dann muss ich den Job hier wenigstens nicht wegen des Honorars machen."

„Was hör ich da denn heraus?" Barney klang alarmiert. „Ist die Euphorie schon verraucht? Und warum rufst du mich erst jetzt an? Ich habe geträumt, ihr seid ausgerutscht auf dem glitschigen Damm."

„Ich bin erst einen Tag weg, und du träumst, dass deine Frau ausrutscht?" Sie schmunzelte. „Keine Angst, du weißt, wie trittsicher ich bin."

„Auf jedem Parkett!"

„Das wird sich zeigen."

Poppy erzählte ihm von Flexer und seiner *hidden agenda*.

„Ehrlich gesagt, weiß ich nicht, worüber ich mich mehr ärgere: darüber, dass ich mir Hoffnung gemacht hatte, dass Flexer mich vor allem wegen meiner Kunst gebucht hat, oder über die offensichtliche Indiskretion, die sich Dr. Trelawney hinsichtlich meiner besonderen Fähigkeit geleistet hat."

Barney pfiff durch die Zähne. „Das kann nicht wahr sein. Hat er keine Schweigepflicht?"

„Ich bin ja nicht seine Patientin."

„Du warst nah dran."

„Hör auf, daraus eine Krankheit zu machen."

„Entschuldige, das liegt mir fern. – Aber ich war von Anfang an misstrauisch, warum dieser Flexer plötzlich so heiß auf dich war."

„In zwei Tagen kommt er mit dem Boot, bis dahin habe ich Bedenkzeit, und die werde ich nutzen."

„Wofür?"

„Die Insel genießen, mit meinen Künstlern arbeiten – und mich ein wenig umsehen", sagte sie so beiläufig wie möglich.

Barney stöhnte auf. „Warum ahne ich jetzt schon, wie deine Bedenkzeit ausgehen wird?"

„Mach dir keine Sorgen."

Schwanzwedelnd tauchte Torry mit der Leine in der Schnauze auf der Terrasse auf.

„Ich habe den besten vierbeinigen Leibwächter der Welt."

„Warum beruhigt mich das nicht wirklich?", fragte er ernst. „Versprich mir, nichts zu tun, was ich nicht auch tun würde."

Vielleicht ließe sich das Spektrum ein klein wenig erweitern? „Versprochen!", sagte sie laut. „Ich ruf dich heute Abend wieder an. Und jetzt genieße deinen Erfolg. Geh zu Alex und lass dir auf meine Kosten ein kolossales Champagnerfrühstück servieren. Ich liebe dich!"

Um diese Zeit war es noch still im Haus, nur aus der Küche war etwas zu hören: Muriel klapperte mit den Töpfen und trällerte ein gälisches Volkslied.

Jenseits des Steinportals musste Poppy wählen: Strand oder Land?

Torry nahm ihr die Entscheidung ab und lief den Hang hinauf in Richtung der Klosterruine. Poppy ärgerte sich, dass sie ihn von der Leine gelassen hatte, denn er hatte sofort einen uneinholbaren Vorsprung.

Auf dem Platz vor den Resten des Westgiebels hielt er kurz an, wartete, bis sie schnaufend aufgeschlossen hatte, nur um wieder zu verschwinden.

Er durchquerte das ehemalige Kirchenschiff, rannte im Slalom durch die Reste des eingestürzten Tonnengewölbes und kam bis zur Chor-Apsis.

Sackgasse, triumphierte Poppy, *ich habe dich!* Sie freute sich zu früh. Der Hund schlug einen Haken, lief ein Stück zurück und verschwand im Querhaus.

Auch hier standen nur noch Teile der Außenmauern, aber sie waren hoch genug, um unüberwindbar zu sein.

Die Sonne stand noch flach, und das Licht kam nicht hinunter bis aufs löchrige Bodenpflaster. Poppy war gezwungen, ihr Tempo zu verlangsamen und musste aufpassen, wo sie hintrat.

Torry bellte. Es kam von außerhalb der Mauern.

Wie war er da hingekommen?

Sie gelangte ans Ende des Querhauses, wo eine Fensterscharte breit genug war, dass sie hindurchklettern konnte.

„Torry, wo treibst du dich rum? Komm her!"

Sie sah ihn nicht, und das Bellen verstärkte sich noch.

Als unvermittelt Stille einkehrte, stoppte Poppy. *Was ist passiert?*

Trotz des Julitags war es kühl. Auch außerhalb der Ruine war es dämmrig, eine Gruppe hoher Eichen hielt die Morgensonne ab. Nebelfetzen umhüllten die fünf knorrigen Stämme wie ein alter Verband zwischen den Fingern einer verletzten Hand.

Hinter der Baumreihe nahm Poppy Bewegung wahr. *Ein Mann?*

Torry war immer noch nicht zu sehen, und sie begann, sich Sorgen zu machen.

Die Gestalt bewegte sich in Richtung Norden. Sie war stämmig, breitschultrig, aber zu klein und vierschrötig, um sie mit einem der Menschen in Verbindung zu bringen, die Poppy auf der Insel kannte.

Instinktiv blieb Poppy in Deckung. Warum brachte sie die Begegnung mit Gefahr in Verbindung? Was hatte dieses Gefühl ausgelöst? Poppys Herz schlug heftig. Sie überwand den Fluchtinstinkt und schlich näher heran.

Als sie die Distanz auf etwa zwanzig Meter verkürzt hatte, hörte sie ein Rauschen.

Es muss die Brandung am Nordstrand sein, dachte sie und beschleunigte ihre Schritte.

Ein paar Meter weiter endete das Buschland abrupt; dafür verdichtete sich der Morgennebel, der von der kühlen Wasseroberfläche die Klippe heraufzog.

Noch einmal sah sie die Silhouette, dann schien sie sich vor dem hellen Horizont aufzulösen.

Poppy stand an der Kliffkante. Unter ihr brachen sich weiß die Wellen.

Hier ging es nicht weiter, und es führte kein Pfad zum Strand hinunter.

Die Gestalt blieb verschwunden.

Ärgerlich über ihr Zögern schüttelte sie den Kopf und gab die Suche auf.

Sie musste sich um Torry kümmern und lief den halben Kilometer zurück zur Kirchenruine. Zwischen den hüfthohen Strandrosen und Sanddorn-Büschen ragten kantige Steine aus dem Boden.

Der ehemalige Friedhof des Klosters? Poppy bückte sich, um eine Inschrift zu lesen, als Torry hinter einem der Grabmale auftauchte.

„Wo treibst du dich denn herum?", rief sie. Der Terrier rannte auf sie zu und präsentierte stolz seine Beute. „Aus!", rief sie erschrocken.

Ein Knochen.

„Lass das los!" Sie wollte nach dem länglichen Gegenstand greifen, zog ihre Hand aber rasch zurück. Das

Ding stank erbärmlich. Schließlich gehorchte Torry widerwillig und legte es vor ihr ab. Sie musste schlucken, als ein Gedanke sie durchzuckte: *Ein menschlicher Oberschenkelknochen? – Nein, eher nicht.* – Gab es Tiere in dieser Größe auf der Insel?

Bei der Antwort half ihr Torry. Wie angestochen raste er los, und Poppy verstand, warum er von der Beute abgelassen hatte: Vor ihm bewegte sich der Wall aus Sanddorn, und ein kapitaler Hirsch brach aus den Büschen. In wenigen Sätzen durchquerte er den Friedhof und setzte in elegantem Sprung über die Mauer. Fasziniert blickte ihm Poppy hinterher.

Wie schön du bist! Zum Glück gibt es hier nur Künstler und keine Jäger.

Torry sah das anders. Frustriert jaulend blieb er vor der Mauer stehen, dann trottete er zu seinem Frauchen zurück, nur um die nächste Enttäuschung zu erleben. Poppy hatte den gammeligen Knochen ins Unterholz gekickt. Als Torry die Spur wieder aufnehmen wollte, nahm sie ihn an die Leine.

„Schluss jetzt, alter Freund. Wir gehen frühstücken. Davon hast du mehr als von dem miesen Aas."

Darüber ließe sich diskutieren, schien er zu denken und trottete mit hängenden Ohren hinterher.

Der Frühstückstisch war draußen gedeckt, zwischen Pool und der großen Halle.

Aus der Ferne wirkte es, als ob das Wasser im Becken und das Meer eine unendliche Einheit bildeten.

Poppy ließ den Eindruck auf sich wirken, als ein Schatten von der Seite heranflog und die Harmonie abrupt zerstörte. Das massive Objekt durchschlug die unbewegte Oberfläche und erzeugte eine Wasserfontäne, die bis zum Tisch reichte.

„Torin!", schrie Juna Reid, duckte sich und rettete ihr Croissant vor dem Spritzwasser.

Dupree tauchte prustend auf, kraulte bis zum Ende des Pools und stemmte sich am Rand hoch. Die gorillahafte Gestalt schüttelte sich.

Konnte das der Mann von der Nordseite sein?, dachte Poppy. *Nein, der war kleiner gewesen.*

„Zieh dir was an, Torin." Junas Missbilligung war deutlich zu hören, trotzdem wandte sie den Blick nicht vom splitternackten Hünen ab. Dupree griff nach einem Handtuch, schlang es um die Hüften und setzte sich zu den anderen an den Tisch. Die Sonne stand jetzt deutlich höher, und die Wassertröpfchen glitzerten auf seinen Schultern.

Nicht alle genossen die warmen Strahlen. Kyla Webb bat Bottrill, einen Sonnenschirm aufzuspannen, erst dann legte sie den Strohhut ab und zog das malvenfarbene Seidentuch von den Schultern.

Ihre Haut war so weiß, dass sie zwischen Fia und Brent, die beide tiefgebräunt waren, wie ein Geist aussah. Auch Tregenna schien das aufzufallen. „Ein bisschen Sonne könnte dir nicht schaden, du bist ja beinahe durchsichtig."

Sie hob die Augenbrauen. „Weiß ist die neue Urlaubsfarbe, Cailan."

Poppy war froh, dass Tregenna das nicht kommentierte und der schöne Tag nicht mit neuem Geplänkel begann.

Acht Personen saßen am Tisch, der neunte Platz, an der Stirnseite, war gedeckt, blieb aber unbesetzt.

„Erwarten wir noch jemanden?", fragte Poppy.

Bottrill schüttelte den Kopf. „Das ist Mr Flexers Platz, wahrscheinlich hat ihn meine Frau einfach mitgedeckt."

Er schenkte Poppy Kaffee nach, und sie bedankte sich. „Und ich dachte, wir hätten einen weiteren Gast auf der Insel", sagte sie beiläufig. Ihr entging nicht, wie Tregenna und Bottrill sich ansahen.

„Wie kommst du darauf?", fragte Juna und verscheuchte eine Fliege vom Kräuter-Omelett.

„Du bist doch die Herrin der Einladungsliste, oder?", blaffte Tregenna sie an.

Poppy ignorierte ihn. „Ich dachte, ich hätte heute Morgen jemand gesehen, an der Nordspitze der Insel, kurz nach sieben."

Alle sahen sich an. „Ich war's nicht", ertönte es wie aus einem Munde.

„Nicht meine Zeit." Fia kicherte. „Da wurde ich gerade ganz langsam wach."

Poppy sah, wie Brent Payne rot anlief und Tregenna beiden einen finsteren Blick zuwarf.

Bottrill beendete seine Kaffeerunde. „Das war bestimmt Heinrich der Achte." Er ließ die Kanne mehr auf den Tisch fallen, als dass er sie abstellte.

„Ist das auch eines von Flexers Geschöpfen?", fragte Dupree. „Unter einem König mit sechs Frauen macht er's wohl nicht."

„Nein, der Chef kann nichts dafür", erklärte Muriel lachend und brachte eine Schüssel voll Joghurt mit frischen Früchten. „Das ist ein Tier."

„Ich habe tatsächlich einen tollen Hirsch getroffen, hinter dem Friedhof, einen Zwölfender."

„Das war er." Bottrill klang erleichtert. „Er hat einen Harem auf beiden Seiten. Nachdem er seine Kühe auf dem Festland beehrt hat, wechselt er zur Herde auf die Insel hinüber und umgekehrt. In der Jagdsaison ist er besonders gern bei uns, weil er sich hier vor nichts fürchten muss."

„Wie schafft er es nach Arwen Island?", fragte Poppy.

„Die Tiere sind an Ebbe und Flut gewöhnt und kennen den Weg über den Wall. – Heinrich ist der einzige männliche Hirsch auf dieser Seite. Übernahmeversuche hat er bereits drüben erfolgreich abgewehrt."

„Von dem kannst du was lernen." Dupree feixte in Tregennas Richtung, worauf dieser mit einer Birne nach ihm warf. Torin fing sie auf und zerdrückte sie in seiner riesigen Hand. Der Saft der reifen Frucht spritzte auf seinen Oberkörper.

„Ich spring noch mal rein!", rief er fröhlich, ließ das Handtuch fallen, wiederholte die Wasserbombe und brachte alle zum Kreischen.

7

Nach dem Frühstück verschwanden die meisten in den Ateliers, und Poppy nutzte die Ruhe am Pool, um selbst ein paar Züge zu schwimmen; Torry beobachtete sie vom Rand aus.

Ursprünglich hatte sie zum Strand gehen wollen, aber bei Ebbe reichte der fast bis zum Horizont, und die Priele und Seegrasbänke sahen nicht einladend aus.

Nach dem Bad kehrten die widerstreitenden Gedanken zurück: Gehen oder bleiben?

Der Ärger über Flexer saß tief, seine unaufrichtige Art nervte sie, und auf das Führungsgerangel mit Tregenna konnte sie ebenfalls verzichten. Auf der anderen Seite verliebte sie sich allmählich in die Insel und ihre geheimnisvolle Aura.

Der morgendliche Spaziergang hatte sie auf den Geschmack gebracht und sie beschloss, die Tour fortzusetzen.

Sie zog sich an, griff nach einer geräumigen Leinentasche, die sie über der Schulter tragen konnte und packte auch ein Handtuch ein. Torry, dem es neben dem Pool langweilig geworden war, lief erwartungsvoll nebenher.

Wieder kletterten sie hinter dem Haus den Hügel hinauf, aber diesmal mieden sie die Ruine.

Um sich einen Überblick zu verschaffen, steuerte Poppy die höchste Stelle der Insel an, den Monk's Head.

Sie durchquerten ein Kiefernwäldchen, die Bäume krumm geblasen vom ewigen Westwind. Zufrieden sicherte Poppy die ersten Funde: wie Korkenzieher gewundene Äste und Grimassen, die sie aus Rindenplatten heraus ansahen. Torry beteiligte sich begeistert an der Sammlung. Poppy wollte ihn nicht enttäuschen und legte ein paar von den Kiefernzapfen in den Beutel, die er emsig anschleppte.

Als sie höher stiegen, endete der Baumgürtel. Rund geschliffene Felsen bildeten natürliche Stufen, in den Spalten wuchsen Farne, die in der feuchten Meeresluft gigantische Ausmaße annahmen.

Noch weiter oben war das Felsmassiv mit Flechten überzogen, in Farbschattierungen von Grau bis Violett. Vorsichtig löste Poppy die winzigen Ärmchen, mit denen sie sich auf die steinige Unterlage krallten und bewunderte die komplexe Struktur. Sie überlegte, wie sie die natürliche Buntheit konservieren könnte und bettete sie zwischen Schichten weicher Farnblätter.

Ein Schrei!

Sie war so auf das Sammeln konzentriert, dass der Schreck sie von den Füßen warf und sie sich auf den Hosenboden setzte. Das Herz pochte ihr bis zum Hals.

Torry bellte. Ein schwarzer Schatten stieg auf und schob sich zwischen Poppy und die Sonne. Sie hob die Hand, in Abwehr und um besser sehen zu können.

„Hiiäh!"

Fasziniert schaute sie in zwei bernsteinfarbenen Augen hinter einer schwarzen Zorro-Maske. *Ein Habicht?* – „Du wirst mich doch nicht attackieren?"

„Gik, gik, gik." *Das klang schon versöhnlicher.* Der Raubvogel breitete die Schwingen aus, das flirrende, grauweiße Muster der Flügel hatte eine fast hypnotische Wirkung. Er umkreiste sie ein letztes Mal und schwebte in Richtung des Eichenwalds davon. War er auf der Jagd? Poppy hätte es nicht gewundert, sie war schon einigen Mäusen begegnet, die sich auf dem warmen Felsen sonnten und in den Ritzen verschwanden, sobald sie näher kam.

Sie blieb auf der Steinplatte sitzen, zog ihre Wasserflasche aus der Tasche, trank einen Schluck und spürte dem Hauch von Limette und Minze nach. Das kühlende Aroma entspannte sie, und ihr Herzschlag beruhigte sich.

Muriel hatte für jeden aus der Gruppe eine Trinkflasche vorbereitet.

Poppy dachte an die junge Frau mit den langen schwarzen Haaren, die wachen, blauen Augen hinter einem Pony versteckt. Sie fand sie sympathischer als Manas. Aber sie wollte nicht zu früh urteilen. Was wusste sie von dem Caretaker-Paar? So gut wie nichts.

Cailan hatte recht. Sie war überstürzt und unvorbereitet in die Sache hineingeschlittert.

Aber Kunst und Cornwall – diese Kombination fand sie unwiderstehlich, und hier oben hatte die Schönheit der Landschaft Überwältigungscharakter.

Sie saß auf dem höchsten Punkt der Insel. Unter ihr legte sich der Baumgürtel wie der Kranz einer Tonsur um den Berg. *Jetzt bin ich eine Fliege auf dem kahlen Kopf des Mönchs.*

Obwohl Arwen Island keine zwei Kilometer lang und an ihrer schmalsten Stelle nur wenige Hundert Meter breit war, wirkte sie von hier oben größer. Als grüne Sichel lag sie vor der Küste von Mousehole, die Spitzen nach Norden und Süden ausgerichtet, und im Westen die Steilküste, aus ihr wuchs der Verbindungsdamm zum Festland. Die felsige Ostseite, vor der sich eine perfekt geschwungene Bucht mit feinem, weißem Sandstrand erstreckte. Im Süden die Abbey und das Haus, das von hier oben weit weniger futuristisch aussah als aus der Nähe. Nicht nur die Höfe und Terrassen, auch alle Dächer waren begrünt und fügten sich perfekt in die gestufte Felsenkulisse ein. Selbst der Pool sah aus dieser Perspektive aus wie eines der vielen Becken am Meeresgrund, die das zurückflutende Wasser allmählich wieder miteinander verschmelzen ließen.

Poppy packte die Flasche ein. Die Erfrischung war nicht genug, der Strand lockte sie.

Sie hängte sich die Tasche über. Der Abstieg erforderte ihre Aufmerksamkeit, die glatten Felsen boten wenig Halt, und sie knickte ein paarmal um, weil die Ausblicke sie ablenkten.

Auf direktem Weg durchquerte sie das Waldstück und erreichte den Pfad, der zwischen großen Steinbrocken zum Strand führte.

An der schmalen Durchgangsstelle näherte sich Torry schnüffelnd einem Objekt, das mitten auf dem Weg lag. Poppy schloss zu ihm auf – und blieb geschockt stehen.

Eine blutverschmierte Hand.

Sie wagte einen zweiten Blick. Erleichtert sah sie, dass es keine menschliche Hand, sondern aus Stein gehauen war. Die Erkenntnis beruhigte sie kaum.

Sie starrte auf die Hand, deren Zeigefinger in Richtung Strand ausgerichtet war.

War sie Teil einer Statue aus dem Kloster? Wie kam sie hierher? Und die rotbraune Farbe? War es wirklich Blut?

Sie lauschte, hörte und sah niemanden. Auch Torry blieb ruhig und verlor allmählich das Interesse an dem Fundstück.

Poppy presste die Lippen zusammen und streckte ihren rechten Zeigefinger aus. Sie berührte eine Stelle an der Innenfläche. Als sie merkte, dass die dunkle Substanz angetrocknet war, wurde sie mutiger. Sie nahm ein breit gefächertes Ahornblatt und hob damit die Hand hoch. Sie überwand das Ekelgefühl und näherte sich mit ihrer Nase.

Es ist nur schwach, dachte sie, *aber eindeutig der Geruch von rostigem Eisen und Kupfer.*

Sie suchte den Boden ab. Sonst gab es keine Spur von Blut. *Wer oder was auch immer dafür verantwortlich ist, das Ding ist woanders präpariert und dann hier abgelegt worden.* Beherzt wickelte Poppy die Hand in eine weitere Schicht Blätter und legte sie in ihren Beutel.

Es wird niemanden mehr erschrecken.

Kurz dachte sie daran, sie für ihre Installation zu verwenden – und fand es sofort abwegig.

Ich werde morgen damit Flexer überraschen. Sie musste zugeben, dass ihr dieser Gedanke gefiel …

Sie liefen weiter zum Strand. Das Meer war wieder zurückgekehrt. Auf der windabgewandten Ostseite zeigten sich noch weniger Wellen als im Westen, und so lag Frenchman's Cove da wie eine karibische Lagune.

Der weite Bogen von strahlend weißem Sand, das Wasser türkis und zunehmend dunkelblau, in Richtung des Außenriffs. Ein Bach plätscherte in Kaskaden den Hügel hinunter und sammelte sich am Fuß der Klippe in einem felsigen Becken. Torry trank gierig das klare Wasser.

Poppy suchte eine besonders schöne, sandige Stelle für ihr Handtuch aus.

Sie schlüpfte aus den Kleidern und lief ins Wasser. Das kühle, elektrisierende Prickeln stieg an den Beinen empor; dann wusste sie, dass die Temperatur perfekt war, stieß sich ab und schwamm los. Mit kräftigen Kraulschlägen hielt sie auf das Riff zu und erreichte es nach wenigen Minuten.

Sie tauchte unter. Ein Schwarm silbrig glänzender Fische stob vor ihr auseinander.

Im Wasser fühle ich mich wohl, dachte sie, *manchmal sogar mehr als an Land. Vielleicht liegt es daran, dass ich mich hier Gwen besonders nahe fühle.* Gemeinsam mit ihrer Schwester und den Eltern hatte sie viele glückliche Ferientage am Meer verbracht. *Obwohl ich das Wetttauchen gegen dich immer verloren habe.* Sie streckte die Arme aus und suchte ihre Hand. Ein Felsmassiv kam auf sie zu, und Gwens Bild verschwamm.

Fast widerwillig kehrte Poppy zur Oberfläche zurück, in Richtung der hellen Wasserbläschen, die das anbrandende Meer auf der Riffkante erzeugte.

Ihr Kopf durchstieß die Oberfläche, und sie blickte in Richtung Ufer.

Bewegte sich da etwas? Sie glaubte, zwischen den Felsen jemanden stehen zu sehen. Als sie sich das

Salzwasser aus den Augen gewischt hatte, lag die Bucht jedoch so verlassen da wie vorher. Auch Torry zeigte keine Regung. Ruhig lag er neben dem Handtuch und behielt gleichzeitig sein Frauchen im Auge. Seit Poppy ihn vor dem Ertrinken gerettet hatte, vermied er das Wasser und war auch nicht begeistert, wenn sie für seinen Geschmack viel zu weit hinausschwamm.

Auf dem Rückweg kraulte Poppy quer über die Riffdurchfahrt und kämpfte gegen die kräftige Strömung an. Sie folgte der Fahrrinne und passierte die Kaianlage. Sie war halb verfallen, und das Wasser strömte glitzernd von braun-grünen Algensträngen, die wie ungepflegte Haare von der Mauer herabhingen.

Poppy hatte immer weniger Lust, dort morgen in ein Boot zu steigen und die Insel zu verlassen.

Nein, sie würde bleiben. Frenchman's Cove hatte für sie entschieden.

Arwen Island – ich bin genau richtig bei dir. Mal sehen, was du mit mir vorhast.

Am Ufer empfing Torry sie begeistert.

Nass, wie sie war, ignorierte Poppy ihr Handtuch und legte sich direkt in den weichen Sand. Die Wassertröpfchen perlten von ihrem Körper ab oder verdunsteten langsam und ließen glitzernde Salzkristalle zurück. Sie liebte es, zu spüren, wie sich eine zarte Hülle aus Salz, Sand und Sonnenwärme um sie herum bildete. Träge blinzelte sie in die Strahlen, die von einer dünnen Dunstschicht gemildert wurden, dann drehte sie sich auf den Bauch. Torry schmiegte sich an ihre Seite.

8

Ohrenbetäubender Lärm erfüllte die Bucht und schallte von den Felsen zurück.

Poppy stemmte sich hoch. Entsetzt registrierte sie, wie ein Stück strandabwärts, Richtung Anlegestelle, das Drama seinen Lauf nahm.

Von einem hölzernen Boot mit zwei Masten, das mit gerefften Segeln in der Bucht ankerte, sprangen Männer ins Wasser und stürmten auf den Strand. Dort wurden sie von einer etwa gleich großen Zahl empfangen, Gestalten in dunkelbraunen Kutten.

Die beiden Gruppen droschen aufeinander ein, mit Schwertern oder bloßen Fäusten, Speere flogen durch die Luft. Wut- und Schmerzensschreie vermischten sich, immer mehr Blut färbte den Sand rosa.

Panisch suchte Poppy Deckung hinter einem Felsen – und fand sich Auge in Auge mit einem Mönch.

Sie wollte schreien, brachte aber keinen Ton heraus. Reflexhaft bedeckte sie ihre Blöße.

„Liebe Frau, hier könnt Ihr nicht bleiben!"

Der Mann berührte sie an der nackten Schulter. Rasch nahm er die Hand zurück und schaute weg.

„Habt keine Furcht. Ich bin Bruder Brios, ich bringe Euch in Sicherheit."

Er zog sich die braune Kutte über den kahlen Kopf und reichte sie ihr. Poppy starrte auf seine behaarte Brust.

*„Zieht das an und folgt mir. Bleibt hinter den Felsen
und seid leise!"*

Die letzte Anordnung wirkte seltsam bei dem infernalischen Kampfgetöse.

*Widerwillig zog sich Poppy den nach Schweiß und
Talg stinkenden Mantel über, gleichzeitig war sie dankbar und froh, sich nicht mehr so ausgesetzt zu fühlen.*

*Beide liefen los, geduckt brachten sie immer mehr
Distanz zwischen sich und das Chaos.*

Vergeblich – sie wurden entdeckt.

*Zwei Piraten lösten sich aus dem Getümmel und verfolgten sie. Poppy hörte, wie das gierige Keuchen der
Männer und das Stampfen schwerer Stiefel im Sand
immer näher kam.*

*Gelähmt vor Angst ließ sie sich fallen und bedeckte
den Kopf mit beiden Händen.*

*„Brios, hilf mir!", schrie sie, als sie etwas an der Schulter berührte. Ihr Atem stockte, und sie machte sich auf
den Schlag gefasst.*

Nichts geschah.

Langsam löste sich die Erstarrung. Zögernd öffnete
Poppy die Augen und blinzelte die Sandkörner weg.

Ein Kopf schob sich ins Blickfeld, und sie erkannte die
junge Frau in den abgeschnittenen Jeans. Torry hatte
nicht gebellt, er leckte ihre ausgestreckte Hand.

„Fia?" Verwirrt setzte sich Poppy auf. Ihr war schwindelig.

„Du hast im Schlaf gesprochen!" Fia hielt ihre Hände
in die Seiten gestemmt und sah mit zusammengekniffenen Augen auf sie herab. „Ich habe gehört, wie du einen Namen gerufen hast."

Poppy antwortete nicht gleich. Sie hatte einen seltsamen Geschmack im Mund, leicht ranzig, aber nicht unangenehm. Sie tastete über den Sand neben dem Handtuch, fand ihre Tasche, kramte darin herum, holte die Flasche heraus und trank. Danach verschloss sie den Beutel rasch, damit Fia nicht die Hand sah.

„Ich muss wohl eingeschlafen sein und hatte einen Albtraum.“

„Was hatte der mit Brios zu tun?“

Poppy fasste sich an die Schläfen. „Brios?“, fragte sie irritiert. Nur langsam gewann sie Abstand von dem Überfall. Sie drehte den Kopf in Richtung der Stelle, an der das Boot gelegen hatte. Dort klatschten harmlose kleine Wellen ans Ufer.

„Der junge Mönch. Du hast nach ihm gerufen!“ Fia behielt ihren misstrauischen, beinahe eifersüchtigen Ton bei.

„Ich ... ich habe keine Ahnung“, stotterte Poppy. „Ich glaube – er hat mich gerettet.“

„Wovor denn?“, fragte Fia. Neugier schien die Oberhand zu gewinnen. Sie kicherte. „Er hat einiges drauf, der Bruder Brios.“

Poppy starrte sie ungläubig an. „Kennst du ihn etwa?“

„Das wollte ich dich fragen!“

Trotz der Hitze des Nachmittags lief ein Schauer über Poppys Rücken. Sie sah Fia ungläubig an und schüttelte den Kopf. „Nicht schon wieder“, flüsterte sie.

„Was meinst du damit?“ Fias Misstrauen kehrte zurück.

„Setz dich.“ Poppy rutschte zur Seite und deutete auf den Platz neben ihr auf dem Handtuch.

Fia ging auf das Angebot ein; sie zog die Beine an, schlang ihre Arme darum und blieb auf Abstand.

„Eigentlich habe ich gar keine Lust auf Geister." Poppy seufzte tief. „Es scheint wieder loszugehen."

„Was denn?", fragte Fia unschuldig, aber Poppy erkannte in ihren Augen, dass sie die Antwort wusste.

„Ich hätte nicht gedacht, dass ich ausgerechnet auf dieser Insel jemanden treffen würde, der eine ähnlich verrückte Begabung hat wie ich."

„Du meinst das Theaterträumen?"

„So nennst du es?"

„Ich glaube, ich habe es von meinem Vater geerbt. Leider lebt er nicht mehr. Dafür begegne ich ihm manchmal. Es wirkt distanziert, irgendwie künstlich – wie auf einer Theaterbühne."

Poppy nickte. „So geht es mir auch, mit meiner Schwester. Auch sie ist tot. – Doch leider beschränken sich diese Begegnungen nicht nur auf sie ..."

„Womit unser Bruder Brios ins Spiel kommt!" Fia lachte leise. „Mach dir nichts draus – mir passiert das häufiger."

„Wirklich?" Poppy blickte Fia von der Seite an. „Dann kann ich vielleicht von dir lernen, damit umzugehen. Außer mit Barney, meinem Mann, traue ich mich nicht so recht, darüber zu sprechen. Ein Arzt hat einmal versucht, es mir zu erklären, er nannte es Shining."

„Shining? – Der Ausdruck passt, finde ich."

„Warum?" Poppy war zunehmend fasziniert von der Unterhaltung. „Was meinst du konkret?" Der kühle und sachliche Umgang, den Fia mit ihrer Begabung pflegte, beeindruckte sie und hatte etwas Beruhigendes. Es bestärkte sie in dem Gedanken, dem Phänomen systematisch nachzugehen und es nicht nur als unheimlich zu empfinden.

„Manchmal hat es mir geholfen. Shining – es war wie ein Lichtstrahl, auf etwas in die Zukunft. Nur ein kleines Stück. Es half mir dabei, einen Vorsprung zu bekommen.“

„Einen Vorsprung?“

„Das klingt jetzt zu berechnend, aber ich konnte mich auf etwas vorbereiten ...“

„Wirklich? So intensiv ist das bei mir nicht ausgeprägt. Zumindest geht es nicht um die Zukunft.“

„Sei froh.“ Fias Augen füllten sich plötzlich mit Tränen.

„Was ist mit dir?“, fragte Poppy besorgt.

„Es wird etwas geschehen.“

Poppy sah sie fragend an, und sie fuhr fort: „Brios hat mich vor einem Mann gewarnt.“

„Vor welchem Mann?“

„Mehr habe ich noch nicht herausgefunden. Seit ich hier bin, taucht Bruder Brios in meinen Träumen auf, sogar mehrmals pro Nacht. Am liebsten erzählt er mitleidheischend von sich selbst und seinem Schicksal.“ Sie wischte sich übers Gesicht. Die glitzernden Sandkörner sahen auf der gebräunten Haut aus wie silberner Puder. „Ein trauriger Charmeur. Wie er mich ansieht ... viel zu anzüglich für einen Mönch, wenn du mich fragst. – Keine Ahnung, warum so ein Typ ins Kloster gegangen ist.“ Versonnen schaute sie Poppy an. „Aber da er dich ja auch zu besuchen scheint ...“ – diesmal war der Anflug von Konkurrenz in der Stimme verflogen – „... kannst du ihn selbst danach fragen.“

„Was war mit dem Mann?“ Poppy kam auf ihre letzte Frage zurück. *Hoffentlich nicht zu drängend,* dachte sie.

„Vielleicht erfahre ich es heute Nacht?“ Erst klang Fia hoffnungsvoll, dann schob sie resignierend nach: „Egal, ich weiß es auch so – es kann nur Flexer sein.“ Sie zog den Kopf zwischen die Schultern.

„Warum er?“

„Der Typ ist fantastisch, ohne ihn wäre ich nie so weit gekommen mit meiner Kunst. Ich war letztes Jahr für den Turner-Preis nominiert!“

„Das ist doch großartig.“ Poppy freute sich für Fia und unterdrückte gleichzeitig einen Anflug von Neid.

„Ja, nur jetzt bedrängt er mich! Er fordert seinen Preis, und ich habe Angst, dass er auf der Insel … Hier ist er der Allmächtige.“

Poppy seufzte. „Ich verstehe dich gut. Niall ist bekannt für seine Affären. Allerdings kann ich dich für die nächste Zeit beruhigen.“ Sie erzählte ihr von der Journalistin, die morgen mit ihm eintreffen würde und nur darauf wartete, dass er sich etwas zuschulden kommen ließe.

Fia atmete auf. „Poppy, gut, dass wir uns hier begegnet sind.“ Sie strahlte. „Hoffentlich treffe ich Brios heute Nacht wieder – oder wir unternehmen zu dritt etwas im Traum?“ Sie schmunzelte.

„Es ist gut, dass du das alles nicht so schwernimmst, Fia.“

„Das will ich auch nicht! Es ist so herrlich hier, mit dir und den anderen …“

Poppy entging ihr verklärter Ausdruck nicht. „Du meinst niemanden Speziellen? Brent Payne vielleicht?“

Fia wurde rot. „Wie kommst du auf ihn?"

„Euer Tanz auf dem Weg zur Insel ..."

„Ich mag ihn. Und ich wollte den sturen Bottrill ärgern und Cailan auch."

„Was hast du mit dem arroganten Kerl zu tun?"

„Ihr beiden könnt euch nicht leiden, wie?" Sie grinste. „Tregenna ist nicht verkehrt. Letztes Jahr hatte ich eine kleine Geschichte mit ihm. Aber keine Frau hält es länger als ein paar Wochen mit ihm aus."

Poppy nickte. Jetzt verstand sie, warum er auf der Überquerung zur Insel so genervt reagiert hatte.

Fia schüttelte sich und schwieg einen Moment. Sie betrachtete Poppys Schultern und pustete sanft darauf. „Du bist schon ganz rot. Pass auf, die Sonne ist heftig, auch wenn es dunstig ist."

Poppy reckte sich und spürte die Spannung auf ihrer Haut.

„Danke, dass du mich daran erinnerst." *Was für eine bezaubernde Frau du bist,* dachte sie, *schön und empathisch. Kein Wunder, dass die Männer verrückt nach dir sind.*

Sie stand auf und zog Fia hoch.

Ein Reflex im Sonnenlicht, zwischen den Felsbrocken auf dem Abhang hinter der Bucht. Poppy kniff die Augen zusammen, aber es war nichts mehr zu sehen. Sie zuckte die Schultern. „Lass uns schwimmen gehen. Ich will noch mal in dieses herrliche Wasser tauchen. Dann laufen wir zurück. Ich muss arbeiten."

„Ich auch", sagte Fia eifrig. „Ich bin mit Brent verabredet – nein, nicht, was du denkst. Wir arbeiten an einer gemeinsamen Performance. Hast du schon ein Konzept für deine Arbeit, Poppy?"

„Eine Idee vielleicht." Sie seufzte. „Ehrlich gesagt, fühle ich mich blockiert."

„Wegen deiner Doppelrolle hier?" Wieder beeindruckte Fia Poppy mit ihrer Auffassungsgabe. „Poppy, du weißt bestimmt, dass Cailan hinter deinem Rücken intrigiert. Lass den Idioten machen. Ich kann dir sagen, wir anderen finden es wunderbar, dass wir dich hier haben, und wir sind sehr gespannt, was du am Ende präsentieren wirst. Du bist ja neu in der Galerie." Ein schelmisches Grinsen überflog ihr Gesicht. „Wir anderen wissen leider mehr oder weniger, was wir voneinander zu halten haben – sowohl künstlerisch als auch menschlich. Da ist ein neuer Impuls sehr willkommen!"

Sie lief voraus in die Wellen, Poppy hinterher.

Für den letzten Satz könnte ich dich küssen, Fia!, dachte sie glücklich.

9

Am nächsten Morgen wurde Poppy früh von ihrem Smartphone geweckt. Schlaftrunken fegte sie es vom Nachttisch. Fluchend tastete sie auf dem Fußboden herum, fand es und schaute aufs Display.

Flexer? – Um sechs Uhr? Was war jetzt wieder los?

„Poppy! Guten Morgen!" Sie hielt das Gerät ein Stück vom Ohr weg. „Habe ich dich aus deinen Träumen geholt?"

„Was? Guten Morgen. – Nein, keine Ahnung." Tatsächlich konnte sie sich an keinen Traum erinnern, schon gar nicht an einen von Bruder Brios. Sie gähnte. „Ist alles ok?"

„Bestens, meine Liebe! Wir kommen früher. Heute Mittag soll der Wind auf Ost drehen. Der Hafenmeister fährt uns selbst rüber. Carol und ich haben im „Ship Inn" übernachtet, in Mousehole – alles andere als ein Loch!" Er lachte über sein Wortspiel. „Wir sind in einer Stunde da."

„Am Anleger?"

„Wo sonst? Bitte sag Bottrill Bescheid, er soll uns abholen. – Mach dir keinen Stress." Nach einer Pause kam zögernd der nächste Satz: „Es sein denn – du hast entschieden, zurückzufahren." Poppy ließ sich Zeit mit der Antwort.

Flexer räusperte sich. „Entschuldige, wir müssen los ..." Sie hörte, wie er die knarrende Treppe des „Ship Inn" herunterlief und genoss es, die Spannung für einen Moment aufrechtzuerhalten.

„Ich habe mich tatsächlich entschieden, obwohl – es ist mir nicht leichtgefallen." – *Das klingt dramatischer als angemessen, aber warum nicht?*, dachte sie.

„Darf ich erfahren, wie ..."

Poppy beschloss, ihn zu erlösen. „Du darfst", sagte sie gnädig. „Ich bleibe. Und dann müssen wir reden."

Flexer atmete heftig. „Danke, Poppy. Du wirst es nicht bereuen!" Der anbiedernde Ton wurde geschäftsmäßiger: „Bleib im Haus, weck die Mannschaft – und kocht Kaffee!" Er legte auf.

Poppy seufzte. *Das Ober-Alphatier ist im Anmarsch.*

Nachdem sie zuerst Bottrill und dann die anderen informiert hatte, sprang sie unter die Dusche.

Danach überlegte sie kurz, was sie anziehen sollte und entschied sich für ein grünes Jerseykleid von Vivienne Westwood.

Sie wollte eine schnelle Runde mit Torry machen, doch der schien nichts davon zu halten und verschanzte sich in der Kissenburg.

„Schau mich nicht so vorwurfsvoll an. Ich weiß, du bist ein Stadthund und Aufstehen vor neun ist unter deiner Würde." Das Halsband klickte und sie zog an der Leine. „Lass mich nicht im Stich, ich habe viel zu tun."

Beim Frühstück, eine Stunde später, waren zum ersten Mal beide Stirnseiten des langen Tisches besetzt: Flexer an der einen, Carol Charteris an der anderen Seite.

Der Galerist unterhielt die Runde mit Anekdoten über den Spleen seiner Sammler, und die Journalistin gab Presseklatsch preis, ohne aufdringlich oder verletzend zu sein.

Poppy war erleichtert, dass sich die Stimmung zusehends entspannte, aber ihr entging Flexers unsteter Blick in ihre Richtung nicht.

Kurz zuvor – Flexer war noch unterwegs – kam die Gruppe auf der Terrasse zusammen. Sie war fast komplett – nur Tyra Teague fehlte. *Am Telefon hatte sie gesagt, sie sei dabei, wunderte sich Poppy.*

Cailan Tregenna stand abseits, die Arme in Feldherrnpose auf dem Rücken verschränkt, den Blick über den Rest erhoben.

Juna und Kyla sprachen leise miteinander.

Torin setzte sich an den Tisch, stand wieder auf, ging umher und knetete die Hände.

Brent und Fia erschienen gemeinsam, mit leicht geröteten Wangen.

Cailan hob sein Kinn noch höher und ignorierte sie. Juna und Kyla stießen sich verstohlen an und kicherten.

Obwohl es nur ein Frühstück und kein Dinner war, hatten sich die meisten herausgeputzt.

Selbst Fia, die Poppy bisher nur barfuß und in abgeschnittenen Jeans gesehen hatte, trug ein hellblaues Seidenkleid. *Ziemlich kurz und sehr durchsichtig,* dachte sie, tadelte sich aber gleich wegen ihres spießigen Urteils. – *Sie kann es einfach tragen.*

Das Frühstück war fast beendet, als Tyra auftauchte.

„Haben wir noch eine Extrawurst für Mrs Teague?", fragte Cailan spitz, als sie die Terrasse betrat. Flexer begrüßte sie mit einem belustigten „Hi Ty", dann beachtete er sie nicht weiter, sondern konzentrierte sich auf

Fia. Die rückte ein Stück von ihm ab und ließ sich demonstrativ von Brent in den Arm nehmen.

Tyra murmelte eine Entschuldigung und setzte sich an den Tisch.

Muriel servierte ihr ein traditionelles English Breakfast mit Rührei, gebackenen Bohnen, Tomate und Grillwürstchen. Wortlos langte sie zu. Auf Poppy wirkte sie verschwitzt und angestrengt, sie trug eine Jeansjacke mit feuchten Stellen auf den Schultern und abgetretene Sneaker, die ebenfalls durchnässt waren.

Es hat doch nicht geregnet – wo kommst du her? Poppy stellte die Frage nur sich selbst, sie wollte Tyra nicht in der Runde bloßstellen. Sie kam auch nicht dazu, weiter darüber nachzudenken, denn Flexer stand auf, kam zu ihr und beugte sich hinunter.

„Darf ich dich sprechen, Poppy? In einer Viertelstunde, in meiner Wohnung."

Flexers Reich nahm die Bugspitze des Gebäudes ein. Von außen dominierte, wie im übrigen Haus, die Farbe Weiß. Als Poppy über die Schwelle trat und Flexer die Tür hinter ihr schloss, änderte sich die Umgebung. Holzgetäfelte Wände und Messinglampen erzeugten eine intime, aber für diesen Ort radikaler Modernität erstaunlich altmodische Atmosphäre.

„Wir gehen an Bord der EUNICE."

Ein Schiff? Stirnrunzelnd folgte ihm Poppy über eine Wendeltreppe in das Geschoss darunter.

Die Wände liefen in spitzem Winkel aufeinander zu, Bullaugen öffneten den Blick aufs Meer.

Die Treppe endete an der Schwelle zu einer Bar.

„Willkommen in Captain Ingram's Saloon."

Hinter dem zinkbeschlagenen Tresen aus Teakholz
stand ein Schiffsbüfett, mit Spiegeln, einer Messinguhr
und üppiger Getränkeauswahl, davor gemütliche, mit
grünem Cord bezogene Stühle, die um einen Tisch mit
Linoleumplatte standen.

„Hier unten findest du kein einziges modernes Kunstwerk", erklärte Flexer der verblüfften Poppy. „Die Einrichtung hat mein Urgroßvater gerettet, sie stammt
von der EUNICE, einem Handelsschiff, das 1929 verschrottet wurde. Du weißt, dass meine Familie ihr Vermögen mit Stahl gemacht hat. Die alte Kapitänsmesse
erinnert mich an die Wurzeln. Es kommen nicht viele
Leute hierher, die meisten hätten Probleme, das mit
dem hippen Galeristen zu verbinden. Mich erdet es." Er
stellte sich hinter den Tresen. „Was kann ich dir anbieten, Poppy?"

„Danke, im Moment nichts für mich. Aber vielleicht
brauchst du einen Schnaps, Niall."

Poppy schwang sich auf einen der Barhocker und
legte ihre Tasche auf dem Tresen ab.

Sie zog die blutige Hand heraus. In dem durchsichtigen Plastikbeutel und unter der schummrigen Barbeleuchtung sah sie noch erschreckender aus.

Flexer schnappte nach Luft. „Ist das …?"

„Sie ist aus Stein. Wahrscheinlich stammt sie aus der
Abbey. Aber jemand hat sie mir gestern vor die Füße
gelegt, auf dem Weg zur Frenchman's Cove."

„Wer sollte das tun? Und warum?"

„Du stellst die entscheidenden Fragen, Niall, und
müsstest sie eigentlich beantworten können. Es ist

deine Insel, und es gibt nur zwei Handvoll Leute hier, die infrage kommen.“

„Ausgeschlossen. Was hätten sie für ein Motiv? Außerdem lege ich für alle meine Hand ins Feuer.“ Er schmunzelte über seinen Witz.

„Wer kommt sonst infrage? Gestern Morgen dachte ich, dass ich einen Mann gesehen habe, an der Nordspitze.“

„Einen Fremden? Keinen von den Künstlern – oder Bottrill? Kannst du ihn beschreiben?“

„Nein, es war neblig. – Später bin ich einem Hirsch begegnet …“

„Ah, Heinrich der Achte!“

„Imposante Erscheinung.“

„Unbedingt! – Die Hand – hast du jemandem davon erzählt?“

„Die Stimmung ist gut im Team, und ich werde den Teufel tun …“

„Danke, Poppy!“ Flexer atmete auf. „Ich will nur, dass du weiter ein Auge auf alles hast.“

Er legte seine Hand auf ihre, sie war kalt und feucht, und Poppy musste den Reflex unterdrücken, ihre wegzuziehen.

„Wer ist Bruder Brios?“, fragte sie übergangslos.

Flexers Augenbrauen schnellten nach oben. „Brios? – Ein Mönch, soweit ich weiß. Er lebte in der Abbey. Es gibt eine alte Sage, in der er eine tragische Rolle spielt. Ich habe immer vermieden, dass diese Schauergeschichten hier kursieren. Ich will, dass sich meine Künstler auf ihre Kunst konzentrieren können. Das sind alles hochsensible Leute, die lassen sich leicht irritieren. – Nur wie kommst du auf Bruder Brios?“

„Ich habe von ihm geträumt.“

Flexer blickte sie beeindruckt, beinahe ehrfürchtig an. „Also doch … Dr. Trelawney hat mir nicht zu viel versprochen.“

„Es war nur einmal, beim Mittagsschlaf gestern am Strand. Ich bin in eine Art Mittelalter-Show geraten, aus der Brios mich gerettet hat.“

Er runzelte die Stirn. Poppy grinste. „Wenn der alte Doktor nicht so von mir geschwärmt hätte, würdest du jetzt denken, ich spinne.“ Sie seufzte. „Das ist alles, was ich bieten kann. Seitdem ist er nicht mehr aufgetaucht.“

Wieder suchte Flexer ihre Hand, aber sie legte sie in den Schoß.

„Das macht doch nichts. Ich bin nur froh, dass du bleibst.“ Er schielte auf die blutverschmierten Finger unter der Plastikfolie. Dann drehte er sich um, nahm eine Flasche Barbados-Rum aus dem Regal und goss sich einen Doppelten ein.

10

Nach ihrem Gespräch hatten Flexer und Poppy am Nachmittag einen Rundgang durch die Ateliers gemacht und mit allen über Konzepte und Ideen für ihre Arbeiten gesprochen.

Erst spät am Abend fand Poppy Zeit für sich. Sie drehte noch eine Runde mit Torry, dann ging sie in ihr Zimmer, zog die Schuhe aus und warf sich mit einem Seufzer aufs Bett.

Sie wählte Barneys Nummer.

„Darling, schön, vor dir zu hören, ich vermisse dich sehr!" Es klang nicht nach dem Gruß eines routinierten Ehemannes, sondern schien aus tiefstem Herzen zu kommen. Dafür belohnte sie ihn mit besonders viel Schmelz in der Stimme.

„Ich dich auch, dabei sind wir erst zwei Tage getrennt. Ein bisschen Abstand verstärkt die Sehnsucht."

„Ich habe von dir geträumt, Poppy. Wir lagen im Himmelbett in der Queens-Suite von Wythcombe Manor. Dann platzte Bruce herein und sagte, wir müssen abreisen, das Haus sei verkauft. Im Hintergrund zeterte Pat herum."

„Ziemlich realistisch."

Sie spielten auf ihre Freunde an, Lord und Lady Wythcombe an, die in der Nähe ein Hotel betrieben, aber keine glückliche Hand damit hatten. Poppy und Barney, die dort ihren Urlaub verbracht hatten, waren in den Strudel einer abenteuerlichen Geschichte um Mord und uralte Familiengeheimnisse geraten, und es war nur Poppys Mut und Entschlossenheit zu verdanken, dass alles ein gutes Ende nahm.

„Und was hast du geträumt?", fragte Barney und gähnte.

„Privat oder beruflich?"

Barney lachte. „Kannst du das trennen?"

„Eben nicht. – Es ist wieder passiert." Poppy seufzte. „Das Shining ist zurück."

„Wirklich? Entschuldige, ich dachte, ich hätte einen Witz gemacht. Wem bist du begegnet?"

„Ich finde es gar nicht witzig." Ihr Tonfall war gereizt. „Ich hätte gern darauf verzichtet. Aber stell dir vor – ich bin damit nicht allein. Fia Saunders, eine der Künstlerinnen, teilt das gleiche Schicksal – und den gleichen Traum."

Sie berichtete ihm von Bruder Brios.

„Interessant. Tatsächlich gab es häufig Piratenangriffe auf die Küstensiedlungen. Die Dorfbewohner mussten wehrhaft sein, um nicht ständig ausgeplündert zu werden, und Mönche waren da keine Ausnahmen. Ich werde mal zu Arwen Abbey recherchieren, vielleicht finde ich was über deinen Bruder."

„Mach das, Barney. Mir fallen die Augen zu. – Ich liebe dich!"

„Ich dich auch. Und arbeite nicht so viel im Schlaf!"

Beschrei es nicht, dachte Poppy, als er aufgelegt hatte.

Es half nichts. Die Gedanken rasten, sie warf sich auf dem Bett hin und her, und erst gegen Morgen kam sie zur Ruhe.

Poppy dachte, sie wäre noch wach, und die Bewegung im Dunkeln käme von den Vorhängen, durch die der

Wind strich. Die Schemen verdichteten sich. Sie öffnete und schloss die Augen, aber er war immer noch da.

Bruder Brios.

Diesmal war er es, der spärlich bekleidet war, er trug nur ein fadenscheiniges langes Hemd. Grußlos machte er sich hinter dem Fußende von Poppys Bett zu schaffen, sie winkelte die Beine an, um besser sehen zu können, hielt die Decke aber bis zum Kinn hochgezogen. Dann schien er gefunden zu haben, nach dem er gesucht hatte. Mit einem zufriedenen Grunzen zog er die Kutte hoch und streifte sie sich über.

„Die hatte ich Euch geliehen, Ma'am. Ich brauche sie zurück, ein armer Mönch wie ich hat nicht viel …"

„Die Kutte?" Poppy staunte. „Ich kann mich nicht erinnern, sie mitgenommen zu haben. – Danke noch mal, dass du meine Blöße bedeckt und mich gerettet hast."

„Man vergisst schon mal, etwas zurückzugeben." Er klang bitter. „So wie man mich hier vergessen hat. – Bis ihr beiden hier aufgetaucht seid."

„Wir beide?"

„Lady Fia und – wie darf ich Euch nennen?"

„Poppy. Ganz einfach. Die Lady kannst du weglassen."

„Danke, Ihr seid … Du bist sehr freundlich." Er machte eine Pause. „Nur Fia lässt mich leider nicht mehr in ihre Träume."

„Wie kommt das?"

„Ich bin selbst schuld, ich habe ihr wohl Angst eingejagt mit meinen Geschichten. Deshalb weiß ich nicht, ob du auch …"

„Ich bin hart im Nehmen."

Er raffte die Kutte zusammen und setzte sich im Schneidersitz neben das Bett. Die großen Augen in dem kahlen Schädel schimmerten im Mondlicht.

„Ich bin eine verfluchte Seele. Gleich zwei Todsünden beging ich in meinem armseligen Leben." Er wischte sich eine Träne weg. „Für kurze Zeit war ich der glücklichste Mensch auf Gottes Erde." Jetzt strahlte er. „Ich habe geliebt! Erin! Wie schön sie war."

Erneut sackte er in sich zusammen. „Es durfte nicht sein – mein Keuschheitsgelübde, ich habe dagegen verstoßen. Der Abt hat uns gesehen, drunten in der Franzosenbucht. Und die schöne Fischerstochter war einem anderen versprochen ... Nur im Himmel konnten wir vereint sein! Wir beschlossen, gemeinsam aus dem Leben zu scheiden." Er blickte auf, jetzt starrte der Schädel hohläugig zu Poppy herüber. „Die nächste Todsünde, Selbstmord. Im Liebesrausch hatte ich mich täuschen lassen, und statt in den Himmel zu gelangen, sitze ich für immer auf dieser verwünschten Insel fest." Geräuschvoll zog er die Nase hoch.

„Und erschreckst Damen mit Piratenüberfällen."

„Das spielte sich in deiner Fantasie ab! Ich habe dich erlöst."

„Auch gut. Aber warum ist die Insel verflucht?"

„Böse Männer sind am Werk."

„Das sind harmlose Künstler."

„Kunst nennst du das? Sie schaffen keine Abbilder zu Ehren Gottes ..."

„Das ist heutzutage eher selten."

„Dann seid ihr alle Sünder wie ich! Vielleicht seid ihr deshalb hier?" Es klang tadelnd und hoffnungsvoll zugleich.

„Die Insel der verlorenen Seelen? – Dann wärst du we-
nigstens nicht mehr allein. Es sind schon ein paar ver-
rückte Typen hier."

Poppy fiel es schwer, ernst zu bleiben, und Brios
schien das zu spüren.

„Ich warne euch", zischte er, „legt euch nicht mit Ar-
wen Island an! Auch Fia hatte ich gewarnt, vergeblich.
Jetzt ist es zu spät!"

Mit diesen Worten raffte er seine Kutte zusammen
und verschwand.

Poppy fuhr hoch und schnappte nach Luft. Ihr Herz
klopfte.

Was hatte Brios mit zu spät gemeint? Sie hielt es im
Bett nicht aus, schlüpfte in ihren Bademantel und ver-
ließ das Zimmer. Im Flur blieb sie stehen und lauschte.
Alles war ruhig. Sie sah auf die Uhr: kurz vor vier.

Fias Apartment lag auf derselben Etage, drei Türen
weiter.

Poppy ging zu ihrer Tür und klopfte. Leise rief sie Fias
Namen. Nachdem sie abermals geklopft und sich
nichts getan hatte, schüttelte sie den Kopf.

Was mache ich hier, mitten in der Nacht? Ich muss
lernen, mich von diesen Träumen nicht verrückt ma-
chen zu lassen.

Sie ging in ihr Zimmer zurück und schlief traumlos
weiter.

11

Ein Klopfen weckte Poppy. Bevor sie reagieren konnte, wurde die Tür aufgerissen und ein Mann stand schwer atmend im Raum. Torry schreckte aus seinem Körbchen hoch und knurrte.

Ich sollte abschließen, nahm sich Poppy vor. Sie schob den Gedanken beiseite, als sie ihn erkannte.

„Niall?" Die schwarzen Haare standen wild vom Kopf ab, er trug nur Jogginghose und Regenjacke. „Hast du einen Geist gesehen?"

„Nein, aber du vielleicht? – Schluss mit der Jugendvorstellung." Ein Lachen, das mehr einem heiseren Bellen glich, drang aus seiner Kehle. „Vergiss das alles", sagte er tonlos. Er war den Tränen nahe. „Wir haben eine Tote."

„Wer …?"

Poppy sprang aus dem Bett, die schreckliche Ahnung wurde durch Flexers Antwort zur Gewissheit.

„Fia. – Torin Dupree hat sie gefunden, gerade eben, bei seinem Morgenlauf, unten in der Frenchman's Cove. Zieh dich an. Die Polizei ist schon unterwegs." Er verschwand.

Poppys Herz schlug rasend, und sie fürchtete, ohnmächtig zu werden. Panisch suchte sie nach etwas zum Trinken. Das Glas auf dem Nachttisch stieß sie um. Sie lief ins Bad, hielt erst den Kopf unters Wasser, und schob dann den Mund direkt in den Wasserstrahl. Sie sog die kalte Flüssigkeit ein und verschluckte sich. Der

Hustenanfall unterbrach die hektische Atmung, langsam bekam sie den Puls in den Griff.

Leise jaulend wich ihr Torry nicht von der Seite.

Poppy suchte nach ihren Sachen. Zitternd streifte sie Jeans und Sweatshirt über, schlüpfte in die Schuhe und rannte los, Torry ohne Leine hinterher. Erst draußen sah sie auf die Uhr.

Morgens um sieben ist die Welt absolut nicht in Ordnung, dachte sie, *zumindest nicht auf dieser verdammten Insel.*

Sie erhöhte ihr Tempo, trotzdem war ihr kalt. Das lag nicht nur am Schock. Das Wetter war umgeschlagen, niedrige, von Westen heranrauschende Wolken überzogen die Landschaft mit Nieselregen.

Sie war auf halbem Weg zum Strand und durchquerte den Eichenwald, als sie ein Keuchen hörte. Ohne anzuhalten, drehte sie sich um. Zwei Gestalten mit Hoodies folgten ihr.

Erschrocken rief Poppy nach Torry. Der umsprang die Männer freudig. Sie erkannte Cailan und Brent. Ein Stück hinter ihnen kamen Kyla und Juna, die rasch aufholten.

Nur Tyra fehlt wieder, dachte Poppy.

Wortlos bildeten sie einen Pulk, der eng zusammenblieb; in wenigen Minuten erreichten sie den Strand. Schon von Weitem sahen sie drei Männer, Flexer, Bottrill und Dupree.

Sie standen um eine reglos auf dem Strand liegende Gestalt, die auf den ersten Blick nicht menschlich aussah. *Eher wie ein großer Fisch.* Eine Sekunde lang hoffte Poppy, aber sie wusste es besser.

Fia. – Sie wirkte friedlich, die Augen geschlossen und die Gesichtszüge entspannt. Sie trug nicht ihre Jeans, sondern ein auffälliges, mittelalterlich anmutendes Kleid, das aus mehreren, kaskadenartig übereinander angeordneten Bahnen aus grobem Stoff bestand. Wieder drängte sich Poppy das Bild vom Fisch auf.

Vom Kopf bis zu den Fußspitzen umhüllte sie ein Netz. Es lag dem Körper eng an, presste die Arme an den Rumpf und wirkte wie ein Teil der Kleidung. Nur über dem Oberkörper klafften die Maschen auseinander.

„Ich habe das Netz aufgerissen", erklärte Torin, „und versucht, sie wiederzubeleben. Aber es ging nicht. Sie ist so kalt …" Seine Stimme versagte. Der große Mann stand regungslos da, bis Juna zu ihm ging und an der Schulter berührte. Da beugte er sich über sie und schluchzte hemmungslos. *Die kleine Frau kann ihn nicht stützen!*, dachte Poppy und kam dazu. Er schüttelte beide ab, setzte sich in den Sand und schlug mit den Handflächen auf den nassen Boden. Niemand sprach.

Obwohl es fast acht Uhr war, wurde es kaum heller. Das Nieseln hatte sich zum Landregen ausgewachsen.

Poppy konnte ihre Augen nicht von Fias Gesicht abwenden. Die Nässe ließ ihre Haare zu einem metallisch schimmernden Helm zusammenfließen, und an ihren Brauen und Wimpern glitzerten Wassertröpfchen im Licht der Smartphone-Lampen.

Als es schlagartig hell wurde, zuckte Poppy zurück.

Eine Frau tauchte zwischen ihr und Torin auf und machte Fotos mit einer professionellen Kamera.

Juna trat energisch dazwischen. „Hör auf! Das ist geschmacklos!"

Carol Charteris, dachte Poppy bitter, *sie ist einfach da und macht ihre Arbeit.*

„Das ist nichts für die Presse, erspar uns das", zischte Flexer, und nicht nur Poppy spürte, dass er damit vor allem sich selbst meinte. Brent riss ihr den Apparat aus der Hand, gab ihn aber sofort zurück.

Hochtourige Motorengeräusche schallten über die Bucht. Das Strahlenbündel eines Suchscheinwerfers streifte über die Riffkante und blieb an der Öffnung hängen. Ein großes Schlauchboot mit massiven Aufbauten näherte sich, und der PS-starke Antrieb wurde gedrosselt. Vier Silhouetten waren zu erkennen, eine am Bug, zum Sprung bereit.

Der Schiffsführer brachte das Boot langsam näher und setzte es mit einem leisen Knirschen an der Uferzone auf.

„Noch nicht, Sir, die Welle ...!", rief er, aber die Warnung kam zu spät. Der Mann am Bug war abgesprungen – und stand bis zur Hüfte im Wasser. Er stapfte weiter, gelangte an den Strand, setzte sich auf einen Felsen, zog die Gummistiefel aus und leerte sie fluchend.

Er blieb sitzen, bis die anderen ihm gefolgt waren, dann marschierten die drei auf die Gruppe am Strand zu.

Er wischte die nassen braunen Locken von der hohen Stirn und stellte sich vor. „Inspektor Kenneth Gray von der Polizei in Penzance. – Und das sind zwei Beamte von der Spurensicherung."

Einer der in weiße Spezialkleidung gehüllten Männer begrüßte Poppy: „Hallo, Mrs Dayton."

Der Inspektor blickten sie überrascht an.

„Sie kennen sich?", fragte Gray.

„Nicht, dass ich wüsste", antwortete Poppy, aber ihr schwante etwas.

„Wir sind uns begegnet, vor nicht so langer Zeit, drüben in Praa Sands."

Gray runzelte die Stirn. „Das Blutbad am Blauen Haus?"

„Es war Notwehr", protestierte Poppy.

Die anderen folgten dem Wortwechsel mit offenen Mündern.

„Soviel ich weiß, hat der Prozess noch nicht stattgefunden." Gray schüttelte den Kopf. „Das kann nicht wahr sein – die berühmte Mrs Dayton. Edwards, mein Kollege aus Falmouth, schwärmt in höchsten Tönen von Ihnen."

„Warum ist er nicht hier?"

„Nicht seine Zuständigkeit." Die Feststellung schien ihn daran zu erinnern, warum er hier war.

„Bitte treten Sie von der Toten zurück. – Ist sie bewegt worden?"

Torin berichtete mit stockender Stimme von seinen vergeblichen Wiederbelebungsversuchen. „Sie haben die Frau gefunden?"

Er nickte.

Gray blickte in die Runde. „Es ist klar, dass Sie alle sich zur Verfügung halten werden."

Und er verzog keine Miene, als er hinzufügte: „Sie kommen hier sowieso nicht weg. Jetzt lassen Sie uns unsere Arbeit machen. Bitte gehen Sie zurück ins Haus. Ich komme später, um Sie zu befragen."

12

Poppy ging neben Flexer. Der große, sonst vor Selbstbewusstsein strotzende Mann wirkte bereits in den letzten Tagen unsicher, aber jetzt war jede Spannung aus seinem Körper gewichen. Die Schultern hingen herab, die Arme baumelten an den Seiten wie bei einer Stoffpuppe, und er gab unzusammenhängende Laute von sich. Poppy, die allmählich die Kontrolle über ihre Gefühle zurückgewann, versuchte ihn zu trösten.

„Niall, wir wissen noch nicht, was geschehen ist. Fias Tod ist eine Katastrophe. Wir wissen nichts über die Ursache. Es kann ein tragischer Unfall sein ...“

„Glaubst du?“ In den wässrigen Augen blinkte ein Funken Hoffnung. „Schlimm genug – aber wenn es ein Mord wäre, dann ...“

„... dann wäre der Mörder noch auf der Insel“, sprach Poppy seinen Satz leise zu Ende.

„Wie grauenvoll!“ Er rang mit den Händen. „Wir müssen an die Sicherheit denken, ich werde den Retreat abbrechen und die Leute aufs Festland schaffen!“

„Lass uns mit den anderen reden. Das hilft, den Schock zu überwinden.“ Poppy behielt ihren beherrschten Ton bei. „Dann sehen wir weiter. – Hat Fia Angehörige? Soll ich sie benachrichtigen?“

Schwer legte Flexer seine Hand auf ihre Schulter. „Ein Segen, dass du da bist, Poppy. – Nein, soweit ich weiß, ist sie Waise.“

Wie ich, dachte Poppy, *noch ein Schicksal, das ich mit ihr teile.*

„Freunde hatte sie natürlich, jede Menge sogar. Die Zahl ihrer Liebhaber … Oh Gott, wenn ich an die Beerdigung denke … Als Erstes muss ich einen Deal mit der Journalistin machen, der Skandal muss verhindert werden, es darf auf keinen Fall etwas an uns hängen bleiben!"

Er schielte nach Carol Charteris, die ein Stück weiter hinten ging und mit Brant Payne sprach.

Das Gefühl der Sympathie, das Flexers Betroffenheit bei Poppy ausgelöst hatte, schwand merklich, als ihr klar wurde, dass er in erster Linie um sich selbst besorgt war.

Sie entwand sich seinem Griff. „Ich gehe und bereite mit den Bottrills das Treffen vor."

„Mach das", seufzte er.

Sie ließ ihn stehen. Als sie zurückschaute, lief er allein in der Gruppe, mit deutlichem Abstand zu den anderen. Es regnete in Strömen.

Die angespannte Atmosphäre stand im Widerspruch zu der Behaglichkeit, die in der Halle herrschte. Im rundum offenen Kamin mit dem Abzug, der wie eine Skulptur der Decke zustrebte, brannte ein loderndes Feuer. Der Schein beleuchtete zehn Gesichter.

Auch Tyra war jetzt dabei – sie hätte verschlafen, sagte sie. Poppy sah sie schief an; sie fand ihre Ausreden immer seltsamer.

Die Bottrills huschten zwischen ihnen und der Küche hin und her, servierten Tee, heiße Brühe und Sandwiches. Danach zogen sie sich zurück, nur Bottrill blieb in Rufweite.

Flexer ergriff als Erster das Wort: „Ich kann euch gar nicht sagen, wie sehr mich Fias Tod erschüttert." Er hielt den Kopf aufgestützt, die Haare hingen ihm über die Stirn, er sah niemanden an. „Und ich weiß, es geht euch allen so." Ohne den Blick zu heben, streckte er den rechten Arm in Richtung Poppy aus, die neben ihm saß. „Poppy hat recht, wenn sie sagt, dass wir nicht wissen, ob es ein Unfall war, oder eine andere schreckliche Ursache."

„De mortuis nihil nisi bene", gab Cailan gestelzt von sich, und alle verdrehten die Augen. „Ich will nichts Böses über eine Tote sagen, aber diese Frau war verrückt, oder? Sie experimentierte herum, dann läuft etwas schief und …"

„Halt den Mund, Cailan", zischte Juna. „Kein Mensch hüllt sich in ein Fischernetz und schmeißt sich ins Meer."

„Sie hatte Gefühlsschwankungen …"

„Ja, wenn sie dir begegnet ist!" Brent sah ihn angeekelt an. „Bei mir war sie in bester Stimmung. Wir haben eine Performance ausgearbeitet, bei der …" Er stockte. „Bei der ein Netz eine Rolle spielt."

Es wurde still, nur das Knacken des Feuers war zu hören.

Poppy räusperte sich. „Ich glaube, wir sollten alles, was wir beobachtet haben, der Polizei mitteilen. Der Inspektor wird sicher gleich eintreffen. Bis dahin müssen wir uns über eine Sache klarwerden." Sie schaute zu Flexer hinüber, der nickte und übernahm.

„Unfall oder nicht – ich kann für die Sicherheit auf Arwen Island nicht garantieren. Ich schlage daher vor, den Retreat abzubrechen und so bald wie möglich nach London zurückzukehren."

Sofort stand Tyra Teague auf und sagte: „Absolut richtig – ich gehe und packe."

Sie schaute in die Runde, genauso wie Poppy, die damit rechnete, dass sich die anderen anschließen würden.

Sie blieben sitzen.

„Auf dem Weg hierher habe ich mit den anderen gesprochen", sagte Brent schließlich leise, aber entschlossen. „Sie sind mit mir einer Meinung, dass Fia das nicht gewollt hätte. Sie hatte große Pläne, und mein Projekt mit ihr war nur ein kleiner Teil davon. Sie lebte und brannte für die Kunst. Sie würde es nicht ertragen, wenn wir mit ihr auch die Kunst beerdigen würden!" Seine Stimme überschlug sich, und er stieß einen Schluchzer aus, der eher wie ein Schrei klang. „Wir … wir waren uns so nah! – Ich weiß, sie hat … sie hatte keinen guten Ruf, doch das mit uns …" Er konnte nicht weitersprechen. Juna ging zu ihm, setzte sich neben ihn auf den Boden und hielt seine Hand.

Cailan kaute auf seinen Fingernägeln, und Poppy schauderte. Er sagte nichts, blickte nur verächtlich auf Brent hinab, der seine Füße angezogen hatte und zusammengerollt im Sessel kauerte. Mit zitternden Händen nahm er von Juna eine Tasse an und trank. Er schien sich ein wenig zu erholen und sah Tyra an. „Du warst eben nicht dabei – was ist mit dir?"

Sie setzte sich wieder, auch ihr war die Verblüffung anzumerken. „Wenn ihr euch einig seid – ich will kein Spielverderber sein und bleibe auch."

„Von Spiel kann wohl keine Rede sein." Es war das erste Mal seit dem Zwischenfall mit dem Fotoapparat, dass sich Carol Charteris zu Wort meldete. „Ich muss sagen – Respekt! Ich hatte ein ganz falsches Bild von hypersensiblen Künstlern. Ich erlebe Sie als taffe Gruppe mit klaren Zielen."

„Taff? Ich weiß nicht", brummte Torin. „Ich habe jetzt noch weiche Knie. Es war grauenhaft. Als ich an den Strand kam und das Bündel sah. Und dann aus der Nähe …" Er schloss die Augen.

„Trotzdem sind auch Sie entschlossen, weiterzumachen?", hakte die Journalistin nach.

Er zuckte die Schultern. „Es stimmt, was Brent sagt. Fia hätte es so gewollt."

Cailan versuchte ein Lächeln, das mehr zum Zähne-Zeigen geriet. „Am Ende sind wir alle Konkurrenten auf einem umkämpften Markt."

„Cailan ist ein Idiot, aber leider stimmt das", seufzte Juna. „Wir brauchen jede Art von positiver Wahrnehmung in der Szene …"

„Und deshalb wären wir froh, Mrs Charteris, wenn Sie nicht nur das traurige Schicksal von Mrs Saunders, sondern unsere hoffentlich spektakulären Arbeiten berücksichtigen würden."

Poppy, an Cailans barschen Ton gewöhnt, war angewidert von seinem Gesäusel. Dass Flexer ihm beflissen zunickte, wunderte sie dagegen nicht. Elender Opportunist.

Die Journalistin schien zu schwanken, jedoch am Ende die Gelegenheit nicht verpassen zu wollen. „Wenn Sie nichts dagegen haben, werde ich ebenfalls bleiben."

Flexer rieb sich die Hände. Als er merkte, wie deplatziert die Geste war, ließ er die Arme sinken. „Dann ist das entschieden. Aber ich muss euch sagen, wenn ihr bleibt, dann geschieht das auf eigene Gefahr. Ihr seid gern weiter meine Gäste, doch das Risiko …"

Bottrill trat aus dem Schatten. „… das Risiko erscheint mir unverantwortlich, wenn ich mir die Bemerkung gestatten darf." Das Feuer beleuchtete ihn von unten und betonte das spitze Kinn und die buschigen Augenbrauen. „Meine Frau und ich wären überfordert, uns neben dem täglichen Betrieb auch noch um Ihre Sicherheit zu kümmern." Er sprach schnell, als ob er den Satz länger vorbereitet und auf den Moment gewartet hätte, ihn loszuwerden.

Flexer winkte ab. „Mein lieber Manas, ich schätze dein Verantwortungsgefühl, allerdings sind die Herrschaften erwachsen und können auf sich selbst aufpassen."

„Aber Mrs Saunders …"

„… hat wahrscheinlich furchtbares Pech gehabt, ich weiß. – Es ist besprochen und geklärt: Wir bleiben alle."

„Darum möchte ich sehr bitten!" Inspektor Gray betrat die Halle, die Spurensicherer im Schlepptau. „Ich habe eine Menge Fragen an Sie, und es eilt. Mit ablaufendem Wasser müssen wir aufs Boot. – Nein, nicht Sie, nur wir drei hier." Mit Blick auf seine Männer bat er: „Es wäre nur nett, wenn sich die beiden in der Zwischenzeit ein wenig trocknen könnten. Es ist nicht gerade ein heißer Julitag."

Er setzte sich an den Kamin und streckte die Hände aus. „Der Leichnam von Mrs Saunders ist bereits auf dem Boot. Direkte Angehörige wurden bisher nicht ermittelt, daher konnten wir noch niemanden benachrichtigen. Eine Freigabe der Leiche ist nicht abzusehen. Wir bringen sie nach Bristol in die Gerichtsmedizin." Er blickte in die gespannt wartenden Gesichter.

„Wir haben eine Schürfwunde am Kopf festgestellt, aber sonst keine weiteren Verletzungszeichen. Zur Todesursache kann ich mich deshalb nicht äußern, wir ermitteln in alle Richtungen."

Hungrig blickte Gray auf die Teller mit Sandwiches. „Ein kleiner Imbiss wäre nicht schlecht. Dann will ich mit Ihnen sprechen. Es kann sein, dass wir die Vernehmungen später fortführen müssen, vielleicht auch telefonisch, je nachdem, wann ich wieder nach Arwen Island zurückkehren kann." Er wandte sich an Flexer. „Gibt es hier einen Raum für ungestörte Gespräche? Ich würde gern mit Ihnen anfangen."

13

Nach knapp zwei Stunden war nur noch Poppy übrig. Cailan, der vor ihr befragt worden war, hielt ihr die Tür auf. Ohne ihn anzusehen, betrat sie das Musikzimmer, ihren Leinenbeutel in der Hand.

Durch die hohen, nach Osten ausgerichteten Fenster wirkte das graue Wolkengewoge noch spektakulärer als von der Halle aus. Das fahle Licht wurde von den Instrumenten aufgefangen: vom glänzenden Schwarz des Steinway-Flügels, vom Kirschrot eines Cellos und den Honigfarben der Saiteninstrumente, die in einem verglasten Schrank an der Wand hingen; sie filterten die weichen und warme Töne heraus und gaben sie an den Raum weiter.

Der Inspektor saß an einem Arbeitstisch, auf dem sonst Noten gestapelt waren und den man in die Mitte gerückt hatte. Er wies auf den leeren Sessel ihm gegenüber.

Poppy setzte sich und stellte den Beutel ab. Sie testete ein Lächeln, und Gray ging darauf ein.

„Haben Sie mir etwas mitgebracht, Mrs Dayton?"

Zum ersten Mal sah sie ein Blitzen in den grauen Augen.

Er wirkt zugänglicher als unten am Strand, dachte sie erleichtert. Aber etwas riet ihr, auf der Hut zu sein.

„Lassen Sie sich überraschen, Inspektor."

Er ging nicht darauf ein.

„Mrs Dayton, wissen Sie, dass Sie meine Hauptverdächtige sind?"

„Meinen Sie das ernst?", fragte sie entgeistert.

„Wo Sie sind, fließt Blut, und es gibt Tote."

Sie zog die Brauen hoch. „An Ihre Art von Humor muss ich mich noch gewöhnen, Inspektor. – Außerdem habe ich kein Blut am Strand gesehen."

Grays Augen wurden schmal. „Sie sind frech – und eine gute Beobachterin." Sein Ausdruck änderte sich. „Aber im Gegensatz zu meinem verehrten Kollegen Edwards werde ich Sie nicht dazu ermuntern, die Hilfspolizistin zu spielen. Im Gegenteil, ich warne Sie ausdrücklich davor."

„Keine Angst, ich habe hier genug zu tun."

Der Inspektor lehnte sich zurück und verschränkte die Hände hinter dem Kopf.

„Das hat mir Mr Flexer auch gesagt. Und er hat mir eine konfuse Geschichte von Irrlichtern, frisch geschaufelten Gräbern und toten Tieren erzählt, und dass Sie seine Art Privatdetektivin sind. – Ach ja, er erwähnte auch eine Hand!"

„Ich kann bisher nur die letzte Aussage bestätigen", sagte Poppy trocken, griff in ihren Beutel und legte die Plastikhülle mit der Steinhand auf den Tisch. „Greifen Sie zu."

„Blut! Also doch." Er betrachtete das Objekt von allen Seiten. „Wo und wann haben Sie das gefunden?"

„Im Eichenwald, gestern um die Mittagszeit. Der Finger zeigte in Richtung Strand." Poppy machte eine Pause und beobachtete den Inspektor. Als er nichts sagte, beschloss sie, einen Vorstoß zu wagen:

„Das eine ist einfach: Da das Ding nicht von selbst dorthin gekommen sein kann, muss es jemand dort deponiert haben. – Die andere Sache ist komplizierter:

Wie ist Fia – ich meine, Mrs Saunders – an den Strand gekommen? Und vor allem: Wie ist sie gestorben – Eigen- oder Fremdverschulden? Unfall oder Mord?“

„Warten wir das Ergebnis der KTU ab“, antwortete Gray. Wieder das Blitzen in den Augen. „Was Sie angeht, Mrs Holmes, verstehe ich langsam den Kollegen Edwards.“ Er spitzte die Lippen. „Aber bevor Sie hier wild weiterkombinieren: Falls es Mord war, dann gäbe es noch eine entscheidende Frage ...“

Poppy nickte bedächtig. „Nach dem Motiv.“

„*Elementary.*“ Er grinste.

Poppy fasste das als Ermutigung auf. „Dann wüssten wir vielleicht auch, ob die Hand etwas mit Mrs Saunders Tod zu tun hat.“

Sein Lächeln verschwand. „Stopp!“ Er hob die Hand. „Keine Spekulationen! Ich habe das vorhin ernst gemeint, Mrs Dayton. Auch wenn Sie solche Dinge magisch anzuziehen scheinen, ich will nicht, dass Sie hier auf eigene Faust ...“

Poppy schlug mit der flachen Hand auf den Tisch. Gray sah sie überrascht an.

„Wissen Sie was, Inspektor? Auch wenn sich das hartnäckige Gerücht hält, ich sei eine Art weiblicher Hercule Poirot, und auch wenn ich zugeben muss, dass es eine Befriedigung für mich war, den Machenschaften um Wythcombe Manor auf den Grund zu gehen – in Wahrheit kann ich auf diese Art von Magie gut verzichten.“

„Warum haben Sie dann den Job angenommen?“

„Ich nahm an, ich wäre hier als Künstlerin und Organisatorin gefragt – dass Mr Flexer dabei einen Hintergedanken hatte, erfuhr ich erst hier.“

„Beruhigen Sie sich, Mrs Dayton. Mit den Hintergedanken ist jetzt vorbei. Mrs Saunders Tod führt dazu, dass sich ab jetzt die Polizei um die ungelösten Fragen auf dieser merkwürdigen Insel kümmert – und Sie sich mit ganzer Kraft der Kunst und den interessanten Persönlichkeiten widmen können."

„Höre ich da Sarkasmus heraus, Inspektor?"

„Das läge mir fern, Mrs Dayton."

„Das nehme ich Ihnen sogar ab. Sie liegen der Sache selbst ziemlich fern, nicht wahr?"

„Wie soll ich das verstehen?"

„Wann müssen Sie weg?" Poppy sah auf die Uhr. „In einer Stunde, spätestens. Die Macht der Gezeiten – und das Wetter verschlechtert sich weiter. Mrs Saunders Leiche muss in die Gerichtsmedizin ... Nein, Sie können nicht bleiben." Sie machte eine Pause, um Luft zu holen. „Aber ich schon, obwohl ich gerade mal wieder daran zweifle, ob ich das überhaupt will. Deshalb sparen Sie sich große Gesten, Verbote und gut gemeinte Ratschläge. Ich werde entscheiden, was ich aus meiner Zeit hier mache. Vielleicht haben Sie Glück, und etwas davon kommt der Aufklärung des Falls zugute."

Es wurde so still im Musikzimmer, dass man hören konnte, wie Poppys letzter Satz aus dem Resonanzkörper des Cellos nachhallte.

Gray vermied ihren Blick. Er notierte etwas auf dem iPad vor ihm.

Inspektor Edwards hätte sein kleines schwarzes Notizbuch gezückt, dachte Poppy. *Ich vermisse ihn wirklich sehr.* – „Entschuldigen Sie meinen Ausbruch", sagte sie beherrschter. „Ich wollte keinen zickigen Eindruck machen ..."

„Tun Sie nicht, ich verstehe Sie ja."

Überzeugend klingt das nicht.

„Mrs Dayton, Sie haben recht, die Zeit drängt. Deshalb müssen wir noch mal zu unserem Fall zurückkommen. – Neben Mr Payne waren Sie offenbar die einzige Person, die intensiveren Kontakt zu Mrs Saunders hatte?"

„Ich kann nicht für die anderen sprechen", sagte sie vorsichtig. „Aber in der Tat tauschte ich mich mit ihr aus." Sie holte tief Luft. „Inspektor, da Sie meine Vorgeschichte im Fall von Wythcombe Manor zu kennen scheinen ..."

Er nickte und setzte ein spitzbübisches Grinsen auf.

Das steht ihm, dachte Poppy. „... Mrs Saunders und ich teilten die gleichen Träume – und das meine ich nicht im übertragenen Sinne, sondern wörtlich." Sie schilderte ihm die Begegnung mit Bruder Brios. „Fia hatte Angst, und der Kontakt mit dem Mönch schien sie zu verstärken."

„Ich fürchte, außer diesem Bruder Brios und Ihnen hatte Mrs Saunders nicht viele Freunde hier. Wir haben es mit ausgesprochen unangenehm vielen Motiven zu tun."

„Das haben Sie bereits herausgefunden?", fragte Poppy so beiläufig wie möglich.

Er ging auf ihre Frage nicht ein und stand auf. „Ich muss los." Er packte das iPad und den Plastikbeutel mit der Hand in eine Aktentasche. Er versuchte, sie zu schließen, doch das Schloss rastete nicht ein. Er gab auf und klemmte sich die Tasche unter den Arm.

„Mrs Dayton, ich warne Sie – nein, entschuldigen Sie – ich bitte Sie zum letzten Mal, sich aus der Aufklärung herauszuhalten. Sie können sicher sein, dass wir unsere Polizeiarbeit auch ohne Sie hinbekommen. Unter allen Umständen möchte ich verhindern, dass Sie sich in Gefahr bringen.“

„Machen Sie sich um mich keine Sorgen, Inspektor.“ Poppy versuchte ein Lächeln, es geriet zur Grimasse.

Sie ging zur Tür und drehte sich noch mal um.

„Nur eine Bitte – sagen Sie nichts Ihrem Kollegen Edwards.“

„Warum nicht?“

„Wenn er davon erfährt, dass ich hier bin, wird er alles tun, um Ihnen den Fall abzujagen.“

„Wie kommen Sie darauf? Ich muss sagen, an Selbstbewusstsein fehlt es Ihnen nicht – aber warum sollte er den Fall übernehmen wollen? Er steht kurz vor der Pensionierung und hat wenig Lust …“

„Ich glaube, Sie missverstehen mich immer noch“, sagte Poppy scharf, fast schon gehässig. „Er würde mich hier nicht allein lassen.“

14

Sie öffnete die Tür, und Torry sprang freudig an ihr hoch. „Zum Glück bist du noch da, mein Freund."

Gray klappte den Mund zu, die dünnen Lippen wurden noch schmaler. Er rief die Spurensicherer herbei, und die drei verließen das Haus.

Die Halle war leer.

Poppy ging zum Kamin, nahm den Feuerhaken und stocherte in der Glut. Die Flammen erwachten zum Leben, ein Knacken unterbrach die unheimliche Stille in dem riesigen Raum. Trotz der umlaufenden Glasflächen drang kaum Licht von außen herein, das Feuer war die einzige Quelle. Die Skulpturen in der Halle warfen tanzende Schatten. Sie schienen ihre metallenen, marmornen oder hölzernen Extremitäten Poppy entgegenzustrecken und immer näherzurücken. Sie schüttelte sich, sie war überspannt. Trotz der Katastrophe musste sie versuchen, die Nerven zu behalten.

Die Gruppe hatte entschieden, zu bleiben. Poppy fiel es unendlich schwer, das Gesicht der toten Fia auf Distanz zu halten. Sie musste es schaffen, denn sie hatte eine Aufgabe.

„Erst mal brauchen wir frische Luft."

Torry bestätigte das mit einem Schwanzwedeln.

Sie holte die Regenjacke aus dem Zimmer. Nach kurzem Zögern nahm sie auch ihre geräumige Tasche mit. *Für alle Fälle.*

Sobald sie draußen war, schlugen sich feinste Wassertröpfchen auf dem gewachsten Stoff nieder.

Poppy und Torry steuerten zunächst den Monk's Head an, aber es war zu windig und der Pfad wurde immer glitschiger, je höher sie stiegen.

Auf halbem Weg bogen sie in den Friedhof ein, durchquerten das Gräberfeld und erreichten das Steinquadrat der Ruine.

Die Krypta stellte den am besten erhaltenen Teil der Kirche dar, obwohl auch hier das Dach eingestürzt war. Trotzdem fühlte sich Poppy geborgen, denn die Mauern ragten an drei Seiten übermannshoch in den grauen Himmel. In den Fensterausschnitten hielten Reste von Bleifassungen farbige Glassplitter fest, die mit dem diffusen Tageslicht spielten.

Poppy setzte sich auf einen Sandsteinquader, stützte ihr Gesicht in die Hände und dachte nach.

Aus dem Rauschen des Windes wurde hinter dem steinernen Wall ein hohes Singen.

Die gezackte Fassade zerschnitt den Nebel zu wattigen Streifen, die sich im Labyrinth der Mauern fingen. Ohne Torry hätte Poppy Angst verspürt, aber der Terrier lag ruhig auf einem Laubhaufen im Windschatten des Quaders und leckte sich die Vorderpfoten.

Es briste auf, heftige Windstöße prallten an die Ruine und Poppy zog unwillkürlich den Kopf ein.

Die Steine blieben ungerührt; dafür riss die starke Luftbewegung den Himmel auf, und ohne Übergang stand die fast senkrecht stehende Julisonne direkt über der Krypta.

Die Wirkung war überwältigend. Augenblicklich schien die Wärme den Nebel aufzusaugen, die Strahlen verschlangen die Wolkenreste, und in wenigen Minuten war die sommerliche Pracht um Arwen Island wiederhergestellt.

Poppy liebte die schnellen Wetterwechsel an der Küste. *Vor allem in die richtige Richtung.*

Torry verließ sein Laublager und streckte die Nase vor. Die Welle warmer Luft schien alle Gerüche zu intensivieren. Schnüffelnd näherte er sich einer der Fensterlücken.

Er begann zu scharren – jaulend zog er die Pfote ein und humpelte zu seinem Frauchen zurück. Anklagend hielt er den Vorderlauf hoch.

„Was hat dich denn gestochen …?"

Am Ballen der rechten Pfote bildete sich ein Blutstropfen, und bei näherer Untersuchung entdeckte Poppy eine Wunde. „… oder geschnitten?"

Poppy rutschte von der Steinplatte, ein kaleidoskopartiges Funkeln zog sie an.

Am Fuß der Backsteinmauer lagen Glassplitter. Von Weitem sahen sie aus wie zufällig angeordnet, aber aus der Nähe änderte sich das Bild. Blau, mit zwei roten Steinen in der Mitte, darunter eine Reihe gelber Zacken. Ein Gesicht? Eine Wolfsfratze?

Poppy schüttelte den Kopf. *Lass deine Fantasie einen Moment aus dem Spiel.*

Auf den zweiten Blick sah das Konglomerat weniger unheimlich aus.

Sie nahm ihr Smartphone und machte ein paar Aufnahmen. Dann sammelte sie die Scherben vorsichtig ein und legte sie in den Beutel. – In ihrem Künstlerkopf formte sich bereits eine Collage aus Fotos und Glassteinen.

Torry beobachtetet das Manöver mit schräg gestelltem Kopf, er schien zufrieden zu sein, dass Poppy die scharfen Gegenstände entfernte. Einen Moment später hatte er die Verletzung bereits vergessen, er rannte hinter Poppy her, die das schattige Kirchenareal verließ, um sich einen wärmeren Platz zu suchen.

Sie nahm wieder den Hügelpfad und fand eine geschützte Mulde in der Flanke von Monk's Head. Die glatt geschliffenen Steinformationen trockneten schnell, eine letzte Wolke umgab den Gipfel wie ein Heiligenschein.

Poppy lehnte sich an die Felsen und strich mit den Händen darüber. Der Kontakt beruhigte sie, die harte Fläche schien ihr den Rücken zu stärken. Sie lächelte bei dem Gedanken.

Was es ausmacht, an einem besonderen Kraftpunkt zu sein. – Hier ist so ein Ort. Aber etwas stört gewaltig, Arwen Island! Du wirkst vollkommen friedlich. – Warum hast du uns in deiner schönsten Bucht eine Tote vor die Füße gelegt? Poppy biss sich auf die Lippen. *Nein, ich tue dir unrecht. Vielleicht hilfst du mir sogar dabei, den Schuldigen zu finden? – Wenn es denn einen gibt.*

Vergeblich versuchte sie, aus dem Gedankenkarussell auszusteigen. Wenigstens wollte sie damit nicht allein bleiben. Ihr fiel auf, dass sie nach Fias Tod nicht mit Barney gesprochen hatte. Sie fürchtete seine Reaktion, doch das Bedürfnis, seine Stimme zu hören, überwog.

Poppy wühlte im Beutel nach dem Smartphone und schnitt sich dabei an einer der Glasscherben. Wütend über ihre Ungeschicklichkeit saugte sie an dem verletzten Finger, interessiert sah Torry ihr dabei zu. „Grinst du etwa? Untersteh dich." Sie wählte Barneys Nummer.

„Poppy? Warte, ich packe noch ein Buch ein ..." Sie hörte, wie Barney den Apparat zur Seite legte. Es raschelte, gefolgt vom typischen Zippen des Tesafilm-Abrollers.

„Bitte, Lord Melville. Meine Verehrung an Lady Melville und alles Gute zum Geburtstag. – Wenn Sie mehr über die Mode des 18. Jahrhunderts wissen möchte, hätte ich auch noch ein Weihnachtsgeschenk für Sie ..."

„Danke, mein Bester." Eine sonore Stimme drang zu ihr durch. „Großartiger Vorschlag. Lilly ist so speziell ... aber wenn ihr der Foliant gefällt, komme ich darauf zurück. – Bye!"

Poppy hörte die Türschelle, dann war Barney wieder dran.

„Darling, wie geht's auf der Insel?"

„*I did it again* ...", sagte sie leise.

„Bitte was?"

„Wo ich bin, gibt es Tote. – Das sagt jedenfalls Inspektor Gray."

Schweigen am anderen Ende, dann ein Räuspern. „Poppy? Du hast nicht etwa ...?"

„Natürlich nicht, Darling, was denkst du von mir?" Sie seufzte. „Eine der Künstlerinnen ist ums Leben gekommen, ausgerechnet die sympathischste. Fia Saunders. Sie wurde heute Morgen tot aufgefunden."

„Mord?"

„Ein Unfall wäre auch möglich."

„Wie grauenhaft. Ich hatte von Anfang an ein schlechtes Gefühl."

„Unk nicht rum. Muntere mich lieber auf."

„Dich aufmuntern? Zu was? Wieder zum Detektivspielen?" Barney verlor selten die Fassung. An seinem Ton merkte Poppy, dass er kurz davor war.

„Jetzt bist du gemein. – Als ob ich mir das aussuchen würde."

„Vielleicht nicht bewusst, aber ich höre dein Schnüffler-Herz bis hierher schlagen."

„Das ist mir eher in die Hose gerutscht, als ich die arme Frau da liegen sah."

„Ich will, dass du von der Insel runterkommst, und wenn ich dich mit dem Hubschrauber wegholen muss."

„Ich liebe dich – auch für deine aufrichtige Besorgnis, Darling, doch jetzt übertreibst du."

„Finde ich nicht. Wenn es ein Verbrechen war – dann ist der Täter einer von euch …"

„Oder die Täterin …"

„Meinetwegen, das macht es nicht besser. In beiden Fällen bist du in Gefahr, vor allem wenn sich herumspricht, dass du eine notorische Kriminalistin bist!"

„Schon passiert. Einer der Spurensicherer hat mich erkannt, und auch Inspektor Gray wusste von dem Wythcombe-Fall. Er hat mich direkt darauf angesprochen und mir nahegelegt, mich rauszuhalten."

„Vernünftiger Mann, allerdings kennt er dich noch nicht."

Wider Willen musste Poppy kichern. „Er ahnt etwas … Und so ganz ernst schien er das Verbot nicht zu meinen."

„Ist die Polizei wenigstens weiter vor Ort präsent?"

„Natürlich nicht, du kennst doch deren Personalprobleme. Heute Morgen hat es hier wie aus Eimern geschüttet, ich möchte nicht wissen, was die Leute überhaupt an Spuren sichern konnten. Der Inspektor ist gleich ins Wasser gefallen, und später hatte ich das Gefühl, seine größte Sorge war, vor der nächsten Ebbe von hier wegzukommen.“

„Na super. Dann doch der Hubschrauber …“

„Barney, du kennst mich …“

„Eben deshalb!“

Poppy machte eine Pause. „Können wir das Geplänkel lassen?“, fragte sie leise. „Ich verstehe deine Sorge, und ich kann dir gar nicht sagen, wie sehr ich dich vermisse. Nur habe ich hier einen Job …“

„Welchen denn?“ Barney ließ sich nicht so leicht besänftigen.

„Es wäre gut, wenn der Retreat ein Erfolg würde, trotz allem. Eine Journalistin ist hier, die im Zaum gehalten werden muss. Und die Gruppe hat es in sich. Du hättest erleben müssen, wie schnell sie sich entschlossen haben, den Retreat einfach fortzusetzen. Es sind begabte Menschen, aber auch unendlich ehrgeizige. Ehrlich gesagt, reißt mich ihre Leidenschaft mit. Ich fange an, in meinen eigenen Kunstprozess hineinzukommen. Die Insel ist eine einzige Inspiration!“

„Das hört sich schon besser an.“ Barneys Feststellung klang nicht überzeugend. „Genieß es, und lass die Polizei ihre Arbeit machen.“

„Auch wenn sie nicht da ist?“ Sie unterdrückte die aufsteigende Wut. Als sie die Türschelle hörte, fügte sie schnell hinzu: „Du hast Kundschaft.“

„Dein Glück! Darling, ich warne dich …“

„Ich verspreche dir, aufzupassen“, sagte sie so ernst
wie möglich, „ehrlich.“

„Wenn ich nicht morgens und abends von dir höre,
kommt der Hubschrauber.“

„Einverstanden“, sagte sie noch, aber Barney hatte
schon aufgelegt.

15

Poppy machte sich nur widerwillig auf den Weg zum Abendessen.

Sie verspürte wenig Appetit, und der Gedanke an die Tischrunde füllte sie mit Unbehagen.

Wer von ihnen hatte etwas mit Fias Tod zu tun?

Auch wenn die Alternative ebenso wenig tröstlich war: Sie klammerte sich an die Hoffnung, dass es ein Unfall war, eine tragische Verkettung unglücklicher Umstände.

Aber wenn nicht …

Ich muss mich konzentrieren, – und ich bin gespannt, wie die anderen den Tag verarbeitet haben.

Sie betrat das Refektorium. Kerzen waren die einzigen Lichtquellen, in dem zugigen Saal betonte das Flackern die Anspannung auf den Gesichtern.

„Aw!" Mit spitzen Fingern zog Cailan eine Gräte aus dem Mund und präsentierte sie. „Es ist so finster hier, dass ich das Ding hier in der Fischsuppe übersehen habe."

„Verschluck dich doch dran", zischte Tyra.

„Was sagst du?", fragte er lauernd. „Reicht dir die eine Leiche nicht?"

„Du bist geschmacklos."

„Vielleicht." Er wischte sich die Finger an der Serviette ab und langte nach Muriel, die an ihm vorbei einen Korb frisch gebackenes Brot auf den Tisch stellte. „Aber deine Bouillabaisse ist es nicht, Muriel, die ist köstlich! Wo hast du die Fische her?"

„Danke, Mr Tregenna, ich gebe es an meinen Mann weiter, er hat heute gekocht. – Der Fisch kommt zur Hälfte aus der Truhe …“

„… und zur anderen von uns.“ Dupree legte den Arm um Paynes Schultern. „Brent und ich haben die gefangen. Bei der Arbeit hielten wir es heute nicht aus, aber das Felsen-Angeln hat uns runtergebracht.“

Payne sagte nichts, er nickte nur. Seine sonst so farbenfrohe Garderobe war purem Schwarz gewichen.

Cailan musterte ihn spöttisch. „Machst du heute Abend auf Mönch mit Schweigegelübde?“

„Lass Brent in Ruhe“, fauchte Juna ihn an. „Halt einfach die Klappe.“

„Ist ja gut!“ Er warf den Löffel in die Suppe, bespritzte seine rote Samtweste und rieb genervt auf dem Fleck herum.

Es kamen noch ein paar leise Bemerkungen zur Qualität des Essens, dann erstarb die Unterhaltung am Tisch.

Auch der Hauptgang änderte nichts daran.

Könnte diesmal am Auflauf liegen, dachte Poppy und kaute auf einem gummiartigen Bissen herum. Sie liebte veganes Essen, aber der Gemüseauflauf mit veganem Schweizer Käse war speziell.

Nach dem Lob auf die Suppe kam diesmal nichts. Muriel lächelte entschuldigend.

„Manas erster Versuch. Der Käse, der offiziell nicht Käse heißen darf, kommt sogar aus dem Kanton Appenzell.“

„Bevor irgendjemand Kritik übt – ich finde es gut.“ Kyla ließ sich nachlegen. „Ich hatte schon Angst, der hübsche Hirsch würde auf dem Tisch landen.“

„Heinrich? Auf keinen Fall, der hat hier lebenslanges Asyl", wehrte Flexer ab. Auch er schien Schwierigkeiten mit der zähen Substanz zu haben und spülte mit großen Mengen Pinot Noir nach.

„Apropos Asyl. Arwen Island hat eine lange Tradition mit der Aufnahme von Flüchtlingen, allerdings ist das schon lange her. Je nach politischer und religiöser Lage kamen vor allem aus Frankreich Verfolgte hierher, zuletzt Hugenotten."

„Auf eine Insel? Interessant." Carol Charteris machte sich eine Notiz in einem schwarzen Moleskine-Heft und ließ das Gummiband darüber schnappen. „Obwohl das doch unpraktisch ist, oder?"

„Mag sein. Aber das Kloster genoss eine gewisse Immunität, und die Menschen gewannen Zeit …"

Poppy dachte nach. *Piratenüberfälle, Flüchtlinge – so viel Bewegung und Action auf einer winzigen Insel. Und jetzt eine Tote.*

Das Dessert kam – diesmal begleitet vom Koch persönlich. Auf dem Servierwagen schob er einen riesigen englischen Pudding herein.

„Ja, ist denn schon Weihnachten?" Cailan konnte seine Spöttelei nicht lassen.

Bottrill schüttelte den Kopf. „Ihr bekommt die Sommer-Variante, mit frischem Obst statt getrockneten Früchten."

Er entkorkte eine Flasche Malt-Whisky, goss reichlich von der goldenen Flüssigkeit über den buttrig schimmernden Turm und zündete ihn an. Im blauen Flammenwirbel verbrannte der hochprozentige Alkohol und ließ eine Wolke von Frucht- und Karamell-Aromen aufsteigen.

„Das ist ein Schlechtwetter-Dessert. Heute Morgen hat es geregnet, und …“ Der Rest des Satzes versiegte, und niemand sprach ihn zu Ende.

Bottrill schnitt den Pudding auf und verteilte ihn auf Teller, auf denen Muriel kleine Seen aus einer Orangen-Sauce vorbereitet hatte.

Nach einer Weile war es Poppy, die das andächtige Löffeln unterbrach. Sie hob ihr Glas.

„Ein Genuss für alle Sinne! Danke, Muriel und Manas. Es hätte Fia bestimmt genauso gut geschmeckt wie uns.“

Flexer nickte. „Auf Fia.“

Alle stimmten mit ein, außer Brent. Er starrte nur auf seinen Pudding.

„Iss ein bisschen für sie mit.“ Juna berührte seine Hand, aber er zog sie zurück.

„Wie geht’s jetzt weiter?“, fragte sie leise.

Flexer runzelte die Stirn. „Wieso? Ihr habt doch entschieden, zu bleiben. Also …“

Poppy unterbrach ihn. „Ich verstehe Junas Frage.“ Sie sah, wie die junge Frau mit der Gabel tiefe Furchen in das gestärkte Tischtuch kratzte. „Es geht nicht bloß um Kunst, oder? Wir wollen alle wissen, was mit Fia geschehen ist.“ Sie blickte in die Runde, dann blieb sie bei Flexer hängen. „Ich denke, ich spreche im Namen der ganzen Gruppe, wenn ich erwarte, dass Informationen sofort an uns weitergegeben werden?“

Cailan fuhr dazwischen. „Geht’s auch weniger theatralisch, Poppy?“ Er machte eine abfällige Geste in Richtung Flexer. „Niall, ich hatte dir doch gleich gesagt, dass sie der Sache nicht gewachsen ist.“

Flexer schlug mit der Faust auf den Tisch. „Schluss damit! Poppy genießt mein volles Vertrauen. Ich sag das nur einmal. Wer damit nicht zurechtkommt, der kann von der Insel verschwinden. – Schwimmend oder auf welchem Weg auch immer."

„Noch einer, der den großen Aufritt liebt." Cailan ließ nicht locker.

Flexers Gesichtszüge froren ein. „Manas? Bitte begleite Mr Tregenna hinaus."

Cailan stand betont langsam auf. „Nicht nötig. Ich gehe schon. – Aber ich komme später in die Küche auf einen Schlummertrunk."

Poppy sah, wie er und Bottrill sich zuzwinkerten. Sie spürte, wie Flexer schäumte und war erleichtert, dass er sich für Deeskalation entschied und von ihm abließ; im Gegensatz zu Torin Dupree. Der sonst schweigsame Riese ließ seinen dröhnenden Bass hören: „Ja, hau dir einen hinter die Binde, bevor einer von uns dir die Fresse poliert." Mit seiner puddingfeuchten Aussprache löschte er die Kerzen im Leuchter vor ihm.

Cailan erwiderte etwas Unverständliches, bis Bottrill ihn mit dem Servierwagen vor sich her aus dem Saal schob.

Carol zog das Gummiband von ihrem Notizbuch. „Wow, was für ein Abgang." Sie schlug eine leere Seite auf, schloss das Buch aber gleich wieder.

Flexer atmete auf. „Danke, dass du nicht jeden Quatsch hier dokumentierst. – Pardon!", sagte er in ihre und Poppys Richtung: „Ihr müsst einen fürchterlichen Eindruck haben von unserer Künstlergemeinschaft."

„Wieso?", fragte Tyra spitz. „Nur weil einer nicht weiß, wie er sich zu benehmen hat?"

Flexer seufzte. „Stimmt. Bevor ich mich jetzt pausenlos entschuldige, lasst uns lieber den Abend beenden. Wahrscheinlich brauchen alle Ruhe."

Er presste die Hände gegen seine Schläfen. Poppy wusste nicht, ob es an der schummrigen Beleuchtung lag, aber er schien an diesem Tag um zehn Jahre gealtert zu sein. „Vielleicht erfahren wir morgen mehr darüber, was Fia zugestoßen ist."

Er stand auf. „Schlaft gut, wenn ihr könnt."

Poppy konnte es nicht. Sie drehte sich von einer Seite zur anderen.

Die Eindrücke des Tages ließen sie nicht los. Die Gedanken kreisten unaufhörlich um Fias ausgestreckten Körper am Strand, um den wenig fruchtbaren Austausch mit dem Inspektor und die Reaktionen der Künstler. Ihr fiel auf, dass sie vor allem von Entsetzen, Angst und Frustration geprägt waren. Wirkliche Trauer hatte sie nur bei Brent entdecken können.

Zwischen die Gesichter drängte sich eine unheimliche, glitzernde Fratze. Es waren die Glassplitter, der Wolfskopf aus der Klosterruine.

Sie stand auf. „Wenn ich schon nicht einschlafe, kann ich auch arbeiten. Aber erst muss ich etwas gegen meinen Durst tun. Der Pudding war lecker, er liegt nur schwer im Magen", erklärte sie Torry, der ihren Unruhezustand mit halb geöffneten Augen verfolgte.

Selbst schuld, schien sein Blick zu bedeuten.

Das Wasser im Glas auf dem Nachttisch war warm geworden und schmeckte schal.

Poppy ging an die Zimmerbar und öffnete eine Flasche Mineralwasser, aber die Kohlensäure verstärkte das Grummeln im Bauch.

„Ich mache mir besser einen Tee, Torry."

Sie ging ins Atelier, setzte den Wasserkocher in Betrieb und goss eine Kanne Kräutertee auf. Solange die Kräuter zogen, suchte sie auf dem Smartphone die Fotos, die sie von den Glasstücken gemacht hatte. Vorsichtig leerte sie den Leinenbeutel und rekonstruierte die Fratze auf einer Schicht aus Blättern und Moos.

Das Moos war Teil der quadratmetergroßen Unterlage, auf der ihre Installation Gestalt annahm.

Poppy hatte die Arbeit nach ihrem Ausflug auf den Monk's Head begonnen, und sie nahm sich vor, das Werk so nah wie möglich an die Struktur der Natur von Arwen Island heranzurücken und an die Assoziationen, die Gefühle, Gerüche und alle anderen Sinneseindrücke auslösten.

Aus dem erdigen Grund ragte ein künstliches Gewächs. Metallstäbe und aus Papier gerollte Röhrchen waren mit Holzsplittern durchsetzt. Die Konstruktion wurde gestützt von einem knorrigen Eichenast, Stofffetzen verschiedener Struktur umhüllten die Zweige an den Stellen, an denen die Rinde abgeplatzt war.

Nach der Ergänzung durch die farbigen gläsernen Fragmente betrachtete Poppy die Installation von Neuem.

„Es verträgt sich nicht", dachte sie laut.

Und sie kannte den Grund: *Das eine ist meine Kunst – und das andere ist ein fremdes Objekt. Das Wolfsgesicht hat genauso wenig mit mir zu tun wie die blutige*

Hand. Beides hat jemand absichtlich an seinen Platz gelegt.

Dass sie selbst es in die Nähe ihrer Arbeit brachte, fühlte sich übergriffig, fast aggressiv an. Rasch entfernte sie die Splitter aus der Installation und glättete das Moos, als ob sie es von etwas Schmutzigem reinigen wollte.

Der Tee war inzwischen lauwarm, aber er erfüllte seinen Zweck und beruhigte Poppys Magen.

Sie ließ von ihrem Werk ab und dachte nach. Wer von den „Insulanern" kam für diese Inszenierungen infrage? Am ehesten brachte sie das mit Fias skurrilem, anarchischem Temperament in Verbindung. Nur – vor dem Wer stand das Warum. Fia konnte sie nicht mehr fragen.

Sie ging die Personen durch. *Ich weiß viel zu wenig über die Menschen hier. Ich muss mit ihnen ins Gespräch kommen, daran führt kein Weg vorbei.*

Sie seufzte. Sich nur der Kunst widmen, würde nicht genügen. – Und bei dem Inspektor hatte sie kein gutes Gefühl. Sie trank den Tee aus und ging ins Bett zurück.

Die Träume waren eine qualvolle Verlängerung des Tages: Fia am Strand, in immer neuen Stadien zwischen Fisch und Mensch. Sie schien sich in dem Netz zu winden, aber jedes Mal, wenn Poppy hinsah, erstarrte sie. Dann folgten nicht enden wollende Verhöre.

Über der Insel kreiste Barney in einem Hubschrauber und winkte hinunter. Weil er keinen Platz zum Landen fand, flog er davon. Verzweifelt schaute Poppy der Maschine hinterher, das Klopfen des Rotors entfernte sich.

16

Das Bild änderte sich, nur das Geräusch blieb.

Brios saß am Fußende und pochte mit dem Zeigefinger an den Bettrand.

Poppy schreckte hoch.

„Endlich kriege ich dich raus aus deinem Alb." Er rieb sich die Hand. „Mein Knöchel ist schon ganz wund."

Sie zog das nassgeschwitzte Kissen unter ihrem Kopf weg und setzte sich hin.

„Bist du denn der bessere Traum?"

„Ich fürchte, nein." Er stand mit dem Rücken zur offenen Fensterfront. Poppy hatte die Vorhänge offen gelassen. Seine Gestalt hob sich deutlich vom Horizont ab, der von Nachtblau in Flieder überging. Die Hände mit den gekrümmten Fingern bewegten sich neben seinem Rumpf wie die Krallen einer Fledermaus. Poppy fröstelte.

„Ich bin schuld an ihrem Tod!", stammelte er und nahm die Haltung des Gekreuzigten an.

„So dramatisch?" Poppy seufzte. „Nein, das bist du sicher nicht."

„Mea culpa!" Er ließ sich nicht beruhigen und holte mit den Armen aus, als ob er sich geißeln wollte.

„Wie kommst du darauf?", fragte Poppy vorsichtig nach.

„Ich habe Fia von Erin erzählt – sie sah ihr zum Verwechseln ähnlich." Er schluckte. „Besonders im Tode! – Das Netz ..."

Jetzt hatte er Poppys Aufmerksamkeit. Sie bedeutete ihm, am Bettrand Platz zunehmen. „Was ist mit dem Netz, Brios?"

Er strich sich über den kahlen Schädel. „Es war unser Abschied, nicht von uns, doch vom Leben. Wir trafen uns unten am Strand und liebten uns ein letztes Mal. Dann nahmen wir Erins Boot. Sie hisste das Segel und der Wind trieb uns hinaus auf die Bucht. Auch im Tod sollte uns nichts trennen. An Bord fanden wir ein Fischernetz. Wir schlangen es um uns, beteten, dann rollten wir über Bord. Im Wasser geriet ich in Panik. Ich schlug um mich und befreite mich aus den Maschen. Anders Erin, sie fügte sich in ihr Schicksal. Mir half meine Feigheit nichts. Kurz nach ihr verschlang das Meer auch mich."

Er blickte hoch. „Es ist nicht richtig, dass ich Fia mit hineingezogen haben, dass auch sie im Netz ihr Leben verlor." Er sah auf seine Hände. „Ich hatte ihr von mir und Erin erzählt."

„Auch davon, wie ihr gestorben seid?"

Er nickte stumm.

„Fia ist … sie war sehr sensibel, Brios. Es gehörte zu ihrem Selbstverständnis als Künstlerin, dass sie Impulse aufgriff …"

„Aber doch nicht, um zu sterben!"

„Vielleicht ist etwas schiefgegangen? Sie verlor die Kontrolle …"

„Wie auch immer – ich war es, der sie auf diese grässliche Idee brachte."

Brios sank in sich zusammen. Gramgebeugt zog er die Kapuze seiner Kutte über den Kopf.

Als Poppy die Hand nach ihm ausstreckte, war er verschwunden.

Sie erwachte. Die Sonne ging auf und beleuchtete das Ufer westlich von Arwen Island. Aus dem Dunst der Brandungszone ragten goldschimmernde Klippen.

Poppy versuchte, sich auf das Ende des Traums zu konzentrieren.

Die Idee mit dem Netz ... Beide Möglichkeiten trieben sie um: Selbstmord oder ein künstlerischer Selbstversuch, der aus dem Ruder gelaufen war?

Poppy schwang sich aus dem Bett – sie wusste, wo sie davon gehört hatte: Brent Payne hatte das Netz erwähnt, am Feuer in der großen Halle.

Sie sprang unter die Dusche – sie musste mit Brent sprechen, am besten noch vor dem Frühstück und bevor sich die Gruppe wieder in ihr gewohntes Geplänkel verstrickte.

Sie nahm Torry mit und klopfte an seine Tür.

Als er öffnete, zuckte sie erschrocken zurück. Der schlanke Mann wirkte wie ein Strich im morgendlichen Gegenlicht. Dunkel geränderte Augen lagen tief in den Höhlen. Payne fuhr sich durch die Locken, die stumpf und ungepflegt in alle Richtungen abstanden. Er trug nur Boxershorts. Mit einer gemurmelten Entschuldigung griff er nach einem der weißen Bademäntel, die in jedem Apartment hingen.

Als er ihn überstreifte, sah Poppy die Kratzspuren an seinem Rücken.

„Poppy! – Ist schon wieder was passiert?"

„Seht ihr mich inzwischen als apokalyptische Reiterin?" Sofort bereute sie die spitze Bemerkung. Er starrte sie ausdruckslos an.

„Entschuldige, Brent, das war nicht witzig. – Hast du Lust auf einen Morgenspaziergang?"

Seine Miene blieb düster. „Geht es dir um mich oder den Fall?", fragte er geradeaus.

„Ich bin nicht die Polizei. Ich will wissen, wie es dir geht." Nach kurzem Zögern fügte sie hinzu: „Und natürlich interessiert mich deine Sicht der Dinge."

Seine Mundwinkel zuckten. „Danke, dass du so ehrlich bist. Vielleicht tut es mir gut, zu reden. Gib mir eine Minute."

Torry fremdelte zunächst mit der Begleitung, aber als Payne ein nach Harz duftendes Stöckchen gefunden hatte, kam ein munteres „Werfen–Suchen–Bringen"–Spiel in Gang.

Es war ein wolkenloser Morgen, und schon kurz nach sieben war die Wärme des Julitags zu spüren.

Poppy hielt sich zurück und überließ es Payne, die Richtung zu wählen.

Mied er absichtlich den Weg zum Strand, als er zur Ruine hinaufstieg? – Er schien ein Ziel zu haben.

Sie sprachen wenig, bis sie den Wald hinter dem Friedhof erreicht hatten.

Poppy zwängte sich hinter Brent durch einen dichten Gürtel hoher Rhododendren.

Dahinter lag eine Lichtung.

Mit einer Geste, als ob er einen Vorhang aufzog, trat Brent zur Seite. Poppy blieb stehen.

Vor ihr lagen die Reste eines uralten Bootes.

Der Rumpf war an vielen Stellen durchlöchert, die Planken gebrochen, nur die Spanten standen noch.

Trotzdem wirkte es, als würde es jeden Augenblick losfahren.

Das lag an den kunstvollen Eingriffen an seiner Hülle. Die Schäden am Rumpf und die fehlenden Planken waren durch andere Materialien ersetzt worden, abgeschliffene Steine und Metallteile.

Eine durchsichtige Kunststoffplane bildete den zeltförmigen Aufbau.

Das Boot lag auf einem Bett belaubter Äste, die den Eindruck von Wellengang entstehen ließen.

„Gleich legt es ab … Das ist wunderschön, Brent!"

Der Künstler lächelte. „Jemand muss das Boot hier oben vor ewigen Zeiten versteckt haben, keine Ahnung, warum. – Fia …". Er schluckte, und Poppy spürte, dass es ihm Mühe machte, weiterzusprechen. „Wir haben es gefunden. Sie hatte sofort die Idee: das Arche–Projekt, wie sie es nannte. Wir wollten das Boot aufwecken, ihm neues Leben einhauchen, nicht nur als Kunstwerk. In dem transparenten Aufbau sollten Nachrichten und Botschaften platziert werden … Aber dazu ist es nicht mehr gekommen. Ich weiß nicht, ob ich die Kraft dazu habe …"

„Brent, das ist einfach großartig, sehr inspirierend!" Poppy ließ ihn ihre ehrliche Begeisterung spüren. „Natürlich musst du weitermachen!"

„Ja, ja, jetzt kommt wieder: Sie hätte es so gewollt!" Er sank auf das Blättermeer, als ob er darin untertauchen wollte. „Aber das hat jetzt alles keinen Sinn mehr."

„Mach einfach weiter. Die Arche ist viel zu wertvoll, um sie ein zweites Mal im Wald verrotten zu lassen. Eine tolle Arbeit!"

Er schien nicht überzeugt. Trotzdem rappelte er sich auf und begann einige Teile, die sich aus den Lücken im Holz gelöst hatten, wieder zu fixieren. Er verwendete Moos und Grasbüschel dazu.

„Siehst du, es geht!"

Sie half ihm, und eine halbe Stunde lang arbeiteten sie schweigend nebeneinanderher.

Auch Torry unterstützte die Aktion und schleppte handliche Stöckchen herbei.

„Brent, mich beschäftigt etwas." Poppy versuchte auf das kritische Thema zurückzukommen. „Das Netz, in das Fia gewickelt war …"

Unwirsch hob er den Kopf und antwortete nicht gleich.

„Damit kam Fia bereits am ersten Tag an. Sie war unglaublich aktiv, glücklich, ja euphorisch, auf der Insel zu sein. Von unerschöpflicher Energie getrieben, stöberte sie überall herum. An der Nordseite der Insel ist sie auf eine Grotte gestoßen, sie wollte da unbedingt mit mir hin. Aber dann …" Er senkte den Kopf, und seine Locken fielen über die Stirn.

„Dort hatte sie auch das Netz gefunden", sprach er leise weiter. „Es stank bestialisch nach totem Fisch. Ihr machte das nichts aus, aber ich meckerte wohl zu viel. Sie brachte es zu Muriel, die es für sie auskochte und durch den Wäschetrockner jagte. – Viel hat das nicht gebracht, ehrlich gesagt, es hatte bloß noch mehr Löcher." Er versuchte ein Lächeln. „Egal. Ich fand Fia einfach unwiderstehlich in ihrer Kraft und Leidenschaft. Ich habe mich total in sie verknallt."

Das Lächeln verschwand. „In der Nacht vor ihrem – Tod ...", das Wort kam als Flüstern, „liebten wir uns, hier, in unserer Arche. Fia – sie war so wild, total ungehemmt. Sie krallte sich an mir fest, es tat richtig weh!" Er biss sich auf die Lippen. „Später lagen wir auf dem Waldboden und schauten in den Himmel. Die Bäume ließen nur einen kleinen Ausschnitt frei. Es war, als ob wir durch ein Fernrohr schauten, mit Millionen von Sternen vor uns. Wir machten verrückte Pläne für die Zukunft." Er barg den Kopf in den Händen. „Auf einmal stritten wir uns."

„So plötzlich? Worüber?"

„Es war lächerlich. Fia hatte die Idee, das Netz statt der durchsichtigen Folie über die Arche zu spannen. Ich fand das weniger gut und machte eine abfällige Bemerkung über Deko und Kitsch. Von einem Augenblick zum anderen geriet sie dermaßen in Rage, dass sie sich hastig anzog, ihr Netz zusammenraffte und ohne ein weiteres Wort im Wald verschwand. – Das war das letzte Mal, dass ich sie sah ... lebend."

„Das hat sie so aufgeregt? Oder gab es noch etwas anderes?"

„Nein, sie war sehr entspannt." Er dachte nach. „Warte! Fia sagte sogar, sie habe keine Angst mehr vor Flexer. Sie habe dich getroffen, Poppy – sie mochte dich übrigens sehr –, du erzähltest ihr von der Journalistin, die Nialls Verhalten gegenüber Frauen kritisch sehe und ein Auge auf ihn haben würde."

„Hast du dir keine Sorgen gemacht, sie nachts allein über die Insel laufen zu lassen?"

Er runzelte die Stirn. „Warum? Wir sind hier unter uns. Es gibt keine gefährlichen Tiere, abgesehen von Heinrich dem Achten ... Fia hatte die Insel bereits kreuz und quer durchstreift. Außerdem wirkte sie alles andere als schutzbedürftig. – Aber im Nachhinein ...“

Mit einem trockenen Knacken zerbrach er einen Stock, den er zwischen den Fingern gedreht hatte. Torry spitzte die Ohren, blickte erwartungsvoll zu ihm hoch und wandte sich enttäuscht ab, als er die Stücke achtlos zu Boden fallen ließ.

Poppy stützte den Kopf auf die Knie. „Fia – was ist nach ihrem plötzlichen Aufbruch passiert?“, fragte sie kaum hörbar.

Brent weinte. Poppy stand auf und berührte ihn an der Schulter. Sie wollte ihn nicht so sitzen lassen.

„Komm mit zum Frühstück. Ich jedenfalls brauche einen starken Kaffee.“ Sie zog ihn hoch. „Danach gehst du zu eurer Arche zurück und machst weiter. Ich habe das Gefühl, diese Arbeit hat das Zeug zum ersten Preis!“

17

Der Tisch war wieder draußen gedeckt. Große, weiße Schirme, an deren Unterseite die Reflexe des Wassers tanzten, hielten die Sonne ab.

„Wo kommt ihr beiden denn her?", fragte sie Flexer. „Wir haben uns schon Gedanken gemacht."

„Schlimm genug", knurrte Tyra Teague. „Der Charme von Arwen Island ist weg."

„Quatsch." Flexer schüttelte heftig den Kopf. „Aber ihr kennt die Regel, dass man sich abmeldet, wenn man zu einer der Mahlzeiten nicht kommt. – Stimmt's, Manas?"

„Unbedingt." Der Caretaker brachte eine Platte mit dampfenden Pancakes und beäugte die beiden misstrauisch. „Wir müssen das wissen, schon wegen der Planung in der Küche."

„Johnny Controlletti …", trällerte Juna.

Tregenna zeigte ein sardonisches Haifischgrinsen. „Vorsicht, Poppy, Brent bringt den Frauen kein Glück, er …" Weiter kam er nicht. Er zuckte zusammen und verzog schmerzhaft das Gesicht.

Poppy schmunzelte. Sie hatte gesehen, wie Kyla Webb ihm unter dem Tisch vors Schienenbein getreten hatte.

„Die Stimmung scheint bestens zu sein, das freut mich", sagte sie munter und setzte sich auf den freien Platz gegenüber von Carol Charteris. Mit der Gabel spießte sie einen Pfannkuchen auf. „Um die Neugier mancher zu befriedigen: Brent hat mir sein Projekt vorgestellt …"

„Im Wald?" Diesmal achtete Tregenna auf seine Beine, aber es kam nichts.

Woher weiß er, dass wir im Wald waren? Poppy ließ das Buttermesser sinken. „Warum nicht? Lasst euch überraschen. Die Arbeit ist sehr vielversprechend, die Latte liegt für uns alle hoch!"

Flexer blickte herausfordernd in die Runde. „Umso besser. Vielleicht ermutigt das die anderen zu Höchstleistungen. Und noch eine Motivation: Carol würde den Lesern ihrer Zeitung gern Einblick in den künstlerischen Schaffensprozess geben. Wenn ihr dazu bereit seid, wäre eine Fotodokumentation prima, um …"

Tregenna unterbrach ihn barsch: „Bei mir nicht!"

„Warum wundert mich das nicht?" Flexer zuckte die Achseln. „Es steht natürlich jedem frei. Aber ich sage euch, der Marketingeffekt ist nicht zu vernachlässigen. Überlegt es euch, und wenn Carol an die Tür klopft …"

Kyla Webb stand auf und beendete den Satz: „Komm am besten gleich vorbei, Carol. Der Ton meiner neuesten Skulptur ist getrocknet. Der nächste Schritt ist das Auftragen der Pigmentschicht, dabei kannst du gern zusehen."

Auch Poppy wollte sich nach dem Frühstück an ihr Werk machen, als Juna Reid sie beiseitenahm. „Kann ich dich sprechen?" Sie achtete darauf, dass sonst niemand von ihnen Notiz nahm.

„Natürlich – gleich hier?"

„Nein. Wenn du Zeit hast, komm bitte zu mir, sagen wir in einer Stunde?"

Nachdenklich ging Poppy ins Atelier. Wenig inspiriert veränderte sie die Position einiger Elemente der Installation. Sie war unruhig und unzufrieden. Das Gespräch mit Payne war interessant und persönlich gewesen, hatte aber nicht dazu beigetragen, das schreckliche Ereignis zu verstehen.

Sie fühlte sich allein. Barney fehlte ihr – und Inspektor Edwards. Für einen Augenblick überlegte sie, ihn anzurufen, nur um den Gedanken gleich wieder zu verwerfen.

Es würde ihn in Verlegenheit bringen und ihre Position gegenüber Gray weiter schwächen.

Nein, ich muss es aushalten, diesmal nicht die wohlgelittene Assistentin zu sein, dachte sie, als das Handy klingelte.

Flexer war dran. „Poppy, kannst du alle zusammenrufen? Die Polizei kommt noch mal und will DNA–Proben, und zwar von allen, Männer wie Frauen."

„Wann?"

„Der Inspektor sagte, er wird um drei Uhr hier sein." Er legte auf.

Poppy starrte auf das Smartphone. *Was hatte das zu bedeuten? Erhärtete sich der Mordverdacht?* Obwohl sie bei dem Gedanken schauderte, freute sie sich darüber, dass es weiterging. *Hatte die Obduktion etwas ergeben?* Auf dem Display tauchte die Uhr auf. *Zeit für das Gespräch mit Juna.*

Poppy musste zweimal klopfen, bis sich auf der anderen Seite etwas rührte und ein Schatten auf den Türspion fiel. Sie hörte, wie der Schlüssel zweimal umgedreht wurde. Juna lugte vorsichtig nach links und rechts aus der Tür heraus.

Schließlich machte sie einen Schritt zurück, zog Poppy hinein und schloss wieder ab. Die beiden zierlichen, gleich großen Frauen standen sich unschlüssig gegenüber.

„Entschuldige, ich bin unhöflich." Juna sah sich verlegen um.

Poppy tat so, als ob sie das Durcheinander in dem Apartment nicht bemerken würde. Auf der Sitzgruppe lagen Kleidungsstücke wild durcheinander, alle in dunklen Farben, sodass sie auf dem schwarzen Leder zunächst nicht auffielen. Juna machte einen Sessel frei.

„Tee?"

„Gern. Am liebsten Earl Grey."

Juna ging zu der kleinen Küchenzeile, die nur über Umwege erreichbar war, da fast der ganze Fußboden von Skizzen bedeckt war.

„Deine neue Graphic Novel?" Poppy bückte sich zu einem der Blätter hinunter.

„Nicht anfassen!"

„Hatte ich nicht vor." Poppy blieb auf Distanz und behielt ihre betrachtende Haltung bei.

„Das sind fantastische Zeichnungen." *In jeder Beziehung*, dachte sie. *Einmal die Qualität, aber vor allem ihr Thema.* Eine eigenartige, bizarre Welt breitete sich auf den Travertin–Platten aus.

Offenbar war London der Ort der Handlung, allerdings ein London einer anderen Dimension.

Die mit präzisen Tuschestrichen entworfenen Menschen waren gekleidet im Stil des neunzehnten Jahrhunderts. Doch sie bewegten sich nicht zu Fuß oder in

Kutschen durch die Straßenschluchten, sondern schwebten in Zeppelinen und dampfgetriebenen, stromlinienförmigen Fahrzeugen, die auf einem Gespinst eiserner Hochbahnen unterwegs waren. Abrupt wechselte die Handlungsebene in den Untergrund der Stadt, wo der Großteil der Menschen zu leben schien, auf engstem Raum und in epische Konflikte verwickelt.

„Ist das Steampunk?", fragte Poppy.

Juna kräuselte die zierliche Nase, was sie trotz der kurzen, grau gefärbten Haare jünger aussehen ließ. „Wenn du willst. Ich mag diese Genre–Kategorisierungen nicht besonders."

„Die Handlung scheint komplex zu sein."

„Hoffentlich nicht zu sehr." Juna wirkte defensiv, trotzdem schien sie sich über Poppys Interesse zu freuen. „Es geht um die unmögliche Liebe zwischen einem ehrgeizigen Stadtplaner, der die Situation der Underground People verbessern möchte und einem Straßenmädchen, das ihr Revier in Gefahr sieht …"

„Klingt spannend! *Underground People* – ist das auch der Titel?"

„Vielleicht – nur kommt der als Letztes. Und da mischt auch noch der Verlag heftig mit."

Das heiße Wasser sprudelte im Kocher, und sie goss den Tee auf.

Poppy fiel es schwer, sich von der düsteren Geschichte zu lösen. „Deine Zeichnungen haben eine enorme Sogwirkung. Ich finde mich mitten unter den Leuten wieder …"

Die Serie von fünf Blättern stach heraus. Eine Frau mit raspelkurzen Haaren stand auf einer gotischen Kirchenkanzel. Erregt und mit großen Gesten redete sie auf die Zuhörer ein, die gebannt an ihren Lippen hingen.

Das Gesicht, dachte Poppy, *war es eine Mischung aus Fia und Juna?*

Juna trat zwischen sie und die Zeichnungen. „Die kommen weg." Hastig sammelte sie die Blätter ein und steckte sie in eine Leinenmappe. „Die Storyline steht noch nicht ganz, und die Dialoge fehlen."

„Die expressiven Bilder würden auch als Stummfilm funktionieren."

Jetzt erhellte sich Junas Miene deutlich. „Das nehme ich als großes Kompliment einer Künstlerkollegin."

„Im Ernst. Es erscheint noch dichter als Fritz Langs Metropolis, und das schon auf den ersten Blick."

Juna zwinkerte Poppy zu. „Vielleicht bekomme ich dann den ersten Preis?"

Poppy lachte. „Du spielst auf meine Bemerkung beim Frühstück an, über Brent Paynes Arbeit? – Das Rennen ist offen, keine Ahnung, ich habe die Sachen der anderen noch gar nicht gesehen."

Sie setzten sich, und Juna verteilte den Tee auf zwei Becher. Sie pustete auf die heiße Flüssigkeit. Poppy wartete ab und betrachtete sie währenddessen.

„Was meinst du", fragte Juna sie leise, „war es Mord?"

„Wie kommst du darauf?"

„Fia war eine Elfe, aber eine mörderische."

Poppy verschluckte sich. Es verging eine Weile, bis sie ihren Hustenanfall in den Griff bekam. „Du meinst ihre Männergeschichten?"

„Alle lagen ihr zu Füßen. Denk an das Ekel Cailan Tregenna. Sogar den hat sie um den Finger gewickelt und danach ganz kühl abserviert. Und das ihm! Der

Künstlerfürst wurde zum Gespött der Gemeinde. Das hat er ihr nie verziehen. – Aber es waren nicht nur die Männer."

„Hatte sie auch die Frauen verrückt gemacht?"

„Ja, nur anders. Kyla …" Sie biss sich auf die Lippen. „Frag sie am besten selbst."

„Meinst du wirklich, jemand aus der Gruppe hätte Fia töten können?"

„Sauer waren hier viele auf sie."

„Du auch?" Poppy versuchte, die Bewegung ihrer Augen auszumachen, aber Juna sah auf den Boden, wo sie zwei Skizzen gegeneinander verschob.

„Ich?" Nur an den Mundwinkeln sah sie, dass sie lächelte. „Wahrscheinlich bin ich die Einzige, die keinen Grund dazu hatte. – Nein." Sie schien mit der Neuausrichtung der Bilder zufrieden zu sein und konzentrierte sich wieder auf Poppy. „Mal was anderes: Kann es sein, dass außer uns und den Bottrills noch jemand auf der Insel ist? Es war am ersten Tag … Leider war ich zu weit weg."

„Interessant, dass du das fragst. Ich glaubte auch jemanden gesehen zu haben."

„Richtung Nordufer?"

„Genau."

„Poppy, wenn das so wäre …"

„… dann wüssten wir noch lange nicht, ob es etwas mit Fias Tod zu tun hat."

„Schon, nur würde ich mich dann nicht mehr sicher fühlen." Juna fuhr sich durch die kurzen Haare und hinterließ einen schwarzen Tuschestrich auf der Stirn. Erst jetzt schien sie zu merken, dass sie die ganze Zeit mit einem Federhalter gespielt hatte und legte ihn zur Seite.

„Ich komme mir vor, wie in einer Agatha–Christie–Verfilmung. Auf einer Insel mit lauter Verrückten … Das war der Grund, warum ich mit dir sprechen wollte. Ich wüsste nicht, wem ich mich sonst anvertrauen sollte. Außerdem gibt es das Gerücht, dass du besser sein sollst als die Polizei."

Poppy ignorierte die letzte Bemerkung.

„Immerhin sind wir schon zwei, die den Verdacht haben. Nachher kommt der Inspektor auf die Insel. Am besten, du gehst zu ihm und sagst, du hättest etwas gesehen."

„Warum nicht du?"

„Gray und ich haben so unsere Differenzen. Aber ich kann gern dazukommen und das bekräftigen."

„Warum kommt die Polizei eigentlich noch mal wieder? Dieser Gray schien schon beim letzten Mal nicht begeistert zu sein."

„Sie wollen DNA–Proben nehmen. Von allen."

„Warum das? Ich dachte, nur Brent hätte mit Fia Körpersäfte ausgetauscht."

Poppy staunte über den zynischen Spruch und wollte noch etwas sagen, aber Juna hatte sich an ihren Schreibtisch gesetzt, griff nach dem Federhalter und vertiefte sich in die Schattierung einer gigantischen unterirdischen Halle.

18

„Diesmal sind Sie vorbereitet, Inspektor!" Schmunzelnd betrachtete Poppy die wohlgeformten, gebräunten Waden.

Mit hochgekrempelten Hosen watete Kenneth Gray durch die Uferzone den Strand hinauf, die schwarzen Slipper in der einen und die Aktentasche in der anderen Hand.

Er legte beides ab, setzte sich auf einen Stein, holte die sorgfältig zusammengelegten Socken aus der Tasche und befreite die Füße von Algen und Sand. Erst als er alles angezogen hatte, nahm er Notiz von Poppy.

„Mrs Dayton, fangen Sie mich gleich am Strand ab? Keine Chance, ich werde Ihnen nicht mehr sagen als den anderen auch."

Der Führer des Zodiac half einem zweiten Beamten auf den Strand und reichte ihm einen Aluminiumkoffer hinunter. Dann fuhr er das Schlauchboot ein Stück in die Bucht hinaus und ankerte. „Neunzig Minuten, maximal!", rief er zu Gray hinüber.

„Dann los, Brian." Gray und der Polizist kümmerten sich nicht darum, ob Poppy mit ihnen Schritt hielt. Sie hätte sich gekränkt fühlen können, war aber gedanklich schon einen Schritt weiter.

Mal sehen, was Gray herausgefunden hat.

Sie holte zu den beiden Männern auf und erreichte zusammen mit ihnen das Haus.

Alle hatten sich auf der Terrasse versammelt und blickten ihnen erwartungsvoll entgegen – bis auf Tregenna. Er saß am Rand des Swimmingpools und ließ die Beine im Wasser baumeln. Poppy beobachtete fasziniert, wie er aus einem Blatt Papier ein Schiffchen faltete und es behutsam, fast liebevoll auf die Oberfläche setzte.

Flexer empfing die Beamten. „Ein herrlicher Tag! – Was möchten Sie trinken?"

Gray ignorierte das Angebot. „Wir benötigen einen Tisch und einen schattigen Platz zur Sicherung der Proben. Können wir bitte hineingehen?"

„Wie Sie wollen." Flexer gab Bottrill einen Wink. Der begleitete die Männer zu einem der flachen Couchtische in der großen Halle. Er räumte die Obstschale weg und schob ein paar Sessel heran. Gray nickte zufrieden. „Brian, fang an."

Sein Kollege öffnete den Aluminiumkoffer, entnahm das Test-Kit und baute es auf der Glasplatte auf.

„Wie immer in Eile, Inspektor? Ich weiß, die Ebbe ... Bevor wir hier alle antreten – was können Sie uns berichten, Inspektor?" Flexer stellte die Frage freundlich, aber er lief im Raum umher, und es war zu spüren, dass er unruhig war.

„Zum jetzigen Zeitpunkt können wir ein Verbrechen weder bestätigen noch ausschließen. Um weiterzukommen, bitten wir Sie, mit uns zu kooperieren. Die Teilnahme ist freiwillig. Konstabler Rains wird die DNA-Tests durchführen." Die Journalistin machte Fotos.

„Mrs Charteris, ich kann Sie nicht von Ihrer Arbeit abhalten." Gray fuhr sich verärgert durch die Haare. „Ich sehe bloß keinen Sinn …"

„Ehrlich gesagt, ich auch nicht." Sie zuckte die Achseln. „Bisher jedenfalls – aber vielleicht wird es ja noch spannend?"

„Dann gehe ich mal mit gutem Beispiel voran." Flexer öffnete den Mund.

Der Konstabler wischte mit einem Wattestäbchen über die Innenseite der Wange und sicherte die Probe in einem Plastikröhrchen. Die Prozedur wiederholte sich zehnmal.

Als Elfter fläzte sich Tregenna in den Sessel. „Ähhh …" Er riss den Mund weit auf, streckte die Zunge heraus und zwinkerte Carol zu. Die grinste und machte Fotos.

„Cailan, ist dir eigentlich nichts zu peinlich?" Kyla wandte sich angewidert ab.

Der Beamte ließ sich davon nicht beeindrucken. Kommentarlos sicherte er die letzte Probe, verstaute alles im Koffer und stand auf. Gray tat es ihm nach. „Dann dürfen wir uns verabschieden. Danke nochmals für Ihre Kooperation. Ich halte Sie auf dem Laufenden."

„Darum möchte ich doch sehr bitten", knurrte Flexer. „Sie müssen verstehen, dass die Stimmung hier nicht die Beste ist. Wenn es nun doch Mord war …"

„Dann werden Sie es erfahren, und selbstverständlich wird das Konsequenzen haben für Ihre Veranstaltung." Das letzte Wort sprach er mit einer gehörigen Portion Verachtung aus, nach einem langen Blick in die Runde. Er gab Rains einen Wink und die beiden machten sich auf den Weg.

Poppy sah zu Juna hinüber. Sie nickte leicht und ließ den beiden Männern einen Vorsprung.

Torin Dupree steckte die Zunge in die linke Wange und beulte sie aus. „Gibt's was zu trinken? Das Wattestäbchen hat kein gutes Gefühl im Mund hinterlassen."

„Selbstverständlich." Muriel schien sich darauf vorbereitet zu haben. Sie brachte ein Tablett mit Limonade, Gin und Tonic herein, und alle scharten sich um sie.

Unauffällig verließen Juna und Poppy die Gruppe und liefen los, Torry rannte begeistert hinterher. Kurz vor dem Strand hatten sie die Beamten eingeholt, und der Hund umkreiste sie kläffend.

„Wollen die Ladys schwimmen gehen?", fragte Gray manieriert, hielt aber nicht an.

„Das hatten wir nicht vor – ich fürchte, es schaut uns jemand zu, den wir nicht kennen", antwortete Poppy trocken. Eigentlich hatte sie Juna den Vortritt lassen wollen, aber sie schaffte es nicht, sich zurückzuhalten.

„Sie können das Detektivspielen nicht lassen, oder?"

„Fragen Sie Mrs Reid."

Gray warf nur einen kurzen Blick auf sie und behielt sein Tempo bei. „Beschäftigen Sie jetzt sogar Hilfssheriffs?"

Juna schnitt ihm den Weg ab und zog ihr Smartphone aus der Tasche. „Vielleicht sind Sie ja nur der Deputy, und ich sollte die richtige Polizei anrufen."

Das saß. Er hielt an und sagte zu Rains: „Gehen Sie vor und sagen Sie, ich komme gleich."

Der Konstabler nickte. Nach einem abschätzigen Blick auf die Frauen lief er weiter.

Gray nahm Junas Herausforderung an. „Was kann die Polizei denn für Sie tun?"

Sie steckte das Smartphone weg und kickte einen Kiefernzapfen aus dem Weg. „Inspektor, keine Ahnung, was Sie da mit Mrs Dayton laufen haben, ich jedenfalls fühle mich hier nicht mehr sicher."

Juna schilderte ihre Beobachtung. Jetzt hatte sie Grays Aufmerksamkeit.

„Können Sie die Gestalt beschreiben? Männlich? Weiblich?"

„Ich weiß nicht – eher männlich. Kräftig, untersetzt. Sie war zu weit weg."

Poppy nickte. „Ich kann etwas Ähnliches berichten."

„Natürlich."

Sie dachte, Gray würde mit seinem blasierten Getue fortfahren, aber es kam anders.

„Ich kann Ihnen so viel sagen: Je nach Ergebnis des DNA–Tests werde ich kurzfristig auf Sie zukommen. Bitte seien Sie vorsichtig. Ich empfehle Ihnen, nicht allein auf der Insel herumzuspazieren, sondern immer jemanden dabeizuhaben. – Entschuldigen Sie, die Zeit drängt." Er sah von der Uhr hoch. Poppys und sein Blick trafen sich, und sie erschrak. Das Spöttisch–Verächtliche darin war echter Sorge gewichen.

„Ich wollte Sie nicht beleidigen, das läge mir fern." Er wandte sich an Juna. „Ich nehme Ihre Hinweise sehr ernst, glauben Sie mir."

Am Strand setzte er sich wieder auf den Stein und zog Schuhe und Socken aus. Torry pirschte sich heran und schaffte es, eine zu schnappen. Sofort begann der Terrier, ein Loch zu graben, doch Poppy war zur Stelle und entwand ihm die Beute. Ohne die Miene zu verziehen, gab sie Gray die vollgesabberte Socke zurück. Der brummte etwas Unverständliches, stopft sie in die Tasche, krempelte die Hosenbeine hoch und ließ sich von Rains aufs Schlauchboot helfen.

Poppy hakte sie sich bei Juna unter. „Den hast du beeindruckt. Das habe ich bisher nicht geschafft.“

Die schüttelte den Kopf. „Meinst du? Bloß was bringt das? Er setzt sich auf sein schickes Schlauchboot, zischt ab und überlässt uns unserem Schicksal.“

„Siehst du das nicht ein bisschen zu dramatisch?“, fragte Poppy. Insgeheim gab sie ihr recht. *Die Stimmung darf nicht kippen,* dachte sie. „Arwen Island kann nichts für Fias Schicksal. Wir sollten die Zeit hier genießen und nutzen.“

Trotz der Nachmittagshitze zog Juna den Reißverschluss ihres schwarzen Blousons bis zum Hals zu. „Mach ich auch. Und zwar am besten im Zimmer, bei meinen Underground People.“

19

Poppy folgte dem Beispiel und ging ins Atelier.

Unschlüssig stand sie vor ihrer Installation. Aus Erfahrung wusste sie, dass sie den kreativen Prozess weder erzwingen noch beschleunigen konnte. *Heute fehlt mir die Inspiration,* dachte sie.

Sie wechselte die Perspektive und ging auf die Knie. Als sie sich mit den Händen abstützte, spürte sie, wie der Boden zitterte.

Es dauerte nur wenige Sekunden, aber Torrys leises Knurren und die aufgestellten Nackenhaare überzeugten sie davon, dass sie sich nicht getäuscht hatte.

Sie öffnete die Tür und lief auf den Flur. Aus Richtung Halle kam Carol auf sie zu.

„Poppy! – Hast du das auch gespürt?"

„Ja – ein Erdbeben?"

„In Cornwall? Davon habe ich noch nie gehört."

Poppy schüttelte den Kopf. „Ich auch nicht. Aber was soll es sonst gewesen sein?"

„Es fühlte sich eher an wie ein Vibrieren. – Wie von einer großen Maschine, tief im Untergeschoss."

„Wahrscheinlich, Carol. Ich werde Bottrill danach fragen."

Sie ging in ihr Zimmer zurück.

Obwohl sie bei Torry kein Zeichen von Unruhe mehr feststellen konnte und er einen Kauknochen anschleppte, den er unter dem Bett versteckt hatte, wurde sie ihre eigene Nervosität nicht los.

Ich rufe Barney an. Das wird mir guttun.

Es dauerte eine Weile, bis er ranging.

„Störe ich? Hast du wieder einen Kunden?“

„Nein, Poppy, nur jemanden, der dich sprechen möchte.“ Er gab den Hörer weiter.

„Poppy? Ich vermisse die Malstunden.“ Ein schüchternes Kichern. „Keine Sorge, du bist entschuldigt. Dein Mann hat mir gesagt, wo du bist. Ich beneide dich. Ob ich da auch mal hinkomme?“

„Liu!“ Sie erkannte die Stimme der jungen Chinesin aus der reichen Familie am Allsop Place, der sie dabei half, sich auf die strenge Aufnahmeprüfung am Royal College of Art vorzubereiten.

„Wie weit bist du mit deiner Mappe?“

„Es geht voran. Die klassischen Zeichnungen und Porträts habe ich beisammen. Aber mir fehlt eine Idee für die Collagen.“

„Lass dich nicht von zu viel bunten Bildern ablenken. Schau dir die monochromen Arbeiten von Matisse an.“

„Super, danke für den Tipp! Wann machen wir weiter?“

„In zwei Wochen bin ich zurück“, sie stockte und fügte nach kurzem Zögern hinzu, „hoffe ich jedenfalls.“

„Bist du nicht sicher?“, fragte Liu erstaunt.

„Wie? Doch, natürlich. Gibst du mir noch mal Barney?“

„Mach ich. Bis bald, ich freue mich.“

„Du siehst, es gibt noch andere hier, denen du fehlst.“

„Gutes Gefühl. Vielleicht sollte ich einfach nach Mousehole rüberschwimmen, in den Zug steigen und nach Hause fahren.“

„So schlimm?“

„Ich stecke fest. Fias Tod ist weiter ungeklärt, der zuständige Inspektor ein eingebildeter Sturkopf und ich könnte eine kreative Eingebung gebrauchen."

„Kann ich dich irgendwie unterstützen?", fragte er mitfühlend.

„Hast du etwas über Arwen Abbey herausgefunden?"

„Einiges, aber sobald es spannend wird, fehlen die Details. Arwen Abbey wurde im zwölften Jahrhundert von den *Blackfriars* gegründet, einem einflussreichen Dominikaner-Orden. Gut dreihundert Jahre lang schien das Kloster zu blühen. Auch von der anderen Seite des Ärmelkanals kamen religiöse Besucher. Es heißt, dass die Abtei sogar ein Ort für vertrauliche Treffen politischer Führer war. Dann änderte sich die Lage. Es muss etwas vorgefallen sein. Die Blackfriars fielen in Ungnade. Trotzdem machten sie weiter und kümmerten sich nicht um die Konflikte mit dem Bistum. Der Erzdiakon von Exeter hat das Kloster schließlich aufgelöst, Ende des sechzehnten Jahrhunderts."

„Gab es dazu einen besonderen Anlass?"

„Es gab anscheinend eine ganze Reihe von Vorfällen."

„Wer könnte mehr darüber wissen?"

„In Exeter gibt es ein Archiv. Warum interessiert dich das? Es wäre weit hergeholt, eine Verbindung zu Fias Tod zu vermuten."

„Ich weiß. Es ist nur so ein Gefühl. Irgendetwas stimmt nicht mit dieser Insel. Eben hat hier der Boden gezittert. Ich dachte schon, es wäre ein Erdbeben, aber Carol Charteris meinte, dass das in Cornwall nicht vorkommt."

„Nicht, dass sich plötzlich die Erde auftut und Arwen Island mitsamt allen Sündern darauf verschlingt!"

„Du hast ja nette Fantasien."

„So ganz weit hergeholt ist das nicht. In Cornwall kann sich die Erde durchaus bewegen, was allerdings nichts mit Vulkanismus zu tun hat. Ich wusste es auch nicht und bin darauf gestoßen, als ich zur Abbey recherchierte. In der Kreidezeit war die Insel ein Teil der Küste. Erosion und Verschiebungen in den Gesteinsschichten führten dazu, dass sie vom Festland getrennt wurde."

„Nur der Gezeitenwall blieb stehen."

„Genau, Poppy. Im Untergrund gibt es eine Menge von Spalten und Höhlen. Manche von ihnen werden über die Zeit labil und stürzen ein."

„Gut möglich, dass gerade so ein Ereignis stattgefunden hat."

„Einen Tipp hätte ich noch, Poppy – du könntest Philemon Duncan fragen."

„Ein Name wie aus dem Alten Testament."

„Du bist dicht dran. Der alte Phil hat einen Laden in Penzance, Ecclesiastical Art."

„Klingt genauso sperrig."

„Ist aber ein lieber Kerl. Ich werde ihn anrufen und ihm sagen, dass du dich bei ihm meldest."

„Mit welcher Frage?"

„Darling, die musst du dir schon ausdenken! – In der Szene heißt es, er verdiene gutes Geld mit Madonnen–Figuren fragwürdiger Provenienz. Seine wahre Leidenschaft gilt alten Dokumenten und Handschriften aus englischen Klöstern. Vielleicht hat er was zu Arwen Abbey, es liegt ja quasi bei ihm um die Ecke."

„Schade, dass ich ihn nicht einfach in seinem Laden besuchen kann."

„Ruf ihn an! Du sollst ja nichts von ihm kaufen, er hat astronomische Preise! Er schuldet mir einen Gefallen. Ich habe ihm immer wieder mal reiche Kunden geschickt. Lius Eltern waren auch dabei! Deshalb erinnerte ich mich an ihn, als sie vorhin bei mir reinkam.“

„Dein Netzwerk – ich bin beeindruckt.“

„Probier's einfach aus.“

„Unbedingt. Ich liebe dich!“

„Ich dich auch, Poppy. – Bevor ich's vergesse, ich habe auch noch was für den Island Gossip. Ich schicke dir gleich noch ein paar Presseberichte, über die ich gestolpert bin, sie werden dich interessieren.“

„Was wäre ich ohne dich? – Eine frustrierte, erfolglose, ungeliebte Künstlerin.“

„Ich lach mich tot.“

„Bitte nicht.“

Ein Ping kündigte die Ankunft der E-Mail an, Poppy öffnete den Anhang.

Es waren Presseartikel aus den letzten Jahren, teilweise verfasst von Carol Charteris. Sie handelten vom Kauf der Insel durch Flexer und dem Bau des Hauses.

Dazu gab es reichlich Yellow-Press-Meldungen über die Retreats, die exzentrischen Protagonisten und ihre ausschweifenden Partys. Auf einigen Fotos war Cailan Tregenna zu sehen, meistens in spektakulären Aufzügen, gelegentlich auch Tyra Teague. Im Hintergrund tauchten immer wieder die Bottrills auf. Etwas irritierte Poppy daran, bis ihr einfiel, was es war: Auf den Partys um die Einweihung des Hauses herum waren sie nicht dabei. Als sie genauer nachsah, stellte sie fest,

dass sie erst in den letzten drei Jahren auf den Fotos erschienen.

144

20

Nach den Treffen mit Brent und Juna hatte sich Poppy vorgenommen, auch mit den anderen ins Gespräch zu kommen. Aber als am nächsten Morgen die Sonne schien und eine frische Brise das Meer mit Schaumkronen überzog, beschloss sie, das zu verschieben.

Ich brauche noch mehr Material für meine Installation.

Nach dem Frühstück lief sie los, mit Torry auf den Fersen und dem Leinenbeutel über der Schulter.

Sie zwängte sich durchs Unterholz, Brennnesseln und Brombeeren wucherten im warmen Wetter ungehemmt, selbst Torry hatte Schwierigkeiten, sich durchzukämpfen.

Endlich stieß sie auf einen Trampelpfad, auf dem sie besser vorankam.

So groß ist die Insel doch nicht, warum ist mir dieser Weg noch nicht aufgefallen?

Aus den Augenwinkeln nahm Poppy plötzlich eine Bewegung wahr. Es war ein Stück hügelabwärts, am Übergang zwischen Wald und Buschland, das sich zum Nordufer hin senkte.

Erschrocken erinnerte sie sich an die Begegnung vom ersten Tag. Ihr Herz klopfte.

Vielleicht war das endlich die Chance, mehr herauszufinden.

„Torry, das sehen wir uns näher an. Bleib dicht bei mir und mach keinen Lärm!"

Erstaunlich folgsam heftete er sich an Poppys Fersen, immer einen knappen Schritt hinter ihr.

Poppy duckte sich, obwohl das bei ihrer Körpergröße und der hohen Vegetation kaum nötig war.

Sie behielt ihr Tempo bei, trotzdem gelang es ihr nicht, die Distanz zwischen ihr und der Gestalt vor ihr zu verringern. Sie versuchte etwas zu erkennen. Diesmal behinderte kein Nebel die Sicht, sondern die hochstehende Sonne tauchte alles in grelles Licht. Poppy kniff die Augen zusammen, aber es half nichts.

Das Objekt war verschwunden.

Um ihren Kopf über das Buschwerk zu bekommen, lief sie ein Stück den Abhang hinauf.

Da war es wieder – und sie war nicht allein. Poppy hielt den Atem an.

Von Westen her näherte sich eine weitere Person; zielgerichtet durchquerte sie das hohe Gras und steuerte auf die Klippen am Nordufer zu. Sie war schmal, groß und trug eine Kapuze. *Trotz der Hitze*, wunderte sich Poppy, *– oder wegen der Sonne? Egal – diese blöden Hoodies sollten verboten werden.*

Die andere Gestalt hatte aufgeholt, und jetzt konnte Poppy sie erkennen. Es war Bottrill.

Sie war beruhigt.

Verstärkung kann nicht schaden. Dann wollen wir mal klären, wer sich hier herumtreibt.

Sie rannte jetzt, doch Bottrill war schneller. Er hatte zu der Person auf der Riffkante aufgeschlossen und packte sie am Arm. Überrascht drehte sie sich um und schob die Kapuze zurück.

Tyra Teague, kein Unbekannter!

Poppy wollte sich schon entspannen und das Tempo rausnehmen, als sie sah, dass Bottrill nicht von Tyra abließ. Die schrie etwas, das sie nicht verstehen konnte.

Was war da los?

Auch sie rief jetzt laut: „Tyra, Manas!"

Beide drehten sich zu ihr um.

Als Torry sein Frauchen schreien hörte, verlor er die Beherrschung. Blitzartig hatte er den Grasgürtel durchquert und erreichte das Riff. Aus vollem Hals bellend sprang er an den beiden hoch. Bottrill ließ Tyra los.

Keuchend kam Poppy bei ihnen an.

„Manas, was sollte das eben?", hörte sie Tyra fragen. Empört starrte sie Bottrill an und rieb ihren Arm.

„Mrs Teague, ich habe Sie nicht erkannt!", stammelte er. „Ich dachte, Sie wären jemand, der hier nicht hingehört …"

„Wer sollte das sein?"

„Es … es kommt vor, dass Touristen mit dem Boot …"

„Jetzt? Bei Ebbe? Wohl kaum. Und wenn? Stoßen Sie die einfach von der Klippe?", fragte Poppy, immer noch außer Atem.

„Nein, ich wollte nur wissen …"

„So sah es aber aus."

Zum ersten Mal schien Tyra Poppy und Torry wahrzunehmen. „Was macht ihr denn alle hier? Nirgends ist man vor der Blase sicher."

Es war offensichtlich, dass ihr Ärger nicht nur von Bottrills Aktion herrührte.

Poppy runzelte die Stirn. *Warum ist sie so aufgebracht? Es ist doch nichts passiert.*

Tyra hatte sich schnell wieder im Griff und machte ein paar Schritte von der Riffkante weg.

Bottrill sah kurz zwischen den beiden Frauen hin und her. Poppy konnte den Blick nicht deuten, aber die geballten Fäuste irritierten sie. Er schien das zu bemerken, lockerte seine Hände, zog ein Taschentuch aus der Tasche und fuhr sich damit über die Stirn.

„Heiß heute, was? Die Sonne muss mich geblendet haben. Pardon noch mal. Bis später."

Er ließ die beiden Frauen stehen, drehte sich aber nach ein paar Schritten wieder um.

„Passen Sie auf. Das Nordkliff ist gefährlich. Erst kürzlich ist ein Teil davon abgebrochen. Gehen Sie hier auf keinen Fall am Strand entlang, es könnte Ihnen etwas auf den Kopf fallen."

Dann verschwand er zwischen den Büschen.

Tyra sah ihm nach. „Komischer Kerl."

„Ich könnte schwören, dass er dich nicht festhalten, sondern von der Klippe schubsen wollte", sagte Poppy, immer noch geschockt. „Es fehlte nicht viel ..."

Tyra schien sie nicht zu hören, gedankenverloren schaute sie über das Meer in Richtung Mousehole.

Sie schüttelte den Kopf. „Quatsch. Das ist absurd, warum sollte er?" Sie bückte sich und tätschelte Torry am Kopf. „Trotzdem – gut, dass ihr zwei aufgetaucht seid." Sie wirkte ehrlich erleichtert, fand Poppy. Wenn da nicht noch etwas anderes wäre ...

Wobei haben wir dich hier gestört?, dachte sie und überlegte, wie sie am besten danach fragen könnte, als Tyra sie einfach stehen ließ.

„Wir sehen uns später. – In einem hatte Bottrill recht", rief sie über die Schulter, „das Nordkliff ist tückisch, bleib da weg, Poppy!"

Sie ging fort, nicht ohne einen bedauernden Blick Richtung Küste geworfen zu haben.

Torry schnüffelte herum und schleppte ein handliches Stöckchen heran.

„Du hast recht. Diese Geheimniskrämer gehen mir auf die Nerven. Lass uns spielen. Und dann hilfst du mir, ein paar interessante Objekte für meine Installation zu finden."

Mit der Ausbeute, Holz- und Metallteile, die sie im Graben vor der Klostermauer gefunden hatte und die eine schöne Patina aufwiesen, kam sie am Nachmittag im Atelier an. Sie vertiefte sich in die Arbeit, war aber mit dem Ergebnis nicht zufrieden.

Alles schöne Objekte, nur kriege ich keinen überzeugenden Zusammenhang hin.

Lag es daran, dass sie nicht von Fias Schicksal loskam, oder einfach an der Hitze?

Die Frische des Morgens war einer feuchten Schwüle gewichen, die bis in den Abend auf dem Land klebte. Erst als die Sonne im Westen hinter den Raginnis Hills verschwunden war, setzte sich das Meer durch und ließ eine Welle kühler Luft über die Insel schwappen.

Poppy freute sich, dass das Dinner nicht im Refektorium, sondern auf der Terrasse stattfand – als Barbecue.

Die Bottrills hatten den Grill neben dem Pool aufgebaut. In einem Weidenkorb häuften sich Hummer, Fische und Jakobsmuscheln, die nach und nach über den heißen Rost auf die Teller der Gäste wanderten. Auf einem mit Sommerblumensträußen geschmückten Tisch hatte Muriel verschiedene Salate gedeckt, dazu mit Lammragout gefüllte Zucchini und Wraps mit Lachs und Avocado.

Musik von Santana und den Black Pumas klang aus der Halle herüber, deren Türen weit aufgeschoben waren.

Die Stimmung hatte sich deutlich gebessert.

Sogar Tregenna war guter Laune, auch wenn, wie Poppy fand, seine Scherze etwas Anzügliches hatten und meist auf Kosten der Frauen gingen.

Carol Charteris fotografierte die im Abendlicht schimmernde Szenerie nach Herzenslust, und diesmal schien niemand etwas dagegen zu haben.

Amüsiert stellte Poppy fest, dass Flexer der Journalistin nicht von der Seite wich, sie mit Häppchen vom Grill versorgte und leise auf sie einredete, worauf sie mädchenhaft kicherte.

Nicht schlecht, dachte sie. *Er dreht den Spieß einfach um und macht sie zum Ziel seiner Charmeoffensive. Und Fia ist ja nicht mehr da ...*

Sie schluckte. Wieder wunderte sie sich darüber, wie schnell die meisten zu ihrem normalen sommerlichen Lebensrhythmus zurückgefunden hatten.

Nur Brent Payne blieb in sich gekehrt, obwohl Juna nach Kräften versuchte, ihn aufzuheitern.

Poppy schmunzelte. *Bahnt sich da der nächste Flirt an?* Die wie immer schwarz gekleidete Künstlerin wirkte heute Abend alles andere als düster. In kurzer Zeit hatte sie sich mehrere Cocktails einverleibt, wenig gegessen, dafür pausenlos geredet. Brent schien das nicht zu stören. Er lächelte, nickte gelegentlich, sagte selbst aber wenig. *Damit scheint beiden gedient zu sein.*

Poppy traf sich mit Flexer und Carol am Grill.

Bottrill bediente alle drei mit golden angebräunten Fischfilets, auf die er ein paar Tropfen Limettensaft träufelte.

„Das duftet köstlich, Manas. Kommt der Fisch aus der Region?", fragte Carol.

„Die Fischer von Mousehole sind die besten in ganz Cornwall." Sein Stolz war deutlich zu hören. „Leider müssen sie immer weiter auf den Atlantik hinausfahren, um die richtige Qualität zu finden."

„Und ich hatte die romantische Vorstellung, sie werfen ihre Netze direkt vor Arwen Island aus. Das wäre ein herrlicher Hintergrund für meine Fotos."

„Das werden Sie hier nicht erleben, Mrs Charteris. Der Gezeitenstrom ist zu stark, und die Riffs um die Insel sind viel zu gefährlich."

Flexer bediente sich vom Salatbüfett. „Es gibt massenhaft Klippen in Cornwall, deshalb ist die Küste auch so herrlich anzuschauen."

„Und dein Arwen Island hat alles davon, in konzentrierter Form."

Jetzt sind sie schon beim Du, dachte Poppy, die einhakte: „Ich habe gelesen, dass es interessante Gesteinsformationen gibt und gelegentlich sogar Erdbeben?"

„Erdbeben? Auf meiner Insel?" Poppy beobachtete Flexers Gesicht, seine Empörung wirkte echt.

„Gestern, am späten Nachmittag, da habe ich ein leichtes Vibrieren unter meinen Fußsohlen gespürt. Carol übrigens auch. Oder war es eine Maschine?"

„Das nehme ich stark an, nicht wahr, Manas?" Er streckte seine Brust heraus. „Im Keller arbeiten die modernsten Wärmepumpen, sie versorgen hier alles mit Energie."

„Im Sommer sind sie meist nicht in Betrieb", wandte Bottrill ein.

„Aber für das Schwimmbad!"

„Zurzeit nicht mal das. Die Sonne reicht völlig aus, um das Wasser auf über zwanzig Grad zu heizen."

Flexer wischte den Einwand weg. „Egal." Er sah Poppy zweifelnd an. „Es ist ja erstaunlich, wie empfindsam deine Füße sind." Sie mochte sein anzügliches Grinsen nicht, dafür schien es Carol umso mehr zu gefallen. Sie kickte ihre Sneaker fort und rief: „Macht jemand die Musik lauter?" Nachdem sie Flexer vom Grill weggezogen hatte, tanzten die beiden eng umschlungen zu „Colors" von den Black Pumas.

Bottrill drückte auf die Fernbedienung, die griffbereit neben dem Grill lag, und die souligen Beats der texanischen Band brachten die Terrasse zum Schwingen.

„Da hast du deine Vibrationen!", rief Flexer Poppy zu.

Bottrill schüttelte den Kopf. „Das konnte er sich nicht verkneifen, was?"

Poppy winkte ab. „Die Männer hier scheinen ihre eigenen Witze am besten zu finden."

Sie erschrak über Bottrills finstere Miene. „Was ist los?"

„Das Beben, das Sie gespürt haben. – Das hat nichts mit Maschinen zu tun. Es ist die Insel. Sie ist nicht für Menschen gedacht. Selbst die Mönche haben das irgendwann eingesehen und das Kloster aufgegeben. Wenn Mr Flexer hier seine Ferien verbringen möchte, okay. Aber dass er Sie und all die anderen hierherschleppt ... Neulich kündigte er an, dass er noch viel mehr Veranstaltungen auf Arwen Island plant. – Das Einzige, das ihn zum Glück daran hindert, ist der desolate Hafen."

Er packte ihren Arm. Die Berührung war Poppy unangenehm, aber sie ließ ihn weiterreden. „Vorhin am Nordkliff – Mrs Teague war in Gefahr. Es gibt dort überall Risse im Untergrund."

Sein Griff wurde härter.

„Zum Glück waren Sie ja zur Stelle." Poppy versuchte betont freundlich zu reagieren und entwand sich sanft der Umklammerung. „Auch wenn Sie offenbar nicht mit Mrs Teague, sondern einem Fremden gerechnet haben." Sie registrierte das Zucken der Mundwinkel.

„Nett, dass Sie das sagen." Er lächelte, nur die Augen machten nicht mit. „Machen Sie sich keine Sorgen wegen irgendwelcher Fremder." Wieder zog er sie zu sich heran. „Ich verspreche Ihnen, dass ich auf Sie aufpasse – wenn Sie mir und uns einen Gefallen tun: Bringen Sie Flexer dazu, auf die Veranstaltungen zu verzichten. – Er hört auf sie." In seinen Augen glimmte Hoffnung. „Ich zähle auf Ihre besonnene Art, Mrs Dayton!"

„Wäre das nicht ungünstig für Sie? Immerhin leben Sie und Ihre Frau vom Betrieb der Insel."

„Ein Leben auf dem Vulkan."

„Sehen Sie da nicht zu schwarz?"

Er antwortete nicht, war aber sichtlich enttäuscht. Er spitzte die Lippen und wendete eine Hummerhälfte, die rote Schale hatte hässliche schwarze Flecken bekommen.

21

Torry knurrte. Poppy öffnete die Augen und schloss sie gleich wieder.

Die Sonne schien ihr ins Gesicht; ein heftiges Pochen hinter der Stirn erinnerte sie an die Cocktails und die vier Gläser Rotwein, die sie sich beim Barbecue am Vorabend gegönnt hatte.

Sie streckte einen Arm aus, um Torry zu beruhigen. Das gelang nicht, und zum Knurren kam Hundegebell.

Poppy lauschte. Es kam von irgendwo außerhalb des Hauses.

Torry kratzte an der Tür und jaulte.

Wieder das Geräusch, diesmal viel näher.

Eindeutig Hunde, mehrere!

Das Smartphone klingelte, sie erkannte Flexers Nummer.

„Niall? Deine *wake–up–calls* werden zur schlechten Angewohnheit."

Er ging nicht darauf ein. „Wir sind umstellt, Poppy! Inspektor Gray meldete sich eben. Er hat einen Überraschungs– …, fast hätte ich gesagt, *–angriff* gestartet. Alle müssen im Haus bleiben. Er ist mit einer ganzen Truppe von Beamten und Spürhunden auf der Insel gelandet. Er meinte, es gebe Hinweise, dass jemand außer unserer Gruppe auf der Insel ist."

Poppy blinzelte, doch davon gingen Kopfschmerz und Lichtempfindlichkeit nicht weg.

Sie kramte in der Nachttischschublade herum.

„Bist du noch dran?"

„Ja, ich habe nur eine Tablette gesucht." Sie quetschte eine aus dem Blister und spülte sie mit viel Wasser hinunter.

„Die brauche ich auch. Poppy, es war etwas lang gestern – aber schön, oder?"

Poppy hörte ein gurrendes Geräusch im Hintergrund. *Bist du allein?*, wollte sie fragen und hielt sich gerade noch zurück. Stattdessen blieb sie beim Thema.

„Hat Gray seinen Verdacht näher erläutert?"

„Bisher nicht. Er gab nur die Anordnung, dass wir das Haus nicht verlassen dürfen, solange die Suche läuft. Er wollte vermeiden, dass die Hunde abgelenkt werden. Und falls sie jemanden aufstöbern, ist mit einer Reaktion zu rechnen, die uns in Gefahr bringen könnte."

„Warum hat er die Aktion nicht angekündigt?"

„Das habe ich ihn auch gefragt. Er war kurz angebunden, erklärte aber, dass die Gezeiten nur diesen frühen Einsatz zuließen." Er machte eine Pause und sprach dann leise weiter: „Außerdem sollte Fias Mörder nicht gewarnt werden …"

„Mord? Warum ist er sich da plötzlich so sicher?"

„Keine Ahnung – wie gesagt, es war kein Gespräch mit ihm, mehr ein paar gebellte Befehle! – Wenigstens hat er versprochen, uns zu informieren, sobald die Suche abgeschlossen ist."

„Okay. Frühstück alle zusammen, auf der Terrasse?"

„Nein, drinnen, im Refektorium. Manas weiß Bescheid. Bitte informiere den Rest."

Poppy startete den Rundruf. Dann sprang sie aus dem Bett, um Torry zu beruhigen, der immer heftiger an der Tür kratzte.

„Du musst raus, mein Freund, das ist klar." Sie zog sich rasch Jeans und T-Shirt über. „Aber nur an der Leine."

Sie lauschte. Das Gebell hatte sich entfernt und war kaum noch zu hören.

Sie öffnete die Tür und lugte hinaus. Es war niemand zu sehen.

Die beiden liefen los, mieden die große Halle und nahmen den Notausgang. Er führte auf einen Felsenpfad unterhalb der Terrasse.

So früh am Morgen lag der Bereich im Schatten. Hoch über ihnen, im Dämmerlicht, sah der Glasboden des Pools aus wie ein blauer fliegender Teppich.

Bis auf das Rauschen der Wellen war nichts zu hören.

Bevor sie Torry von der Leine ließ, flüsterte sie ihm ins Ohr: „Nur, wenn du kein Theater machst. Bellen verboten!"

Der Terrier lauschte mit schief gestelltem Kopf, dann rannte er los, verschwand hinter einem Felsvorsprung und tauchte weiter unten am Wasser auf. Vom Strand war bei auflaufender Flut nur noch wenig zu sehen.

Torry blieb wie angewurzelt stehen. Aus ihrer Position konnte Poppy nicht erkennen, was ihn so beeindruckte. Sie stieg ein Stück tiefer.

In einer Distanz von weniger als zehn Metern standen sich die zwei Tiere reglos gegenüber und fixierten sich. Torry hielt die rechte Vorderpfote angewinkelt in Habachtstellung.

Poppy hielt den Atem an. *Heinrich der Achte.* Sie zog den Kopf ein und hoffte, dass er sie nicht bemerkte, aber der riesige Hirsch schien genug damit zu tun zu haben, hoheitsvoll auf den kleinen Hund herabzublicken.

Mit den Strandrosenbüschen als Deckung rückte Poppy näher heran.

„Torry", zischte sie. Die zitternden Hinterläufe verrieten ihr, dass er kurz davor war, seine Zurückhaltung aufzugeben und loszupreschen.

Der Hirsch legte den Kopf zurück und witterte. Dann warf er sich auf der Stelle herum, überwand in zwei weiten Sprüngen den Felsengürtel hinter dem Strand und verschwand im Dickicht.

Torry entspannte sich und lief zu Poppy zurück. Sie streichelte seinen Kopf.

„Brav gemacht!" Er leckte ihre Hand. Auch er schien immer noch beeindruckt zu sein von der Begegnung.

„Der Hirsch dachte wohl, hier unten ist er vor der Hundemeute sicher, und dann trifft er auf dich! – Ich weiß nicht, wer von uns dreien mehr erschrocken war. Aber zum Glück bist du gut erzogen, Torry!" Sie blickte am Ufer entlang. „Hoffentlich findest du ein gutes Versteck, Heinrich. Du kennst dich hier aus, und Grotten gibt es genug."

Die gute Laune im Refektorium hielt sich in Grenzen, offenbar hatte sich herumgesprochen, dass die Polizei bei Fias Tod von Mord ausging.

Von draußen war wieder Hundegebell zu hören, näher als zuvor. Torry jaulte leise; er hatte die Ohren nach hinten gelegt und drängte sich dicht an sein Frauchen.

Am Tisch wurde wenig gesprochen. Nur Torin Dupree lobte Muriel laut für die Qualität ihres Kräuter–Omeletts.

„Hausarrest!" Cailan Tregenna wurde seiner Nörgler–Rolle gerecht und schlug mit der Faust auf den Tisch. „Was kommt denn noch? Dieser Inspektor übertreibt. Ich habe den Eindruck, der Mann ist überfordert und rettet sich in blinden Aktionismus."

Ich kann seine Art nicht ausstehen, aber da ist was Wahres dran. Poppy war gespannt auf Grays angekündigte Erklärung.

Juna schüttelte den Kopf. „Ich staune, worüber du dich echauffieren kannst, Cailan. – Ist dir überhaupt klar, was das bedeutet? Dass es kein Unfall war, sondern Mord? Dass es wahrscheinlich einer von uns war?"

„Das muss nicht so sein, Mrs Reid!" Kenneth Gray betrat das Refektorium in Begleitung des Konstablers. Beide machten einen zerzausten Eindruck, in Grays Locken hatten sich Grashalme und Moos verfangen, die Gummistiefel waren bis über die Knöchel mit nassem Sand und Algen bedeckt.

„Nach wie vor können wir weder einen Unfall noch ein Verbrechen ausschließen." Der Inspektor massierte sich ein Ohrläppchen. „Um es gleich vorwegzunehmen: Die Durchsuchung der Insel ist ergebnislos verlaufen, wenn man von ein paar obskuren Spuren und Tierkadavern absieht."

Er verschränkte die Hände auf dem Rücken und ging vor der gespannt lauschenden Runde auf und ab.

„Sie werden sich fragen, warum wir den ganzen Aufwand betrieben haben."

Die Bottrills stellten den Service ein, blieben aber im Raum.

„Dafür gibt es zwei Gründe: Erstens haben wir Meldungen bekommen, dass eine unbekannte Person auf der Insel ist, und zweitens wurden an Mrs Saunders Leiche Spuren von DNA gefunden, die mit keiner der hier Anwesenden übereinstimmt." Er blieb stehen, griff nach einem Stuhl, zog ihn vom Tisch weg und ließ sich darauf fallen.

„Leider sind die Spuren nur teilweise verwertbar, die Leiche lag zu lange im Wasser."

Juna sprang auf. Sie hielt die Hände vor den Mund und rannte hinaus. Kyla Webb stand ebenfalls auf und lief ihr hinterher.

Als ob er sich für etwas entschuldigen wollte, schüttelte Gray den Kopf und sah zu Boden.

„Das ist alles, was wir derzeit haben. Falls es Sie tröstet: Im Moment gehen wir davon aus, dass niemand der hier Anwesenden für Mrs Saunders Tod verantwortlich ist. Mithilfe unserer Datenbanken versuchen wir, die fragliche DNA zuzuordnen. – Wenigstens können wir mit Gewissheit sagen, dass sich nach unserer Suche keine weitere Person auf der Insel befindet. Während Sie hier sitzen, wird der Rest des Hauses durchsucht, obwohl wir nicht annehmen, dass sich dort jemand ohne Ihr Wissen aufhalten könnte." Er stand auf. „Ich entlasse Sie jetzt aus dem Hausarrest. Auch wenn noch vieles im Dunkeln liegt, hoffe ich, Sie beruhigt zu haben. Der oder die Schuldige scheint es irgendwie geschafft zu haben, von der Insel zu verschwinden."

Mit dem Konstabler im Schlepptau ging er zur Tür. „Ich wünsche Ihnen einen guten Tag. – Wenn es etwas Neues gibt, erfahren Sie es natürlich. In der Zwischenzeit passen Sie bitte auf sich auf."

„Warum beruhigt mich das nicht wirklich?", murmelte Tyra. „Fremde DNA? Ist Fia etwa ... Allein der Gedanke ..." Zwischen ihren Augen bildete sich eine tiefe Falte, und sie kämpfte mit den Tränen.

Poppy legte den Arm um sie. „Du lässt dich doch sonst nicht so leicht verrückt machen – warum jetzt?"

„Diese Suche ... meinst du, die waren gründlich genug? Bei all den Grotten am Ufer ..."

Poppy stutzte. „Du bringst mich auf eine Idee – tust du mir einen Gefallen, und passt kurz auf meinen Hund auf? Ich muss den Inspektor etwas fragen, und ich will nicht, dass Torry der Meute draußen begegnet."

„Kein Problem." Tyra griff nach der Leine, und Poppy lief hinaus.

Eine Truppe von zehn Beamten mit Spürhunden hatte sich im Hof versammelt. Sie machten sich zum Aufbruch bereit, als Poppy auftauchte.

Einer der Hunde versuchte, an ihr hochzuspringen und wurde zurückgerissen.

Als sich das Gekläffe gelegt hatten, fragte sie: „Inspektor Gray, auf ein Wort?"

Er grinste. „Ich habe mich schon gefragt, wo Sie bleiben."

„Entschuldigen Sie", sagte Poppy betont höflich. „Im Team kam eben die Frage auf, ob auch die zahlreichen Grotten in die Suche einbezogen ..."

Mit einer herrischen Geste seiner Hand unterbrach er sie. „Selbstverständlich! Halten Sie uns für Anfänger? Das ist auch der Grund, warum wir bei Flut hier sind. Bei Hochwasser können wir davon ausgehen, dass wer auch immer sich in den Felsspalten verstecken könnte, herausgespült wird wie eine Ratte! Es kam niemand raus, weder Mensch noch Ratte, geben Sie das an Ihre Künstler weiter."

„Das mache ich. Sie werden sicher verstehen, dass sie immer noch beunruhigt sind. Es kam eine weitere Frage auf: Die unbekannten DNA–Spuren ..." Poppy kam dicht an ihn heran. „Fia ... Mrs Saunders – wurde sie vergewaltigt?"

„Wollen das wirklich alle wissen?" Gray hob eine Augenbraue. „Nun, weil Sie es sind ... Mrs Saunders hatte Sex vor ihrem Tod, allerdings fand sich diesbezüglich nur die DNA von einem der Künstler." In leicht näselndem Tonfall fügte er hinzu: „Wie Sie sicher schon selbst herausgefunden haben, unterhielten Mrs Saunders und Mr Payne eine Liebesbeziehung. – Das erklärt auch, warum wir unter ihren Fingernägeln DNA von ihm fanden." Er schürzte die Lippen. „Mr Payne gab zu, dass ihr Liebesspiel intensiv war und zeigte mir freiwillig die Kratzer auf seinem Rücken. – Aber wir fanden weitere Spuren. Diese fremde DNA wurde ausschließlich unter ihren Fingernägeln nachgewiesen, deshalb gehen wir davon aus, dass sie sich gegen jemanden gewehrt hat."

Er trat einen Schritt zurück. „So, jetzt habe ich Ihnen mehr verraten, als Ihnen zusteht, Mrs Dayton."

Der Inspektor erhob die Stimme, er schien es zu genießen, Poppy vor den Augen seiner Mannschaft zusammenzufalten. „Wir werden den Mörder von Mrs Saunders finden, verlassen Sie sich drauf. Wenn nicht auf Arwen Island, dann anderswo. Deshalb können Sie Ihre Detektivarbeit hier endgültig einstellen."

Er ließ Poppy stehen. Auf seinen Wink folgten ihm die Männer.

Sie versuchte, sich nicht über das arrogante Gehabe zu ärgern.

Gray macht bloß seine Arbeit, tröstete sie sich, *warum habe ich nur das Gefühl, dass er die Dinge nicht zu Ende denkt?*

22

Poppy ging ins Refektorium zurück, um die anderen zu informieren. Doch außer Tyra war nur noch Muriel im Raum, die den Tisch abdeckte. Sie wartete, bis auch sie verschwunden war und berichtete ihr von dem Gespräch mit dem Inspektor.

Tyra schien nicht zufrieden zu sein. „Sie haben wirklich nichts gefunden?"

„Was meinst du damit?", fragte Poppy verwundert nach.

„Nichts Besonderes." Tyra wich aus. „Ich traue diesem Inspektor nur nicht viel zu mit seinen Stippvisiten und den herrischen Auftritten. Er wirkt nicht besonders kompetent auf mich."

Poppy gab sich Mühe, nicht zu grinsen. „Ich denke, im Kommissariat von Penzance geht es üblicherweise eher ruhig zu. Aber ich bin sicher, dass Gray seinen Job versteht, und die Spurensicherung hat ja auch schon etwas erbracht."

Tyra gab Poppy die Leine zurück. „Ich gehe arbeiten. Komm doch mal in meinem Atelier vorbei, dann kann ich dir zeigen, wie weit ich bin."

„Das mache ich gern." Poppy seufzte. „Vielleicht gibt mir das neue Impulse." *Ich stecke fest – in jeder Beziehung.*

Nachdenklich ging sie ins Apartment und klappte ihr Laptop auf. Sie hatte eine neue Nachricht.

Liebe Mrs Dayton,
Ihr Mann Barney berichtete mir von Ihrem Interesse an Arwen Island. In der Tat verfüge ich über historische Materialien, die als Quelle für Ihre Nachforschungen dienen können. Rufen Sie mich gern an oder kommen Sie am besten in der Galerie in der Prince Street 21 vorbei. Ich wohne im selben Haus und bin die ganze Woche über erreichbar. Meine Telefonnummer finden Sie unten.
Mit den allerbesten Grüßen bin ich
Ihr Philemon Duncan

Poppy wählte die Festnetz-Nummer.

Als sie nach dem zehnten Läuten auflegen wollte, meldete sich eine heisere Stimme.

„Ecclesiastical Art."

„Mr Duncan? Hier ist Poppy Dayton. Sie haben mir eine Nachricht geschickt …"

„Woher kommt Ihr Interesse an Arwen Island?", fragte er übergangslos.

„Ich bin gerade dort, und …"

„Gehören Sie zu dieser Künstler-Clique?"

„Ich leite den diesjährigen Retreat …"

„Retreat! Sind Sie genauso aufgeblasen wie dieser Flexer? Das kann ich mir nicht vorstellen. Immerhin sind Sie Barneys Frau."

„Es freut mich, dass mich diese Tatsache zu adeln scheint."

„Wenigstens haben Sie Humor. Das ist schon mal was. Also – was kann ich für Sie tun?"

„Mich interessiert, warum Arwen Abbey aufgegeben wurde."

„Das ist eine interessante Frage. Sicher haben Sie schon erste Informationen eingeholt."

„Im Internet ist nicht viel zu finden."

„Das Internet können Sie vergessen, gute Frau!" Duncans Satz triefte vor Verachtung.

„Es werden weltweit historische Dokumente digitalisiert und so allen zur Verfügung gestellt."

„Mag sein. Nur nicht die wirklich wichtigen Quellen. Oder warum sind Sie an mich herangetreten?"

„Wie gesagt, Barney hat Sie empfohlen. Aber wenn Ihnen das nicht recht ist, kann ich mich auch an das Archiv des Bistums von Exeter wenden."

„Viel Glück damit. Die leiden unter chronischem Personalmangel, kein Geld." Er hustete und machte eine Pause. „Entschuldigen Sie, ich rauche zu viel. Seit meine Frau gestorben ist, habe ich noch weniger Grund, damit aufzuhören."

„Das tut mir leid."

„Schon gut. Ich will Sie nicht abwimmeln, es ist eine längere Geschichte."

„Ich habe Zeit."

„Ich leider auch." Er seufzte. Poppy lauschte dem charakteristischen Geräusch, wie jemand an einer Pfeife saugte und den Rauch ausblies. „Die Kundschaft ist rar. Darüber habe ich mich mit Ihrem Mann auch ausgetauscht."

„Ihm hat der Internet–Handel sehr geholfen."

„Das sagte er mir. Für mich ist das nichts. Ich muss meine Kunden vor mir haben." Wieder das Husten. „Bei Ihnen mache ich eine Ausnahme. Zurück zu Arwen

Abbey. Das Kloster erlebte seine Blütezeit im fünfzehnten und sechzehnten Jahrhundert. Es hatte nicht nur eine regionale Bedeutung, sondern eine internationale, wenn man das über eine Zeit sagen darf, in der es noch keine Nationen im heutigen Sinne gab."

„Wie sollte das funktionieren bei einer so kleinen Insel? Obwohl sie dicht vor der Küste liegt, ist sie schwer zu erreichen."

„Damals gab es einen kleinen, gut geschützten Hafen. Er lag an der Nordostseite der Insel. Über ihn fand ein reger Austausch statt. Man könnte fast sagen, ein Kommen und Gehen. Das war den Machthabern ein Dorn im Auge, den weltlichen, wie den kirchlichen."

„Warum?"

„Die Mönche von Arwen Abbey gehörten zu den Saint Michael's Blackfriars. Das war eine sehr eigenständige Gemeinschaft mit exzellenten Beziehungen auf beiden Seiten des Ärmelkanals. Die Äbte des Klosters gewährten in Ungnade gefallenen Personen Zuflucht. Auf der Insel konnten sie ausharren, bis Gras über ihre Geschichten gewachsen war. Ludwig der Zwölfte von Frankreich, einer der Valois–Könige, hat 1510 einen Rivalen aus dem Haus Anjou bis hierher verfolgen lassen. Aber das Kriegsschiff, das er über den Kanal geschickt hatte, zerschellte auf den Riffen vor der Insel. Ein paar Überlebende retteten sich an Land, nur machten die Blackfriars keine Gefangenen! Jedenfalls ist nicht überliefert, dass von der Expedition jemand zurückgekehrt wäre. Dieses und andere Ereignisse trugen zur Legendenbildung um Arwen Island bei."

„Gibt es denn schriftliche Aufzeichnungen? Pläne oder Klosterbücher zum Beispiel?"

„Offiziell nicht. Nach der Schließung des Klosters wurden die meisten Unterlagen vernichtet."

„Restlos?"

„Sie sind hartnäckig, Verehrteste. – Was heißt schon restlos? Eine so lange Geschichte hinterlässt immer ihre Spuren, auch schriftliche."

„Sie machen es spannend."

Duncan kicherte, was in einem Hustenanfall endete.

„In der Tat bin ich im Besitz einer Notiz, verfasst von Abt Hugh Arundel und gerichtet an einen Jean d'Aubigny. Dort ist eine Reihe anderer Namen vermerkt, Personen, die wohl zur Entourage von d'Aubigny gehörten. Und es ist die Rede von einem Tor, dem Mirror–Gate, das es zu durchqueren galt."

„Ein Tor? Das scheint nichts mit dem Hafen zu tun zu haben."

„Seien Sie nicht so voreilig. Der kleine Hafen der Insel wurde Mirror–Pond genannt. Weil er sehr geschützt lag, schien sein Wasser besonders ruhig zu sein."

„Sonst ist nichts vermerkt?"

„Nichts von Bedeutung. Aber es gibt so etwas wie eine Skizze …"

„Eine Skizze?" Poppy hielt den Atem an.

„Eher eine Ansammlung wirrer Linien und Hieroglyphen."

„Lässt sich das mit einem Ort auf der Insel in Verbindung bringen?" Vergeblich versuchte Poppy ihre Erregung zu unterdrücken. „Könnten Sie mir den Gefallen tun, mir eine Kopie davon zu schicken? Eine Aufnahme mit dem Smartphone würde genügen."

Eisiges Schweigen. Es war nicht einmal der keuchende Raucheratem zu hören.

Poppy ahnte, dass sie mit ihrer Bitte zu weit gegangen war.

„Mr Duncan? Ich wollte Sie nicht in Verlegenheit bringen …“

„Sie scheinen nicht gut zu hören. Oder Sie verstehen nur das, was Sie wollen.“

„Wie meinen Sie …?“

„Ich besitze kein Smartphone. Und natürlich verbietet es sich, eine Lichtpause von dem Dokument herzustellen, es ist zu empfindlich.“

Lichtpause?, dachte Poppy, *der Mann scheint irgendwo in den Sechzigern stecken geblieben zu sein.*

„Als Käuferin des Dokuments kommen Sie wohl nicht infrage, oder irre ich mich, Mrs Dayton?“

Poppy ließ den ätzenden Ton über sich ergehen.

„Aber weil ich Ihrem Mann Barnabas einen Gefallen schulde, biete ich Ihnen an, vorbeizukommen, um das Original selbst in Augenschein zu nehmen.“

„Vielen Dank, das mache ich. Spätestens übermorgen bin ich bei Ihnen.“

„Aber wie wollen Sie von der Insel runter?“

„Vielleicht durch den Spiegel springen?“ Sie versuchte, eher kühl als schnippisch zu klingen.

„Wie Alice? – Ich warte auf der anderen Seite auf Sie.“ Poppy hörte ein Kichern. „Manche sagen, ich sehe aus wie der verrückte Hutmacher. Kommen Sie, wann Sie wollen.“

Duncan legte auf.

Sie starrte auf das dunkle Display.

Jetzt habe ich ein Problem: Wie komme ich nach Penzance rüber?

23

Poppy verstaute Bikini und Handtuch in der Leinentasche.

„Torry, komm, wir gehen baden!"

Dass er verstanden hatte, erkannte sie an seinen hängenden Ohren, Wasser war nicht sein Freund.

Poppy überlegte kurz. Sie entschied sich gegen die Frenchman's Cove und nahm den Weg ans Westufer.

Es war ablaufendes Wasser, und ein riesiger, sandiger Sockel umgab die Insel.

Sie überquerten die Rampe zum Damm. Seine Krone lag knapp unter Wasser und war unter der blaugrünen Oberfläche nur ein kleines Stück weit zu verfolgen, aber er funktionierte perfekt als Barriere gegen die aus Südwesten heranlaufende Brandung.

Zwischen zwei flachen Felsrippen entdeckte Poppy eine geschützte Kuhle und breitete ihr Handtuch aus. Torry gab einen Laut von sich, den man als resignierten Seufzer deuten konnte. Er scharrte eine Grube in den feuchten, sonnenwarmen Sand und legte sich hinein, den Kopf zwischen den ausgestreckten Vorderpfoten postiert. So würde er ohne unangemessenen Aufwand sein Frauchen im Auge behalten können.

Die hatte sich inzwischen umgezogen und lief in die Wellen. Das Wasser war hier wärmer als auf der offenen Ostseite. Poppy tauchte unter. Nach zehn Schwimmzügen kam sie hoch – und wunderte sich über ihre Position. Der Hafen von Mousehole lag zum Greifen nahe, während ihr Arwen Island klein vorkam.

Wenn ich so weitermache, bin ich gleich drüben.

Sie ließ sich ein Stück treiben. Ohne einen einzigen Schwimmzug vergrößerte sich die Distanz zur Insel weiter. Wieder hielt sie den Kopf unter die Oberfläche. Fasziniert beobachtete sie, wie der türkis schimmernde Damm immer näherrückte.

Fahnen aus Sand und Sediment wehten über die Steine wie Wolken über einen Gebirgsgrat, und auch sie wurde unwiderstehlich auf die andere Seite gezogen. Hier verringerte sich der Sog, dafür nahmen die Wellen an Höhe zu, da Gezeiten und Brandung gegeneinander liefen.

Obwohl Poppy mit den Tücken der Strömung an der Küste Cornwalls vertraut war, staunte sie über den Effekt an der Engstelle zwischen Festland und Insel.

Sie machte kehrt und wechselte vom entspannten Baderhythmus zu einem konzentrierten Kraulstil. Damit gelang es ihr, die Richtung zu bestimmen. Aber obwohl sie viel Kraft aufwendete, schaffte sie es nicht, an ihren Ausgangspunkt zurückzukommen. Nur weil sie eine hervorragende Schwimmerin war, geriet sie nicht in Panik.

Sie versuchte, Ufer und Strömung gleichzeitig im Blick zu behalten.

Es ist zwecklos, dagegen anzukämpfen. Ich lasse mich treiben und arbeite mich langsam an den Strand heran.

Torry schien bemerkt zu haben, dass etwas nicht stimmte.

Er hatte seine Sandkuhle verlassen und rannte kläffend am Ufer entlang.

Poppy winkte ihm zu, als Zeichen, dass alles in Ordnung war. Ganz langsam kam die Insel näher. Nach einer Viertelstunde, die ihr deutlich länger vorkam, spürte Poppy Boden unter den Füßen. Noch ein paar Kraulschläge, dann konnte sie stehen.

Sie schaffte es gerade noch, auf die Seeigel zu achten, die sich in Nestern zwischen den Steinen verteilten, dann war sie auf dem Trockenen und lief die sandige Böschung hinauf.

Torry empfing sie hechelnd und leckte ihr das salzige Wasser von den Unterschenkeln.

Heftig pustend blieb Poppy stehen. „Torry, gut, dass du ein Auge auf mich hattest. Das war sportlicher, als ich es mir gewünscht habe."

Betont langsames Klatschen schallte über den Strand.

Ein Mann trat zwischen den Felsen hervor. Torry bellte kurz, stellte es aber ein, als er ihn erkannte. Es war Cailan Tregenna.

Immer noch klatschend kam er näher.

„Bravo, Poppy, das war eine beeindruckende Vorstellung."

„Keine ganz freiwillige, ehrlich gesagt."

„Hast du die Nase voll von Arwen Island? Wolltest du rüberschwimmen? Das hätte schiefgehen können."

„Danke für deine Besorgnis. Hast du nur meine Performance genossen, oder wärst du mir auch zu Hilfe gekommen?"

Gekünstelt reckte er den Kopf nach allen Seiten. „Siehst du hier irgendwo einen Rettungsring? Ich nicht. Sorry, ich bin ein miserabler Schwimmer."

„Schon gut, ich kann mir selbst helfen. – Und du? Hast du nichts Besseres zu tun, als mir beim Ertrinken zuzuschauen?"

„Natürlich. Aber der 3–D–Drucker musste abkühlen und mein Kopf auch, deshalb drehe ich eine Runde über die Insel." Er wandte sich zu Gehen. „Noch viel Spaß in den Wellen."

Poppy war froh, dass er ebenso schnell verschwand, wie er aufgetaucht war. Langsam stapfte sie zusammen mit Torry zum Handtuch zurück.

Das Wasser zog sich immer weiter zurück, bald würde Ebbe sein. Auf der Dammkrone bildete sich ein Gischt-Streifen.

Mousehole war nah und doch unerreichbar.

Neben einem mit Seepocken bewachsenen Felsen setzte sich Poppy auf den Sand.

In einer Spalte entdeckte sie wilde Austern. Sie löste ein paar von ihnen aus ihrem steinernen Bett. Mithilfe eines flachen Kiesels gelang es ihr, sie zu öffnen. Genussvoll schlürfte sie die salzig–jodigen Muscheln aus der Schale. Torry legte den Kopf zur Seite, zeigte aber sonst kein Interesse.

Poppy dachte nach.

Sie hatte den Mund voll genommen. Nicht nur mit köstlichen Meeresfrüchten, sondern zuvor gegenüber Philemon Duncan.

Mit dem Badeausflug hatte sie einen Hintergedanken verbunden.

Sie war eine geübte Schwimmerin, und für einen Augenblick hatte sie gehofft, dass es eine Möglichkeit gäbe, ans Festland zu schwimmen. Die Entfernung allein wäre kein Problem für sie gewesen und trockene Kleidung hätte sie in einem wasserfesten Beutel mitgenommen, der im Notfall als Rettungsboje dienen könnte. Drüben wäre sie in ein Taxi gesprungen und nach Penzance gefahren.

Jetzt hatte ihr die akute Erfahrung mit der Strömung gezeigt, dass das lebensgefährlich war.

Es muss einen anderen Weg geben. Wen kann ich um Hilfe bitten?

Barney war weit weg in London. – Die Einzigen, die sie in der Gegend kannte, waren ihre alten Freunde Patricia und Bruce, ihr Hotel Wythcombe Manor lag in der Nähe von Lizard Point.

Eine weitere Möglichkeit stellten die Cornwall Brothers dar, eine Gruppe älterer Herren.

Sie kümmerten sich um das kulturelle Erbe Cornwalls und den Naturschutz auf ziemlich eigenwillige, gelegentlich auch zwielichtige Art und Weise. Deshalb wollte Poppy sie nicht unbedingt in ihre Aktion einbeziehen.

Und dann war da noch Inspektor Edwards. Aber auch den hatte sie wegen des drohenden Konflikts mit dem Kollegen Gray bereits ausgeschlossen.

Blieben nur die Wythcombes.

Zurück in ihrem Apartment erreichte sie Pat auf Anhieb.

„Poppy? – Das ist Gedankenübertragung! Ich wollte dich auch schon anrufen. In *The Packet,* unserem

Provinzblättchen, ist gestern ein Artikel über das Kunst-Retreat auf Arwen Island erschienen – und dass es in diesem Jahr von der bekannten Londoner Künstlerin Poppy Dayton geleitet wird!"

„Das freut mich", sagte Poppy bescheiden. *Offenbar stand da nichts über Fias Tod. Carol Charteris scheint dichtzuhalten, das hätte ich nicht für möglich gehalten.*

„Ja, es ist sehr schön hier", sagte sie. „Die Künstler sind fleißig am Werk, und ich darf wieder in meinem geliebten Cornwall sein. – Wie geht es dir? Was macht das Baby?"

„Bis jetzt merke ich nicht viel davon. Ehrlich gesagt, bin ich froh darüber. Das Hotel läuft gut, aber nicht gut genug, um professionelles Personal bezahlen zu können. Wenn ich Nancy nicht hätte ..." Nancy, die *Lady in Blue,* Buchautorin und Freundin des Hauses, war vorübergehend nach Wythcombe Manor gezogen und half Pat nach Kräften.

„Was macht Bruce?"

„Er wurde aus der Untersuchungshaft entlassen und wartet auf sein Verfahren. Er ist wie verwandelt und kümmert sich rührend um mich. Du weißt, dass er ein begnadeter Koch ist – seit er wieder selbst am Herd steht, sparen wir nicht nur den Caterer, sondern ernten begeisterte Gästebewertungen."

„Das freut mich wirklich für euch." Poppy wusste um den kritischen Zustand der Ehe von Pat und Bruce. Sie war nicht nur durch seine Verwicklung in den Mordfall um den Wanderführer Micah Morgan und in den Immobilienskandal von Lizard Point belastet, sondern auch durch Launenhaftigkeit und chronische Wutausbrüche.

„Danke. Ja, es läuft, es fehlt nur etwas …“

„Na?“

„Du, Poppy! Auch wenn es nur ein paar Wochen waren, in denen du als Geschäftsführerin hier eingesprungen bist und dabei noch deinen und Barneys Urlaub geopfert hast – du hast uns und Wythcombe Manor gerettet, nothing less. Das werde ich dir nie vergessen. Aber sag mal: Kannst du dir nicht einen freien Tag nehmen? Wir könnten uns in Mousehole treffen und ausgiebig klönen.“

„Das würde ich gern, leider ich komme von der Insel nicht runter …“

„Warte … dann hole ich dich ab!“

„Es gibt keinen richtigen Hafen, nur einen Haufen gefährlicher Riffs.“

Pat kicherte. „Das wird meinen Cary nicht stören.“

„Deinen Cary? Hast du einen neuen Freund?“

„Cary ist ein Freund, ein ganz alter. Ich kenne ihn seit Sandkastenzeiten. Unsere Väter hatten zusammen zu tun, in der Fischindustrie. Cary Bourne besitzt eine Reihe von Fischerbooten, und sein ganzer Stolz ist ein schmucker Boston Whaler. Er hat mich schon ein paarmal eingeladen, mit ihm rauszufahren, und hat bestimmt nichts dagegen, wenn wir einen Abstecher nach Arwen Island machen. Und sei unbesorgt wegen der Riffs, die kann er lesen wie die Blätter am Boden seiner Teetasse! Er ist ein vielseitig begabter Mann.“

„So hört sich das an, Pat, ich bin gespannt! Bei auflaufendem Wasser könntet ihr in der Frenchman's Cove nahe ans Ufer kommen und Torry und mich an Bord nehmen.“

„Das machen wir, Poppy! Ich werde ihn gleich anrufen und melde mich dann wieder.“

„Eine Sache noch. In Mousehole ist nicht viel los. Penzance interessiert mich mehr.“

„Penzance?“ Pat machte eine Pause. „Kann es sein, dass es dafür einen besonderen Grund gibt?“

Poppy seufzte. „Du kennst mich zu gut. Es gibt einen. Ich muss dort einen alten Antiquitätenhändler treffen. Er hat etwas, das ich mir unbedingt ansehen muss, über die Geschichte von Arwen Island.“

„Ich habe es geahnt“, stöhnte Pat. „Du bist wieder in etwas verwickelt.“

„Davon erzähle ich dir, wenn wir uns sehen. – Ich freue mich wahnsinnig auf dich!“

24

Poppy legte auf. „Yes!“ Sie klatschte in die Hände.

Torin Dupree, der das Apartment rechts neben ihr bewohnte, reckte den Kopf über die Terrassenabtrennung. „Na, hast du eine kreative Eingebung?“

Während des Telefonats stand die Terrassentür offen. – Hatte er gelauscht? Aber was sollte er mitbekommen haben? – „So etwas Ähnliches, Torin. Wie steht's bei dir? Geht es voran?“

„Komm rüber und sieh es dir an!“

„Darf ich Torry mitbringen?“

„Klar! Meine Kunst ist biss- und wasserfest.“

Poppy betrat Duprees Atelier – und ein Déjà-vu ließ sie zurückzucken.

Auf einem dünnen, blauschwarz geflammten Stahlblech lag ein menschlicher Torso.

Die Figur war aus feinmaschigem Drahtnetz geformt. Sie war abstrakt, und doch war die Analogie unverkennbar: die Tote am Strand.

Dupree stellte das Schweißgerät ab und schob die Schutzmaske hoch.

„Das Material eignet sich perfekt für Plastiken“, erklärte er. „Ursprünglich hatte ich ein anderes Motiv im Kopf. Aber Fia … Es hat mir gutgetan, sie ein Stück weit zurückzuholen.“

Der riesige Mann stand mit verschränkten Armen und verdächtig glitzernden Augen neben dem Werk.

Poppy wollte ihm die Hand auf die Schulter legen, kam aber nur an seinen Oberarm. Sie drückte ihn sanft. Die Berührung schien eine Schleuse zu öffnen. Es begann mit einem leisen Beben, dann schüttelte sich der ganzen Körper wie im Krampf. Torin blieb stumm, während die Tränen über die unrasierten Wangen liefen. Der kahl geschorene Schädel schwankte hin und her, als ob er kurz davor wäre, die Verbindung zum Rumpf zu verlieren.

Behutsam, in kleinen Schritten, führte Poppy den gebeugten Riesen zum Sofa. Sie setzten sich.

Torry, der nur desinteressiert am Stahldraht geschnuppert hatte, kam zu Dupree, blieb vor ihm stehen und legte eine Pfote auf sein Knie.

Das durchbrach die unüberwindlich scheinende Mauer aus Traurigkeit. Torin blickte hoch. Zögernd streichelte er Torrys Kopf, der in seiner Pranke fast verschwand.

„Dr. Torry“, erklärte Poppy den Vorgang. „Wenn er spürt, dass es jemandem nicht gut geht, ist er zur Stelle und therapiert durch Pfoten–Auflegen.“

Torry sprang zu den beiden aufs Sofa und drängte sich zwischen sie. Er legte den Kopf auf den Oberschenkel des Mannes, der selbstvergessen mit dem Streicheln fortfuhr.

Nach einer Weile lehnte er sich zurück und schloss die Augen. „Es wirkt. – Das ist erstaunlich.“

Ein Lächeln überflog das gramzerfurchte Gesicht. „Leider kann ich gerade nicht aufstehen, sonst würde ich dir etwas zum Trinken anbieten, Poppy.“

„Auf keinen Fall aufstehen – die Therapie-Sitzung dauert noch an!“

Poppy ging an die Kaffeemaschine, die in allen Apartments vorhanden war. „Ich brauch jetzt was Starkes, du auch? Einen doppelten Espresso?“

„Gute Idee. Schön, dass du Zeit für mich hast.“ Nach einem Blick auf Torry, dessen treue Hundeaugen weiter ihren hypnotischen Effekt ausübten, fügte er hinzu: „Ihr beide!“

Poppy betrachtete Duprees Arbeit. „Es ist verblüffend, wie du den Ausdruck hinbekommen hast. Der leicht nach hinten zurückgebogene Kopf, die spitze Nase, die Hände, die versuchen, die Scham zu bedecken.“ Sie schauderte. „Und das mit einem so technisch-spröden und kalten Material.“

„Distanz und Nähe können dicht beieinanderliegen, buchstäblich miteinander verflochten sein. Das wollte ich ausdrücken.“

„Es ist dir mehr als gelungen, es berührt mich sehr. Ich vergleiche deine Arbeit gerade mit dem Ansatz von Brent – übrigens einen, den er noch zusammen mit Fia entwickelt hat. Eine Arche ... oder verrate ich da zu viel?“

„Nein. Die beiden haben mir ihre Anfänge gezeigt.“ Torins Augen wurden klarer. „Nicht ganz uneigennützig. Sie baten mich, ihnen zu helfen, das Bootswrack auf die Waldlichtung zu ziehen.“ Er lächelte scheu. „Beide sind keine Athleten. – Und die anderen, was machen die? Hast du schon mehr gesehen?“

„Nur die Graphic Novel von Juna. Düster und stilistisch extrem eindrucksvoll. An einer Stelle dachte ich, einen Bezug zu Fia zu entdecken, dann sie hat die Zeichnungen zusammengerafft und weggepackt.“

„Kein Wunder“, knurrte Torin, „sie hat sie gehasst.“

Überrascht sah Poppy ihn an. „Gehasst? Warum? Sie selbst meinte, sie sei die Einzige hier, die keinen Grund dazu hatte."

„Auch Liebe und Hass können bekanntlich dicht beieinanderliegen. Juna liebte Fia, sie war ihr verfallen. Sie kopierte sie, schnitt sich die Haare so kurz wie Fia. Juna ist eine Einzelgängerin, aber von Fia hat sie sich auf Partys mitschleppen lassen, weil die meinte, sie müsste einen Freund haben. Sie brachte auch ein paar von ihren Typen dazu, mit Juna zu flirten. Doch das ging gründlich schief. Die haben sich nur lustig über sie gemacht. Gegen ihren Willen hat sie sich auf Alkohol und Drogen eingelassen, mit dem Ergebnis, dass sie mit einer akuten Vergiftung im Krankenhaus gelandet ist. Fia ließ das kalt, oder Juna war ihr peinlich, auf jeden Fall hat sie sich seitdem nicht mehr um sie gekümmert. Das hat Juna ihr sehr übel genommen, sie litt darunter, nicht als gleichwertige Freundin wahrgenommen zu werden, sondern fühlte sich erniedrigt und bloßgestellt."

„Kein netter Umgang miteinander."

Torin zuckte die Achseln. „Fia war so. Inspirierend, elektrisierend, schön – aber kalt wie ein Fisch. Sie konnte über Leichen gehen."

„Wirklich? Ich habe sie nur kurz erlebt. Mir kam sie sensibel und empathisch vor. Und am Ende ist sie die Leiche, niemand anderes."

„Das ist furchtbar genug. Bei all den Problemen, die viele mit ihr hatten ... Ich sage dir – von uns hier war es keiner."

„Hattest du denn auch Stress mit ihr?"

„Ja, und es hat die Freundschaft zu einem guten Freund von mir auf eine harte Probe gestellt."

Er machte eine wegwerfende Handbewegung. „Aber das ist Schnee von gestern."

Torin setzte sich die Schutzmaske auf. „Poppy, wenn es dir nichts ausmacht, arbeite ich noch ein wenig. Ich muss ein paar Schweißpunkte setzen, sonst fällt mir das Geflecht auseinander."

Torry erschrak über die Maske, sprang vom Sofa herunter und lief zur Tür. Poppy folgte ihm.

„Wir sehen uns zum Abendessen!", rief sie Torin zu, aber es ging im Zischen der Acetylen-Sonde unter.

Muriel genoss den Applaus für ihr klassisches Dessert, Crêpes Suzette mit Grand Marnier, als Flexer an sein Rotweinglas klopfte.

Kyla stieß Poppy an. „Jetzt kommt Nialls kunstgeschichtlicher Vortrag über Arwen Abbey, den hält er immer zur Halbzeit des Retreats", raunte sie ihr ins Ohr. „Vorsicht, akuter Langeweile-Alarm."

Poppy konnte das nicht bestätigen. Ausgehend von den Ruinen, rekonstruierte Flexer nicht nur grafisch das Kloster, mit Kirche, Kreuzgang, Refektorium und den Zellen der Mönche, sondern zeigte auch Simulationen des damaligen Klosterlebens.

Etwas zu prahlerisch, fand sie, fiel der Teil aus, in dem er schilderte, wie er eine Baustraße vom provisorischen Hafen in der Frenchman's Cove bis zum Neubau an der Südspitze anlegte und sie nach der Vollendung des Hauses wieder renaturieren ließ, sodass heute nichts mehr davon zu sehen war.

Der dritte Teil war der interessanteste. Hier zeigte Flexer Beispiele, dass in der Klosteranlage nicht nur christliche, sondern auch heidnische Symbole vermutet werden.

„Es soll einen keltischen Sonnentempel gegeben haben. Exakt am Tag der Sommersonnenwende fiel das Licht durch das *Solstice-window* auf einen Altar, auf dem ein goldener Apfel lag. Dahinter befand sich eine verspiegelte, mit Silber beschlagene Pforte. Der Sage nach konnte man, wenn man vor dem Spiegel stand, erkennen, ob man den wahren Glauben hatte oder nicht – die Aura würde es verraten. Wo genau sich Tempel und Pforte befanden, ist leider nicht bekannt, genauso wenig, wohin sie führte. – Nur der Name wurde überliefert: Mirror Gate."

Poppy stutze. *Mirror Gate?* Duncan hatte es erwähnt …

„Weiß man denn, ob der Tempel sich im Bereich von Arwen Abbey befand, oder lag er außerhalb der Klostermauern?"

„Das ist eine gute Frage, Poppy." Flexer schien sich über ihr Interesse zu freuen. Cailan Tregenna rollte mit den Augen.

„Wegen des heidnischen Charakters der Kultstätte lag er wahrscheinlich außerhalb der heiligen Mauern. Angeblich wurden auf dem Altar mit dem goldenen Apfel Tieropfer gebracht. Das klingt befremdlich und im Sinne der katholischen Kirche war es verboten. Aber es zeigt die offene Haltung der Gemeinschaft von Arwen Abbey, in der damals auch ‚Ungläubige', wie Juden und Muslime willkommen waren, die sich hierher geflüchtet hatten."

Flexer beendete seinen Vortrag und setzte sich.

Carol klatschte laut Beifall; Poppy, Brent, Juna und Torin fielen mit ein, Cailan gähnte ostentativ.

„Ich lade alle zu mir ein", verkündete Flexer. „In einer halben Stunde in meiner Schiffsbar."

Nur Poppy und Carol kamen.

Falls Flexer enttäuscht ist, lässt er sich zumindest nichts anmerken, dachte Poppy, als sie sich zu dritt an den Tisch in der Kapitänsmesse setzten, Poppy auf einen Stuhl, Flexer und Carol nebeneinander auf der Polsterbank.

In der Tat schien er nicht unzufrieden über die Konstellation zu sein. Mit dem schlecht gebundenen Zopf, aus dem sich Haarsträhnen gelöst hatten, den Tränensäcken und der angespannten Mundpartie wirkte er müde und anlehnungsbedürftig.

„Es tut mir leid." Er sprach sehr leise und starrte auf die Tischplatte. „In diesem Retreat steckt der Wurm drin. Nicht nur wegen Fia. – Cailan nervt mich enorm mit seiner Nörgelei. Den nehme ich nie mehr mit, das sage ich euch. Und die anderen sind sich auch nicht grün. Klar gibt es immer Eifersüchteleien. Auch sensible Künstler können erstaunlich fies austeilen, und sie gönnen sich nicht die Ölfarbe unter ihren Fingernägeln! Aber dass es ausgerechnet dann so schlimm kommt, wenn du das erste Mal dabei bist, Poppy, und Carol ihre Reportage macht, das ist großer Mist!"

Es hielt ihn nicht auf seinem Platz, er stand auf und ging hinter den Tresen.

„Was kann ich euch anbieten? Ein Glas Champagner? Sherry? Port?"

„Für mich gern Champagner, auch wenn die Stimmung nicht gerade feierlich ist“, sagte Poppy. Carol schloss sich an.

Flexer kam mit Veuve Cliquot und drei Gläsern an den Tisch, öffnete die Flasche, ohne den Korken knallen zu lassen und schenkte die goldfarbene Flüssigkeit aus.

Sie hoben die Gläser, ohne miteinander anzustoßen.

„Für eine Reporterin haben wir hier himmlische Zustände: das sommerliche Künstlertreffen auf einem spektakulären Anwesen, Spannungen unter den Teilnehmern und als tragische Krönung der ungeklärte Tod von Mrs Saunders.“ Carol spitzte die Lippen. „Eigentlich – denn ehrlich gesagt, weiß ich noch nicht, was ich damit anfangen soll.“

Flexers Augenlider flatterten. „Was mich betrifft, rechne ich dir dein Zögern hoch an. Ich weiß, dass du meine Sorge verstehst …“

Poppy sah, wie er versuchte, ihre Hand zu berühren, aber sie zog sie weg.

„Ich verstehe deine Sorge um den Ruf des Retreats, das kannst du mir glauben, nur wenn ich mich zwischen dir und dem Auftrag als Journalistin entscheiden muss …“

„Sprich bitte nicht weiter, Carol, ich will es nicht wissen!“ Flexer trank sein Glas leer und füllte es neu. „Ich würde mich nur freuen, wenn du so lange warten würdest, bis die Polizei konkretere Ergebnisse hat … Es drängt dich doch nichts, oder?“, fragte er fast flehentlich.

Carol schüttelte den Kopf. „Ich wundere mich nur, dass nicht schon längst etwas durchgesickert ist. Aber falls die Konkurrenz die Geschichte bringt und mein Herausgeber erfährt, dass ich sie zurückgehalten habe, bin ich meinen Job los."

„Du bist doch keine Sensationsreporterin …"

„Egal, Story ist Story."

„Umso mehr weiß ich zu schätzen …" Flexer rückte dicht an Carol heran. Wieder wich sie ihm aus und rutschte zur Seite. Diesmal verstand er. „Selbst der Champagner scheint heute seine Wirkung zu verfehlen." Abwesend drehte er den Stiel des Kelchs zwischen Daumen und Zeigefinger.

Poppy stand auf. „Die Bottrills wollten mich noch sprechen, wegen der Vorräte und der Menus für die zweite Woche …"

„Ich komme mit", sagte Carol schnell.

„Ja, ja, lasst mich nur alle allein!" Flexer verabschiedete sie theatralisch und füllte sein Glas erneut.

„Spar dir dein Selbstmitleid, Niall, das steht dir nicht." Carol warf ihm eine Kusshand zu, was bei ihm ein schiefes Grinsen hervorrief.

Draußen auf dem Flur hielt Poppy Carol fest. „Entschuldige, wahrscheinlich geht es mich nichts an, aber was war das eben für eine Spannung zwischen dir und Niall? Ich dachte, ihr beiden wärt …"

Carol sah sich hektisch um. Als niemand zu sehen war, fragte sie flüsternd: „… ein Paar? – Wie kommst du darauf?"

Poppy lächelte. „So, wie ihr abends zusammen getanzt habt, und am Morgen danach am Telefon, dachte ich …"

Carol packte Poppys Handgelenk, dass es schmerzte. Zwischen ihren Augen bildete sich eine steile, tiefe Falte. „Sieh mich an, Poppy. – Schwör mir, dass du keiner Menschenseele etwas davon erzählst. Ich habe einen Fehler gemacht. Zu viel Alkohol – und ich muss zugeben, dass Niall einen speziellen Charme hat ...“ Sie ließ Poppy los. „Verzeih mir ... Es war schlicht unprofessionell. Es hat mich angreifbar gemacht. Wenn ich jetzt einen Artikel über Niall oder gar Fias Tod schreibe, könnte er unsere gemeinsame Nacht ins Spiel bringen. Dann bin ich verbrannt, unglaubwürdig!“

Poppy versuchte sie zu beruhigen. „Reg dich nicht auf. Niemand weiß davon, und auf mich kannst du dich verlassen. Ich habe genauso wenig Interesse an einer Skandalstory, die sich hier unter meiner Leitung abgespielt hat.“

Die beiden gingen weiter, das Haus war wie ausgestorben.

„Ich brauche frische Luft, kommst du noch einen Moment mit, Poppy?“, fragte Carol.

Sie durchquerten die Halle und traten auf die Terrasse. Am westlichen Horizont schimmerte noch ein Lichtstreifen, der von Pampelmusen-Rot zu Grün überging.

Poppy atmete tief ein. „Die Hitze des Sommertags mischt sich mit der Meeresbrise wie kühles Wasser in einem Glas mit Grenadine-Sirup.“

Carol lachte. „Das hast du schön gesagt, darf ich die Beschreibung in meinem Artikel verwenden? Wenn ich schon auf den dramatischen Teil verzichten muss ...“

In diesem Moment ging die Beleuchtung im Becken aus.

„Ist das eine Zeitschaltuhr, oder hat Manas das absichtlich gemacht?", fragte Carol.

Poppy blickte sich um. Es war niemand zu sehen. Sie zuckte die Schultern.

„Ein seltsames Paar, die Bottrills, findest du nicht?"

„Ehrlich gesagt, finde ich hier alle seltsam", sagte Carol. „Anfangs dachte ich, die Rollen sind klar: der berühmte, allmächtige Galerist Flexer als Täter – und die ausgenutzten Künstler als Opfer. Inzwischen verschiebt sich da so manches."

„Was meinst du genau?"

„Wenn ich das wüsste, Poppy. Aber Fakt ist doch, dass zumindest Cailan, Kyla und Tyra hier sehr eigenständige Positionen haben."

„Und wie hast du Fia eingeordnet?"

„Sie ist – war – die Schlüsselfigur für meinen Aufenthalt hier. In einem Interview zu ihrer Arbeit, drei Wochen vor dem Retreat, machte sie Bemerkungen über Niall – dass er übergriffig sei, nicht nur ihr, sondern einer Reihe von Künstlerinnen gegenüber. Außerdem deutete sie an, er nutze die Leute, die er in seiner Galerie vertritt, auch materiell aus. Das stamme allerdings nicht von ihr, sondern von Torin Dupree."

„Fia hatte anscheinend neben ihrem künstlerischen Talent auch eines für Intrigen."

„Ideal für eine Journalistin, sage ich dir!" Carols Augen blitzten kurz auf. „Schade nur, dass jetzt alles aus dem Ruder gelaufen ist – einschließlich meiner Wenigkeit, was meine Beziehung zu Niall betrifft."

„Arwen Island scheint auf viele eine besondere Wirkung zu haben."

Carol stand auf. „Mich macht es gerade sehr müde. Ich gehe ins Bett." Sie zwinkerte Poppy zu. „In mein eigenes."

25

Poppy sah auf die Uhr. Nach elf – zu spät, um Barney anzurufen. Sie schickte ihm eine SMS:

Damit du nicht mit dem Hubschrauber kommst – ich melde mich gleich morgen früh bei dir.

Als am nächsten Morgen um sieben ihr Smartphone klingelte, freute sie sich, Pats glockenhelle Stimme zu hören.

„Poppy, bist du spontan?"

„Du kennst mich doch."

„Cary ist zurzeit ausgebucht, aber er rief mich eben an, dass er mit seinem Boston Whaler auf die Werft in Penzance muss. Er drucкste erst herum, dann sagte er mir, er habe ein Problem mit der Bordtoilette, und nur der Shipchandler dort könne ihm das Ersatzteil kurzfristig besorgen und einbauen."

„So lange wäre die Fahrt ja nicht, ich denke, wir kommen ohne Toilette aus."

Pat kicherte. „Erinnerst du dich? – Auf der Jolle meiner Eltern hatten wir früher nur einen Eimer mit."

„Eben – wann könnt ihr hier sein?"

„Ich fahre gleich nach Falmouth rüber, dann aufs Boot – Cary meinte, wenn er den Hebel auf den Tisch legt, braucht er eineinhalb Stunden für die Strecke. Das Ding schafft 35 Knoten! Von Arwen Island bis Penzance sind es nur noch knapp vier Seemeilen."

„Schade! Dann ist der Spaß für mich eher kurz. –Wie lange will Cary denn im Hafen bleiben?"

„Die Reparatur ist eine Sache von zwei, drei Stunden, aber er sagte, wir können uns Zeit lassen, er hat sich den Tag freigenommen. Es reicht ihm, wenn er im Hellen nach Hause kommt, und das heißt im Moment ja fast bis Mitternacht!“

„Klingt super, Pat, danke! Also kann ich euch gegen Mittag hier erwarten?“

„Cary meint, um elf Uhr. Ich sollte dich nur vorwarnen, dass du nasse Füße bekommst und wegen der Tide ein Stück in die Bucht hinauswaten musst, bis zur Riffkante. Dort holt er dich ab. Ich rufe an, wenn wir Arwen Island sehen.“

Nach dem Frühstück meldete Poppy sich bei Flexer für den Nachmittag ab, versprach ihm aber, ihre Atelierbesuche wie geplant fortzusetzen.

„Ich bin gleich mit Kyla verabredet.“

Flexer wirkte unausgeschlafen und abwesend. *Kein Wunder, gestern hat er den Champagner fast allein getrunken,* dachte sie. *Und seine Affäre endete schneller, als sie anfing.*

„Viel Spaß“, sagte er nur und fragte nicht einmal nach, was sie vorhatte.

Poppy fiel ein, dass sie Barney anrufen wollte.

Es dauerte eine Weile, bis er dranging. Am seidigen Rascheln seines Bademantels hörte sie, dass er noch nicht im Laden war.

„Na, machst du dir einen gemütlichen Tag?“

„Ich habe mich gestern Abend mit meinen Fellows von der Fakultät getroffen.“ Er hüstelte verlegen. „Es war sehr nett, aber ich bin diese Gelage nicht mehr gewohnt."

„Darling, ich freue mich, dass du dir etwas gönnst. Ich habe auch etwas vor. Ich nehme mir einen halben Tag frei und mache einen Ausflug nach Penzance."

„Wie kommst du da denn hin?"

„Denk dir, Patricia holt mich ab, sie hat einen Freund mit einem Boot! Wenn alles klappt wie geplant, treffe ich sogar deinen Freund Phil Duncan. Er hat etwas für mich. Das ist auch der Hauptgrund, weshalb ich nach Penzance möchte."

„Warum erstaunt mich das nicht?"

Poppy hörte, wie Barney versuchte, einen Schluckauf zu unterdrücken und ging über seine Frage hinweg. „Darling, mach dir erst mal einen Fencheltee. Der bringt deinen Magen wieder in Ordnung."

„Danke für die Fürsorge, ein salziges Porridge wird mich wieder auf die Beine bringen."

„Duncan war übrigens nicht besonders entgegenkommend am Telefon. Als ich ihn bat, mir eine Kopie von einem Dokument zu schicken, hat er mich abblitzen lassen."

„Das sieht ihm ähnlich."

„Macht nichts. – Es hat den Vorteil, dass ich Pat sehen kann. Ich bin gespannt, wie es auf Wythcombe Manor weitergegangen ist."

„Grüße sie ganz herzlich von mir. Bruce natürlich auch. Ist er aus dem Gefängnis raus?"

„Scheint so. – Barney?"

„Ja?"

„Ich vermisse dich." Sie schickte ihm einen Kuss durch die Leitung.

„Ich dich ..." Der Schluss ging im Schluckauf unter.

Weil die Tür offen stand, klopfte Poppy an den Türrahmen von Kylas Atelier.

Die ihr zugeteilten Räume waren Ausdruck ihrer herausragenden Position in der Künstler–Hierarchie von „Flexer Contemporary Art". Das Apartment war größer als die anderen, über Eck gebaut und bot einen spektakulären Blick nach Süden auf die offene See.

Poppy sah, dass Kyla auf der Terrasse arbeitete.

Auf dem Weg durch das Zimmer kam sie an einer Wäscheleine vorbei, an der weiße Papierbögen in der warmen Zugluft flatterten. Es waren Tuschezeichnungen, ein Dutzend Blätter. Sie zeigten ein Gesicht, das weder weiblich noch männlich war.

Wenigstens kann ich hier keine Ähnlichkeit mit Fia erkennen, dachte Poppy und betrachtete die Serie aus der Nähe.

Als sie eines der Bilder nach dem anderen ablief, erkannte sie die Veränderung in der Physiognomie des Gesichts. Es begann mit einem heiteren, entspannten Ausdruck. Blatt für Blatt verdüsterten sich die Züge, verspannten sich, konzentrierten sich zu einem Schrei, um am Ende wieder ruhig zu werden. Aber es war nicht der gelöste Zustand wie am Anfang, sondern wirkte erstarrt, wie eine Totenmaske.

Poppy kam bei Kyla an und schaute ihr über die Schulter.

Auf einem grob gezimmerten Holztisch lag ein Klumpen Ton, von dem ein angenehmer mineralischer Geruch aufstieg, *wie Erde nach einem Regenschauer.*

Sie beobachtete, wie Kyla nach und nach eine Prise davon abnahm und das Rohmaterial in eine Skulptur einarbeitete. Auf den ersten Blick abstrakt, zeigten sich aus der Nähe menschliche Züge: wie zwei Köpfe, die an den Wangen eng aneinandergeschmiegt waren, deren Blickachsen aber in entgegengesetzte Richtungen zeigten. In den Augen deuteten kleine Zacken Reflexe auf den Pupillen an, sie gaben den Gesichtern etwas Fokussiertes.

Kyla beachtete Poppy nicht, sie blieb am Arbeitstisch sitzen und konzentrierte sich auf ihr Werk. Gelegentlich hielt sie inne, schüttelte die Hände aus und musterte den Fortschritt.

In so einem Moment stupste Torry mit der Nase ihre Hand an.

Sie sah erst zu ihm hinunter, dann drehte sie sich um und brauchte eine Weile bis sie Poppy erkannte, als ob sie aus weiter Ferne zurückkehrte. Sie lächelte.

„Schön, dass du da bist, ich brauche deinen Rat. Was meinst du – soll ich die Arbeit so roh lassen oder glasieren und brennen?"

Poppy überlegte lange. „Um die Details auf Dauer zu erhalten, vor allem an den Augen, wäre es sicher besser, sie zu brennen", antwortete sie bedächtig. „Aber mich hat der rohe Zustand deiner Skulpturen immer fasziniert. Sie wirken, als ob sie direkt aus der Erde herauswachsen. Bei aller Kunstfertigkeit scheinen sie wie von selbst entstanden zu sein, mühelos und selbstverständlich."

Kyla wischte ihre Finger mit einem feuchten Tuch ab und breitetet es anschließend über das Objekt. „Es soll nicht zu schnell trocknen. Hilfst du mir, den Tisch hineinzutragen? In der Sonne darf er nicht bleiben."

Poppy nickte, fasste an einer Seite an, und die beiden Frauen schleppten Tisch und Skulptur in den Schatten.

Kyla ging ins Bad. Als sie zurückkam, stand Poppy wieder vor den Zeichnungen auf der Wäscheleine.

„Wie findest du sie?"

„Sie sind hervorragend, Kyla – ganz anders als die Arbeiten, die ich sonst von dir kenne."

„Magst du die nicht?"

„Doch – so habe ich es nicht gemeint."

„Wie dann?" Kyla klang eher neugierig als genervt.

„Wie ich es sage: Auf Arwen Island scheinst du künstlerisch zu anderen Ergebnissen zu kommen. Das trifft nicht nur auf dich zu. Bis auf Cailan und Tyra war ich bei allen."

Kyla stellte sich neben Poppy unter die Wäscheleine.

„Was du beobachtest, ist interessant", sagte sie. „In der Tat hat die Insel eine Wirkung auf mich. Obwohl ich schon das dritte Mal hier bin – übrigens als Einzige", fügte sie hinzu, nicht ohne Stolz. „Es ist, als ob ich aus meinen Routinen ausschere, buchstäblich auf neues Terrain komme."

„Das ist überall zu spüren. Allerdings taucht bei den anderen Fia in ihren Arbeiten auf, in welcher Gestalt auch immer. – Bei dir nicht."

Kyla ignorierte den Kommentar und zog nur minimal die Augenbrauen hoch.

Poppy machte einen neuen Anlauf: „Unabhängig von der Tragödie um Fia – ist dir bei deinen früheren Retreats etwas Besonderes an der Insel aufgefallen?"

„Das hat mich dieser Polizist auch gefragt, wie war noch sein Name?"

„Inspektor Gray."

„Genau, Gray. – Arwen Island ist ein Paradies, da sage ich dir nichts Neues. Aber es ist artifizieller, als es auf den ersten Blick erscheint. Vieles ist inszeniert, selbst die Natur. Normalerweise ist der Boden hier nicht geeignet für Rhododendren und Hortensien, dazu wurde die Erde entsprechend aufgearbeitet. Und dann das Haus! Die Verbindung zwischen Moderne und den mittelalterlichen Ruinen. – Ich finde sie erzwungen, fast gewalttätig. Als ob eine kalte weiße Hand nach den Steinen des Klosters greift und zwischen ihren Fingern zerreibt."

Kyla stieß den Zeigefinger in ihren Tonvorrat und schlitzte ihn auf wie mit einer Messerklinge. „Ab und zu tauchen an den unmöglichsten Stellen Dinge auf, die da nicht hingehören. Ein blutiges Stück Stoff, in den Boden gekratzte Runen, ein frisch ausgehobenes Grab auf dem alten Friedhof. – Keine Ahnung, wer uns was damit sagen will." Sie zuckte die Schultern. „Ehrlich gesagt, ist es mir egal. Falls sich das gruselig anfühlen soll, verfehlt es bei mir seine Wirkung. Ich freue mich, hier sein zu dürfen, jedes Mal. Niall ist sehr großzügig, der Retreat ist ein enormes Privileg. Der Rest, wie gesagt, ist mir egal."

„Fias Tod auch?" Poppy stellte die Frage, bevor sie darüber nachgedacht hatte und biss sich auf die Lippen. „Entschuldige – das war taktlos."

Kyla schien das nicht zu stören. Sie grinste. „Schon gut. Ich sage es dir ganz offen: Ja, der auch. Ich konnte mit *Everybody's Darling* nichts anfangen. Weder mit

Fia noch mit ihrer Kunst. Ganz zu schweigen von ihren Intrigen und Männergeschichten. Der arme Brent."

„Ja, er leidet …"

„Er kam zu mir, kurz vor dem Retreat. Wir hatten ein sehr gutes Gespräch. Er ist ungeheuer begabt. Ich habe ihm ein paar Tipps gegeben, wie er bei Niall mehr Aufmerksamkeit erhält und für Ausstellungen vorgeschlagen wird. Aber er kam immer wieder auf Fia zurück. Er war geblendet von ihr. Irgendwann wurde es mir zu viel. Ich habe aufgehört, ihm zuzuhören und arbeitete einfach weiter."

Sie nestelte an dem feuchten Tuch.

„Das möchtest du jetzt am liebsten auch tun, was, Kyla?", fragte Poppy und lachte. „Ich lasse dich in Ruhe."

Kyla sah sie an. „Danke, Poppy. Wie weit bist du mit deiner eigenen Arbeit? Ich würde gern mal einen Gegenbesuch machen, in deinem Atelier."

Das hat mich noch niemand gefragt, dachte Poppy. „Gern. – Es könnte besser laufen. Ich fürchte, meine Rollen als Organisatorin und Künstlerin vertragen sich nicht besonders. Komm einfach, wann du willst, ich würde mich freuen."

26

Kurz vor elf wanderte Poppy, nur mit einem Badeanzug bekleidet, durch die warmen Priele der Frenchman's Cove.

Erst lief Torry neben ihr her, aber als das Wasser tiefer wurde, blieb er stehen. Er legte den Kopf schief und musterte sein Frauchen kritisch. *Was hast du vor? Baden? Spazierengehen? – Ich glaube, ich bleibe hier,* schien er zu denken.

Vor ihnen ragte das Riff jetzt fast zwei Meter aus dem Wasser und bildete einen flachen, mit Seegras bewachsenen Hügel. Deutlich war der Einschnitt zwischen Bucht und dem tiefen Wasser zu erkennen.

Mit sonorem Brummen näherte sich eine Yacht rückwärts der Öffnung.

MERMAID – las Poppy am Heck des hübschen Boots mit dem dunkelblau glänzenden Rumpf und den schneeweißen Aufbauten. Torry knurrte und stemmte seine Pfoten in den Sand, aber als Poppy ihn hochnahm und fest an sich drückte, gab er seinen Widerstand auf.

Sie stakste auf das Boot zu. Das Wasser wurde rasch tiefer und reichte ihr schließlich bis zum Bauchnabel.

Als das Heck direkt vor ihr aufragte, griff Poppy mit einer Hand nach der heruntergeklappten Badeleiter. Vom Deck streckten sich ihr zwei Arme entgegen.

„Ich nehme dir Torry ab!"

Sie reichte den Hund zu Pat hinauf und kletterte die Leiter hoch.

Die zwei Frauen schlossen sich in die Arme und küssten sich dreimal auf die Wangen, nach französischer Art.

Poppy betrachtete die Frau mit den langen, dunklen, zum Zopf gebundenen Haaren, braunen, leicht schräg gestellten Augen und keck nach vorn gestrecktem Kinn.

„Du siehst super aus! Die Schwangerschaft steht dir.“

Pat strich sich über den gewölbten Bauch. „Danke. Und da drin ist schon einiges los.“

„Ich freue mich sehr für dich!“ So ehrlich wie Poppy es meinte – sie musste den Anflug von Neid unterdrücken, denn das Baby-Thema beschäftigte auch sie.

Dankbar griff sie nach dem Handtuch, das Pat ihr reichte und folgte ihr in den Salon.

Pat sah zu, wie Poppy ein grün-weiß gestreiftes Leinenkleid und passende weiße Sneaker aus dem Beutel zog. „Ein wasserdichter Seesack mit schickem Sommerzeug drin. Du bist perfekt organisiert, wie immer!“

„Den habe ich mir von Bottrill ausgeliehen, unserem Caretaker.“ Sie dachte daran, wie er gefragt hatte, wozu sie ihn bräuchte, und sie skeptisch ansah, als sie ihm erzählte, dass er für die Materialsammlung sei.

„Und sonst, Poppy? Bist du wieder von allen möglichen Verdächtigen umgeben?“

Poppy hatte sich vorgenommen, Pat nichts vom Drama um Fia zu erzählen, und blieb deshalb vage.

„Nein, nur von zwei Handvoll höchst komplizierter Individuen, die eine schöne Zeit haben könnten und sich dabei selbst im Weg stehen.“

„Das erinnert mich an einige meiner Hotelgäste, – du weißt, wovon ich rede, Poppy!"

„Nur zu gut." Als das Boot Fahrt aufnahm, hielt sie sich an der Lehne einer am Deck verschraubten Sitzbank fest. Sie schaute aus dem Salonfenster und sah, dass sie die Riffdurchfahrt bereits hinter sich gelassen hatten.

„Komm, ich bring dich zu Cary!" Pat stieg über eine schmale Teakholztreppe voraus.

Ein Deck höher lag ein rundum verglaster, sonnendurchfluteter Raum. Im hinteren Teil stand eine großzügige Sitzgruppe aus weißem, mit blauen Paspeln abgesetztem Leder.

Zum Bug hin war der Raum geteilt durch eine hüfthohe, im honigfarbenen Lack schimmernde Wand aus Teakholz.

Im Cockpit thronte das Urbild eines kornischen Seemanns.

„Cary, darf ich dir meine gute Freundin Poppy Dayton vorstellen?"

Er drehte sich um. Mit einer Hand hielt er das hölzerne Speichenrad fest, mit der anderen langte er nach Poppy und zog sie an sich. Poppy versteifte sich unter der spontanen Umarmung, aber als sie seinen gutmütigen Blick sah, ließ sie locker.

Er musterte sie eingehend, – *ein wenig zu lange, dachte sie.*

Lach- und Sonnenfältchen strahlten von den graugrünen Augen aus, die unter buschigen Augenbrauen und einem kräftigen Schopf salzwassergebleichter Haare lagen.

Eine Nase, die aussah, als ob sie einmal gebrochen war, sorgte dafür, dass das Gesicht nicht als hübsch gelten konnte, aber der wohlgeformte Mund und das Grübchen am Kinn machten seine Attraktivität aus.

Kein Wunder, dass du dich auf den Ausflug gefreut hast, Pat, dachte Poppy beeindruckt.

Er zwinkerte ihr zu. „Du bist die Lady, die den Wythcombes die Saison gerettet hat?"

„Mehr als das, Cary", schwärmte Pat. „Sie ist meine *Superwoman.*"

„Poppy reicht. Freut mich, dich kennenzulernen, Cary. – Du hast ein herrliches Boot."

Damit traf sie den Ton. Besitzerstolz blitzte in den Augen des Seebären.

„Danke! Ja, meine MERMAID ist eine Schönheit, – eine *Boston Whaler!* Bestens geeignet zum Angeln und mit neunhundert PS für erfrischende Spritztouren entlang der Küste."

Wie aufs Stichwort tauchte der steile Bug tief ein, und Gischt wehte bis hoch zum Führerstand.

„Bist du seefest, Poppy?"

„Bisher schon", antwortete sie. Endlich ließ Cary sie los, weil er das Steuer mit beiden Händen führen musste, und Poppy musste sich an der Rückwand des Cockpits festhalten. „Aber ich habe es nicht eilig. Der Törn bis Penzance ist leider kurz."

„Du hast recht. Runter mit dem Tempo." Er schob die Gashebel um drei Viertel zurück. „Ich war noch in Schwung vom Schlag rund um Lizard Point bis hierher."

„Cary wollte mir zeigen, was in ihm steckt." Pat kicherte wie ein Schulmädchen und lief auch genauso rot an. Poppy entging ihr schmachtender Blick nicht. Sie schmunzelte.

In ihm oder in seinem Boot? – Ich glaube, wir haben uns eine Menge zu erzählen, liebe Freundin.

In gemächlichem Tempo tuckerten sie die Küste hinauf.

Cary hielt auf das Kap zu, das den Ort Mousehole von der Steilküste trennte. Von dort verlief der Kurs nach Norden, dicht am Ufer.

„Ist das Wasser tief genug?", fragte Poppy mit kritischem Blick auf die weißen Wellenkämme und die Felszacken, die zum Greifen nahe erschienen.

„Das fragst du einen erfahrenen Captain?" Cary drohte spielerisch mit dem Finger. „Keine Angst – an dieser Stelle schon. Und wir haben ablandigen Wind!"

An der Kliff-Kante waren Spaziergänger zu sehen, die den South West Coast Path entlangwanderten und bewundernd stehen blieben, als das elegante Boot vorbeizog.

Auf der Höhe von Newlyn, dem malerischen Vorort von Penzance, mit einem hübschen Park zwischen Strand und den Villen in der zweiten Reihe, bog Cary nach Osten ab. „Hier wird es in der Tat flach, wir nennen die Bucht den Gwavas Lake ..."

Ein lautes Tuten unterbrach ihn. Von Steuerbord näherte sich der schnittige Bug eines weißen Dampfers. Cary verlangsamte die Fahrt weiter und wich nach Süden aus.

„Das ist die SCILLONIAN III, die Fähre zu den Scilly Islands. Warst du schon mal da?"

„Noch nicht, leider …"

„Das darfst du dir nicht entgehen lassen! Der Wind, Tausende von Seevögeln, die um die haushohen Felsen kreisen, die Brandung – da hast du wirklich das Gefühl, am Ende der Welt zu sein."

„Ich habe davon gehört, und es steht auf meiner Wunschliste ganz oben. Ich möchte noch viel mehr Zeit in Cornwall verbringen, am liebsten …"

„… für immer?", fragte Pat. „Das ist immerhin schon dein zweiter Aufenthalt hier in zwei Monaten."

„Das war Zufall." Poppy lächelte versonnen. „Oder besser, ein sanft gesteuerter Zufall."

Die Passage durch die Mount's Bay ging viel zu schnell für Poppys Geschmack.

Sie lag erst ein paar Minuten auf einem der bequemen Deckchairs am Heck der MERMAID, als Pat ihr auf die Schulter tippte. „Wir sind gleich da. Cary setzt uns im Hafen ab."

Das Boot fuhr durch die schmale Einfahrt ins Penzance Wet Dock.

Dahinter zog sich der Ort die Hügel hinauf, gekrönt von einer gotischen Kirche aus Granitquadern.

„Das ist St. Mary the Virgin", erklärte Pat. „Sie ist nicht alt, aus dem neunzehnten Jahrhundert. Aber sie hat schöne Glasfenster. Wenn du willst …"

„Ich fürchte, zum Sightseeing werde ich nicht kommen. Ich möchte so viel Zeit wie möglich mit dir verbringen, und dann habe ich noch ein Rendezvous mit einem älteren Herrn. Er hat ein paar Dokumente, die ich sehen muss."

„Dein neuer Fall?" Pat seufzte. „Schon wieder? Pass bloß auf dich auf. – Was sagt denn Barney dazu?"

„So etwas Ähnliches wie du." Poppy hob die Hände. „Ich kann nichts dafür. Immer, wenn ich versuche, mich in dieser Gegend zu entspannen, passiert etwas. – Aber keine Angst, mein Treffen hier hat einen rein kunstgeschichtlichen Hintergrund."

Pat wollte noch etwas fragen, als Cary nach ihr rief: „Hilfst du beim Festmachen?"

„Klar, ich übernehme die Achterleine."

„Schmeiß sie rüber zu Peter."

Als das Heck der MERMAID noch einen Meter von der Kaianlage der Werft entfernt war, nahm Torry Anlauf. Bevor Poppy eingreifen konnte, machte er einen Riesensatz und landete direkt vor den Füßen eines kräftig gebauten Mannes im blauen Monteuranzug.

„Na, dir scheint das Bootfahren nicht zu gefallen", brummte er gutmütig und kraulte Torry am Nacken, dann machte er das Boot fest und half den Frauen von Bord. „Ich bin Peter Crawley. Willkommen im Wet Dock. Aber so nass ist es hier nicht." Poppy gefiel sein unbändiges Lachen.

Ein paar Minuten später verabschiedeten sich die Frauen von Cary. Er sah auf die Uhr.

„Es ist halb zwölf. Ich gehe jetzt mit Peter an die Arbeit. Pünktlich um sechs legen wir wieder ab. Wollen wir uns um halb fünf zu einem kleinen Imbiss treffen? Im Admiral Benbow?"

„Oh ja!" Pat war begeistert. „Poppy, du musst die Muscheln in Weißweinsauce probieren."

„Admiral Benbow? – Klingt nach Schatzinsel."

„Das soll dir Long John Hendricks, der Wirt, selbst erzählen", sagte Cary und folgte Peter in die Lagerhalle.

Pat und Poppy verließen das Werftgelände und schlenderten den Uferweg entlang.

Torry schnüffelte aufgeregt und genoss sichtlich begeistert die Informationsdichte am Kantstein der Promenade.

Poppy freute sich für ihn. „Im Gegensatz zur Nachrichtenwüste auf der Insel scheinen hier eine Menge Hunde lesenswerte Spuren zu hinterlassen."

Pat zeigte auf ein flaches, elegant geformtes Bauwerk, das sich weit ins Meer hinausschob. Laute Kinderstimmen schallten über die Mauer.

„Wenn du willst, kannst du im Lido schwimmen gehen, du hast ja den Badeanzug dabei."

„Ein Schwimmbad?", fragte Poppy erstaunt. „Hier? Es gibt doch Strand genug."

„Bei Ebbe sogar zu viel davon. Deshalb wurde in den Zwanzigerjahren der Jubilee Pool gebaut, hier kann man immer baden, unabhängig von den Gezeiten."

Poppy blieb stehen. „Pures Art-Déco, es sieht sehr stylish aus."

Pat dirigierte sie über die Battery Road den Hügel hinauf in die Chapel Street.

„Von hier oben kannst du den Lido noch besser sehen. Er ist geformt wie eine Möwe im Flug. Das Wasser wird ganz modern mit Erdwärme beheizt! Leider ist die exponierte Lage ein Problem. Schon zweimal haben schwere Stürme die Anlage zerstört, aber die Leute bauten sie immer wieder auf. Aktuell ist es ein Gemeinschaftsunternehmen mit 1.400 zufriedenen Besitzern!

Die Einnahmen sind gut, und die Badesaison ist hier besonders lang.“

Die dreieckige, türkisfarbene Wasserfläche hob sich vom tiefen Blau des Meeres ab.

„Wirklich sehr einladend, vielleicht später. Lass uns erst mal einen Kaffee trinken.“

„Wo musst du nachher hin für deine Nachforschungen?“

„In eine Galerie für sakrale Kunst, in der Princes Street.“

„Die geht von dieser Straße ab, ein paar Blocks weiter oben.“

27

Die Sonne stand senkrecht am Himmel. Nach den Tagen auf der Insel und der luftigen Bootsfahrt fiel Poppy auf, wie stickig es in den engen, überfüllten Straßen einer Stadt sein konnte, besonders jetzt, in der Hochsaison.

Pat blieb vor einem gedrungenen Gebäude aus massiven Steinquadern und weißen Erkern stehen. „Was hältst du von einem schattigen Plätzchen?"

„Genau daran habe ich gerade gedacht."

„Dann gehen wir in den Turks Head, es ist das älteste Pub in Penzance."

Sie betraten den holzgetäfelten, dunklen, erfrischend kühlen Gastraum. Alle Tische waren besetzt, nur am Tresen waren noch zwei Hocker frei.

Der Barkeeper begrüßte sie herzlich. „Ich bin Dexter, – was darf es für die Ladys sein?"

Poppy bestellte einen Milchkaffee. Sie staunte, als sich Pat ein frisch gezapftes dunkles Ale bringen ließ und es sofort zur Hälfte leerte.

„Das würde mich umhauen, so früh am Tag."

„Ich bin im Training", erwiderte Pat ungerührt und wischte sich den Mund ab. „Du weißt, als Hotelier ... Aber in der Schwangerschaft passe ich schon auf. Nur ein Bier ab und zu ... Das widme ich heute dir, Poppy – auf unsere Freundschaft!"

Sie stießen mit Kaffeetasse und Bierglas an.

„Dann erzähl mal, wie geht's auf Wythcombe Manor?"

„Immer besser, zum Glück. Wir haben feste Verträge mit Agenturen aus Deutschland und der Schweiz. Und seit Bruce aus der Untersuchungshaft entlassen wurde, läuft es auch in der Küche wieder.“

„Wann ist der Prozess?“

„Das weiß der Henker – entschuldige.“ Pat unterdrückte einen Hustenanfall. „Das ist nicht gerade der passende Begriff, zumal Bruces Rolle beim Tod von Micah Morgan noch nicht geklärt ist.“

„Was sagt er denn dazu?“

„Wir vermeiden das Thema, so gut es geht. Wir haben genug andere Dinge zu besprechen, das Hotel, unsere Schulden …“

„… und das Baby.“

„Das auch. Bruce ist sehr bemüht. – Nur …“ Pats Stimme stockte.

Poppy wollte nicht sofort nachhaken. Sie griff nach der Hand ihrer Freundin und spürte, dass sie zitterte.

„Ich weiß nicht. – Ich fürchte, ich bin selbst das Problem.“ Sie blickte Poppy hilflos an.

„Sein Verhalten, sein ganzer Charakter … Der, den ich einmal attraktiv fand, den selbstbewussten, strahlenden jungen Lord – den finde ich nicht wieder. Oberflächlich scheint alles zu stimmen, aber ich komme nicht mehr an ihn ran. Er geht mir verloren und damit auch mein Gefühl für ihn.“

Poppy hielt immer noch ihre Hand.

„Wie hältst du das aus?“

„Mit viel Arbeit, dem Gedanken an mein Baby – und dem Geld, das Bruce ranschafft.“

„Geld? Ich denke, das Hotel wirft nicht viel ab.“

„Der alte Palast verbraucht immer noch mehr, als er einbringt, das stimmt. Erstaunlicherweise hat Bruce plötzlich eine glückliche Hand mit Börsengeschäften. Ein paar alte Anlagen, die sich gut entwickeln, sagt er."

Poppy hoffte, dass Pat im Zwielicht des Schankraums ihr skeptischer Gesichtsausdruck nicht auffiel. Sie wechselte das Thema. „Was machen die Cornwall Brothers?"

„Sie schämen sich immer noch dafür, dass einer von ihnen unter Mordverdacht im Gefängnis sitzt. Aber sie fragen öfter nach dir, obwohl du daran nicht ganz unschuldig bist. Vor allem Dr. Trelawney ist interessiert an dem, was du machst."

„Ich weiß, er hat mich sogar weiterempfohlen, und deswegen habe ich noch ein Hühnchen mit ihm zu rupfen. Doch das ist eine andere Sache."

Pat hatte ihr Glas geleert, und Poppy registrierte erleichtert, dass sie sich danach ein Mineralwasser bestellte.

„Und du? Wie geht es euch? Warum ist Barney nicht bei dir?"

„Ich fürchte, er würde sich langweilen auf der Insel, unter lauter Künstlern und ohne seine Bibliothek. Außerdem wollte er den Laden nicht alleinlassen. – Aber ich bin froh, dass es nur für zwei Wochen ist. Der Job kam plötzlich auf mich zu. Ich konnte nicht widerstehen – weder der Chance, ins Blickfeld eines der Top-Galeristen Englands zu kommen, noch der Gelegenheit, wieder in Cornwall zu sein."

Pat seufzte tief. „Poppy, am liebsten würde ich dich mit nach Wythcombe nehmen. Wenn du bei mir bist, läuft alles besser. Nancy hilft mir, aber sie hat eigene Themen und muss sich um ihre Schreibkurse kümmern. Eine Assistentin kann ich mir immer noch nicht leisten. Zum Glück bleibt Nancy mindestens bis zum Herbst, sie hat sogar ihre Katze mitgebracht.“

„Das würde Torry nicht gefallen ...“

„Der ist doch so lieb ... Wo ist er überhaupt?“

Poppy stieg vom Barhocker und sah sich suchend um.

„Torry!“, rief sie. Ein paar der Gäste drehten sich zu ihr um. Sie rief noch einmal, doch der Hund blieb verschwunden.

Der Barkeeper kam hinter dem Tresen hervor. „Zur Tür kann er nicht raus sein, ihr wart die Letzten, die dort durchgingen.“ Er zwinkerte Poppy zu. „Ich glaube, ich weiß, was ihn interessieren könnte.“

Er bat den Kellner, ihn kurz zu vertreten.

„Kommen Sie mit?“, fragte er Poppy.

Zusammen mit Pat folgte sie ihm zu einer niedrigen Pforte, die einen Spalt weit offen stand.

Dexter schob sie auf und knipste das Licht an. Der matte Schein half dabei, nicht sofort die steile Treppe hinunterzufallen.

Die Frauen zögerten.

„Sie brauchen keine Angst zu haben, den Gang hier haben zwar Schmuggler und andere zwielichtige Gestalten benutzt. Das ist fünfhundert Jahre her. Jetzt lagern wir da unten unsere Bierfässer und das Räucherfleisch.“

Sie erreichten die Vorratskammer. Hier war die Beleuchtung besser, aber trotz der von der Decke baumelnden Schinken und Würste war von Torry nichts zu sehen.

Im Anschluss an das Gewölbe verengte sich der Raum zu einem schmalen Gang.

„Torry! Komm her!", rief Poppy in das Dunkel hinein, jetzt mit deutlich mehr Nachdruck.

Aus der Entfernung war ein kratzendes Geräusch zu hören, dann ein Schnaufen, und einen Augenblick später blinzelte der Hund in das Licht der Deckenlampe.

„Wo kommst du denn her, du Streuner?" Torry legte die Ohren an, senkte den Kopf und nieste. „Wenigstens scheinst du ein schlechtes Gewissen zu haben. – Was ist das denn in deiner Schnauze?"

„Staub und Spinnweben." Dexter hustete. „Und ein Plastikbeutel."

Schwanzwedelnd ließ Torry seine Beute fallen. Poppy hob den Beutel auf. „Das sieht aus wie eine Gefriertasche, ausgekleidet mit einer Metallfolie." Sie gab ihn an Dexter weiter.

„Seltsam. Sieht neu aus. Aber so etwas benutzen wir weder in der Bar noch im Restaurant. Keine Ahnung, wie das hierherkommt." Er kratzte sich am Kopf, auf den sich eine Spinne abgeseilt hatte. „Soweit ich weiß, reicht der Gang nicht weit. Früher hat er den Hafen mit der Kneipe verbunden. Jetzt ist er wegen Einsturzgefahr gesperrt."

„Na, dann machen wir mal, dass wir hier rauskommen." Poppy sah auf die Uhr. „Ich bin gleich verabredet."

Sie stiegen in den Gastraum zurück, Torry lief mit hängenden Ohren hinterher.

Pat bezahlte für beide.

„Danke! Dafür lade ich dich nachher zum Essen ein.“

„Gern. Ich mache noch ein paar Besorgungen fürs Hotel. Es gibt hier einen fantastischen Blumenladen, die bringen mir die Sträuße aufs Schiff.“

„Dann bis später – wo ist eigentlich der Admiral Benbow?“

„In der gleichen Straße, zurück in Richtung Hafen, an der Ecke zur Abbey Street.“

„Ecclesiastical Art“ stand in schwarzen, mit Gold abgesetzten gotischen Lettern über dem Eingang der Galerie in der Prince Street.

Durch die mit eng gesetzten Sprossen versehenen Fenster war nicht viel zu sehen, zumal sie zusätzlich durch eiserne Scherengitter armiert waren. Die Tür war verschlossen.

Poppy drückte auf die Klingel. Die moderne Rufanlage war mit einer Kamera ausgestattet.

Ganz so gestrig scheint der alte Knabe nicht zu sein, dachte sie.

Ein greller Lichtkranz flammte auf, und aus dem Lautsprecher kam ein Krächzen. „Yes?“

„Mr Duncan? Hier ist Poppy Dayton.“

„So schnell habe ich Sie nicht erwartet, Alice im Wunderland. – Sie brauchen nicht durch den Spiegel zu springen, ich mache die Tür auf.“

Poppys an die Sonne gewöhnten Augen mussten sich im Dämmerlicht zurechtfinden, und zunächst konnte sie nicht erkennen, wer sie hereinließ.

Eine schmale, bleiche Hand streckte sich ihr entgegen. Sie nahm sie, erschrak über die Kälte der

Berührung und wollte sie loslassen, aber der Mann zog sie dicht an sich heran.

Poppy war eine zierliche Frau, doch die Gestalt vor ihr war noch schmaler und kleiner. Ein schneeweißes, wie gepudert wirkendes Gesicht sah zu ihr hoch, zwei blitzende Augen lagen in tiefen Höhlen. Der eiförmige Kopf wurde von einer schwarzen Kappe bedeckt.

Nicht ganz der Hutmacher, dachte Poppy. *Eher wie aus einem schlecht kopierten Dürer-Bild.*

„Mrs Dayton! – Sind Sie gelaufen oder geschwommen?"

„Weder noch, Mr Duncan. Ein wagemutiger Skipper hat mich an der Riffkante aufgelesen. – Aber wie kommen Sie auf *laufen*?"

„Kommen Sie mit, ich zeige es Ihnen."

28

Sie durchquerten den Ausstellungsraum, Madonnenstatuen und Heiligenfiguren blickten hoheitsvoll auf Poppy herab. Torry schnüffelte interessiert an den wurmstichigen Holzsockeln, bis Poppy ihn an die Leine nahm. Philemon Duncan schob missbilligend die buschigen Augenbrauen zusammen und drängte Poppy, ihm in den benachbarten Saal zu folgen.

Im Vergleich zum zugestellten Entrée war es hier hell und luftig. Regale und Metallschränke mit breiten, flachen Schubladen zur Aufbewahrung von Dokumenten und Grafiken zogen sich die Wände hoch. An der Stirnseite lag eine verglaste Tür, die auf einen grünen Innenhof hinausführte.

In der Mitte des Raums stand ein mindestens fünf Meter langer Tisch.

Von der Bespannung aus grünem Filz war kaum etwas zu sehen, da fast jeder Quadratzentimeter mit Stapeln von Katalogen, Briefen, Drucken und Zeichnungen bedeckt war.

Auch die Sitzflächen der vier uralten, lederbezogenen Drehstühle waren von Papierstapeln blockiert.

Duncan machte zwei von ihnen frei. Er bat Poppy, Platz zu nehmen, dann setzte er sich ihr gegenüber, wo er hinter den Papiersäulen verschwand, bis er die Arme ausstreckte und wie ein Schwimmer eine Lücke freischob.

„Sie teilen die Papierflut wie Noah die Wellen.“

„Ich fürchte, wenn der Bann nachlässt, schlägt das hier über mir zusammen." Er blickte zur Decke, als ob auch von dort Ungemach drohen würde. „Meine Frau sagte immer, eines Tages werde ich mich selbst in einen Papierstapel verwandeln, oder in eine der Lindenholzfiguren im Ausstellungsraum."

„Wie ein Heiliger wirken Sie nicht gerade."

Duncan kicherte. „Sie gefallen mir, Mrs Dayton. – Besser als am Telefon! Deshalb schätze ich es, meine Gesprächspartner direkt vor mir zu haben. – Aber kommen wir zur Sache, ich denke, das ist in Ihrem Sinn." Er schwang seinen Sessel herum und zog eine Schublade des Metallschranks hinter ihm auf. Vorsichtig entnahm er ihr einen Leinenumschlag und legte ihn vor Poppy auf das Stück freier Tischfläche. Dann streifte er sich weiße Baumwollhandschuhe über, klappte den Umschlag auf und ließ ein Pergament herausgleiten. Er beugte sich vor und entfernte das schützende Seidenpapier.

„Sie sind doch vom Fach, Mrs Dayton – was sehen Sie?"

„Ein Pergament. Es scheint ein Brief zu sein – oder nein ... eher eine Art Ausweis?"

„Sie enttäuschen mich nicht!" Duncans Knopfaugen glänzten. „In der Tat hat er drei Teile. Im ersten Abschnitt finden Sie eine Namensliste mit sechs Personen, angeführt von Jean d'Aubigny. Der dritte Teil ist ein *Laissez passer*, eine Anweisung, den genannten Personen die Passage zu gestatten."

„Und dazwischen ...?"

„... liegt das Geheimnis, Mrs Dayton! Noch mal: Wie würden Sie das deuten?"

„Eine grobe Skizze … Es scheint eine Wegbeschreibung zu sein: Die Umrisse der Insel sind zu erkennen.“ Sie zeigte auf das Blatt, ohne es zu berühren. „Das hier sieht aus wie die Klosterkirche. Und ein Stück weg davon der Hinweis *Mirror Gate.* Von dort ist ein Weg nach Norden eingezeichnet, bis zur Küste. Lag dort nicht der ehemalige Hafen?“

Statt einer Antwort zog Duncan ihr das Pergament unter der Nase weg, legte das Seidenpapier darüber, schob es in den Umschlag und verschloss es wieder im Schrank.

Poppy ließ sich die Enttäuschung nicht anmerken und schloss die Augen.

Sie hatte ein gutes fotografisches Gedächtnis und versuchte, ein Bild des Dokuments in ihrem Kopf abzuspeichern.

Duncan reagierte auf ihren angestrengten Gesichtsausdruck mit einem spöttischen Grinsen.

„Machen Sie sich keinen Stress, Sie brauchen sich das nicht zu merken. Ich werde Ihnen genau erklären, was es damit auf sich hat.“ Er lehnte sich zurück, verschränkte die knochigen Finger hinter dem Kopf. „Wie Sie wissen, war Arwen Island in seiner Blütezeit ein Knotenpunkt des geistlichen Austauschs zwischen England und Frankreich. Ähnlich übrigens wie die Insel-Klöster auf St. Michael's Mount hier in der Bucht von Penzance oder drüben der Mont-Saint-Michel auf der französischen Seite des Ärmelkanals. Die Aktivitäten waren den damaligen Machthabern bekannt und wurden geduldet. Die besondere Lage der Klöster brachte es aber mit sich, dass dort auch unerwünschte Personen Unterschlupf fanden. Viele von ihnen nutzten die Inseln, um ungesehen die Grenzen zu passieren.“

„Wie sollte das funktionieren? Die Meerengen waren gut einsehbar. Das würde an Zauberei grenzen.“

„Ein wenig Magie ist in der Tat dabei.“ Duncan nickte bedächtig. „Sie haben auf der Karte den Hinweis auf das Mirror Gate gefunden. Das war kein Tor im herkömmlichen Sinne, eher eine Art spirituelle Wegkreuzung, ein heidnischer Altar, auf dem Opfer gebracht wurden, bevor man die Insel verließ, um aufs Festland zu gelangen.“

„Zu Fuß?“

„Sie sind auf der richtigen Spur, Mrs Dayton. – Wissen Sie eigentlich, warum die Küsten von Cornwall und Devon so schön sind? – Weil sie nicht ewig sind!“

Poppy sah ihn überrascht an. Duncan faltete die Hände wie zum Gebet.

„Viele der spektakulären Klippen, Steilküsten und Kreidefelsen entstanden nicht durch langsame Erosion, sondern durch dramatische Ereignisse. Winterstürme haben das weiche Gestein unterminiert, worauf ganze Uferabschnitte eingestürzt sind. Das Ergebnis sind die aktuellen Landmarken, die Felssäulen und malerischen Buchten. Die Landschaft ist aber nicht nur an der Oberfläche in Bewegung. Zwischen den Gesteinsschichten haben sich Spalten und Gänge gebildet. Die Menschen in der Region nutzten sie zum Schmuggel oder …“

„… als geheime Fluchtwege.“

„Exakt, Mrs Dayton! So einen gab es auch zwischen Arwen Island und dem Festland.“ Duncan schüttelte den Kopf. „Wenn Sie mich jetzt fragen, wo er ist, muss ich Sie enttäuschen. Aufgrund der Skizze, die Sie gesehen haben und anderer historischer Quellen, befand sich der Eingang in der Nähe des alten Hafens an der Nordseite. Aber als der Erzdiakon von Exeter das Kloster auflösen ließ, wurde auch der Gang zerstört und alle Aufzeichnungen, die es dazu gab, vernichtet."

„Sind Sie sicher?"

„Absolut. Es gab einen Heimatforscher, in den siebziger Jahren, der zu wissen meinte, wo sich der ehemalige Zugang befand. Bedauerlicherweise konnte er seine Suche nicht abschließen. Er wurde tot aufgefunden, begraben unter einem Geröllhaufen."

„Wo war das?"

„Machen Sie sich keine Hoffnungen. Wie gesagt, die Landschaft ist in Bewegung, und Erdrutsche sind keine Seltenheit. Nach dem tödlichen Unfall ist der Bereich gründlich untersucht worden. Einen Gang gab es dort nicht."

Duncan nahm den Leinenumschlag und verschloss ihn im Schrank.

„Mrs Dayton, es tut mir leid, dass ich Ihnen nicht helfen konnte. – Warum interessiert Sie dieses Thema so sehr, wenn ich fragen darf?"

„Das kann ich Ihnen sagen: Ich bin auf Arwen Island nicht nur als Künstlerin, sondern auch als Organisatorin des Retreats. Das bringt eine gewisse Verantwortung mit sich. Mir und anderen ist der Verdacht gekommen, dass sich gelegentlich Personen auf der Insel befinden, die dort nicht hingehören."

Duncan zuckte zusammen. Poppy tat so, als ob sie die minimale Reaktion nicht bemerkt hätte und sprach weiter: „Eine unterirdische Verbindung zum Festland könnte eine Erklärung für ihr Auftauchen sein." Sie stand auf. „Aber das ist nun ausgeschlossen. Deshalb haben Sie mir sehr wohl geholfen. Außerdem liebe ich es, in die Geschichte historischer Plätze einzutauchen."

Duncan runzelte die Stirn. „Tauchen Sie nicht zu tief, Mrs Dayton", sagte er leise.

Er begleitete sie zur Tür. „Wie lange sind Sie denn noch in unserer schönen Gegend?"

„Nur noch ein paar Tage."

Er schien erleichtert und gab ihr die Hand. „Grüßen Sie Barnabas von mir."

Übergangslos war Poppy der Nachmittagshitze ausgesetzt. Geblendet schloss sie die Augen.

Ich hätte eine Sonnenbrille mitbringen sollen.

Torry zog in Richtung der Ladentür zurück, ihm hatte die Kühle dort eindeutig besser gefallen.

„Nein, mein Lieber, ich bin froh, dass ich da raus bin. Der gute Philemon ist mir unheimlich."

Nachdenklich ging sie denselben Weg zurück, auf dem sie gekommen war.

In einem Souvenirladen ein paar Häuser weiter kaufte sie Bleistift und Zeichenblock und setzte sich auf die Stufen der hölzernen Galerie; Torry schlabberte dankbar aus dem Wassernapf, der auf den weiß gestrichenen Dielen neben dem Eingang stand.

Mit schnellen Strichen gab Poppy die Skizze auf dem Pergament wieder, dazu die Ortsbezeichnungen. Überrascht stellte sie fest, wie viele Details sie behalten hatte.

Weniger zufrieden war sie mit der Konsequenz daraus: *Was nützt mir das, wenn der Gang zerstört ist?* Sie schüttelte den Kopf, klappte den Block zu und steckte ihn in den Beutel.

Sie sah auf die Uhr. *Noch mehr als eine Stunde bis zur Verabredung.* Poppy ging noch mal in den Laden und kaufte einen kleinen Stadtführer.

Danach lief sie die Prince Street zurück und bog wieder in die Chapel Street ein.

Direkt gegenüber der Einmündung lag ein Haus, das sich in Größe und Architektur von den typischen Granitbauten dramatisch abhob.

Wie die Kulisse aus einem Kleopatra-Film, dachte Poppy.

Kannelierte Säulen, die sich nach oben verjüngten, Kapitelle mit Frauenköpfen, die turmförmige, goldene Kronen trugen. Zwischen den Etagen duckte sich ein geflügeltes Fabelwesen mit zwei Schlangenköpfen. Die Stuckfassade leuchtete in Rot-, Beige- und Grüntönen.

The Egyptian House stand über dem Eingang. *Trotz der Buntheit strahlt es Kraft und Strenge aus,* dachte Poppy.

In ihrem Führer las sie, dass John Lavin das Gebäude 1835 erbaut hatte. Der exzentrische Geschäftsmann war Hobby-Ägyptologe, der durch den Handel mit Antiken und Edelsteinen reich wurde, deren Herkunft unklar war.

Poppy dachte an ihr Treffen mit Duncan. *Zweifelhafte Gestalten, diskreter Handel und verschlungene Pfade scheinen hier weit verbreitet zu sein.*

Sie wollte Torry eine Besichtigung des Gebäudes ersparen.

Je weiter sie vom Hügel in Richtung Meer hinabstieg, desto luftiger wurde es.

An der Wharf Road passierte sie das Wet Dock und Crawley's Bootswerkstatt.

Cary winkte ihr vom Heck der MERMAID zu. „Bis gleich!", rief er.

Poppy winkte zurück und bewunderte die lange Reihe stattlicher Yachten.

Am Ende des Docks zweigte eine Slipanlage von der Wharf Road ab.

Sie sah, wie ein Mercedes-SUV mit Bootsanhänger rückwärts die Rampe hinunterfuhr, bis das Boot im Wasser lag. Es war ein schwarzer Zodiac und ähnelte dem der Polizei, war aber größer und hatte einen geschlossenen Aufbau.

Zwei Männer lösten die Verzurrung. Das Schlauchboot schwamm auf, wurde ans Kai gezogen und dort vertäut.

Poppy wäre weitergelaufen, wenn die beiden Männer nicht plötzlich laut geworden wären.

Sie war zu weit weg, um zu verstehen, worum es ging, aber sie hörte, dass der kleinere der beiden mit Akzent sprach, es klang osteuropäisch.

Der Größere drehte sich kurz in ihre Richtung um – und sie blieb wie angewurzelt stehen.

Hektisch sah sie sich nach einem Versteck um.

Die einzige Deckung auf dem offenen Kai bot die Schlange der Fahrzeuge, die darauf warteten, bis sie mit dem Slippen an der Reihe waren.

Poppy duckte sich hinter die Ladefläche eines Pickups und dachte fieberhaft nach.

Hat er mich erkannt? Der Mann stritt sich weiter mit dem anderen und drehte sich nicht mehr um. *Wie kommt er hierher?* Auf Arwen Island gab es nur ein Boot, und das lag durchlöchert auf einer Waldlichtung. *Hat ihn jemand abgeholt?* Sie verwarf den Gedanken, denn kurz bevor sie auf die MERMAID gestiegen war, hatte sie ihn noch getroffen und sich den wasserdichten Beutel geliehen. – Außerdem war laut Tagesablauf geplant, dass er die Klimaanlage und die Kühlräume für die Lebensmittel warten sollte.

Aber jetzt stand er am Wet Dock von Penzance: Manas Bottrill.

29

Der Fahrer des Pick-ups blickte misstrauisch in den Rückspiegel.

Poppy winkte ihm zu, zog ihr Smartphone heraus und deutete lächelnd an, dass sie Aufnahmen vom malerischen Hafen machte.

Dabei filmte sie, wie Bottrill den kleineren Mann so heftig zurückstieß, dass er zu Boden ging. Der Impuls musste sehr heftig gewesen sein, denn der Mann rollte ein Stück über den Asphalt.

Passanten auf der Promenade, die zufällig Zeugen wurden, schrien auf.

Der Mann schien hart im Nehmen zu sein. Er stand sofort auf, zog sich den schwarzen Overall glatt und spuckte vor Bottrill aus. Der gönnte ihm keinen weiteren Blick und stieg in den SUV. Der Fahrer gab Gas und fuhr die Rampe hinauf.

Poppy gelang es, die Front des schwarzen Mercedes G-Wagens auf das Video zu bekommen, und hoffte, dass das Nummernschild zu lesen war.

Sie gab ihre Position auf, hielt Torry an der kurzen Leine, lief ein Stück die Straße hinauf und stellte sich in den Schatten hinter einem geparkten Lieferwagen.

In diesem Moment passierte der SUV ihre Position.

Wieder brachte Poppy das Smartphone in Stellung und machte ein Foto.

Mit hoher Geschwindigkeit brauste der schwere Wagen über die Wharf Road, der leere Bootsanhänger klapperte lautstark hinter ihm her.

Poppy kam hinter dem Lieferwagen hervor und starrte ihm nach, aber er war bereits in die Battery Road abgebogen. Es fiel ihr schwer zu glauben, dass es Bottrill war, der den Mann so behandelt hatte. Sie hatte ihn abweisend und verschlossen erlebt, jedoch nie brutal.

Ihre Hände zitterten, als sie das Bild mit Daumen und Zeigefinger vergrößerte. Sie schluckte und musste sich überwinden, das Gerät nicht fallen zu lassen.

Bottrill sah Poppy direkt an.

Starr vor Schreck blickte sie in ein von Wut verzerrtes Gesicht. Sie versuchte, ihre Hände unter Kontrolle zu bringen und vergrößerte das Bild maximal.

Der hasserfüllte Blick verlor an Fokus, und Poppy konnte nicht mehr ausmachen, ob er ihr galt oder durch sie hindurchsah.

Hat er mich erkannt? Unwahrscheinlich, in dem kurzen Augenblick, aber nicht unmöglich.

Ihre Knie fühlten sich immer noch weich an, als Poppy und Torry die Deckung verließen.

Sie sah auf die Uhr – Zeit für das Essen mit Pat und Cary.

Sie freute sich darauf, obwohl sie am liebsten sofort nach Arwen Island zurückgefahren wäre, um sich davon zu überzeugen, dass sie sich doch geirrt hatte und Bottrill fleißig mit der Klimaanlage beschäftigt war.

Aber wenn nicht – wohin war er unterwegs? Was hatte er hier am Hafen zu tun? Und wie kam er auf die Insel zurück?

Die Fragen beschäftigten sie noch, als sie schweißgebadet vor dem Admiral Benbow ankam.

Das zweistöckige, aus weißen Kalksteinblocks gebaute, gedrungene Gebäude duckte sich unter den heißen Strahlen der Nachmittagssonne.

Selbst die zierliche Poppy hatte das Gefühl, den Kopf einziehen zu müssen, als sie die niedrige Tür aufschob. Wie zuvor im Turks Head konnte sie in der Kühle des Gastraums aufatmen.

Verblüfft sah sie sich um. *Bin ich mitten am Tag in ein Shining geraten?*

Sie stand auf dem Deck eines Segelschiffs aus dem siebzehnten Jahrhundert.

Zwei weiß gestrichene Masten ragten zur hölzernen, gewölbten Decke empor, ein Ruderstand mit riesigem Steuerrad bildete die Stirnseite.

Pat und Cary saßen bereits an einem der blank polierten, im Licht der Petroleumlampen schimmernden Mahagonitische. Der Pub war an diesem Nachmittag nur spärlich besucht.

Pat sah sie kritisch an. „Poppy, du siehst mitgenommen aus. Was ist los?"

„Es ist ein heißer Tag, nicht ideal für Sightseeing", antwortete sie ausweichend. Erleichtert ließ sie sich in einen der bequemen Stühle mit den geschwungenen Armlehnen fallen.

„Wir haben schon mal die hausgemachte Limonade bestellt."

„Gute Idee, Pat, eine Erfrischung kann ich gebrauchen, und hungrig bin ich auch."

„Das macht die Seeluft." Cary winkte den Wirt heran. „Long John – Muscheln für alle!"

Poppy nickte müde, aber ihre Augen leuchteten auf, als John Hendricks eine dampfende Porzellanschüssel auf den Tisch stellte.

Mit einer Suppenkelle verteilte er Fowey-Muscheln und Weißweinsauce auf die Teller und stellte einen Brotkorb dazu. „Frisch gebacken! – Enjoy!"

Torry, der die Nase schnuppernd in Richtung Tischplatte erhoben hatte, freute sich über eine Schale mit frischem Wasser und einen Lammknochen.

„Darf er das haben?", fragte der Wirt.

„Er bittet darum!" Poppy sah ihn dankbar an. „Das Frühstück ist lange her."

„Absolut köstlich." Nach dem ersten Teller Muscheln nahm sie auch den letzten Rest Sauce mit dem Brot auf. Als Hendricks an den Tisch kam, um zu fragen, ob alles in Ordnung sei, fragte sie nach dem Geheimnis.

„Sehr viel Wein, eine ganze Flasche, und viel Gemüse, nicht bloß ein bisschen Knoblauch und Petersilie. Und ein Schuss Balsamico." Er ließ seine Zungenspitze sehen. „Den Wein bekomme ich direkt von den Frog-Eaters." Er grinste, als er Poppys gerunzelte Stirn sah.

„Ich darf sie so nennen, weil sie wissen, wie ich sie liebe! Die Franzosen waren schon immer unsere liebsten Feinde, vor allem hier am Ärmelkanal. Sie schicken mir den Wein direkt von der Loire. Er kommt nicht in Flaschen, sondern im Fass. Auch das macht den besonderen Geschmack aus. Ich lagere die Fässer in unseren uralten Kellergewölben."

Poppy blickte interessiert von ihrem Teller hoch. „In so einem Gewölbe hat sich heute schon mein Hund verlaufen. Es war im Turks Head."

„Ah, bei Dexter! Ja, der trocknet seinen Schinken da unten. Kein Wunder, dass dein Hund das angelockt hat."

„Er ist noch weiter vorgestoßen, in einen Gang. Ich hatte schon Angst, dass er sich verirren könnte."

Long John lachte. „Einem Hund wird das kaum passieren." Dann beugte er sich zu ihnen hinunter. „Einem Menschen schon", sagte er leise. „Vor ein paar Monaten ist eine junge Frau verschwunden. Es hieß, sie wollte ein Buch schreiben, über die alten Schmugglerwege an der Küste. Sie hat hier im Haus gewohnt. Ich hatte sie gewarnt. Die meisten Gänge sind gesperrt und zugemauert, trotzdem gelingt es immer wieder jemandem, sich Zugang zu verschaffen. Es gibt ein ganzes System, ein Labyrinth zwischen den alten Häusern und dem Hafen. – Die Frau wurde schließlich gefunden, übrigens mit der Hilfe solcher Spürnasen wie du." Er kraulte Torry hinter den Ohren. „Allerdings erst nach drei Tagen. Die Ärmste war sehr geschwächt und wäre fast verdurstet. Außerdem hatte sie ein schweres Trauma. Sie sprach nicht mehr."

„Es muss schrecklich sein, allein in der Dunkelheit, tagelang, ohne Aussicht auf Rettung ... Gibt es solche Verbindungen auch zwischen der Küste und den Inseln?" Poppy stellte die Frage so beiläufig wie möglich. „Von St. Michael's Mount oder Arwen Island?"

„Es gab sie mit Sicherheit. Aber soweit ich weiß, sind sie längt verfallen oder geschlossen."

Pat schüttelte sich. „So ein Gang unter dem Meer, mit Millionen Litern Wasser über meinem Kopf, allein der Gedanke ist ein Horror!"

Cary nahm einen weiteren Löffel Muscheln aus der Schüssel. „Deshalb bewege ich mich am liebsten *auf* dem Wasser, mit viel Himmel über mir.“

Poppy nickte. Sie wollte dem Gespräch eine andere Wendung geben. „Wo wir gerade bei Inseln sind: John, was hat dein Admiral Benbow mit der Schatzinsel zu tun?“

Hendricks zog sich einen Stuhl heran und setzte sich zu ihnen.

„Der Pub gibt es seit dem siebzehnten Jahrhundert. Im Jahr 1880 kam Robert Louis Stevenson nach seiner Rückkehr aus Amerika in Penzance vorbei und kehrte hier ein. Er hatte bereits eine grobe Idee für seinen Piratenroman, ihm fehlte nur noch der Startpunkt der Geschichte. Zu der Zeit war das Benbow ein Ort illegaler Trinkgelage und Schlupfwinkel für Schmuggler, genau die richtige Inspiration für den Einstieg von Treasure Island. In seinem Buch verlegte er den Standort leider in die Nähe von Bristol, aber sei's drum – kann ich euch noch etwas Gutes tun?“

Cary sah auf die Uhr. „Wir müssen leider los. Die Tide …“

Poppy war schon aufgestanden. „Ich übernehme die Rechnung. Danke, John, du hast wunderbar gekocht und deine Geschichte war mehr als interessant für mich.“

Als sie den Pub verließen, sahen sie, dass sich die Szenerie verändert hatte. Die Sonne war hinter weißen Wolkentürmen verschwunden, die sich am südwestlichen Horizont aufbauten.

Pat griff nach Carys Arm. „Thunderheads! – Das bedeutet nichts Gutes für unsere Rückfahrt."

„Mach dir keine Sorgen, Patty. Die Gewitterfront wird erst in der Nacht hier eintreffen, da liegen wir längst in unseren Betten."

Poppy sah, wie der Seemann seinen gebräunten Arm um ihre Schultern legte, und sie schmunzelte, als sich Pat spontan an ihn kuschelte.

Ein nettes Paar.

Die Rückfahrt hatte ohne Sonne einen anderen Charakter. Der Wind nahm zu und blies ihnen direkt ins Gesicht, doch die hochbordige MERMAID durchschnitt die Wellen problemlos.

Ungemütlich wurde es erst auf halber Strecke.

Cary rief die beiden Frauen in die Kajüte. „Kommt rein, wir kriegen eine Dusche ab."

Kurz vor Arwen Island setzte dichter Regen ein, und die Sicht reduzierte sich deutlich.

Poppy kniff die Augen zusammen. Bis hierher hatte sie versucht, das Meer im Auge zu behalten, in der Hoffnung, ein Boot zu entdecken, auf dem Bottrill zur Insel zurückkehrte. Das Wetter hatte alle Wassersportler verscheucht, und auch auf dem Radarschirm neben dem Steuerruder war außer den Reflexen größerer Frachtschiffe weiter draußen im Kanal nichts zu sehen.

Cary schien Poppys interessierter Blick auf den Radarschirm aufzufallen.

„Du machst das richtig. Bei dem Wetter ist es extrem wichtig, die Umgebung zu kontrollieren."

„Es ist nicht viel los."

„Im Moment nicht, aber das kann sich augenblicklich ändern", sagte er ernst.

„Was meinst du damit?"

„Ganz plötzlich kann aus Süden ein Radarecho auftauchen, das sich blitzschnell nähert und einem in den Kurs hineinfährt. So ein Wetterumschwung wird gern von Schmugglern genutzt. Sie kommen mit schnellen Booten von Frankreich rüber. Menschen, Drogen – es gibt viele lukrative Waren."

„Aber Arwen Island ist kein Ziel, oder?"

„Nein, sie wollen natürlich keine Insel, sondern direkt die Küste erreichen. Die Phase zwischen Ebbe und Flut ist ideal, um etwas oder jemanden auf dem Strand abzusetzen."

„So wie gleich mich."

„Genau. Jetzt muss ich mich konzentrieren."

In dem kreisrunden Bereich, den der Scheibenwischer im Glas des Cockpits freihielt, rückte die dunkle Kontur der Insel näher. Die Gischt schäumte weiß über das Riff.

Poppy fragte sich, wie sie an Land kommen sollte.

Cary schien ihren Gedanken zu erraten: „Wir sind gleich im Windschatten der Frenchman's Cove." Er lächelte entschuldigend. „Aber ganz trocken wirst du nicht bleiben."

„Ich bin auf fast alles vorbereitet." Poppy holte eine Regenhaut aus dem Beutel und zog sie über.

„Auch daran hast du gedacht!" Pat seufzte tief und schloss Poppy in die Arme. „Ich möchte dich gar nicht loslassen." Sie sah Poppy an, und ihr entging der verdächtige Schimmer in ihren Augen nicht. „Wann sehen wir uns wieder?"

„Vielleicht schneller, als du denkst. Du weißt, ich werde im Verfahren um den Mord an Micah Morgan aussagen müssen." Und etwas anderes fiel ihr siedend heiß ein: „Außerdem rief mich mein Freund, der Inspektor an, kurz bevor ich abgereist bin. Ich bin gespannt, was er von mir will." Sie hatte ein schlechtes Gewissen. *Aber ist es ein Wunder, dass ich das im Strudel der Ereignisse vergessen habe?*

„Dann gibt es Hoffnung!" Pat löste sich von ihr.

Wie von Cary prophezeit, ließ der Seegang deutlich nach.

Behutsam manövrierte er die MERMAID auf die Riffdurchfahrt zu. Wieder war Halbzeit zwischen den Tiden, und Poppy fand fast die gleiche Situation vor wie bei der Abfahrt.

Sie verabschiedete sich von Cary: „Der Ausflug war etwas ganz Besonderes für mich, ich danke dir! – Bring Pat gut nach Hause."

„Mach ich. Und falls es ganz wild werden sollte, werfe ich den Anker, und wir bauen uns ein Nest in der Achterkajüte."

Poppy schmunzelte über die Röte, die ihrer Freundin ins Gesicht schoss.

Pat begleitete sie zum Heck und klappte die Badeleiter aus.

Eine letzte Umarmung. „Dein Cary hat Qualitäten, meine Liebe." Poppy zwinkerte ihrer Freundin zu. „Nicht nur ein hübsches Boot."

Pat schaute verstohlen in Richtung Ruderstand. „Ich gebe zu, das macht mich gerade ein bisschen verrückt."

„Kann ich verstehen." Leicht fröstelnd kletterte Poppy ins hüfttiefe Wasser, das sich deutlich kälter anfühlte als am Morgen.

Wieder half Pat ihr mit Torry. Nach ein paar Schritten nahm die Wassertiefe ab, bis sie den Hund auf dem Sand absetzen konnte; er schüttelte sich und rannte voraus in Richtung Strand.

Poppy drehte sich ein letztes Mal zu Pat um, die ihr vom Heck der MERMAID zuwinkte.

Cary gab Gas, und das Boot verschwand in der Gischt.

30

Poppy nahm den direkten Weg zurück. Torry schüttelte den Regen ab und trottete hinter ihr her.

Kurz vor dem Haus kam sie am Klostergarten vorbei, wo Muriel Kräuter fürs Abendessen sammelte. Sie blickte hoch.

„Ah, Poppy! Manas hat dich gesucht."

Poppy stoppte ihren Lauf. „Ist er hier?"

„Natürlich, wo sonst?" Muriels hob die Augenbrauen. „Er ist in seinem Arbeitszimmer."

Mit klopfendem Herzen betrat Poppy das Haus. Es war niemand zu sehen.

Die Tür zu Bottrills Zimmer stand offen.

Sie betrachtete ihn, wie er in Unterlagen auf seinem Schreibtisch vertieft war. In Griffweite befand sich ein Beutel mit Cadbury-Schokoladenbonbons, Reste des lilafarbenen Einwickelpapiers lagen verstreut auf der Platte.

Poppy atmete dreimal tief ein und aus, dann hatte sie sich im Griff.

„Du wolltest mich sprechen?"

Bottrill fuhr herum. „Da bist du ja. Wo warst du?", nuschelte er mit vollem Mund.

„Auf der Insel – wo sonst?", wiederholte sie Muriels Ansage. „Das Wetter hat mich aus dem Haus getrieben." Ungerührt blickte sie in seine grauen Augen und hob den Beutel hoch. „Ich habe ein paar passende

Gegenstände für meine Arbeit gefunden. – Und du? Hattest du Erfolg mit deiner Reparatur?“

Er schluckte den Rest des Bonbons hinunter und tat ihre Frage mit einer lässigen Handbewegung ab. „War schnell erledigt“, brummte er. Bei den Kaubewegungen fand Poppy es schwierig, seine Miene zu deuten.

Hat er mich nun gesehen oder nicht? Wenn, war er ein guter Schauspieler. Er ließ sich nichts anmerken.

„Ich wollte mich wegen morgen mit dir abstimmen“, sagte er langsam. „Ich muss die Halle für die Abschlussausstellung vorbereiten, und du musst entscheiden, wie viel Platz wir für die neuen Sachen brauchen, welche von den alten Objekten bleiben und welche ich ins Depot bringen soll.“

„Ich sehe mir das gleich an und mache einen Plan für dich. Wir treffen uns beim Essen.“

Froh über die harmlose Wendung ihrer Begegnung hatte sich Poppy bereits abgewandt, als ihr Bottrill hinterherrief: „*Insel* ist ein weiter Begriff, was?“

Er konfrontierte sie, wenn auch subtil.

Also doch! Was soll das Spiel?

Sie reagierte nicht und tat so, als ob sie nichts gehört hätte. Sie lief in ihr Apartment und verschloss die Tür. So gewalttätig, wie sie Bottrill eben in Penzance erlebt hatte, hatte sie allen Grund, ihn zu fürchten. Aber als sie auf dem Bett lag und an die Decke starrte, bereute sie die Vermeidungsreaktion schon, die ihr nur eine vorübergehende, trügerische Sicherheit gab.

Eine smaragdgrüne Eidechse flitzte über die Decke und suchte in der Lampenfassung Zuflucht, dann streckte sie den Kopf heraus.

„Versteckspielen ist der Sport des Tages, nicht wahr?“

Die schwarzen Knopfaugen sahen unbewegt auf Poppy herab.

Sie griff nach dem Smartphone und wählte die Nummer von Inspektor Gray.

„Mrs Dayton? Bestimmt haben Sie den Mörder gefasst.“

„Sparen Sie sich den Sarkasmus, der steht Ihnen nicht.“

„Das sagt meine Frau auch immer.“ Er machte eine Pause.

„Ich halte mich an Ihre Anweisung, Inspektor und überlasse Ihnen die Arbeit. Deshalb rufe ich Sie an.“

„Schießen Sie los.“

„Ich habe in der Tat ein Foto geschossen, mehr oder weniger zufällig, am Hafen von Penzance.“

„Penzance? Wollten Sie mich besuchen?“ Nach dem harmlosen Geplänkel klang Gray jetzt alarmiert. „Wie kommen Sie denn dahin?“

„Ein kleiner Bootsausflug mit einem Freund“, sagte sie leichthin. „Ich schicke Ihnen gleich eine E-Mail mit dem Video von einem SUV.“

„Was ist mit dem Wagen?“

„Er hatte zwei interessante Passagiere an Bord. Der kleine Mann könnte die Gestalt gewesen sein, die ich am ersten Tag auf der Insel gesehen habe.“

„Und der andere?“

„Ist unser Caretaker, Manas Bottrill.“

Wieder eine Pause. Gern hätte Poppy in diesem Moment das Gesicht des Inspektors gesehen.

Seiner Stimme war nichts anzumerken, als er fragte: „Ist das Nummernschild zu erkennen?“

Sie drückte auf die Senden-Taste. „Sehen Sie selbst, es ist gleich bei Ihnen."

Er seufzte. „Langsam verstehe ich, was Edwards an Ihnen hatte, Mrs Dayton. Trotzdem bitte ich Sie, bei unserer Abmachung zu bleiben."

Das klingt nicht ganz aufrichtig, fand Poppy, und der nächste Satz bestätigte Ihren Eindruck.

„War Ihr Ausflug nach Penzance rein touristischer Natur?"

„Eine wirklich hübsche Stadt, sehr atmosphärisch." Sie ließ ihn schmoren. „Alles atmet Geschichte! Allein das Egyptian House – sehr beeindruckend. Und die alten Piraten-Pubs, mit ihren Geheimgängen zum Hafen …"

„Sind Sie …?"

„Mein Hund hat sich kurz in einem verlaufen, aber ich habe ihn wiedergefunden."

„Bleiben Sie da weg, es ist gefährlich … Ah, jetzt ist Ihr Foto gekommen … Das Nummernschild ist tatsächlich zu lesen … Wir werden das untersuchen, Mrs Dayton."

„Und informieren mich?"

„Das weiß ich noch nicht."

„Wollen Sie mich weiter ärgern, Inspektor?"

„Dazu brauchen Sie mich nicht, der Ärger scheint Sie ganz von selbst zu finden."

„Soll das trockener Humor oder eine philosophische Ader sein, Mr Gray?" Genervt unterbrach Poppy die Verbindung. *Wichtigtuer! Aber was hast du erwartet?*

Sie ging zum Schreibtisch.

Auf ihrem Notebook öffnete sie das Navigationsprogramm und vergrößerte die Region zwischen Arwen Island, Mousehole und Penzance.

Welchen Weg konnte Bottrill genommen haben?

Sie verfolgte verschiedene Routen, ausgehend von dem Punkt, an dem sie ihn an der Wharf Road abbiegen sah.

Nach einer Weile gab sie resignierend auf.

So geht es nicht weiter. Du verrennst dich in Fantasien und Verdächtigungen. Wie soll das zusammenpassen? Der Inspektor hat recht, wenn er sich über dich lustig macht.

Sie schloss den Computer. Darauf platzierte sie ihr Notizbuch und legte das Smartphone obenauf. Nachdenklich betrachtete sie das Relief, das sie entfernt an die Form der Insel erinnerte.

Das entwickelt sich zur Besessenheit, dachte sie angewidert und schüttelte sich. *Lass es bleiben, es tut dir nicht gut.*

Dafür schoss ihr eine Idee in den Kopf, die ihre Laune schlagartig besserte.

Oder doch? – Wenigstens küsst mich die Muse!

Sie stand auf, verließ ihr Zimmer, kam mit einem Eimer voll frischem Ton zurück und stellte ihn neben der halbfertigen Installation ab.

Noch mal ganz von vorn!

In rascher Folge formte sie aus dem Ton handspannengroße Figuren.

Manche wirkten realistisch, andere waren abstrakt, und einige sahen aus wie Pflanzen oder Tiere.

Nach und nach schuf sie ein Panoptikum von Arwen Island. Die Künstler tauchten auf, die Bottrills, Flexer und Carol Charteris. Am Ende formte sie grob die Umrisse der Insel.

Sie platzierte sich und die anderen an den unterschiedlichsten Orten und ließ das Ergebnis jedes Mal eine Weile auf sich wirken.

Die Figur, die sie am häufigsten in ihrer Position veränderte, war Fia.

Obwohl sie am kürzesten auf der Insel war.

Beinahe zärtlich fasste sie erneut die fragile Figur an. Diesmal bewegte sie sie von der Franzosenbucht an das nördliche Ende der Insel. Dort standen bereits Bottrill und Tyra.

Warum an dieser Stelle? Poppy fand keine Antwort.

Obwohl ihr bewusst war, dass das Werk einer Art Familienaufstellung ähnelte, wollte sie bei ihrer Kunst bleiben und sich nicht wieder in den Fall hineinziehen lassen.

Sie machte weiter.

Die Objekte und Fundstücke, die sie auf der Insel gesammelt hatte, verwendete sie, um Verbindungen zwischen den Figuren herzustellen. Stück für Stück entstand eine komplexe Landschaft, getragen von den einzelnen Figuren, verbunden durch Äste, Steine, alte Eisennägel und Moospolster.

Poppy arbeitete wie im Rausch und hörte erst auf, als die Sonne plötzlich in einer Wolkenlücke auftauchte und ihr durch die großen Fenster direkt ins Gesicht schien.

Sie sah auf die Uhr – zwei Stunden waren vergangen.

Ich bin im Flow – endlich!
Eigentlich wollte sie weitermachen.
Ich gehe besser zum Essen. Wenn ich nicht komme, wird man sich fragen, wo ich bleibe. Und heute möchte ich keine Fragen mehr beantworten.

Poppy kam, als der Hauptgang serviert wurde.

„Wo warst du eigentlich den ganzen Tag?", fragte Cailan Tregenna. „Ich habe dich gesucht und wollte dir sagen, wie viel Platz ich brauche für meine Arbeit."

Bevor sie antworten konnte, ging Bottrill dazwischen und stellte eine Schüssel mit dampfender vegetarischer Lasagne auf den Tisch. „Sie war bei mir und hat mir bei der Raumplanung geholfen."

Poppy machte große Augen. *Ausgerechnet Bottrill? Warum verschafft er mir ein Alibi?*

Vorsichtig sah sie sich um. Alle waren in Gespräche vertieft, nur Carol Charteris nickte ihr freundlich zu.

„Danke, Manas!" Sie klopfte mit der Gabel ans Glas. Alle wandten sich ihr zu.

„Wie Mr Bottrill gerade sagte: Wir bereiten die Ausstellung vor. Bitte teilt mir bis morgen früh den Platzbedarf für eure Arbeiten mit – und verwendet dafür den kopierten Grundriss, der in euren Zimmern liegt. Es wäre auch hilfreich, wenn ihr mir ein Foto oder eine Skizze eurer Werke dazulegt."

Sie nahm die Gabel, zerteilte die Lasagne und pustete auf den heißen Bissen.

Den Nachtisch, eine Mousse au Chocolat, ließ Poppy aus.

Es zog sie wieder ins Atelier.

Auf dem Flur zum Wohntrakt kam ihr Carol Charteris entgegen. Sie lächelte, und Poppy fielen die leicht geröteten Wangen auf.

Vor ihrem Apartment blieb Poppy stehen. – Die Tür stand einen Spalt weit offen.

Sie schloss nie ab. – *Aber hatte ich sie nicht zugezogen?*

Ihr Herz klopfte wie wild. Torry spürte die Erregung und knurrte leise. Mit feuchter Handfläche stieß Poppy die Tür weit auf.

„Ist jemand hier?", rief sie laut. Nichts rührte sich.

Sie sah im Bad nach und vergaß auch nicht, hinter das Milchglas der Duschwand zu schauen.

Ich muss meine Nervosität in den Griff bekommen.

Sie erstarrte, als sie am Schreibtisch vorbeikam.

Die exakte Ausrichtung von Notebook, Notizbuch und Smartphone war gestört. Das an oberster Stelle liegende Smartphone lag in einem Winkel, der minimal abwich von den neunzig Grad, in dem sie es positioniert hatte.

Mühsam brachte Poppy ihre Finger unter Kontrolle und hob es hoch. Die Gesichtserkennung funktionierte sofort und machte die Startseite frei.

Darauf konnte niemand zurückgreifen, war sie überzeugt. *Nachdenklich wog sie das Gerät in der Hand. Doch eines ist klar – während des Abendessens war jemand in meinem Zimmer. – Carol? Sie wirkte merkwürdig verlegen, eben auf dem Flur. Aber warum sollte sie …? Bottrill? Nein, er war die ganze Zeit mit Servieren beschäftigt gewesen.*

Sie starrte auf das Display und entdeckte die „Anruf in Abwesenheit"-Nachricht.

Barney.

In dem Moment, in dem sie die Schnellwahl drückte, hatte sie sich entschieden, ihm nichts von der Entdeckung zu sagen. Stattdessen fragte sie ihn: „Du willst bestimmt wissen, wie es in Penzance war."

„Stell dir vor, das weiß ich schon – Patricia hat mir Handyfotos geschickt von euch. Ihr seht gut aus, gebräunt und erholt. Wer ist denn der nette Kerl auf dem Bild?"

„Respekt", antwortete Poppy. „Pat war schnell – und du triffst den Punkt: Cary ist ein supersympathischer Typ. Angeblich ein Sandkastenfreund von Pat. Ehrlich gesagt, habe ich da aktuellere Schwingungen wahrgenommen."

„Ich kann's ihr nicht verdenken, mit dem dunklen Lord zu Hause."

„Bruce scheint sich Mühe zu geben."

„Hast du denn auch jemanden Nettes kennengelernt?"

„Du meinst, Konkurrenz belebt das Geschäft?" Poppy lachte. „Keine Angst. Mein *Neuer* heute war dein Freund Duncan, und der ist weder optisch noch emotional ein ernstzunehmender Rivale."

„Hat er dich weitergebracht?"

„Er tat ziemlich geheimnisvoll, aber nüchtern betrachtet lässt sich das Ergebnis knapp zusammenfassen: Tatsächlich gab es eine unterirdische Verbindung zwischen Arwen Island und dem Festland. Nur ist die seit Urzeiten zerstört, und die kryptischen Hinweise aus Duncans Dokument lesen sich zwar sehr anregend, geben bloß keinen verwertbaren Hinweis, wie zum Beispiel zur Lage des Zugangs."

„Trotzdem hattest du einen schönen Tag?"

„Sehr. Penzance ist ein romantischer Ort voller Piratengeschichten. Die Lage in der Bucht ist grandios, mit dem Blick auf St. Michael's Mount. Es gibt sogar ein Art-Déco-Schwimmbad."

„Dann war das ja fast ein Ferientag für dich."

„In Cornwall fühle ich mich immer in Ferien, Darling, das weißt du. – Wie war dein Tag?"

„Gut, ich habe zwei kleine Plastiken von dir verkauft, das stilisierte ‚Freundespaar', so war der Titel, glaube ich."

„An wen?"

„An einen Investmentbanker aus dem Westend. Er meinte, er wolle sein Geld nicht nur in Aktien anlegen."

„Sehr vernünftig von ihm."

Eine Pause. – „Bist du das auch, Poppy?", fragte Barney leise.

Seine Sorge löste einen Schwall zärtlicher Gefühle in ihr aus.

„Es ist schön, zu spüren, dass du bei mir bist, Darling. Aber ja – wie kommst du darauf?"

„Duncan hat auch mit mir gesprochen. Er rief mich heute Nachmittag an, wohl kurz nachdem du von ihm fortgegangen bist."

„Was wollte er? Das ist schon ein seltsamer Kauz. Ich glaube, er kommt mit Frauen nicht so gut zurecht."

„Damit könntest du richtigliegen. Er druckste herum, bis ich ihn aufforderte, mit der Sprache rauszurücken. Da bat er mich, dir ins Gewissen zu reden. Er konnte das nicht, obwohl er den Eindruck hatte, dass du dich in etwas Gefährliches verrennst."

„Das Gefährlichste heute war, Torry aus dem Keller einer Seemannskneipe zu retten."

„Duncan meinte, dass Arwen Island kein guter Ort sei. Er hätte vor längerer Zeit Besuch von Ausländern gehabt, die ähnliche Fragen stellten wie du. Sie hätten sehr unfreundlich reagiert, als er sie darauf hinwies, dass er kein öffentliches Archiv sei."

Poppy horchte auf. „Typisch Duncan. Ausländer? Woher?"

„Er meinte, aus Osteuropa. Weil es zwei oder drei Jahre her sei, könne er sich an mehr als den Akzent nicht erinnern. Nur, dass er ein ungutes Gefühl habe."

„Und warum wollte er darüber nicht mit mir sprechen?"

„Es sei ihm erst später eingefallen. Wie du sagst, ich glaube auch, es liegt an seiner Gehemmtheit. Wie auch immer – mich hat das nicht gerade beruhigt."

„Barney, in der Tat ist etwas faul an dieser Insel, und die Polizei scheint in der Sache mit Fia nicht voranzukommen. Aber mir geht es prima. Stell dir vor, ich hatte vorhin die entscheidende Eingebung für meinen Ausstellungsbeitrag übermorgen. Alle Protagonisten hier habe ich in kleine Plastiken verwandelt. Anders, als im realen Leben kann ich die Figuren so dirigieren, wie es mir gefällt."

Barney lachte. „Das hört sich gut an. – Es ist spät. Schlaf gut und versprich mir, dich morgen wieder zu melden."

„Das verspreche ich, my Love."

Poppy presste die Lippen aufeinander. *Warum habe ich ihm nichts gesagt? Weder von der Sache mit dem Smartphone noch von Bottrills Auftauchen in Penzance?*

„Weil das alles unausgegorenes Zeug ist, und ihn nur verrückt gemacht hätte", sagte sie laut.

Torry spitzte die Ohren und lief zu ihr.

„Wir beide gehen noch mal raus."

31

Auf dem Weg über den Hof kam Poppy an der Küche vorbei. Sie blieb unter dem Fenster stehen. Stritten sich Manas und Muriel? Es hörte sich so an. Aber da war noch eine Stimme.

Torry scharrte im Kies.

Jemand kam ans Fenster und schloss es.

Poppy nahm Torry an die Leine und ging mit ihm an den Strand unterhalb des beleuchteten Pools. Sie hörte Lachen. Kyla und Tyra veranstalteten ein Wettschwimmen. Sie beobachtete die schlanken Körper, die wie in den Himmel geschleuderte Fische durch das Wasser schossen.

Es war eine milde Nacht. Die Sonne war gerade erst untergegangen. Hinter der Regenfront riss der Himmel auf, aber vom südwestlichen Horizont rollte die nächste dunkle Walze heran.

Grübelnd ging Poppy ins Atelier zurück.

Morgen soll es den ganzen Tag regnen. Vielleicht kühlt das mein Gemüt ab. Nur, bis dahin komme ich nicht von dem scheußlichen Gefühl los, dass jemand in meinem Zimmer war. Aber wer?

Aus einer Handvoll Ton formte sie eine gesichtslose Gestalt. Sie stellte sie an den tiefsten Punkt der „Insel", in das Gewirr aus Wurzeln, Moos und Plastikfolie.

„Da bleibst du, bis ich von hier wegkomme", zischte sie. „Lass mich in Ruhe!"

Poppy arbeitete bis tief in die Nacht. Sie behielt die Positionen der Figuren bei, stattete sie aber mit zusätzlichen Merkmalen aus: farbigen Unterlagen, Stofffetzen, Muschelschalen, Blüten und Samenteile von Pflanzen, sandigen, schwarzen Ölklumpen und Behausungen aus gefaltetem Papier.

Allmählich verdichtete sich die Wirkung der Skulpturen. Gleichzeitig entfernten sie sich von den realen Personen, die einmal als Inspiration gedient hatten.

Poppy war erleichtert über die Entwicklung.

Endlich ist es keine Psychoprojektion mehr, sondern wird vielleicht noch ein richtiges Kunstwerk.

Irgendwann merkte sie, dass es draußen allmählich hell wurde. Sie sah auf die Uhr.

Ist es schon vier? Sie reckte sich und schüttelte die Arme aus. *Ich muss etwas schlafen, morgen will ich fit sein. Ich muss mich auf die Begehrlichkeiten meiner Großkünstler gefasst machen, sicher gibt es Gerangel um die besten Plätze in der Halle.*

Ein trüber, wolkenverhangener Morgen dämmerte herauf, als sie unter die Bettdecke schlüpfte.

Torry quiekte leise, er träumte von der Jagd.

Brios trat aus dem Morgengrauen hervor wie ein Schauspieler aus der Kulisse.

Poppy beobachtete ihn hinter halbgeschlossenen Lidern.

Wie beim letzten Mal war er angespannt, aber diesmal wirkte er kontrollierter.

Mit geschlossenen Augen und vor der Brust gefalteten Händen ging er am Fußende auf und ab, seine Lippen bewegten sich im stummen Gebet.

Er vermied es, zu ihr hinzusehen.

Das lautlose Spiel setzte sich eine Weile fort, sein Unterkiefer machte mahlende Bewegungen.

Immer noch sah er nicht in Poppys Richtung.

Sie war irritiert, bis sie verstand und hastig die Bettdecke bis zum Kinn hochzog.

„Entschuldige. Ich vergaß, dass Geister nicht rot werden können."

Er ignorierte ihre Bemerkung. Direkt vor Poppys Installation blieb er stehen.

„Die Insel der Sünder." Er umkreiste die Arbeit, wobei er ihr mit seiner spitzen Nase immer näher kam. „Sie riecht nach Erde, Pech und Schwefel, Liebe und Verrat."

Poppy hielt die Decke fest und setzte sich auf. „Wow, darf ich dich zu unserer Vernissage einladen? Dein Stil von Kunstkritik ist direkt und erfrischend."

„Welche dieser Figuren bin ich?"

„Du bist doch unsichtbar."

„Darüber ließe sich diskutieren, oder?"

Poppy seufzte. „Wenn du willst. Auf einen mehr oder weniger kommt es nicht an."

„Ach nein? Ich an deiner Stelle würde genau aufpassen, wer auf die Insel gehört oder nicht. – Fangen wir doch gleich mit dir an: Gehst du oder bleibst du?"

„Wie kommst du darauf?"

„Ich habe gespürt, wie du gestern weggefahren bist. – Ich hatte Angst, du würdest fortbleiben."

„Der Tag in Penzance hat mir gutgetan. Aber er hat mir neue Rätsel aufgegeben."

„Du meinst den Tunnel unter dem Meer?"

Poppy spürte, wie ihr Blutdruck stieg. Sie versuchte, ihre Atmung zu verlangsamen, um nicht aufzuwachen und den Kontakt mit Brios zu verlieren.

Sollte ich weiter mit diesen Träumen umgehen wollen, dachte sie, muss ich lernen, meine Reaktionen zu kontrollieren.

So ruhig wie möglich fragte sie: „Weißt du, wo er ist?"

„Ich durfte ihn benutzen, obwohl es uns geringen Brüdern eigentlich verboten war. Nur die Großen und der Abt hatten Zugang, und die Reichen, die dafür bezahlten, um ungesehen an Land zu kommen."

„Aber warum du?"

„Ich konnte lesen und schreiben und habe geheime Botendienste für die Abtei erledigt."

Sein Stolz war unüberhörbar.

„So habe ich auch meine Erin kennengelernt! – Ihr Vater war Fischer und betrieb ein Gasthaus südlich von Mousehole. Ich übernachtete dort an einem Abend, als die Flut zu hoch war, um den Gang zu benutzen. Sie servierte mir das köstlichste Lamm-Stew meines Lebens. Später setzte sie sich zu mir an den Tisch, und wir unterhielten uns. Sie war ohne Scheu!"

„Störte sie sich nicht an deinem Mönchsein?"

Brios grinste. „Ich trug nicht meine Kutte, sondern war gekleidet wie ein Landedelmann. Ausgestattet mit den entsprechenden Papieren erleichterte das meine Missionen. Später gestand ich ihr meinen wahren Hintergrund. – Neben dem Verstoß gegen das Keuschheitsgelübde war es das Offenlegen meiner Identität, was den Abt so in Rage gegen mich brachte."

„Wahrscheinlich sah er die geheimen Botengänge in Gefahr."

„Nicht zu Unrecht. Es war eine schlimme Zeit für das Kloster. Der Erzdiakon lag in ständigem Streit mit uns. Dann geschah alles auf einmal. Meine verbotene Liebe zu Erin, die dazu noch einem anderen versprochen war. Und Exeter schickte Truppen der Kirche. Sie besetzten die Abtei und zerstörten die unterirdische Verbindung. Von da an ging es bergab mit Arwen Island."

Poppys Hoffnung sank. „Dann kannst du mir nicht helfen, den Gang zu finden?"

„Ich weiß nur ..." Er zögerte. „Nein, es ist alles zu lange her. – Aber Fia hatte etwas herausbekommen."

Wieder musste Poppy sich zwingen, ruhig zu bleiben. Sie wartete ab.

„‚Die überhebliche Ziege kennt den Weg', sagte Fia wörtlich."

„Wen meinte sie damit, Brios?"

„Das sagte sie nicht – nur so viel, dass die sich nichts darauf einbilden sollte, sie stünde kurz davor, ihr auf die Schliche zu kommen."

„Und dann wurde sie umgebracht"

„Genau. Poppy, es gibt nur wenige, mit denen ich Verbindung aufnehmen kann und die nicht schreiend aus ihren Träumen aufwachen. Fia und du. Es bedeutet mir unendlich viel. Eine von euch habe ich bereits verloren. Ich könnte es nicht ertragen, wenn auch du zu Schaden kämst!" Er rang mit den Händen. „Deshalb hat es mir einen Stich versetzt, als du nach Penzance hinübergefahren bist."

„Dir ist klar, dass ich nicht für immer hierbleiben kann?"

„Selbstverständlich. Aber vielleicht kommst du wieder?“, fragte er hoffnungsvoll.

„Es hängt von Flexer ab.“

„Flexer? Die wahre Macht liegt woanders.“

„Welche Macht?“

„Woher soll ich das wissen?“ Er klang traurig und entrüstet zugleich. „Was hältst du von mir? Ich bin kein Gespenst, das frei herumwirbelt und kettenrasselnd die Leute erschreckt. Ich existiere nur in euren Köpfen. Alles, was ich weiß, sah ich durch Fias Augen und jetzt durch deine.“

„Dann hast du gesehen, wie sie starb?“ Poppys Mund war staubtrocken.

„Nicht direkt. Es ... die Hände kamen von hinten. Das Netz ...Fia hatte es in der Hand und hielt es schützend vor sich. Es half nichts – die Hände drückten ihr die Luft ab. Sie wehrte sich, kratzte und schlug um sich, vergeblich. Dann wurde alles schwarz, so wie damals bei Erin und mir.“

„Also war es doch Mord.“ Poppy fuhr ein eiskalter Schauder über den Rücken. „Weißt du denn, wo es geschah?“

„Nicht in der Franzosenbucht. Es war weiter nördlich, am Kliff. Es war in einer Grotte, bei Ebbe. Sie zündete ein kleines Feuer an und beschäftigte sich mit dem Netz, als die Arme nach ihr griffen ...“

Tränen liefen ihm über die Wangen. Seine Beine gaben nach, und er ließ sich auf Poppys Fußende sinken. Rasch zog sie die Knie an.

Brios streckte eine Hand nach ihr aus, ließ sie aber gleich wieder sinken.

„Poppy, ich weiß, du bist mindestens so eigensinnig wie Fia. Das macht mir Angst."

„Ich kann sehr gut auf mich aufpassen, Brios." Sie klang weniger überzeugt, als sie sich das gewünscht hätte.

„Du bist nur eine Frau."

Bevor Poppy sich über die unangemessene Bemerkung beschweren konnte, war der Mönch verschwunden.

Poppy wachte davon auf, dass Torry ihre Hand leckte.

„Habe ich im Schlaf geredet? Das würde mich nicht wundern."

Sie streichelte seinen Kopf, doch das schien ihm nicht zu genügen. Er sprang aufs Bett, und sie rutschte zur Seite. „Ausnahmsweise", murmelte sie, „aber nur, wenn du Geister und andere Eindringlinge von mir fernhältst."

32

Als der Wecker um sieben klingelte, kam es Poppy vor, als hätte sie nur ein paar Minuten geschlafen.

Dusche und Strandspaziergang halfen ihr, den Kopf klarzubekommen. Nach den heißen Tagen hatte die Regennacht frische Luft wie einen kühlenden Umschlag über die Insel gelegt. Aus Nordwest trieben immer noch Wolken heran und setzten der Felskuppe von Monk's Head einen breitkrempigen Hut auf.

Poppy trabte über den feuchten, festen Sand und ging ihre Aufgabenliste durch.

Vormittags: Wünsche der Künstler aufnehmen – vorläufigen Ausstellungsplan erstellen – Plan von Flexer absegnen lassen – Vernissage und Dinner mit Bottrill besprechen. Nachmittags: Zusammen mit Bottrill Stellagen, Vitrinen und Podeste in der Halle platzieren – ab dem späten Nachmittag bis zum Abend: Aufbau der Ausstellung, gemeinsam mit den Künstlern.

Beim Frühstück war sie die Erste, aber die anderen kamen kurz nach ihr, und jeder legte einen Umschlag mit den vorbereiteten Unterlagen neben ihren Porridge-Teller.

Alle, bis auf einen, dachte Poppy.

Tregenna hatte nur mürrisch „Morgen" gemurmelt und sich dann über einen Stapel Pancakes hergemacht. Immerhin schien er Poppys fragenden Blick wahrzunehmen, denn nach einer Weile sagte er: „Bitte Rücksprache in meinem Atelier, wenn es dir recht ist."

Torin Dupree verdrehte die Augen, Tyra und Juna stießen sich an.

Flexer reagierte offen genervt. „Cailan, ich warne dich nur noch einmal. Jeder hält sich hier an die Regeln, oder …"

„Oder was?", blaffte Tregenna. „Verfüttert mich der Inselhäuptling an die Haie?"

„Die kommen im Ärmelkanal selten vor." Bottrill versuchte die Auseinandersetzung auf der scherzhaften Seite zu halten und goss Ahornsirup über die Pancakes.

„Schon gut." Auch Poppy lag nichts an einer Eskalation. „Wir besprechen das nach dem Frühstück." Sie wunderte sich über Tregennas dankbaren, entschuldigenden Gesichtsausdruck.

Als Poppy bei ihm eintraf, lief er mit einer kalten Zigarette zwischen den Fingern vor seiner verhüllten Staffelei auf und ab.

„Willst du es spannend machen, Cailan?", fragte Poppy und versuchte, nicht zu spitz zu klingen.

„Was?" Er wirkte zerstreut. In Richtung der Staffelei winkte er ab. „Das? Ich zeig's dir gleich. – Aber erst etwas anderes. Ich brauche deine Einschätzung."

„Tatsächlich? – Du bist doch die graue Eminenz hier."

„Ich bin nicht so, wie du denkst, Poppy." Er zupfte an seiner Nasenspitze. „Wie ihr alle hier denkt."

Er bot Poppy keinen Stuhl an. „Diese verdammte Insel. Ich habe keine Ahnung, was sie mit uns macht." Er zündete die Zigarette an. „Vielleicht bin ich es auch selbst, der sich verändert."

Nach zwei Zügen drückte er sie wieder aus.

„Von mir aus kannst du rauchen, Cailan, es ist nur in den öffentlichen Räumen verboten. Mich stört es nicht.“

„Schon gut, ich weiß – kein Mensch raucht hier, und ich sollte auch damit aufhören. Apropos aufhören – ich werde Flexer und die Galerie verlassen. Die Vernissage morgen wird mein letzter Auftritt in der Gruppe sein.“ Er tastete an seinen Augenbrauen herum und wartete auf Poppys Reaktion.

„Was kann ich konkret für dich tun?“, fragte sie nur kühl.

„Indem du Niall meine Entscheidung mitteilst. Ich will ihm und mir das nicht zumuten. Es würde Streit geben, und ich kann nicht garantieren, dass das ohne Handgemenge abgeht.“

„So schlimm?“ Poppy schüttelte erstaunt den Kopf. „Gibt es einen Grund für deine Entscheidung?“

„Es überrascht mich, dass du fragst. Interessiert es dich wirklich? Egal – in Wahrheit gibt es einen ganzen Haufen Gründe. – Überleg dir gut, bei Flexer mitzumachen. Er genießt seine Position als absoluter Herrscher. Außerdem knöpft er dir fünfzig Prozent ab.“

„Ich kann das selbst entscheiden, und außerdem habe ich mich noch nie unter Preis verkauft. Aber es gibt halt kaum einen, der mehr Einfluss in der Szene hat als Flexer.“ Poppy biss sich auf die Lippen. „Eigentlich bin ich nicht hier, um mit dir über Niall zu sprechen.“

Tregenna betrachtete sie wie ein exotisches Insekt. „Ich kann nicht sagen, dass du mir besonders sympathisch bist, Poppy. Ich weiß nur nicht, an wen ich mich sonst wenden sollte.“

„Am besten an Niall selbst.“

„Sein System ist gefährlich, sogar lebensgefährlich.“

„Was willst du damit sagen?“

Poppy musste sich überwinden, dem Krokodilblick standzuhalten. *Am liebsten würde ich ihn mit seiner Giftspritzerei stehen lassen und gehen ...*

„Nehmen wir Torin Dupree. Anfang des Jahres brauchte er Geld. Sein Atelier ist schon lange zu klein für seine Art von Objekten. Doch in London ein größeres und bezahlbares zu finden, ist schier unmöglich, auch für einen erfolgreichen Künstler wie ihn. Da kam ein italienischer Kunde direkt auf ihn zu. Er bot ihm, an Flexer vorbei, viel Geld für eine Skulptur, die er vor seiner Bank in Mailand aufstellen wollte.“

„Aber das würde Flexer doch merken, die Szene ist klein.“

„Torin hat sich auf ein Pseudonym eingelassen.“

„Woher weißt du das alles?“

„Von Fia!“ Er grinste maliziös. „Es wird dir nicht verborgen geblieben sein, dass Fia und ich eine Liaison hatten, im letzten Winter. Fia war in Wahrheit weder an Sex noch an einer Beziehung interessiert. Sie sammelte Männer und spielte mit ihnen. Ließ sie aufeinander los, gegeneinander antreten, zappeln wie Laborratten und beobachtete dann, was passiert. Sie war eine Zauberin.“ In den verächtlichen Ton mischte sich Bewunderung. „Schade um sie. Sie hätte es weit bringen können. Talent und der Wille zur Macht – das ist die Mischung, mit der du am Kunstmarkt erfolgreich bist – und bleibst!“

„Sprichst du da nicht eher von dir?“

„Zu viel der Ehre. Am Ende stehe ich mir selbst im Weg.“

Fing er an, selbstkritisch zu werden?

„Zurück zu Fia. Auch Torin war einer ihrer Verehrer, obwohl die beiden nie was miteinander hatten, Torin ist schwul. Aber sie gingen regelmäßig auf Kneipentour. Torin hatte sich wieder einmal betrunken und prahlte vor ihr mit dem Mailand-Coup. Sie hat das als strategische Information abgespeichert – und im geeigneten Moment genutzt. Fia war akut verknallt in Brent und wollte unbedingt, dass er einen Platz in der Retreat-Gruppe bekommt. Die Teilnehmer waren allerdings alle gesetzt. Als einzigen Schwachpunkt in der Auswahl identifizierte sie Sebastian Kline, einen sensiblen jungen Bildhauer. Fia wusste, dass Sebastian Torin liebte. Der war sein großes Vorbild, nicht nur künstlerisch, und er hörte auf seine Ratschläge. – Deshalb gab er auch nach, als Torin ihm vor ein paar Wochen nahelegte, noch ein Jahr zu warten mit dem Retreat. Für Torin war das schrecklich, aber Fia hatte ihn schlicht dazu erpresst!“

„Das hört sich mies an. Nur was hat das mit Niall zu tun?“

„Obwohl auch Flexer in Fia vernarrt war, konnte er nicht ertragen, dass hinter seinem Rücken Eingriffe in die Zusammensetzung der Gruppe unternommen wurden. Zwar akzeptierte er Brent Payne. Aber da er Sebastians und Torins Hintergrund nicht kannte, hielt er Sebastians Verzicht für Arroganz, reagierte sauer und schmiss ihn ganz aus der Galerie! Der arme Junge stürzte in eine tiefe Depression und versuchte sich das Leben zu nehmen. Es war ein schwerer Schlag für Torin, auch, weil er sich mitschuldig an der Sache fühlte.

Ich weiß nicht, auf wen er wütender war – auf Niall oder auf Fia."

„Da tun sich Abgründe auf!" Poppy war ehrlich erschüttert.

„Nicht wahr?" Lauernd registrierte Tregenna jede ihrer Regungen. „Sag also nicht, ich hätte dich nicht gewarnt. Was willst du bei Flexer? Dein Mann und du – ihr habt einen eigenen Laden, und eine Frau wie du hat es nicht nötig, in diesen Intriganten-Stadel einzuchecken."

„Das werte ich mal als Kompliment, Cailan." Sie sah auf die Uhr. „Aber wenn es dir recht ist, würde ich gern auf den eigentlichen Grund unseres Treffens kommen, deine Arbeit. Die Zeit drängt. Ich brauche die Maße ..."

„Hier hast du deine Maße." In einer trotzigen Geste riss Tregenna das Tuch von der Staffelei.

Poppy trat einen Schritt zurück.

Auf einer Fläche von zwei mal zwei Metern prangte der Künstler selbst.

Das fahle Licht des Regentags brachte die Rot- und Orangetöne zum Leuchten und spielte mit dem Relief der Oberfläche. Trotz der Farbigkeit war es kein klassisches Gemälde.

„Es ist ein Meisterwerk", flüsterte Poppy verblüfft. „Wie hast du das gemacht?"

Das Funkeln in Cailans Augen verriet seine Freude.

„Mixed-Media. Eine Kombination von 3-D-Druck und Malerei."

„Jetzt verstehe ich, warum dein Drucker heiß gelaufen ist."

Die linke Seite der Arbeit zeigte Cailan im Profil, dargestellt in expressiver Manier. Er schaute in einen Spiegel – aber der gab nicht einfach sein Bild wieder.

Aus der silbrig schimmernden Fläche wucherte ein Mosaik aus Dutzenden zentimetergroßen Kuben, Würfeln, Prismen und Vielecken heraus. Ihre Oberflächen waren farbig gestaltet, in starken Kontrasten und wirkten wie ein verpixeltes Foto.

Poppy wechselte ihre Position vor dem riesigen Werk.

„Die räumliche Struktur der Würfel ermöglicht verschiedene Sichtweisen des Porträts.“ Sie legte den Kopf schräg. „Je nachdem, von welcher Seite man sich dem Werk nähert.“

Sie stellte sich an den linken Rand. „Von hier wirkt es gelöst, fast fröhlich …“

Dann wechselte sie auf die andere Seite. „… und von hier grimmig und undurchsichtig. – Liegt die Wahrheit dazwischen?“

Sie positionierte sich exakt frontal. Winzige, verspiegelte Flächen in einzelnen Würfeln gaben das Bild des Betrachters wieder. Poppy grinste sich hundertfach an.

„Es ist und bleibt das Porträt eines Narzissten …“ Poppy zwinkerte erst ihrem Spiegelbild, dann dem Künstler zu. „… aber eines Ironie-Begabten.“

„Darf ich das als Titel verwenden?“ Tregenna verbeugte sich leicht. „Danke, dass du dir die Zeit für mich genommen hast“, sagte er fast unterwürfig.

Sollte er sich wirklich ändern?

Sein nächster Satz rückte die Realität wieder zurecht: „Ich denke, Poppy, du hast heute etwas gelernt.“

Sie schenkte ihm ein Lächeln, bei dem sie viele Zähne zeigte.

„Du bleibst dir treu, Cailan – das steht dir besser." Die zierliche Frau klopfte dem hochgewachsenen Mann auf die Schulter. „Jetzt muss ich weitermachen."

An der Tür drehte sie sich um.

„Flexer mag ein übler Galerie-Hai sein", sagte sie. „Aber eines muss man ihm lassen: Bei der Auswahl seiner Künstler zeigt er ebenso viel Genie wie die Stars selbst."

In der Halle traf Poppy Flexer und Bottrill. Sie überreichte ihnen den fertigen Entwurf des Ausstellungskonzeptes.

Der Galerist überflog ihn und gab den Plan an den Caretaker weiter.

„Wenigstens wird es keine Rangelei um die besten Plätze geben." Bottrill nickte knapp. „Mr Payne will mit seiner Arbeit auf der Waldlichtung bleiben und Mrs Saunders fällt bekanntlich aus."

Seine trockene Zusammenfassung behagte Poppy nicht, aber sie gab ihm recht.

„Brent plant eine Performance. Er will beginnen, wenn die Sonne senkrecht in die Waldlichtung scheint. Ich schlage vor, dass er den Auftakt der Ausstellung gibt."

„Warum er?" Flexer runzelte die Stirn.

„Es sind besondere Umstände in diesem Jahr", entgegnete Poppy. „Brent will mit seinem Werk Fia gedenken. Ich finde, das sollten wir unterstützen."

„Dann machen wir das, umso besser." Es klang, als ob Flexer froh war, dass jemand ihm eine lästige

Entscheidung abnahm. „Ich werde ein paar Worte sagen. Anschließend pilgern wir zum Haus und sehen uns die anderen Arbeiten an. Danach entscheidet die Jury über den ersten Platz.“

„Gut, dass du das ansprichst, Niall. Julia Armstrong ist nicht da, – und ich falle aus.“

„Was ist mit dir?“

„Niall – ich nehme selbst am Wettbewerb teil. Das hatten wir vereinbart.“

Flexers unwilliger Ausdruck wandelte sich in Überraschung. „Entschuldige – ja natürlich. Ich bin gespannt“, stotterte er.

Da hast du ja gerade noch mal die Kurve gekriegt, dachte Poppy enttäuscht. Sie sagte nichts und ignorierte Bottrills feixendes Grinsen.

„Ernenne doch Carol Charteris zum Jurymitglied. – Dann schlägst du drei Fliegen mit einer Klappe: Du stehst nicht als autoritärer Alleinherrscher da, bringst eine Publikumsstimme hinein und machst eine Kritikerin zur Verbündeten.“

„Poppy, das ist perfekt!“ Flexer strahlte. „Ich wusste, dass es richtig war, sich bei der Leitung für dich zu entscheiden. Du hast nicht nur mir geholfen, sondern das Retreat gerettet.“

Nicht ganz, dachte Poppy. *Noch sind wir nicht von der Insel runter.*

33

Der Himmel war dunkelblau, ohne eine einzige Wolke. Die lang gezogene Dünung legte einen weißen Spitzenkragen um die Insel, und Möwenschwärme hefteten sich ans Heck der Fischerboote, die den Hafen von Mousehole verließen.

Ein erfrischender Westwind schob die Prozession an, die dem Wald oberhalb der Klosterruine zustrebte.

Alle waren festlich gekleidet, die Farbe Schwarz dominierte.

Angeführt von Flexer erreichten sie die Lichtung.

Neun Personen stellten sich im Halbkreis auf. Nur die Zehnte störte den zeremoniellen Charakter und wechselte ständig die Position: Carol Charteris kam ihrer Aufgabe als Fotografin nach.

Nach einem späten Frühstück hatte Flexer die Vernissage offiziell eröffnet und sie darauf eingestimmt, dass Brent Payne den Kunstreigen einleiten würde, „mit Fia Saunders im Herzen."

Poppy lief ein Schauer über den Rücken. Sie beobachtete, wie Juna den Kontakt zu Kyla Webb suchte und den Arm um sie legte. Torin presste die Lippen zusammen. Nur Tyra Teague und Cailan Tregenna behielten ihre stoischen Mienen bei.

Manas Bottrill und Muriel standen abseits und sprachen leise miteinander.

Poppy registrierte die Bewegung zwischen den Bäumen, brauchte aber einen Moment, um Brent Payne zu identifizieren. Selbst kaum von einem Baum zu unterscheiden, trat er hinter dem dicken Eichenstamm hervor, an den sich der Bug des Boots stützte.

Er trug einen aus Sackleinen grob zusammengenähten Overall. Das Gesicht verschwand hinter einer dünnen Lehmschicht, die schwarz umrandeten Augen waren starr auf das Boot gerichtet.

Erst tastend und zaghaft, dann mit immer beherzteren Schritten umkreiste er es in einer enger werdenden Spirale, kroch durch eine Lücke in der Bordwand, tauchte am Mast auf und begann zu klettern.

Auf halber Höhe erreichte er die hölzerne Rah, die am Mast und an zwei Bäumen am Rand der Lichtung befestigt war. Er schwang sich auf die Spiere.

Carols Kamera klickte.

Alle hielten den Atem an, als Brent zu balancieren begann. Er griff nach einer Leine am Mast und zog daran.

Aus dem Boot erhob sich ein Geflecht aus Leinen, verwoben mit Stoff- und Plastikfetzen.

Der Wind fuhr in das Gewebe und blähte es auf wie ein Segel.

Auf den Gewebestücken standen Satzfragmente und Namen, aber Poppy stand zu weit entfernt, um sie lesen zu können.

Während Carol nahe heranging und Großaufnahmen machte, verschwand Brent hinter dem Segel.

Einem Moment absoluter Stille folgte leiser Applaus. Er war wie ein Flüstern, welches das Geräusch aufnahm, das von dem Segel ausging und schnell verebbte.

„Magisch“, flüsterte jemand. Poppy konnte nicht erkennen, von wem es kam.

Das trifft es, aber wo ist der Magier?, fragte sie sich.

Minuten vergingen. Laub und Äste raschelten im konstanten Luftstrom.

Es war kein Schrei, mehr ein ersticktes, gurgelndes Geräusch.

Acht Augenpaare und ein Fotoapparat fuhren herum.

Wie in Zeitlupe sah Poppy, dass Muriel sich vor etwas duckte.

Brent Payne stand direkt hinter ihr und hatte, ohne sie zu berühren, mit seinen Armen einen Halbkreis um ihren Kopf gebildet. Muriel schrie wieder, diesmal laut, lief zu ihrem Mann und barg ihren Kopf an seiner Brust.

Poppy zuckte unter Bottrills Blick zusammen. Er galt erst Brent, dann der ganzen Runde. Es war purer Hass. Er sagte nichts, spuckte vor Brent aus, nahm Muriel in den Arm und führte sie weg in Richtung Haus.

Flexer fand als Erster die Sprache wieder. „Tolle Performance, Brent! Wirklich sehr beeindruckend.“ Er räusperte sich. „Vielleicht ein wenig zu sehr.“

Brent ließ die Arme hängen. „So musste sich Fia gefühlt haben, als sie angegriffen wurde.“

„Woher willst du das wissen?“, zischte Tyra.

Gute Frage, dachte Poppy.

Brent schälte sich aus der braunen Kluft. Darunter trug er schwarze Jeans und T-Shirt. Er ging zwischen den anderen hindurch, stellte sich vor das Boot und machte eine Verbeugung – erneuter Applaus, aber verhaltener als zuvor.

„Verzeih, wenn wir nicht euphorischer reagieren", sagte Juna mit belegter Stimme. „Das war fantastisch. Nur das Ende …"

Brent zuckte die Schultern. „Ich wollte Fia so nahe wie möglich sein, und wenn es in ihrem schrecklichsten Moment war." Betreten sah er zu Boden. „Es tut mir natürlich leid, dass ich Muriel erschreckt habe. Sie stand einfach am günstigsten für mich."

„Sie wird es verkraften!" Flexer klatschte in die Hände. „Nochmals vielen Dank für die Performance. – Lasst uns weitermachen. Im Haus warten die anderen Werke auf uns."

In der Halle waren alle Glastüren weit aufgeschoben. Auf einem Büfett standen Gläser, gefüllt mit Champagner, und Platten mit Häppchen.

Die Bottrills erwarteten sie, griffen nach den Tabletts und gingen damit herum. Manas tat nicht viel, um seine bitterböse Miene aufzuhellen, und Muriels schmale Lippen sprachen für sich.

Flexer schien das nicht zu stören, er wandte sich an die Gruppe:

„Jetzt zeigt mir mal, was der Geist von Arwen Island aus euch und eurer Kunst herausgeholt hat."

Ihrem Rang in der Gruppe entsprechend, machte Kyla Webb den Anfang.

Sie zeigte Porträts. Der Wind strich an der Wäscheleine entlang und brachte die acht Bleistiftzeichnungen auf den Papiertüten zum Leben. Darunter stand ein langer, schmaler Tisch. Vier Kopfpaare aus gebranntem, ungefärbtem Ton, die Gesichter miteinander in

Kontakt im intimen Dialog, nahmen die Züge der Porträts auf.

Brent deutete auf eines der Paare.

„Fia und ich?", fragte er leise. Kyla nickte.

Erst jetzt, auf den zweiten Blick, erkannten die anderen die Ähnlichkeit mit den acht Künstlern auf der Insel.

Flexer war weitergegangen.

Cailan Tregenna stand dicht vor der Leinwand. Als sich die anderen näherten, machte er einen Schritt zur Seite. Alle stoppten auf der Stelle.

Tyra stieß heftig die Luft aus. „Wahnsinn!"

Torin kniff die Augen zusammen. „Du kommst einfach nicht an dir vorbei."

Poppy hatte den Effekt bereits erlebt, bei den anderen entfaltete er die volle Wucht der Überraschung. Sie betrachteten es aus verschiedenen Winkeln, erlebten die unterschiedliche Wirkung und spiegelten sich in der Mittelposition.

Carol legte die Kamera weg, zückte den Notizblock und wollte ein Interview beginnen.

Flexer ging dazwischen. „Dazu könnt ihr euch später verabreden. Wir machen weiter mit der Runde. Alle bekommen die gleiche Zeit." Poppy nickte ihm anerkennend zu.

Juna Reid war die nächste. Ihre Arbeit nahm die einzige Innenwand der Halle ein.

In der beleuchteten Vitrine spielte sich auf nebeneinanderliegenden Panels ein tuscheschwarzes Drama ab.

Ein junger Mann in Uniform, mit finsterem Blick und strähnigen Haaren durchkämmte ein unterirdisches Stadtviertel.

Immer wieder stoppte er und sprach Passanten an, aber niemand nahm Notiz von ihm.

Die Menschen waren in Eile, und sie hatten ein Ziel: Sie strebten der Ruine einer gotischen Kathedrale zu. Der junge Mann reihte sich in den Strom ein und gelangte in das Hauptschiff der Kirche.

Alle Bänke waren dicht besetzt, viele Menschen hockten oder knieten auf dem Steinboden.

Ihre Blicke gingen nach oben. Durch die Lücken im Dach waren die eisernen Stränge der dampfgetriebenen Hochbahn zu erkennen.

Aber die Menschen zog etwas anderes an.

Auf den Fragmenten der ehemaligen Kanzel stand eine Frau. Ihr Kopf war gesenkt.

„Die ekstatisch geweiteten Pupillen scheinen mit jedem Einzelnen in der Kathedrale in Kontakt zu stehen“, sagte Kyla ergriffen.

Tyra berührte das Glas der Vitrine, als ob sie zu der Frau auf der Zeichnung durchstoßen wollte. „Die erhobene Faust, die zu einem O geformten Lippen lassen keinen Zweifel daran, dass sie eine aufrüttelnde Botschaft hat.“

„Welche, könnt ihr nicht verstehen“, sagte Juna, „denn wie ihr seht, sind die Sprechblasen noch ohne Text.“

„Dafür sind die Gesichtszüge unverkennbar.“ Torin legte die Hand auf sein Herz. „Fia lässt uns nicht los.“

„Das trifft auch auf dein Werk zu?", fragte ihn Flexer leise, als die Runde zu seinem Platz kam.

Torin nickte stumm.

Seine Arbeit, die aus Eisen geflochtene, auf der blauen Folie ausgestreckt liegende, gefesselte Gestalt, brauchte keine Erklärung.

Sie gingen weiter und hielten bei Poppy.

„Sind wir das alle?" Flexer zwirbelte die Spitze seines Zopfs. „Der Arwen-Island-Retreat als komplexes Beziehungsgeflecht. So habe ich das noch nie gesehen."

Jemand anderes offenbar auch nicht, dachte Poppy, als sich Bottrill an ihr vorbeidrängte und über die Installation beugte. Eingehend betrachtete er die Struktur und die Position der Figuren. Seine Nasenflügel weiteten sich. Er sah Poppy an, aber der Blick war zu kurz, um ihn zu deuten.

Sie ließ ihn stehen und folgte den anderen zur letzten Position.

Tyra Teague präsentierte eine Videoarbeit.

Über zwei Bildschirme zogen abstrakte Muster, schwarz-weiße Strömungslinien bildeten ineinanderfließende Wirbel.

Carol machte Aufnahmen, war aber nicht zufrieden mit dem Ergebnis. „Es ist wie die Flut, die den Strand hinaufkriecht, das kann ein Standbild nicht zeigen."

Die Szenerie wechselte erst auf einem der Flatscreens, dann schrittweise auf dem zweiten.

Felsen, Klippen, geäderte Steinschichten. Plötzliche Dunkelheit, die in ein Funkeln überging.

„Ist das der Sternenhimmel?", fragte Carol andächtig.

Tyra rieb sich mit dem Zeigefinger über die Hautpartie unterhalb der Nase.

„Du siehst, was du siehst", antwortete sie sibyllinisch.

Poppy war wie die anderen vom Pulsieren der abstrahierten Natur fasziniert.

Sie hörte mit, als Bottrill ganz nah an Tyras Ohr kam. „Geh da nie wieder hin", zischte er.

So plötzlich wie er aufgetaucht war, zog er sich zurück, holte eine neue Flasche Champagner und füllte die Gläser.

„Was hat er gemeint?", fragte Poppy.

Tyra zuckte die Schultern. „Er leidet unter chronischer Insel-Paranoia." Sie tippte sich an die Stirn. „Das würde uns allen so gehen, wenn wir länger hier sein müssten."

Der Rundgang war zu Ende. Flexer rief alle zusammen.

„Ihr Lieben! – Ich danke euch für diese Erfahrung." Er zog Carol Charteris zu sich heran. „Ich bin sicher, ich spreche auch für dich, wenn ich das sage."

Die Journalistin nickte eifrig und applaudierte.

„Eure Arbeiten haben ein viel größeres Publikum verdient, als wir es hier bieten können, aber das wird nachgeholt." Flexer legte eine Pause ein. Er strahlte vor Stolz und Begeisterung.

„Ich habe einen Entschluss gefasst – im Gegensatz zu den Vorjahren werde ich nicht nur ein Werk für die Sammlung ankaufen, sondern alle. Und wir werden sie in London ausstellen – zu Ehren von Fia Saunders!"

Der Beifall kam jetzt von allen Seiten.

„Dass Fias Tod unseren Retreat schwer belasten würde, war klar, und ich rechne es euch allen hoch an, dass ihr dabeigeblieben seid. – Aber dass euch die Katastrophe nicht gelähmt hat, sondern in unterschiedlichster Weise inspirierte, – das ist außerordentlich und hätte Fia mit Sicherheit gefallen. Lasst uns eine Minute schweigen und an sie denken.“

Es war zu spüren, wie alle um Fassung rangen. Juna und Brent hielten sich aneinander fest und weinten.

Flexer hob sein Glas ein letztes Mal. „Ich wünsche euch morgen einen schönen, entspannten Ferientag auf der Insel. Übermorgen fahren wir zurück. Die Ebbe reicht nicht für einen trockenen und sicheren Marsch über den Damm, deshalb werden wir am späten Vormittag mit dem Boot abgeholt. – Wir sehen uns nachher zum Dinner!“

Nachdem er sich verabschiedet hatte, blieb die Gruppe zusammen.

Carol dokumentierte die Ausstellung in allen Einzelheiten und führte Interviews. Es war ein zweiter Rundgang, aber ohne die Anspannung des ersten, mit mehr Zeit und Raum für Gespräche und Analysen.

Die meiste Aufmerksamkeit erhielt Tregennas Porträt.

Poppy staunte. *Selbst seine Intimfeinde Torin und Brent machen Selfies mit ihm vor dem Bild.*

Der Moment der Unsicherheit und Weichheit, den sie bei ihm in seinem Atelier gespürt hatte, wich, und machte wieder dem alten, anmaßenden Cailan Platz.

Eine Weile stolzierte er noch vor seinem Werk auf und ab. Als er bemerkte, dass sich die Aufmerksamkeit auf Junas Zeichnungen verlagerte, hielt er verärgert an.

Es schien ihn einiges an Überwindung zu kosten, doch schließlich nahm er sich zusammen und zeigte Interesse:

„Dein Zeichenstil ist so exakt, wie er expressiv ist. So etwas habe ich noch nie gesehen." Er kratzte sich am Kinn, was ein unangenehmes Geräusch hervorrief. „Hast du dir einmal überlegt, einzelne deiner Panels zu vergrößern und sie als Gemälde auszuführen?"

„Das ist eine gute Idee." Juna hob die Augenbrauen. „Ich weiß nur nicht, ob ich mich entscheiden könnte, welches ..."

„Ich berate dich, wenn du willst. Mit einem Gemälde erzielst du einen weit höheren Preis, als mit dem ganzen Comic Strip."

„Danke, aber ...", Juna schüttelte indigniert den Kopf, „... das ist nicht bloß ein Comic Strip. Und Flexer hat einen guten Vertrag mit meinem Verlag ausgehandelt."

Tregenna zuckte die Schultern. „Ich wollte nur helfen."

Er ging weiter zu Torin Duprees Platz, wo sich Poppy mit ihm unterhielt. Er betrachtete den liegenden Torso und zupfte sich am Ohrläppchen. „Nicht schlecht, auch das mit der Folie darunter. Aber reicht nicht eine Leiche am Strand?" Er wartete keine Antwort ab, sondern ging weiter. Torin knirschte mit den Zähnen.

„Da stehst du doch drüber." Poppy klopfte ihm auf die Schulter. „Hast du dir seine Arbeit angesehen?" Sie zog eine Grimasse. „Narzissmus betrachtet sich im Spiegel, und die mürrische Distanz zum Rest der Welt ist wiederhergestellt."

Allmählich verlief sich die Gruppe, bis nur noch Poppy und Bottrill in der Halle waren.

Sie vermied seine Nähe und sah, wie er unschlüssig am Eingang stand. Dann durchquerte er den Raum und machte sich an einem Scheinwerfer zu schaffen.

Was hat er vor? Sie verließ die Halle in Richtung der Ateliers, machte kehrt, schlich zurück und lugte um die Ecke.

Bottrill stand zwischen ihrer Installation und den Videos von Tyra. Er machte Fotos von beiden Arbeiten. Von ihrem Punkt aus konnte Poppy sehen, dass er sie in eine E-Mail packte und verschickte.

Ich wüsste zu gern …

Sie konnte sich nicht zurückhalten, verließ ihr Versteck und ging direkt auf ihn zu.

„An wen schickst du die Bilder, Bottrill? An einen geheimen Kunst-Fan?"

Hastig steckte Bottrill das Gerät ein und fuhr sich mit den Fingern durchs Haar. Wortlos lief er an Poppy vorbei.

Sie blickte ihm hinterher und ärgerte sich über ihre läppische Frage. Warum hatte sie die nächste Gelegenheit, ihn festzunageln, wieder verstreichen lassen? Woher rührte ihre Angst? Es ließ ihr keine Ruhe.

Zurück im Zimmer rief sie Inspektor Gray an, ob er das Material, das sie ihm geschickt hatte, schon ausgewertet hätte, aber er vertröstete sie: „Es gibt eine Spur. Vielleicht kann ich Ihnen morgen mehr sagen."

34

Nach einer letzten Besprechung am nächsten Morgen hatte Flexer Poppy freigegeben.

Sie war hin- und hergerissen.

Strandtag oder noch ein letztes Mal Augen und Ohren offen halten?

Fias Schicksal, das Verhalten mancher „Insulaner"– nichts davon habe ich klären können, nirgends ist ein vernünftiger Zusammenhang erkennbar ...

Die Sonne schien, und Poppy war dabei, die Badesachen zu packen, als sie durchs Fenster sah, wie Tyra mit großen Schritten den Hang zum Kloster hinaufstieg. Auf Höhe des Mauerwalls drehte sie sich in Richtung Haus um, dann setzte sie ihren Marsch fort, und Poppy verlor sie aus dem Blick.

„Na warte", sagte sie leise. „Wohin so schnell?"

Sie ließ die Tasche liegen, rief nach Torry, verließ ihr Apartment und nahm denselben Weg wie Tyra.

Auf der Hügelkante angekommen, spürte sie eine Bewegung hinter sich und drehte sich blitzartig um. Sie schaute zum Haus zurück, aber im grellen Sonnenlicht konnte sie zwischen den starken Kontrasten weißer Wände und schwarzer Schatten nichts erkennen.

Sie dachte nach. Welchen Weg hatte Tyra genommen?

Torry schien ihre Unschlüssigkeit zu bemerken, schnüffelte beflissen auf dem kargen Boden vor dem Wall herum und sah mit schräg gestelltem Kopf zu ihr auf.

Poppy drehte sich langsam um ihre Achse.

Nichts rührte sich, kein Vogel zwitscherte. Es war schwül, und die stehende Luft lag heute wie ein feuchtes Saunahandtuch über der Landschaft. Vom Hügel aus war keine Aktivität in der Umgebung des Hauses zu erkennen, die Terrasse war leer und die Wasserfläche des Pools lag da wie eine massive blaugrüne Glasplatte.

Torry hatte sich ein Stück entfernt und stand schwanzwedelnd am Übergang zwischen Wall und Wiesenland.

Poppy ging zu ihm. Als er wieder eingehend den Boden beschnüffelte, entdeckte Poppy die schmale Unterbrechung im hohen Gras. Die langen, ungemähten Halme waren umgeknickt.

„Das sieht frisch aus, Torry. Auf deinen Riecher ist Verlass."

Das verstand er als Aufforderung, die Führung zu übernehmen.

Er verschwand in der Graslücke. Nachdem er bemerkt hatte, dass sein Frauchen und er sich für dieselbe Suchexpedition interessierten, gab es kein Halten mehr, und Poppy hatte Mühe, ihm zu folgen.

Jenseits des Wiesengürtels, auf dem steinigen Abhang hinauf zum Wald, verlor sich die Spur – aber nur die sichtbare, denn Torry schien sich seiner Sache sicher zu sein und erhöhte das Tempo.

Poppy wurde heiß. Sie bereute den hastigen Aufbruch.

„Eine Cap könnte ich gut gebrauchen", ächzte sie und wischte sich Schweißtropfen aus den Augen. „Warte auf mich, Torry!"

Er wurde langsamer und schaute weiter starr geradeaus.

Poppy hielt an, atmete tief ins Zwerchfell und wartete, bis das Seitenstechen nachließ.

„Obwohl Tyra einen Vorsprung hat, müssten wir sie bei deinem Elan bald sehen können, Torry."

Inzwischen lag der bewaldete Hügel hinter ihnen, und sie folgten einem Trampelpfad.

Zwischen versprengten, vom Westwind krumm geblasenen Kiefern, wucherten Strandrosen, Heidekraut bedeckte den Boden.

Peitschenlange Sanddornzweige bildeten ein dorniges Spalier. Poppy ignorierte die Kratzer, dafür überkam sie das Bild einer Kolonne gefangener Piraten, die von wehrhaften Mönchen unter den Schlägen neunschwänziger Katzen in Richtung Kloster getrieben wurden.

An der nächsten Weggabelung orientierte sich Torry neu. Er hechelte, witterte – und bog hügelaufwärts ab.

Es wurde mühsam, ihm zu folgen. Wieder ärgerte sich Poppy über ihre schlechte Ausrüstung, Shorts und T-Shirt boten keinen Schutz vor den Dornen.

Wenigstens habe ich die Sneakers angezogen und keine Flip-Flops.

Aus dem Hügel wurde ein steiler Abhang, den sie nur noch auf allen vieren bewältigen konnte.

Als sie oben ankam, musterte sie verdrossen die Schrammen an Unterschenkeln und Armen, aber Torrys Bellen lenkte sie ab.

Er stand am Rand eines blau schimmernden Quelltopfs. Triumphierend blickte er zu ihr auf, dann schlabberte er das frische Wasser, das aus einem Felsspalt rann.

„Das war nicht unser Ziel, mein Lieber, aber ich kann dich gut verstehen." Poppy setzte sich zu ihm, schöpfte das Wasser mit beiden Händen und trank gierig. Erst nachdem die Durstattacke gestillt war, fand sie Zeit, sich umzusehen.

Sie waren auf einem felsigen Balkon gelandet, an den nördlichen Ausläufern des Mönchkopfs.

In dieser Höhe war eine leichte Thermik zu spüren, sie wehte aus der Mulde, die sie zuvor durchquert hatten, herauf und brachte die lanzettförmigen Blätter des Sanddorns zum Zittern.

Zwischen den Zweigen, ein ganzes Stück in Richtung Norden, sah Poppy Bewegung.

Sie stand auf und beschirmte ihre Augen mit den Händen.

Tyra. Mit unverändert entschlossenen Schritten strebte sie voran. Poppy widerstand dem Impuls, nach ihr zu rufen. Stattdessen pfiff sie leise, und gemeinsam mit Torry, der sofort wieder die Führung übernahm, machte sie sich an den Abstieg.

Inzwischen konnte sie den Hang besser einschätzen, vermied die dornigsten Zonen und kam ohne neue Blessuren unten an. Von hier aus war Tyra nicht mehr zu sehen.

Aber jetzt ahne ich, wo du hinwillst – zum Nordkliff.

Sie erinnerte sich an das Zusammentreffen mit ihr und Bottrill, von dem diesmal nichts zu sehen war. Umso besser.

Sie durchquerte das Buschland und näherte sich der Uferzone.

Bevor Poppy die Deckung der Strandrosen verließ, beobachtete sie das Gelände vor sich.

Der mit Erika und Strandhafer bewachsene Dünenstreifen lief bis zu Felskante. Wie Löcher in einem Teppich verteilten sich strahlend weiße, sandige Kuhlen im Gewebe des Heidekrauts.

„Bleib bei Fuß."

Kommando und Tonart waren unmissverständlich, und Torry hielt sich dicht bei ihr, als Poppy die Düne überquerte. Vorsichtig näherte sie sich der Felskante.

Es war Ebbe, das Meer hatte sich weit zurückgezogen.

Die Mount's Bay lag vor ihr wie eine gigantische Landkarte aus Seen, Strömen, Inseln und Kontinenten, die Sonne glitzerte in den Prielen. Im Nordosten ragten die gotischen Zinnen von St. Michael's Mount aus dem Hitzedunst.

Poppy suchte die Kante ab.

Torry, der sich entschlossen hatte, die ursprüngliche Fährte wiederaufzunehmen, bog um eine Felsnase, und Poppy verlor ihn aus den Augen.

„Komm her!", rief sie leise, aber mit Nachdruck. Er blieb verschwunden.

Sie begann sich Sorgen zu machen. War er abgestürzt?

Ein kurzes Bellen ließ sie aufatmen, nur klang es weit weg. Sie lugte über die Kante und sah den Terrier schwanzwedelnd unten auf dem Strand stehen.

„Jetzt verrate mir bitte, wie du da hingekommen bist."

Torry schien sich mehr für die aromatischen Muschelbänke zu interessieren, erst nach einem zweiten Pfiff reagierte er. Wieder verschwand er – und tauchte eine Minute später neben ihr auf. „Hast du einen Lift genommen?"

Torry zwängte sich unter einem Rosenbusch hindurch.

Diesmal ließ sich Poppy nicht abschütteln. Die Lücke war groß genug für sie, und sie erkannte sofort, dass der Weg durch die Felsspalte nicht zum ersten Mal benutzt wurde. Die kalkigen Stufen waren halsbrecherisch glatt und abgeschliffen und führten ohne Umwege, beinahe in Falllinie auf den Strand hinunter.

Torry war mit einem Taschenkrebs beschäftigt – aber Poppy brauchte ihn nicht: Spuren gingen vom Fuß der Felsspalte aus, in Richtung Westen.

Der Weg schien mit Bedacht gewählt worden zu sein. Er verlief stets knapp oberhalb der Flutlinie, auf Sand, der meist trocken lag, und auf dem Spuren nicht sofort auffielen. – Nur an wenigen Stellen hatten sie den nassen Bereich getroffen und frische Eindrücke hinterlassen.

Du willst nicht entdeckt werden, Tyra, dachte Poppy, *und du hast es eilig.*

Zügig und mit der Nase dicht am Boden folgte Torry der Spur, vergewisserte sich aber immer wieder, dass Poppy mithielt.

Nach knapp hundert Metern nahm die Höhe der Kliffkante auf der linken Seite deutlich ab. Das Felsmassiv schwang sich nach Norden und lief in einer flachen Flanke aus, die den Sandstrand in zwei Hälften teilte.

Kurz vor der Barriere bog die Fußspur ab in Richtung Felsen und verlor sich auf dem steinigen Grund. Sie waren in einem Bereich, der bei Flut unter Wasser lag.

Vor der senkrechten Felsschulter verharrte Torry einen Augenblick, senkte den Kopf – und war im nächsten Moment verschwunden.

Außer Atem traf Poppy an der Stelle ein, an der sie ihn zuletzt gesehen hatte.

„Torry?", rief sie, versuchte aber, ihre Stimme zu dämpfen.

Als Antwort kam ein kurzes Bellen, es klang dumpf, wie aus weiter Ferne.

Poppy untersuchte die Felswand vor sich. Zwei massive, meterdicke Steinplatten türmten sich vor ihr auf. Wieder bellte Torry. Sie lauschte dem Ton.

Kam er von unten? Sie legte sich flach auf den Sand. Unter der Steinplatte entdeckte sie einen Spalt. Er sah unauffällig aus, wie vom Meerwasser herausgespült. Sie tastete sich vor.

Als sie keinen Widerstand spürte, kroch sie tiefer hinein.

Nach etwa einem Meter wurde es eng, finster, es roch nach Algen und abgestorbenen Muscheln.

Poppy atmete durch den Mund, aber das verstärkte das Gefühl von Platzangst. Sie kämpfte gegen das Herzklopfen an und war kurz davor, zurückzukriechen.

Plötzlich spürte sie etwas Warmes, Nasses auf ihrem Gesicht. Panisch wich sie zurück und stieß mit dem Hinterkopf gegen den Felsen.

Sie biss die Zähne zusammen und fluchte. Ein leises Jaulen antwortete. Direkt vor ihr stand Torry, freudig hechelnd und leckte ihr wieder über die Nase.

„Du kannst einen ganz schön erschrecken, Alter", knurrte sie. „Zeig mir wenigstens, wo es langgeht."

Nach einem weiteren Meter mündete der Spalt in einen hohen Raum.

Langsam richtete sie sich auf und klopfte den Sand ab. Poppy starrte nach oben.

Die Decke verlor sich in der Höhe, aber die Dunkelheit war nicht vollkommen. Durch zentimeterweite Spalten an der Felswand drang gedämpftes Licht herein. Es brachte Tausende von Salzkristallen zum Funkeln, die sich wie ein Nachthimmel über ihr wölbten.

Andächtig betrachtete Poppy das natürliche Kunstwerk.

„Tyra – das ist die Höhle aus deinem Video."

35

Poppy knipste die Handy-Lampe an – und wurde sofort geblendet. Die winzigen Spiegel und Prismen verstärkten den schwachen Strahl, die schimmernde Kuppel leuchtete den Boden der Grotte aus. Der Blick darauf wirkte ernüchternd: Der sandige Boden war übersät mit Abfall, den die Flut durch den Spalt hereingetragen hatte. Zwischen den wenigen natürlichen Materialien, wie Treibholz, Kiefernzapfen und Muschelschalen lag Zivilisationsmüll. Einkaufsbeutel, Plastikflaschen für Maschinenöl und Styropor. Das Kommen und Gehen der Gezeiten hatte alles zu einem kompakten Wall aufgehäuft, der zusammengehalten wurde von Algen, Tang und alten Fischernetzen.

Poppy zog an den Maschen. Ein meterlanger Fetzen löste sich.

Als ein beißender Gestank aufstieg, ließ sie los. Sie betrachtete ihre Finger.

Schweröl – auch nichts, was man sich in einer himmlischen Grotte wünscht.

Mit gerümpfter Nase hielt Torry Abstand zu ihr. Sie vermied den Kontakt mit ihren Shorts, die bei der Passage durch den Spalt bereits einiges vom ursprünglich makellosen Weiß eingebüßt hatten. Soweit es ging, kratzte sie die teerig klebrige Masse an einer Felskante ab. Als sie nach einer Handvoll frischen Sand griff, um den Rest abzuwischen, spürte sie etwas Festes, Rundes.

Ein Knopf.

Poppy richtete den Lichtstrahl darauf, – und es kam wie eine Projektion zu ihr zurück.

Sie hielt ein Netz in den Händen und hob es hoch, um es zu betrachten. Es verhakte sich in den Knöpfen der Bluse. Als sie versuchte, es zu lösen, griffen zwei Arme nach ihr.
Eine Hand legte sich auf ihren Mund, der Arm drückte ihr die Luft ab.
Alles wurde schwarz.

Das Bild flackerte nur für Sekunden, aber es war so stark, dass es schlagartig alle Kraft aus Poppy heraussaugte. Sie sank in die Knie, und der Knopf glitt ihr aus der Hand.

Hektisch tastete sie zwischen dem angeschwemmten Plastik nach ihm, und die Konzentration half, sich von dem Zugriff des Horrors zu befreien.

Ihr Herz raste. Die dumpfe Luft in der Grotte verstärkte das Gefühl, zu ersticken.

Als sie den Knopf endlich zwischen ihre Finger bekam, sprang sie hektisch auf und lief los, nur um nach wenigen Schritten vor der massiven Felswand zu stehen. Sie unterdrückte einen Schrei. *Jetzt bitte keine Panik.*

Allmählich schaffte sie es, ihre Gedanken zu ordnen und ließ den Lichtstrahl kreisen.

Fia! Warst du in dieser Höhle? Hast du dich mit jemandem getroffen? Bist du hier auf deinen Mörder gestoßen?

Aber warum hatten Inspektor Gray und sein Suchtrupp die Stelle nicht gefunden?

Die Suche galt in erster Linie einem Unbekannten, der sich irgendwo auf der Insel versteckt hielt. Deshalb wurde sie bei Flut durchgeführt, um die Zahl der Grotten und Höhlen einzugrenzen. Diese hier stand mit Sicherheit unter Wasser.

Direkt vor Poppy, höher als einen Meter über dem Boden, zeichnete sich an den Felsen die Flutlinie ab. Unterhalb war die Oberfläche feucht, und Reste von Algen klebten am Gestein. Oberhalb begann das Glitzern der Kristalle, das sich zur Decke hin verstärkte.

Etwas hatte sich zwischen den Algenfäden verfangen, Lila stach es aus dem schleimigen Grün hervor. Poppy zupfte es heraus und hielt es ins Licht.

Bonbonpapier von Cadbury – das ist Bottrills Lieblingsmarke!

Die Schokoladenbonbons waren eine gängige Süßigkeit, und das Papier könnte mit dem anderen Müll von weit her in die Höhle geschwemmt worden sein. War das Zusammentreffen mit dem Knopf also ein Zufall? – Allerdings ausgerechnet an diesem Ort?

Torry bellte. Es wurde durch ein Echo verstärkt, schien aber nicht aus der Grotte zu kommen.

„Bist du mir schon wieder voraus?", knurrte Poppy und erschrak über ihre hohl klingende Stimme.

Poppy steckte Knopf und Bonbonpapier ein und folgte dem Echo.

Diesmal musste sie nicht kriechen, sie entdeckte den Gang sofort.

Der Boden war steil und glitschig; um nicht auszurutschen, setzte sie vorsichtig einen Fuß vor den anderen.

Am Ende lag ein Raum, der eindeutig menschengemacht war: Grob behauenes Gestein, verrostete Eisenteile und rußgeschwärzte Flecken an den Wänden, wo einmal Fackeln gesteckt haben mochten.

In einer Ecke lagen verrottete Holztruhen. Es waren dickwandige Kästen mit schweren Deckeln, auf denen Zahlen und Buchstabenkombinationen standen, die Poppy nicht deuten konnte. Sie tippte auf Munitionskisten, hielt sich aber nicht länger auf, sondern folgte Torry.

Der war stehen geblieben und schnupperte intensiv an der Schwelle einer mannshohen Pforte.

Am massiven Metallrahmen hing eine schwere Tür, sie stand offen. Alles zeigte tiefe Korrosionsspuren.

Nach dem Werk von Mönchen sieht das nicht aus.

Jenseits der Tür wurde der Gang rasch enger und niedriger, sodass selbst Poppy Schwierigkeiten hatte, aufrecht zu gehen. Sie zögerte.

Was mache ich hier? Was passiert, wenn die Flut zurückkommt? – Aber ich bin mir sicher, dass Tyra hier langging, und das nicht zum ersten Mal. Auch Torry scheint keinen Zweifel zu haben.

Poppy atmete tief ein und aus, ignorierte den modrigen Geruch und marschierte los, das Handylicht abwechselnd auf den feuchten Boden und die Decke gerichtet.

Nach wenigen Metern fiel der Gang steil ab. An den schwierigsten Stellen erleichterten grob herausgehauene Stufen den Abstieg.

Als sie die letzte Stufe erreichte, hörte sie ein Knirschen. Unter ihren Sohlen war schierer Fels und nichts, was dieses Geräusch auslösen könnte. Sie blieb stehen, löschte das Licht, hielt den Atem an und lauschte. Nichts außer dem weit entfernten Geräusch tropfenden Wassers.

Spielen mir die Sinne einen Streich?

Poppy harrte noch eine Weile aus, dann knipste sie das Licht wieder an.

Im Strahl der Lampe tanzten winzige Sand- und Salzpartikel. Als sich nichts tat, ging sie langsam weiter.

Es war kühl, und je weiter sie in die Tiefe vorrückte, desto kälter wurde es.

Dreißig Schritte später änderte sich die Umgebung. Der Weg verlief geradeaus, dafür wechselte der Untergrund ständig. Glatte, sandige Abschnitte wurden unterbrochen durch Geröll; Felsbrocken und Steinplatten waren aus der Decke herausgebrochen und behinderten die Passage, sodass Poppy an mehreren Stellen kriechen musste.

Der Kontakt mit dem nassen Sand wurde jedes Mal unangenehmer. Als sie sich nach einem besonders niedrigen Durchlass wieder aufrichtete und fröstelnd die Schultern rieb, fiel ihr Blick auf eine gerade Linie an der Wand in knapp einem Meter Höhe.

Trocken oberhalb und feucht unterhalb – eine Flutlinie?

Das würde bedeuten, dass bei Hochwasser der Gang zumindest teilweise überschwemmt war.

Am Ende würde genug freier Raum übrig bleiben – aber eine Passage durch die flachen Stellen in der Bruchzone wäre dann unmöglich. Sie unterdrückte ein Zittern.

Der Weg vor ihr war jetzt freier, und Poppy lief schneller, um nicht noch mehr auszukühlen.

Was für ein Schwachsinn, hier einfach spontan rumzutappen!

Allmählich stieg der Boden an und wurde trocken. Als sie kurz stoppte, um ihr Herzklopfen unter Kontrolle zu bekommen, spürte sie einen Luftzug an ihren nackten Beinen.

War der Gang bereits zu Ende?

Zumindest erleichterte hier frischere Luft das Atmen. Sie leuchtete auf den Boden.

Auf den sandigen Partien entdeckte sie verwischte Fußabdrücke. *Tyras? Nicht nur, sie sind unterschiedlich groß ...*Poppy rieb sich die klammen Finger, aber die Gänsehaut auf den Armen ließ nicht nach. *Konnten das Bottrills Spuren sein? Ist er auf dem Weg nach Penzance hier durchgekommen?*

Sie erreichte das Ende der zerklüfteten Zone, streckte den krummen Rücken und lauschte.

Ein fernes Dröhnen war zu hören, eine rhythmische Schwingung, die den Boden minimal zum Zittern brachte.

Die Brandung? Ich muss dicht unter dem Meeresboden sein.

Das unbehagliche Gefühl wurde stärker, aber Kehrtmachen kam für Poppy nicht infrage.

Tyra war denselben Weg entlangspaziert. Außerdem konnte sie sich nicht dem Gefühl widersetzen, dass dieser Weg der Schlüssel war, das Geheimnis um Arwen Island zu lüften.

Im Licht der Lampe traf sie auf zwei Farben aus Tyras Video: Die schräge Decke des rautenförmigen Gangs schimmerte rötlich, und die linke Wand, die in den Boden überging, schien aus einem härteren, grünlichen Gestein zu bestehen.

Die gewaltigen Felsplatten, die sich hier gegenüberlagen, sorgten dafür, dass der Gang fast schnurgerade verlief.

Poppy kam jetzt deutlich besser voran, und auch Torry beschleunigte sein Tempo.

Ihrer Uhr nach war eine Dreiviertelstunde vergangen, seit sie die Grotte entdeckt hatte.

Zehn Minuten später stieg der Boden an, er war glatt, trocken und durchgehend aus behauenem Stein. Die Kälte um Poppy wurde weggeschoben von Wellen warmer Luft.

„Es kann nicht mehr weit sein, Torry." Die beiden rannten jetzt.

Der Tunnel behielt die Richtung einer schiefen Ebene bei, bis er vor einer Schutthalde endete.

Poppy wurde langsamer. Sie näherte sich vorsichtig und sah, dass sie aus den Resten einer Ziegelmauer bestand, die den Gang vor ihr zur Hälfte verschloss.

Als sie darüber kletterte, hielt Torry an und knurrte.

Poppy leuchtete nach vorn in die schmale Öffnung – und fand sich Auge in Auge mit einem Mann.

Sie zuckte zurück. Der Lichtstrahl zitterte, als sie ihn erneut auf das Gesicht richtete.

Es war ein Gemälde. Die weiße Perücke und der rote Jagdrock milderten die Strenge der Mimik.

Poppy musste grinsen, aber ihre Lippen fühlten sich trocken an.

Sie streckte ihre Hand nach der Leinwand aus und bekam den breiten Holzrahmen zu fassen.

Mit einem enormen Gefühl der Erleichterung stellte sie fest, dass er sich bewegen ließ und schob ihn zur Seite.

Torry drängte sich an ihr vorbei und sprang durch die Lücke, Poppy folgte ihm und klopfte den Sand von Shorts und T-Shirt.

„Für einen Landausflug sind wir eigentlich nicht repräsentabel, Torry. Aber wo wir schon mal hier sind, schauen wir uns das an."

Sie standen in einem geräumigen Kellerraum. Er war vollgestellt mit alten Möbeln, Bilderrahmen und Trödel. An der Wand mit dem Durchbruch lehnten massive Steinplatten, Poppys Lichtstrahl fiel auf feine Gravuren von Landschaften und Tieren.

Das sind Platten für Lithografien, sie sehen professionell aus.

Einen Künstlernamen konnte sie nicht entdecken.

Durch ein schmales, von Spinnweben verhangenes Fenster unter der Decke drang trübes Tageslicht.

Poppy schob das Gemälde wieder vor den Durchschlupf. Es staubte.

„Puh! Jetzt habe ich wirklich große Sehnsucht nach freiem Himmel über dem Kopf."

Sie leuchtete die übrigen Wände ab und fand den Ausgang.

Vor der massiven Holztür bleib sie stehen und lauschte. Als nichts zu hören war und Torry konstant mit dem Schwanz wedelte, griff sie nach der Klinke.

Die Tür schwang auf, die alten Eisenscharniere gaben keinen Laut von sich.

Die macht einen gut geölten Eindruck.

Stufen führten hinauf in den Hof eines alten Landhauses.

Es war nicht verfallen, wirkte aber verwahrlost und schien nicht bewohnt zu sein.

Poppy hielt Torry eng bei sich und duckte sich hinter einer Regentonne.

Als sich niemand zeigte, liefen sie los, überquerten den Hof und erreichten die Gartenmauer.

Das repräsentative Tor aus Schmiedeeisen war mit Ketten verschlossen.

Torry ließ sich davon nicht beeindrucken. Er schnüffelte auf dem Boden und nahm einen anderen Weg. Rasch lief er an der Umfriedung entlang und führte Poppy zu einer Stelle, an der die mannshohe Mauer eingestürzt war.

Sie zwängten sich durch die Bresche.

Zum ersten Mal konnte sich Poppy orientieren. *Merlin Place* stand auf dem Straßenschild.

Vom Bürgersteig einer ruhigen Seitenstraße von Mousehole, leicht erhöht, blickte sie über die Dächer der Häuser in der ersten Reihe auf den steinigen Küstenabschnitt südlich des Wellenbrechers.

Sie merkte sich die Hausnummer des Hofs. Danach lief sie die Straße hinunter, eine Sackgasse, die am Meer endete.

Der Wall aus Rosen und Rhododendren war so dicht, dass sie mehrere Anläufe brauchte, um einen Durchschlupf zum Küstenpfad zu finden.

Da es hier keinen Sandstrand gab, waren nur wenige Menschen am Ufer zu sehen.

Sie stoppte.

Die Stimme?

Ein großer, rund geschliffener Felsen stach aus der Uferzone hervor und bot den beiden Personen, die darauf saßen, eine Bühne. Sie schienen in ein intensives Gespräch verwickelt zu sein.

Poppy kniff die Augen zusammen, die immer noch an die untermeerische Dunkelheit gewöhnt waren.

Ein Mann und – Tyra!

Sie wollte auf sie zugehen, aber etwas hielt sie zurück. Sie blieb in der Deckung der Rhododendren. Da sie keine zehn Meter entfernt war und der Wind in ihre Richtung blies, konnte sie jedes Wort verstehen:

„… Biest! Sie hat mich bei Niall ausgestochen, und er hat sie und nicht mich für die Nominierung vorgeschlagen!"

„Der Turner-Preis wäre schon was."

„Mehr als das! Er bedeutet den Durchbruch zur Weltkarriere." Sie lachte bitter. „Und die Pointe ist: Mit dem Quatsch, den sie abgeliefert hat, ist sie nicht mal auf der Longlist gelandet. Es war also für die Katz."

„Dann bist du das nächste Mal dran."

„Nein, eben nicht! Du hast keine Ahnung. Die Konkurrenz ist riesig, nicht nur unter den Künstlern, auch unter den Galeristen. Das nächste Mal werden andere um ihre Vorschläge gebeten. Keine Ahnung, wann Flexer und unsere Gruppe wieder zum Zuge kommt.“

„Dafür konnte Fia nichts.“

„Nein, aber sie hat die Chance erkannt und wäre über Leichen gegangen.“

„Hör auf. Immerhin ist sie es, die tot ist.“

„Und weißt du was? Ich bin kein bisschen traurig darüber. Als ich sie da liegen sah, eingewickelt in das Netz. Weißt du, was ich da gedacht habe?“

„Sag es mir lieber nicht.“

„Ich dachte, jetzt macht sie auch noch aus ihrem eigenen Tod eine Performance!“

„Sei still. Lass das bloß die Polizei nicht hören.“

„Warum nicht? Das Gerede um Mord ... Ich glaube immer noch, dass es Fias eigene Blödheit war.“

„Jetzt übertreibst du wirklich. – Ich meine, wenn die Polizei herauskriegt, dass du so sauer auf sie warst, wegen der Nominierung ...“

„Mach dir keine Sorgen, mein Schatz. Dem Inspektor habe ich ganz offen von der Sache mit dem Preis erzählt, es war ja auch kein Geheimnis. Jeder in der Galerie wusste davon. – Der Mann hat das in sein Tablet eingetippt, und das war es.“

„Wart's ab. Da kann noch was kommen.“

„Dann muss er sich beeilen. Morgen sind wir von der Insel runter.“ Sie umarmte und küsste ihn. „Und wir haben es endlich wieder einfacher mit unseren Rendezvous.“

„Ich freue mich drauf. Mir gefällt dein Katz-und-Maus-Spiel nicht.“

„Zwei Wochen ohne dich hätte ich nicht ausgehalten. Außerdem habe ich aufgepasst, niemand hat etwas gemerkt.“ Sie biss ihn ins Ohrläppchen. „Bis auf einmal, als dieser Caretaker und Poppy wie aus dem Nichts auftauchten und ich fast von der Klippe gekippt wäre.“ Sie seufzte. „Diese Poppy Dayton ist die einzige Vernünftige in dieser irren Insel-Gesellschaft.“

„Die Managerin?“

„Nicht nur. Sie macht auch tolle Kunst. Sie ist ganz heiß darauf, bei Flexer mitzumachen. Ich weiß nur nicht, ob ich ihr dazu raten würde.“

Der Mann sah auf die Uhr.

„Ich muss los, Tyra.“

„Der Termin in London?“

„Heute Abend. Es geht um einen wichtigen Gig. Ich brauche einen neuen Drummer, und um neun treffe ich mich mit Jordan Wright.“

„Wie schade! Dann werde ich mich auch allmählich auf den Rückweg machen. Ich habe zwar noch zwei Stunden, aber ich will zum Tee im Haus sein, sonst gibt es wieder nervige Fragen.“ Tyra küsste ihn. „Ich wünsche dir viel Erfolg, Jamie.“

Er sprang vom Stein herunter, drehte sich noch mal zu ihr um, warf ihr eine Kusshand zu, dann ging er in Richtung Hafen davon.

Sie steckte sich eine Zigarette an und sah ihm eine Weile nach.

„Wie wäre es, wenn wir uns eine Tüte Fish and Chips teilen?“

Tyra fuhr herum. „Poppy?“ Sie hustete. „Wie kommst du hierher?“

„Auf demselben Weg wie du, denke ich.“

Tyra rutschte zu ihr herunter, trat die Zigarette aus und zog sie hinter den Stein.

„Verdammt, bist du sicher, dass dich niemand gesehen hat?“

„So sicher wie du.“

„Ich bin vorsichtig.“

So vorsichtig auch wieder nicht, dachte Poppy, *immerhin bin ich dir gefolgt.*

Laut sagte sie: „Ich auch.“

„Okay, okay.“ Tyra schien sich zu beruhigen. „Die Idee mit dem Essen ist nicht schlecht. Ich weiß, wo es hier den besten Fisch gibt.“

„Ich habe leider kein Geld dabei. Mein Entschluss, dir zu folgen, kam ziemlich spontan, und ich habe nicht gedacht, dass wir am Ende zusammen ausgehen würden.“

„Macht nichts, ich lade dich ein.“

36

The Old Coastguard thronte auf dem Parade Hill über dem Hafen von Mousehole.

Poppy und Tyra kamen über den Küstenpfad und nahmen den schmalen Weg, der zwischen Phönix–Palmen, Yucca, Rhododendren und Azaleen zum Hotel hinaufführte.

Die Terrasse auf der himmelblau gestrichenen Veranda lag über dem tropischen Garten und bot einen herrlichen Ausblick aufs Meer.

Da die Mittagszeit vorbei und es für die Teatime noch zu früh war, bekamen sie einen Tisch in der ersten Reihe.

Poppy gab dem Kellner ihr Handy zum Aufladen. Tyra schloss sich an. „Gute Idee!"

Sie bestellten die hauseigene, luxuriöse Variante von Fish and Chips: Statt in Zeitungspapier wurde er auf einem Bett von frischem Spinat und Radicchio serviert. Der Kabeljau war nicht frittiert, sondern auf der Haut gebraten, und statt Kartoffeln gab es üppig geschnittene Süßkartoffel-Chips.

„Leckere Mayonnaise!" Poppy lud einen weiteren dicken Klecks auf ihren Teller. „Selbst gemacht!", sagte augenzwinkernd ein Mann mit einem prächtigen Bart, nachdem er ihnen zwei Gläser Chardonnay gebracht und Poppys ramponierten Zustand abschätzig gemustert hatte. Tyra beugte sich zu Poppy.

„Das war der Chef persönlich, Charles Inkin. Ihm und seinem Bruder Edmund gehört das Hotel. Ich habe hier mit Jamie übernachtet, als ich es nicht rechtzeitig in den Gang zurückgeschafft habe."

„... und am nächsten Morgen zu spät zum Frühstück auf die Insel kamst, ich erinnere mich. – Seit wann bist du mit Jamie zusammen?"

„Seit einem Jahr, und es fühlt sich immer noch frisch an. Ich bin einfach sturzverliebt. Er ist ein paar Jahre jünger als ich, aber ich hoffe ..."

„Das merkt man nicht, Tyra", sagte Poppy und schmunzelte, obwohl sie den Mann nur kurz und im Gegenlicht gesehen hatte.

„Danke. Er ist Jazz-Musiker und hofft auf einen großen Plattenvertrag. Er arbeitet Tag und Nacht an seinen Arrangements und hat leider nur wenig Zeit."

„Immerhin macht er sich regelmäßig auf den weiten Weg nach Cornwall."

„Nicht wahr? Deshalb hat er es auch verdient, wenn ich mich gelegentlich nach Mousehole durchschlage."

„Wann hast du den Tunnel entdeckt?"

„Beim Retreat im letzten Jahr. Ich vertrage die Sonne nicht besonders gut. Deshalb habe ich gern am Nordstrand gebadet, im Schatten des Kliffs. Nach einem Sturm lag dort eine angespülte Luftmatratze, die aussah, als ob ein Felsen sie halb verschluckt hätte. So habe ich den Eingang zur Höhle gefunden. Jamie und ich hatten uns kurz zuvor kennengelernt. Da kam mir die Entdeckung wie ein Geschenk vor. Zwei Wochen ohne ihn hätte ich nicht ausgehalten."

„Hast du mit jemandem über den Gang geredet?"

„Nein, warum sollte ich? Er ist mein Geheimnis. Auch ein Geheimnis meiner Kunst, übrigens."

„Ich wusste gleich, dass die Aufnahmen für dein Video in der Grotte entstanden sind. Das Glitzern …“

„Ist es nicht überirdisch, Poppy? So einen Ort habe ich noch nie gesehen! Aber ich bin damit nicht hausieren gegangen. Ich wollte keinen Ärger haben, weil das Baden am Nordstrand verboten war, angeblich ist das Ufer dort nicht sicher.“

„Es gab noch jemanden, der sich an das Verbot nicht gehalten hat.“

Tyra blinzelte. „Wen meinst du? Außer dir natürlich.“

„Fia.“

„Ach ja.“ Sie machte eine abfällige Handbewegung. „Die flatterte über die Insel wie ein Schmetterling. Vielleicht ist sie mir auch gefolgt?“

„Hätte dich das genervt?“

„Fia hat mich ohne Ende genervt. Aber nicht deswegen.“

„Ich weiß, Tyra. Ich gebe zu, ich habe gehört, wie du vorhin Jamie von dem Stress zwischen euch erzählt hast. – Hast du dich deswegen auch mit Fia gestritten, seitdem wir auf der Insel waren?“

„Frag mich doch gleich, ob ich sie umgebracht habe“, blaffte sie. „Nein, habe ich nicht, und nein, getötet habe ich sie auch nicht, obwohl ich zugeben muss, dass wirkliche Trauer bei mir nicht aufkommen will. – Bei den anderen übrigens auch nicht, auch wenn sie so tun, als ob. Abgesehen von Brent vielleicht.“

Sie schüttelte sich, als ob sie etwas Ekelhaftes auf ihrem Teller entdeckt hätte. „Aber warum bist du dir so sicher, dass es Mord war?“

„Bin ich nicht, es ist mehr ein Gefühl." Sie zog den Perlmutt-Knopf aus der Hosentasche und legte ihn auf den Tisch. „Und ein Verdacht."

„Gehörte er Fia?" Tyra fasste ihn nicht an.

„Wenn es nicht deiner ist?"

„Nein – wo hast du ihn her?"

„Ich habe ihn in der Grotte gefunden. Er lag zwischen vergammelten Fischernetzen."

„Schon wieder Netze. Fia war besessen von ihnen, sie hatte ein fast erotisches Verhältnis zu ihnen. Ich habe mitbekommen, wie sie Brent bekniete, diese Fetzen in ihre Performance einzubeziehen."

Jetzt griff sie doch nach dem Knopf. Nachdenklich drehte sie ihn in den Fingern.

„Wenn es kein Unfall war …" Sie blickte Poppy an. „Ehrlich gesagt, habe ich mir bisher keine Gedanken über den Tunnel gemacht. Ich fand ihn einfach wunderbar praktisch für mich. Aber was du sagst …"

„Ist dir auf einer deiner Durchquerungen etwas aufgefallen?"

„Nicht wirklich. Das alte Landhaus stand immer leer, und der Keller sah aus, als ob seit Ewigkeiten niemand dort war."

„Und der Mauerdurchbruch?"

„Es ist alles so eng, dann dieses skurrile Porträt vor dem Loch … Ich dachte, Kinder hätten es dort hingeschoben, die zufällig auf den Tunnel gestoßen sind. – Die Spuren allerdings …"

„Welche Spuren?" Poppy streckte die Hand über den Tisch und nahm Tyra den Knopf aus der Hand.

„Am ersten Tag des Retreats – als ich hinterherkam …"

„Und zwar nicht über den Damm …“ Poppy zwinkerte ihr zu.

Tyra kicherte. „Jamie und ich hatten verschlafen.“ Ihr verträumter Blick ging erst in Richtung eines Mansardenfensters im ersten Stock des Hotels, dann zu Poppy.

„Als ich drüben aus der Grotte gekrabbelt bin, habe ich am Strand eindeutig zwei frische Fußspuren gesehen. In der Höhle waren auch welche. Ich dachte, sie sind von Bottrill und seiner Frau. Die sind ja überall und nirgends zugleich. Aber wenn ich darüber nachdenke, glaube ich, dass die zweite Spur zu groß war für eine Frau.“

Poppy schüttelte sich. „Spuren, der Unbekannte mit den großen Füßen, die Flut …“

Sie blinzelte ins Sonnenlicht. Trotz der Nachmittagshitze auf der Terrasse fröstelte sie.

Beim Gedanken an eine erneute Passage durch den Tunnel schluckte sie gegen einen Kloß in ihrem Hals an.

„Tyra, das wird mir jetzt zu viel. Lass es uns hinter uns bringen und zur Insel zurückkehren. Gut, dass wir zusammen sind, ich habe kein gutes Gefühl.“

Tyra sah auf die Uhr. „Eigentlich hatte ich vor, noch einen Espresso zu trinken, aber … Wir wollen zahlen“, rief sie in Richtung Schankraum, dann wandte sie sich wieder Poppy zu und sprach beruhigend auf sie ein. „Quatsch, das wird laufen wie immer.“ Sie lächelte. „Das Gefühl kenne ich. Es bleibt ein Prickeln …“

Als der Chef mit der Rechnung und den beiden Smartphones an den Tisch kam, griff sie nach dem Ausdruck, an den eine hübsche, in Türkistönen gedruckte Visitenkarte angeheftet war. „Wie gesagt, das übernehme ich.“

„Danke. – Bei mir prickelt's ganz besonders, Tyra." Poppy sah sie eindringlich an. „Es tut mir leid – ich muss deine Heimlichkeit beenden."

„Was hast du vor? "

„Ich rufe die Polizei an, am besten jetzt gleich, noch auf dem Weg zum Tunnel."

Beide Frauen standen auf. Torry streckte und schüttelte sich. Er schien bereit für weitere Abenteuer zu sein.

Poppy lief voraus den Weg zum Küstenpfad hinunter. Tyra holte auf und hakte sich bei ihr ein.

„Schade, dann bin ich aufgeflogen. Aber du hast recht. Ich war vielleicht allzu eigennützig mit meinem Geheimnis."

Inspektor Gray war sofort dran.

„Mrs Dayton! Ich wollte Sie auch gerade anrufen, das war Gedankenübertragung."

„Bisher hatte ich nicht das Gefühl, dass wir uns gedanklich so nahestehen."

„Aber, aber, Mrs Dayton, warum so kühl? Und das an einem so herrlichen Sommertag. – Wir haben etwas über den Wagen herausgefunden, den Sie in Penzance fotografiert haben."

„Und wem gehört er?"

„Einer Firma, die Handel mit Osteuropa und Asien betreibt. Der Besitzer ist ein reicher Usbeke. Ein angesehener Mann der Londoner Gesellschaft, vor allem der islamischen Kreise. Er finanziert großzügig islamische Kulturprojekte in ganz Großbritannien."

„Und wie passt dazu Mr Bottrill?"

„Das kann ich Ihnen noch nicht sagen. Aber wir
konnten den Fahrer identifizieren, obwohl er halb ver-
deckt war. Es ist ein berüchtigter Schläger, er war in
Schutzgelderpressungen verwickelt. Besonders ver-
dächtig ist, dass er mittlerweile untergetaucht ist."
„Kein guter Umgang für Mr Bottrill."
„Sie sagen es. Noch ist alles zu vage, um daraus etwas
zu machen."
„Vielleicht kann meine heutige Entdeckung Schwung
in die Sache bringen."
Gray seufzte. „Ich fürchtete schon, dass Sie mit der
besseren Pointe aufwarten können."
„Ob sie besser ist, kann ich nicht sagen. – Ich schicke
Ihnen gleich ein Foto von einem Knopf."
„Ein Knopf?" Gray machte eine längere Pause. „Sagen
Sie nicht, es ist ein Perlmuttknopf, mit einem Durch-
messer von eineinhalb Inches?"
„Das kommt hin."
„Wo haben Sie ihn gefunden?"
„Das sage ich Ihnen, wenn Sie mir bestätigen, dass er
von Mrs Saunders Bluse stammt."
„Könnte sein."
„Mr Gray, ich schlage vor, wir beenden das seltsame
Spiel zwischen uns. Ich habe keine Ahnung, was sich
bei Ihnen im Hintergrund abspielt, aber ich lege jetzt
meine Karten auf den Tisch. Ich habe den Knopf in ei-
ner Grotte an der Nordseite von Arwen Island gefun-
den."
„In einer Grotte? Unsere Hunde habe alles abge-
sucht ..."

„Ja, allerdings bei Flut! In diese kommen Sie nur bei Ebbe hinein. Mein kleiner Hund hat mich da hingeführt." Die Verbindung zu Tyra ließ sie aus.

Gray pfiff durch die Zähne. „Respekt! Das werden wir uns noch mal genauer ansehen."

„Dann planen Sie dafür mal eine Menge Zeit ein."

„Warum? Haben Sie eine ganze Tropfsteinhöhle entdeckt?"

„Gerade sprachen Sie noch von Respekt, und im nächsten Satz machen Sie sich schon wieder über mich lustig. – Nein, viel besser: Es gibt einen begehbaren Tunnel zwischen Arwen Island und dem Festland, er endet in einem alten Hof in Mousehole."

Das Schweigen am anderen Ende der Leitung dauerte lange. Dann hörte sie gedämpft, wie er etwas in den Raum rief und damit hektische Aktivität auslöste.

„Mrs Dayton, ich habe gerade zwei meiner Kollegen dazu gerufen. Bitte wiederholen Sie das."

„Es gibt einen Gang unter dem Meer. Er kommt in Mousehole wieder heraus, im Keller eines verlassenen Hauses, 23 Merlin Place. Ich bin problemlos hier herüberspaziert und trinke gerade einen Kaffee im Old Coastguard."

„Das ändert die Lage in der Tat, Mrs Dayton. Das muss Ihnen der Neid lassen: Sie haben da möglicherweise etwas gefunden, nach dem wir seit Jahren suchen."

„Endlich sprechen wir auf Augenhöhe, lieber Inspektor."

„Da muss ich Sie enttäuschen. Ich verbiete Ihnen nämlich jede weitere Aktivität. Wir werden das Haus am Merlin Place ab sofort beobachten. Zeitgleich werde ich Mr Bottrill auf Arwen Island einen Besuch abstatten und ihm ein paar Fragen stellen. Damit er keinen Verdacht schöpft, kündige ich meinen Besuch als weitere Routineermittlung im Fall Fia Saunders an. Die Bande darf nicht gewarnt werden."

„Bande? – Wovon reden Sie?"

„Wir suchen seit Langem die Lösung für ein Rätsel: Über Südengland kommen größere Mengen Heroin ins Land und das seit Jahren. Wir verdächtigen den usbekischen Geschäftsmann und seine Leute, etwas damit zu tun zu haben, konnten ihnen aber nie etwas nachweisen. Vor allem war bisher unklar, wie das Rauschgift afghanischer Herkunft ins Land kommt. Die Schiffe und Häfen stehen unter engmaschiger Kontrolle."

„Dann ist Fia denen in die Quere gekommen?"

„Gut möglich, obwohl ich davon ausgehe, dass diese Leute zumindest auf Arwen Island eine Pause einlegen, solange der Retreat dauert. Aber man weiß nie – in jedem Fall sollte es für Sie Warnung genug sein. Rühren Sie sich deshalb nicht vom Fleck."

„Danke für die Offenheit, Inspektor. – So schwer war das doch gar nicht, oder? Aber ich habe einen anderen Plan: Wir sind bereits auf dem Weg und wollen zum Tee auf der Insel sein. Wenn wir fehlen, würde das unnötig Verdacht erregen."

„Wen meinen Sie mit *wir?*", fragte der Inspektor misstrauisch.

„Mrs Teague sitzt hier neben mir auf der Terrasse."

„Oh nein!", stöhnte Gray. „Wir tappen im Dunkeln, während Sie fröhlichen Höhlen-Tourismus betreiben."

„Im Dunkel werden wir gleich tappen, aber wir haben unsere Handylichter dabei. In spätestens einer Stunde sind wir drüben."

„Nein! Bleiben Sie, wir holen Sie ab!" Er zögerte und klang deutlich weniger überlegen als zuvor.

„Allerdings muss ich erst sehen, wie wir den Einsatz organisieren. Meine Leute sind alle im Einsatz..."

„Sehen Sie, lieber Inspektor? Sie brauchen uns. – Wie gesagt, es ist schlauer zum Tee zu erscheinen, der High Tea am letzten Tag ist für alle Pflicht."

37

Nach einer Viertelstunde kamen sie am Merlin Place an.

Sie näherten sich dem Haus vom Uferweg aus. Zwischen den Rhododendren hindurch beobachteten sie die Straße.

Ein alter Mann in Bermudashorts führte seinen Hund aus. Ein junges Paar befestigte ein Surfbrett auf dem Dachgepäckträger ihres Volvos.

„Es sieht alles harmlos aus", flüsterte Poppy.

„In der Sackgasse ist das meistens so", sagte Tyra laut. „Nie hat es jemanden interessiert, wenn ich hier aufgetaucht bin. Vielleicht ist der Inspektor doch auf dem Holzweg."

„Möglich. Aber jetzt ist nicht der Moment, darüber nachzudenken. Lass uns machen, dass wir weiterkommen."

Langsam näherten sie sich der Mauerbresche, überzeugten sich davon, dass niemand Notiz von ihnen nahm und kletterten hindurch. Der Hof des Hauses lag ebenso verlassen da wie bei Poppys Ankunft.

Sie erreichten den Schuppen, öffneten die Tür und gingen hinein. Torry zeigte keine Unruhe. Wie selbstverständlich nahm er die alte Spur auf und steuerte zielstrebig auf das Ölbild zu.

Nachdem sie sich ein letztes Mal davon überzeugt hatten, dass alles ruhig blieb, schlossen Tyra und Poppy die Tür.

Sie stellten das Bild zur Seite, stiegen über der Schuttkegel und schoben es zurück.

Nach dem Dämmerlicht des Kellerraums war es im Gang stockfinster. Sie schalteten die Handyleuchten an.

Hinter der Halde aus Ziegelsteinen senkte sich der glatte Steinboden kontinuierlich ab.

Nach etwa hundert Metern hörten sie ein fernes Grollen.

Poppy blieb stehen und hob den Kopf. „Das Meer", sagte sie andächtig.

„Ist das nicht wunderbar?" Tyras Augen glänzten im künstlichen Licht. „Ich habe versucht, das Geräusch mit dem Handy aufzunehmen, aber das Gerät ist nicht empfindlich genug. Ich wollte es in meinem Video verwenden."

„Der Einzige, dem deine Arbeit nicht gefiel, war Bottrill."

„Ich weiß. Ihm gefiel so einiges nicht, was mit unseren Aktivitäten auf der Insel zu tun hatte."

Poppy lief weiter. „Vor allem im Norden der Insel wollte er uns nicht haben. Er redete mir sogar ein, dass die ganze Insel instabil sei und Niall niemals ein Haus hätte bauen dürfen."

„So ganz falsch scheint das nicht zu sein." Tyra blieb stehen. Sie waren an die Stelle gekommen, an der sich große Steinbrocken aus der Tunneldecke gelöst hatten.

Sie konzentrierten die Strahlen der Lampen auf einen Punkt an der Decke.

Durch einen Spalt drang Wasser ein. Die Tropfen sammelten sich zu einem Rinnsal, das über die Wand bis auf den Boden lief und dort eine Pfütze bildete.

Torry schien das zu gefallen, durstig leckte er das Wasser auf.

Poppy fing einen Tropfen mit ihrem Finger auf. „Salzig schmeckt es nicht.“

„Umso besser. Die Vorstellung von Millionen Litern Meerwasser direkt über unseren Köpfen ist nicht sehr angenehm.“

Sie erreichten die Engstelle und zwängten sich an den scharfen Felskanten vorbei.

„Wie bist du hier eigentlich mit deinem Gepäck durchgekommen?“

Tyra war schon auf der anderen Seite.

„Den Rucksack habe ich vor mir hergeschoben. Dicker als ich war der nicht!“

Die Temperatur sank so plötzlich, als würden sie in einen See kalter Luft eintauchen. Poppy war das bereits zuvor aufgefallen, aber noch mehr als auf dem Hinweg empfand sie ein Gefühl der Beklemmung.

Diesmal war sie nicht allein, und so gelang es ihr, darüber wegzukommen – bis ihr Blick auf den sandigen Grund vor ihr fiel.

Poppy fand die Spuren ihrer Sneaker wieder, die sie auf dem Hinweg hinterlassen hatte. Einer der Abdrücke war ausgelöscht – von einem Schuh mit einer groben Profilsohle, der in dieselbe Richtung zeigte.

„Sieh dir das an. Da war jemand kurz nach mir hier.“ Sie schluckte.

Ich hatte etwas gehört, auf dem Hinweg ...

Tyra kam dazu. Sie kräuselte die Lippen. „Nachdem, was dein Inspektor eben andeutete ..."

„Es ist nicht *mein* Inspektor."

Poppy dachte an ihren Inspektor Edwards in Falmouth.

Was hätte der alte Knabe gemacht? Mit mir gut zusammengearbeitet, natürlich.

Sie vermisste ihn schmerzlich. *Auf jeden Fall besser als mit dem Wichtigtuer Gray. Sein pomadiges Gehabe – wenn er offener mit mir kommuniziert hätte, wäre uns das hier vielleicht erspart geblieben.*

„Zum Glück haben wir deinen Hund dabei. Der würde uns doch warnen ..."

Torry schien sich über Tyras Erwähnung zu freuen. Er lief zu ihr und ließ sich den Kopf kraulen.

Poppy lächelte. „Das stimmt. Er ist vollkommen ruhig und scheint den Ausflug weiterhin zu genießen. Außerdem liebt er Höhlen, selbst die ganz engen. Einen Fuchsbau zu durchstöbern ist das Größte für ihn, und dieser Tunnel ist die luxuriöse Langversion."

Hinter der Trümmerzone stieg der Gang wieder an, und nach wenigen Minuten erreichten sie die ersten der aus dem Felsen gehauenen Stufen.

„Wir sind fast da!" Poppy holte tief Luft, und auch Tyra war die Erleichterung anzumerken.

Torry verfolgte zielstrebig seinen Weg und behielt den Vorsprung.

Dann stellte Poppy fest, dass er langsamer lief. Sie blickte sich zu Tyra um, ihr schien die Veränderung nicht aufzufallen. Poppy sagte nichts, um sie nicht zu beunruhigen.

Sie lauschte, aber außer ihren Schritten war nichts zu hören.

Auf der letzten Stufe stoppte Torry. Die Nackenhaare sträubten sich.

Jetzt bemerkte es auch Tyra. Sie wollte etwas sagen, aber Poppy hielt sich die Finger an die Lippen.

Die Lichtkegel der Handylampen fielen auf die rostige Metallfläche der Tür.

Der Gang war verschlossen.

Torry ging bis dicht an die Tür und knurrte.

Poppy griff nach den beiden schweren, drehbaren Riegeln, die am oberen und unteren Ende angebracht waren. Sie bewegten sich keinen Millimeter.

Tyra kam dazu, und gemeinsam hängten sie sich an die Eisenklinken. Vergeblich.

In namenlosem Entsetzen ließen sie sich auf den Boden sinken.

Torry bellte aus vollem Hals.

Poppy stand auf, reflexartig warf sie sich gegen die Metallfläche. Mit schmerzverzerrtem Gesicht zuckte sie zurück und rieb sich die Schulter.

Der Aufprall hatte einen dumpfen Ton erzeugt, wie von einer angeschlagenen Glocke.

Das pulsierende Dröhnen klang aus und endete in einem keuchenden Stakkato.

„Ist das ein Lachen?", fragte Poppy ungläubig.

„Mrs Dayton?" Die Stimme war unverkennbar.

„Bottrill! Soll das ein Scherz sein? Machen Sie sofort diese Tür auf!"

„Mrs Dayton, was treiben Sie denn unter der Erde an Ihrem freien Tag?"

„Ich verstehe nicht …" Ihr Herz ging rasend, sie musste sich mit aller Kraft zusammenreißen.

„Das werden Sie, das versichere ich Ihnen. Es tut mir leid, das müssen Sie mir glauben, aber ich kann Sie nicht rauslassen."

Poppy sah, wie Tyra etwas erwidern wollte und legte ihr die Hand auf den Mund.

Eine ungeheure Wut stieg in ihr auf. Vor allem auf sich selbst, weil sie sich und Tyra in diese Situation gebracht – und weil sie Bottrill unterschätzt hatte.

Mit Gewalt schluckte sie den Impuls, zu schreien, herunter.

Ich darf nicht ausflippen, ich muss versuchen, mit ihm im Gespräch zu bleiben.

Sie hatte eine Idee, ging durch das Menü ihres Smartphones, drückte auf Tonaufnahme und hielt das Gerät direkt an das Metall.

„Sind Sie noch da, Mrs Dayton?"

„Die Auswahl an Spaziergängen ist nicht groß auf dieser Seite."

„Es ist gut, dass Sie Ihren Humor behalten, Sie werden ihn brauchen."

„Was soll das alles, Manas?"

„Sie hätten auf mich hören sollen, Mrs Dayton, und hätten besser reagiert, als noch Zeit dafür war. Wissen Sie, dass ich eine Menge von Ihnen halte? Ich habe Ihnen zugetraut, Flexer davon zu überzeugen, dass die Insel kein guter Ort für seine Happenings ist. Mrs Saunders Tod war nicht geplant, aber er war eine zwangsläufige Konsequenz. Diese eingebildeten Künstler meinen, sie können sich alles erlauben. Sie halten sich an keine Regeln und setzen sich über alle Warnungen hinweg. Mrs Teague ist auch nicht besser, aber die hielten wir für harmlos. Und dann kamen Sie, Mrs Dayton!"

„Was ist mit mir?"

„Sie sind berühmt, Sie standen sogar in der Zeitung wegen der Sache mit dem Toten am Lizard Point. – Doch leider hatten Sie nicht nur kein Interesse daran, Flexer umzustimmen, Sie haben auch hinter mir herspioniert. Denken Sie, ich habe Sie nicht gesehen, in Penzance?"

„Es war Zufall, dass ich dort war."

„Sie haben mich ganz zufällig fotografiert? Ich bitte Sie! – Ehrlich gesagt, bin ich von Ihnen enttäuscht. Ich dachte, Sie würden den Tunnel selbst finden oder Mrs Teague viel früher auf die Schliche kommen, so dreist, wie die zu spät oder gar nicht auftauchte."

„Mrs Teague ist in Mousehole und verständigt in diesem Moment die Polizei."

„Seien Sie nicht albern. Sie sitzt in der Falle wie Sie auch. Sie wurden beobachtet, wie Sie gemeinsam über die Mauer geklettert sind."

„Die Polizei wird trotzdem gleich dort sein."

„Sie bluffen! Und wenn schon. Der Hof ist ein harmloses Trödellager, und den Zugang zum Tunnel haben wir inzwischen verschlossen."

„Was meinen Sie mit wir?"

„Vielleicht kommen Sie noch in die Verlegenheit, das herauszufinden, obwohl ich es Ihnen nicht wünsche. Ich werde Sie jetzt allein lassen. Sie können sich gern die Zeit vertreiben. Vielleicht drehen Sie ja noch einen von Ihren verwackelten Höhlenfilmen, Mrs Teague?

Oder Sie laufen zum anderen Ende zurück, aber die Luft können Sie sich sparen."

„Uns geht's gut hier drinnen. So schnell geben wir nicht auf."

„Kein Mensch weiß, wo der Gang verläuft, es gibt nur Gerüchte und unverwertbare Dokumente. Nachdem sie hier die einschlägigen Experten abgeklappert hatten, sind meine Geschäftspartner zufällig auf ihn gestoßen, in alten Unterlagen aus dem Zweiten Weltkrieg."

„Dann wird die Polizei sicher auch darauf kommen."

„Falsch!", feixte er. „Es war in einem Archiv in Moskau. Es ist eine geheime deutsche Anlage. Die Krauts benutzten sie wohl, um Spione nach England zu schleusen. Geschichte kann so witzig sein, nicht wahr, Mrs Dayton?"

„Ihre Ironie entgeht mir."

„Schluss jetzt! Am besten, Ihnen geht ganz schnell die Luft aus. Wenn nicht, werden meine Partner sich Ihrer annehmen." Er schrie fast. „Aber vielleicht wollen die sich gar nicht die Hände an Ihnen schmutzig machen und lassen Sie da unten einfach verschimmeln. Falls Sie jemals einer finden sollte, sind Sie die bedauerlichen Opfer einer missglückten Höhlentour. Wie auch immer – morgen werden wir wieder aktiv werden, nachdem der alberne Kunstspuk vorbei und es ruhig auf Arwen Island geworden ist."

„Dann können Sie endlich Ihre eigene Party feiern?"

„Genau – und wenn Sie beide spurlos verschwinden, ist das noch viel besser als der ganze Hokuspokus mit der blutigen Hand und den mystischen Schnitzeljagden über die Insel. Es wird endlich dazu führen, dass

Flexer und Konsorten die Insel verlassen und nie mehr zurückkommen!"

„Bottrill! Noch kann sich alles klären! Sie sind doch nicht selbst verantwortlich für diesen Wahnsinn. Helfen Sie bei der Aufklärung, und Sie bekommen Ihr ruhiges Leben zurück. Denken Sie doch an Ihre Frau!"

„Danke für das Angebot. Wir haben ein besseres. Genießen Sie den Tag, oder besser Ihre letzte lange Nacht. Sterben Sie wohl. Ladys!" Sein hämisches Lachen drang durch die Tür und hallte in der stickigen Luft nach, dann verstummte es abrupt.

38

„Manas?“

Keine Antwort.

„Er ist weg“, stammelte Tyra. Sie hielt sich nicht mehr zurück, schrie und trommelte gegen das Metall; Torry fiel kläffend mit ein und kratzte an der Tür.

„Er hat recht, sparen wir unsere Luft.“ Poppy griff nach Tyras Fäusten, die an den Knöcheln aufgeplatzt waren. Schluchzend brach sie in ihren Armen zusammen. Beide rutschten auf den Boden und lehnten mit dem Rücken gegen die Tür. Fast synchron nahmen sie die Smartphones und prüften den Empfang.

„Nichts“, stöhnte Tyra.

Poppy überwand den Schockzustand als Erste. „Was hast du erwartet, hinter einer Stahltür und unter einigen Metern massiven Gesteins?“ Obwohl es ihr schwerfiel, stemmte sie sich hoch. „Wir werden diesem Scheißkerl nicht den Gefallen tun und hier still eingehen.“

„Aber es ist doch hoffnungslos!“

„Das sehe ich nicht so. Inspektor Gray ist unterwegs zur Insel, und seine Leute werden sich den Hof vorknöpfen.“

„Bis die den Eingang gefunden haben …“

„Lass uns nach Mousehole zurücklaufen, vielleicht war es doch Bluff!“

Sie schaffte es, Tyra auf die Beine zu ziehen. Torry nahm das als Zeichen des Aufbruchs.

Er schien sich keine Minute länger an der Tür aufhalten zu wollen, sondern strebte die Treppe herunter. Am unteren Ende blieb er stehen und kläffte.

„Siehst du, Torry gibt auch nicht auf." Poppy stieß sie an. „Hunde haben einen sicheren Instinkt."

Tyra blickte skeptisch drein. „Dann wechseln wir uns aber mit dem Handylicht ab, um die Akkus zu schonen."

„Okay! Gehst du vor?"

Tyra ließ sich darauf ein, sie legte sogar ein rasantes Tempo vor.

Torry schien sich erst jetzt richtig Zeit zu nehmen, den Tunnel zu erkunden.

Kurz vor der Trümmerzone war er verschwunden.

„Komm her, bei Fuß", rief Poppy ihn scharf. Es dauerte einen Moment, bis er aus dem Dunkel auftauchte. Sie atmete auf, und beide folgten Tyra, die schon dabei war, zwischen den Felsbrocken durchzuklettern. Dabei fiel Poppy auf, dass in den tiefsten Bereichen aus den feuchten Stellen im Sand Wasserpfützen wurden.

Die Flut kommt!

Sie verdrängte den Gedanken und lief schneller.

Nach zwanzig Minuten erreichten sie die schiefe Ebene, und die letzten Meter legten sie rennend zurück.

Der Ziegelhaufen vor dem Durchbruch schien unverändert, hoffnungsvoll kletterten sie darüber.

Aber als sie in die Öffnung leuchteten, glotzte ihnen nicht mehr das Porträt des Landedelmanns entgegen, sondern ein Tier: die Gravur eines Beagles, mit einer toten Ente im Maul.

„Erst der Herr, dann der Hund", murmelte Poppy. „Wenn das Gangster sind, haben sie wenigstens Humor."

Sie versuchte, die Druckplatte wegzuschieben.

„Komm, hilf mir!"

Zusammen schoben, traten, schlugen sie, aber der Stein rührte sich keinen Millimeter.

Schwer atmend machten sie eine Pause.

Tyra schloss die Augen. Poppy sah, wie eine Träne zwischen den zusammengepressten Lidern hervorquoll. Sie malte eine schmutzige Linie auf die staubige Wange.

Poppy verdrängte ihr eigene Panik, lief ein Stück in den Tunnel zurück und kam mit einem faustgroßen Felsstück zurück. „Ich hoffe, das ist kein Kalkstein."

Mit dem pfeilspitzen Ende hämmerte sie auf die Platte ein.

„Tut mir leid, tapferer Beagle." Aber außer ein paar tiefen Kratzern hinterließ sie keine Spuren.

Tyra drängte sie zur Seite. „Lass mich mal!" Sie nahm Poppy den Keil weg, packte ihn mit beiden Händen, holte über den Kopf aus und ließ ihn auf die Platte krachen. Ein Riss bildete sich. Hartnäckig bearbeitete Tyra die immer gleiche Stelle.

„Wir wechseln uns ab. Deine Finger fangen wieder an zu bluten."

Widerstrebend gab Tyra Poppy den Stein, und sie setzte die Arbeit fort.

Der Riss blieb die einzige nennenswerte Spur ihrer Anstrengungen.

„Wahrscheinlich haben sie mehrere Platten voreinander gestapelt." Poppy ließ den Stein sinken. „Selbst wenn wir diese hier kaputt kriegen, was nicht danach aussieht, kommt dahinter die nächste und dann noch eine. Im Keller stand ein ganzer Stapel davon.“

„Lass uns trotzdem weiterklopfen. Inzwischen müsste die Polizei hier sein. Das Geräusch könnte ihnen helfen, den Eingang zu finden.“

„Vielleicht.“ Poppy klang skeptisch. „Ich fürchte eher, nein. Wir sind hier nicht in der Großstadt. Gray wird Schwierigkeiten haben, eine Truppe zusammenzubekommen und noch größere, sie in kurzer Zeit hierherzuschicken. Im Moment müssen wir zugeben, dass Bottrill nicht gelogen hat – jemand hat die Steine vor den Eingang gestoben.“

Tyra rieb sich die Augen. „Oh Gott! – Es ist eine gruselige Vorstellung, dass potenzielle Mörder nur ein paar Zentimeter von uns entfernt hocken.“

„Mach deine Lampe aus, Tyra. Wir müssen Strom sparen.“

Sie nickte. „Ich weiß, aber ich prüfe noch mal den Empfang.“ Sie presste das Gerät direkt auf die Steinplatte. „Keine Chance. Nicht die Spur eines Signals.“ Entmutigt schaltete sie es aus.

Die Finsternis war so absolut, dass Poppy die schwachen Lichtblitze wahrnahm, die die Nervenzellen ihres überreizten Gehirns produzierten.

Keiner sprach. Was sollten sie auch sagen? Die Wahrheit war purer Horror.

Tyra weinte, dann wurde sie still.

Nachdem das Sehen vollständig ausgeschaltet war, übernahmen die anderen Sinne.

„Hörst du das?" Poppy suchte den Kontakt zu Tyra und berührte ihre Hand. Sie spürte das klebrige Blut. Tyra zuckte zurück.

„Entschuldige. – Ist da ein Geräusch?"

Sie hielten den Atem an. Es waren mehrere Geräusche, die bis zu ihnen durchdrangen. Ein tiefes, pulsierendes, mit langen Pausen …

„Das ist das Meer. Der Gang leitet es weiter bis hier hinauf."

Das andere war lauter, stetiger.

„Tropfendes Wasser?"

„Weiter unten haben wir die Pfützen gesehen."

Der nächste Gedanke erzeugte ein noch stärkeres Blitzen in Poppys Sehnerv.

„Pfützen hast du gesagt? Die wurden jedes Mal größer, wenn wir an der tiefsten Stelle durchkriechen mussten. Dort unten habe ich eine Flutmarke entdeckt …"

Synchron knipsten sie die Lampen an. Tyras Pupillen weiteten sich trotz des Lichts, das auf sie gerichtet war.

„Flut? Hier drinnen?"

„Ich wollte dich nicht erschrecken. Es scheint so, als ob eine gewisse Menge Wasser eindringt und bei Ebbe wieder abläuft. Aber bis hier hinauf kann es nicht kommen, hier ist alles staubtrocken."

„Ich weiß nicht …" Tyra wurde unruhig und nestelte an ihrer Bluse, als ob sie keine Luft bekäme. „Das Einzige, vor dem ich mich bisher hier unten nicht fürchtete, war, zu ertrinken …"

Sie rückte näher an Poppy heran. Es war nicht kalt, jedenfalls deutlich wärmer als an der Sohle des

Tunnels, trotzdem zitterte sie. Poppy legte den Arm um sie. Auch ihr fiel plötzlich das Atmen schwer.

Was die Psyche alles bewirken kann. – Hoffentlich merkt Tyra nicht, wie schnell mein Herz schlägt.

Vergeblich. „Es tröstet mich, dass du auch Angst hast, Poppy. Deine übermenschliche Ruhe hat mich ganz verrückt gemacht."

Poppy schwieg. Sie war kurz davor, den Widerstand aufzugeben.

Beide machten das Licht aus.

Torry, der ihre Nähe suchte und auf den Schoß geklettert war, hob witternd die Nase.

Poppy konnte es nicht sehen, doch das Schnüffeln war unüberhörbar.

„Dein Torry scheint sich überhaupt nicht zu fürchten."

„Das Einzige, vor dem er Angst hat, ist das Meer. Aber du hast recht, es ist auffällig, wie ruhig er ist."

„Vielleicht hat er einen Plan ...?"

Poppy schwieg einen Moment. In der erneuten Stille und Dunkelheit kam ein weiterer Sinneseindruck durch. Ein Luftzug. – So schwach, dass sie ihn nur auf der empfindlichen Hornhaut ihrer weit geöffneten Augen spürte.

Sie sprang auf und schaltete die Lampe an.

„Du bist fabelhaft!"

Tyra hielt sich die Hände vor die Augen. „Ich? Bestimmt nicht."

„Doch! Du hast gerade etwas Wichtiges gesagt. – Der Hund! Er ist relativ entspannt, weil er etwas wittert! –

Und ich habe eben einen schwachen Luftstrom gespürt!“

„Heißt das ...?“

„Keine Ahnung – übergeben wir ihm einfach das Kommando!“

Torry war froh, dass die Pause vorbei war. Er bellte kurz, lief los, schien sich aber an die Mahnung seines Frauchens zu erinnern. Nach kurzen Vorstößen kehrte er immer wieder zu den beiden zurück, um sich davon zu überzeugen, dass sie ihm noch folgten.

„Meine Beine sind eingeschlafen.“ Tyra rieb sich die Unterschenkel und stakste Poppy hinterher.

Diesmal gingen sie deutlich langsamer vor. Tyra leuchtete die Felswände ab.

Poppy spürte, wie ihnen die Beschäftigung guttat, wie die Panik zurückwich und einer trotzigen Entschlossenheit Platz machte.

An der Küstenseite fanden sich nur schiere, glatte Felswände; je näher sie der Insel kamen, desto rauer und zerklüfteter wurden die Tunnelflächen. Immer wieder blieben sie stehen und löschten das Licht, um dem Luftstrom nachzuspüren.

„Am stärksten ist er hinter der Trümmerzone“, sagte Poppy und unterdrückte ein Zähneklappern. Sie versuchte zu ignorieren, dass sie inzwischen bis über die Knöchel im Wasser standen. „Aber in Richtung Treppe verschwindet er.“

Sie stiegen hoch, nur um wieder vor der verschlossenen Eisenfläche zu stehen.

„Es ist ein Albtraum“, stöhnte Tyra.

„Dann würden wir aufwachen, oder Brios könnte uns helfen.“

„Wer?“

„Nur die Erinnerung an einen Traum …“

Poppy spürte Torrys nasse Nase an ihrer nackten Wade. Er rannte die Treppe hinunter und kläffte.

„Torry scheint es auch sinnlos zu finden, darüber zu jammern.“

Die beiden folgten ihm.

Etwa zehn Meter jenseits der letzten Stufe blieb er stehen und wedelte mit dem Schwanz. Tyra leuchtete über Decke und Wände. Außer Felsvorsprüngen und verschiedenfarbigen Gesteinsadern war nichts zu sehen.

Tyra schaltete die Lampe aus, holte ihr Feuerzeug hervor und ließ es aufblitzen.

„Das spart Strom, und vielleicht zeigt es uns, warum es hier zieht!“

Poppy kicherte. „Für eine, die schon fast mit dem Leben abgeschlossen hatte, hast du die coolsten Einfälle!“

Die Flamme flackerte. „Die Luft ist relativ warm, wahrscheinlich, weil die sonnenbeschienenen Klippen in der Nähe sind.“ Poppy zeigte auf eine handbreite Lücke in der Wand, die Flamme wurde von dem Spalt angezogen.

„Au, mein Finger wird heiß!“ Tyra ließ sie den Zünder los.

„Mach eine Pause.“ Poppy leuchtete in den Spalt. „Jetzt wissen wir wenigstens, dass es von hier eine Verbindung gibt, vielleicht sogar bis an die Oberfläche.“

„Schön, aber da kommen wir erst in ein paar Wochen durch, wenn wir zum Skelett abgemagert sind.“

„Das wird nicht nötig sein – sieh dir Torry an.“

Wenig überzeugt hatte er das Manöver mit dem Feuerzeug verfolgt. Stattdessen verschwand er in einem anderen Spalt, knapp über dem Boden, kam zurück und sah schwanzwedelnd zu ihnen hoch.

Poppy ging in die Knie und streichelte seinen Kopf.

Sie legte sich auf den Boden und tastete sich vor. Die Öffnung war nur auf der Gangseite eng, dahinter verbreitete sie sich.

Poppy zog ihren Kopf zurück.

„Wir müssen mal wieder kriechen, aber das stört uns nicht, oder?"

Tyra bückte sich und betätigte das Feuerzeug. Diesmal war der Effekt noch stärker, die Flamme zischte in Richtung des Spalts. Ihre Augen blitzten.

Torry stieß ein freudiges Jaulen aus, als ob er ausdrücken wollte, dass sie darauf schon früher hätten kommen können.

Er verschwand in der Lücke. Diesmal kam er nicht zurück.

Tyra seufzte. „Dann versuchen wir unser Glück. Immer noch besser, als wie irre immer nur von einem Ende zum anderen zu wandern."

„Damit ist es vorbei." Poppy leuchtete voraus. Aus der Tiefe drang ein neues Geräusch. Es war nicht das leise Tropfen, an das sie sich inzwischen gewöhnt hatten, sondern ein dumpfes Gurgeln.

Tyra schrie auf. „Die Flut kommt!"

Es war ein schockierender Anblick. Wie eine zusammenhängende, schwarze Masse schob sich das Wasser über den Boden. Poppy dachte an die Flutmarke. In wenigen Minuten würden es ihnen bis über die Hüfte reichen, in der Kälte gäbe es kein Überleben.

„Die Entscheidung ist uns abgenommen worden“, zischte Poppy. „Los, wir müssen Torry hinterher!“

39

Poppy legte sich flach auf den Boden und kroch voraus. Noch kam das Wasser nicht bis hierher.

Der Spalt wechselte in der Höhe, aber Poppy hatte das Gefühl, dass er allmählich enger wurde.

Immer wieder stoppte sie und versuchte gegen die Platzangst anzuatmen. Nicht nur das Herz schlug wie rasend, auch die Gedanken kreisten schneller und schneller.

Das latente Gefühl von Panik drohte zur akuten Attacke zu werden. Enge, Dunkelheit und Staub, die drohende Hyperventilation – alles ballte sich zu einer zähen Wolke zusammen. Sie spürte, dass sie kurz davor war, ohnmächtig zu werden.

Nein!, kämpfte sie dagegen an, *es ging doch ganz gut bisher, warum jetzt?*

In einem Hustenanfall bäumte sie sich auf. Es half nichts. Es begann mit einem Kribbeln in Armen und Beinen, das sich auf den ganzen Körper ausbreitete. Der Magen verkrampfte sich zu einem eiskalten Kloß. Sie schnappte nach Luft, ihre Finger krümmten sich zu Krallen und schlugen in den Staub vor ihr. Sie ließ das Smartphone fallen.

Alles wurde schwarz.

Sie schwamm in einer dunklen Flüssigkeit. Mühsam hielt sie sich an der Oberfläche. Mit jeder Bewegung nahm sie wahr, wie die Substanz sich verdichtete und der Widerstand größer wurde. Ihre Kräfte ließen rapide nach. Als sie kurz davor war, nachzugeben, zu versinken und die Brühe in Mund und Nase zu lassen, spürte sie einen Zug.

Etwas hüllte sie ein und gewann Gewalt über sie. In einem letzten Aufbäumen kämpfte sie dagegen an. Panisch stellte sie fest, dass Arme und Beine gefangen waren und keine Bewegung mehr möglich war.

Zwei Arme griffen nach ihr und zogen sie aus der ekligen Umgebung heraus.

„Brios?"

„Ich kann dich nicht sterben lassen, das passiert mir nicht noch einmal!"

Er befreite sie. „Auch wenn dazu wieder ein Netz zum Einsatz kam."

„Diesmal war es lebensrettend. Danke, Brios."

„Noch bist du nicht am Ziel. Ich bringe dich ans Ufer, dann musst du weitermachen. So kann es nicht enden, es ist keine Zeit zum Sterben."

Poppy wusste nicht, wie lange sie so gelegen hatte, aber plötzlich spürte sie, dass sie von zwei Seiten bearbeitet wurde. Tyra drückte gegen ihre Fußsohlen, und Torry leckte ihr übers Gesicht.

Sie brauchte Zeit, um zu sich zu kommen.

„Was ist los?" Langsam drang Tyras Stimme zu ihr durch. „Mach schon! Das Wasser ist hinter uns her!"

Stöhnend tastete Poppy nach dem Smartphone. Sie zog es aus dem Staub. Das Licht brannte unverändert. Sie bewegte die Arme wie eine Schwimmerin, die aus der Tiefe auftauchte. Allmählich kehrte das Gefühl in den Händen zurück. Sie wollte etwas sagen, aber ihre

Zunge klebte am Gaumen. Sie schluckte krampfhaft und öffnete den Mund.

„Schubs mich nicht!", krächzte sie in Tyras Richtung.

Mechanisch machte Poppy weiter, sie schob sich über die Erde wie eine Robbe.

Der Spalt machte eine scharfe Biegung nach oben und wurde noch enger. Wenn Torry sich nicht immer wieder munter jaulend ein paar Meter weiter voraus gemeldet hätte – sie hätte aufgegeben.

Ihre Hände stießen gegen einen Widerstand. Sie leuchtete nach vorn. Massives Mauerwerk.

War der Weg endgültig zu Ende?

Ausgelaugt und in einem Gefühl vollkommener Leere ließ Poppy das Smartphone sinken.

Der Lichtstrahl zeigte nach oben und fiel auf Torry, der hechelnd einen halben Meter über ihr stand. Der Raum neben ihr bot gerade genügend Platz, dass Tyra zu ihr aufschließen konnte.

„Geht's nicht weiter?", keuchte sie.

Poppy verzog das Gesicht zu einer schmutzigen Grimasse.

„Fühlt sich so an. Doch Torry scheint anderer Meinung zu sein."

Dicht aneinandergepresst, konnte sich nur eine von ihnen ein Stück aufrichten. Poppy stemmte den Oberkörper hoch. Mit einer Hand bekam sie die Kante zu fassen und zog sich nach oben. Es gelang ihr, sich über den steinernen Absatz zu schlängeln. Erschöpft ließ sie sich auf der anderen Seite herunterrollen. Sie blieb auf dem Rücken liegen und leuchtete an die Decke.

Nach der klaustrophobischen Passage durch den Spalt kam ihr der Raum wie eine Kathedrale vor.

Tyras Gesicht schob sich in ihr Blickfeld. „Wo sind wir?"

„Ein Tunnel jagt den nächsten." Sie ließ den Lichtkegel über die Decke wandern. „Immerhin wirkt dieser hier weniger lebensbedrohlich."

„Die Luft ist auch besser."

„Wenigstens sind wir aus dem Wasser raus. Dafür ist es hier staubig." Hustend klopfte sich Poppy die Kleidung ab. „Ich hätte jetzt gern einen Gin Tonic."

„Ein Schluck Cola würde mir genügen." Tyra erkundete die neue Umgebung.

Ein quadratischer Raum von etwa vier Metern Länge.

„Das ist keine natürliche Felsformation, das Gestein ist eindeutig bearbeitet."

Tyra strich mit der Hand über eine Reihe von Vorsprüngen. „Hier sind Artefakte, es ist ein Muster zu erkennen, ein wellenförmiges Band. Wenn ich es hier rausschaffe, komme ich mit meiner Kamera zurück!"

„Ich freue mich, dass du Pläne für die Zukunft hast." Poppys Beine fühlten sich noch etwas wackelig an, aber sie stand aufrecht. „Ich schließe mich an. Jemand sagte mir, mein Stündlein hätte noch nicht geschlagen."

„Wer?"

„Eine innere Stimme." Poppy betrachtete die Öffnung, durch die sie eben gekrochen waren.

„Sieh mal, das ist keine durchgehende Wand."

Die Mitte bildeten einzelne Mauersteine. Ein breiter Riss lief durch den Bereich, er zog sich weiter nach oben und spaltete auch einen Teil der Decke. Winzige

Wassertröpfchen sammelten sich an den gezackten Rändern und glitzerten im Lampenlicht.

„Da scheint uns die wackelige Geologie geholfen zu haben." Poppy fuhr mit den Fingern den Spalt entlang nach unten. „Ich denke, das war die Stelle, an der der alte Klostergang zugemauert worden war. Der Durchgang war die schwächste Stelle."

„Dann hat ihn irgendeine Erdbewegung wieder geöffnet?"

„Sieht so aus." Am Fuß der Mauer klaffte über einer breiten Steinschwelle eine Lücke. „Dabei wurden immerhin vier massive Granitquader versetzt und in den Raum hineingedrückt."

Tyra grinste. „Arwen Island hat ein Eigenleben."

Poppy nickte. „Und einen guten Geist." Sie lächelte versonnen.

Tyra beleuchtete die Wand gegenüber. In der Mitte verschluckte eine dunkle Öffnung das Licht. „Hier geht's weiter – hoffe ich wenigstens."

Anders als die bisherigen Gänge war dieser eindeutig künstlich, die Wände waren geglättet, und an einigen Stellen stachen rostige Stümpfe ehemaliger Fackelhalter hervor. Rechts und links zweigten schmale Öffnungen ab, die in leere, höhlenartige Räume führten.

Allmählich stieg der Gang an. Das Gestein änderte sich, zwischen kohlschwarzen Schichten lagen glänzende Adern.

„Ich will nichts lieber als so schnell wie möglich raus aus diesem Tunnel", flüsterte Poppy andächtig, „aber das ist unglaublich schön!"

Sie blieben stehen und vereinigten die Strahlen ihrer Lampen.

Über die dunkle Oberfläche zuckten silberne Blitze, als ob sie von elektrischer Energie durchströmt würden.

„Das ist Glimmerschiefer", sagte Tyra fachmännisch. „Auch diese Stelle muss ich mir für meine Videos merken."

Sie gingen weiter, und in der neuen Blickrichtung variierte die Farbe von Silber nach Hellgrau und Graugrün, bis es abrupt in einer rötlichen Zone endete. „Hier ist Eisen im Spiel, durch Oxidation."

„Leider ist hier mehr Eisen im Spiel, als uns lieb ist." Poppy war ein Stück vorausgegangen. Ihr Lichtkegel lag auf den massiven schwarzen Metallbändern einer schweren Tür.

„Oh nein, sag nicht ..."

„Sie ist verschlossen." Poppy drückte dagegen. „Und dummerweise gibt es nicht einmal eine Klinke."

„Das kann nicht wahr sein! Wir sind so weit gekommen ..."

Poppy zeigte nach oben. „Ich hoffe, dass uns das Glück nicht verlässt."

An der Grenze zwischen Glimmerschiefer und einer anderen, poröseren Gesteinsschicht, drang Wasser durch die Decke. Es lief am Türrahmen entlang, sammelte sich am Boden und versickerte in einem Spalt.

Torry fing ein paar der Tropfen mit der Zunge auf.

„Nicht nur der Stein ist hier feucht, sondern auch das Holz."

Poppy befühlte die senkrecht stehenden Bohlen.

„Trocken und nass nebeneinander, das tut dem Holz nicht gut. – Tyra, hast du mal einen Selbstverteidigungs-Kurs gemacht?"

„Ja, aber das ist eine Weile her."

„Macht nichts. Ich fang an mit ein paar Kick-Box–Tritten."

Poppy nahm Anlauf und trat waagerecht gegen die Fuge zwischen den Bohlen. Sie prallte ab und landete auf dem Hintern. Tyra prustete.

„Lach nicht, an meinem Stil werde ich noch arbeiten. Jetzt du."

Tyra schaffte es, dieselbe Stelle zu treffen.

Nach der vierten oder fünften Attacke tat sich etwas. Mit einem kurzen jaulenden Geräusch gab das Brett nach und löste sich einen Finger breit von den Eisenbändern. Im nächsten Moment war von der anderen Seite der Tür ein klirrendes Scheppern zu hören.

Torry kläffte aus vollem Hals.

„Da ist mächtig was kaputtgegangen." Poppys trockener Kommentar und der Spalt, der immer breiter wurde, ermutigte sie, weiterzumachen.

Poppy holte etwa zum zehnten Mal aus und traf. Diesmal bewegte sich nicht der Balken, sondern die ganze Tür brach aus den rostigen Scharnieren.

Getragen von ihrem Schwung, flog Poppy durch die Öffnung und landete unsanft auf der anderen Seite. Es knirschte.

„Au! – Sei vorsichtig! Ich habe mich geschnitten."

Tyra stieg hinterher. „Schlimm?", fragte sie besorgt.

Poppy rappelte sich auf und saugte an ihrem Handballen. Sie schüttelte den Kopf.

„Nur eine kleine Wunde." Sie beruhigte Torry, der sich besorgt hechelnd an ihr Bein drückte.

Jetzt knirschte es auch unter Tyras Schuhsohlen. Sie leuchtete den Boden ab.

In der Lichtexplosion zogen sich ihre an die Dunkelheit gewöhnten Pupillen zusammen.

„Ist das Glas?"

Poppy hob einen Splitter auf. „Ein Spiegel!"

„Mist. Das bedeutet sieben Jahre Unglück."

„Bist du abergläubisch, Tyra?"

„Und wie."

Poppy besah sich den Raum. Sie pfiff durch die Zähne.

„In diesem Fall bedeutet es Glück, obwohl ich fürchte, dass wir eben ein historisch bedeutsames Artefakt zerstört haben."

„Wo sind wir?"

„Im heidnischen Heiligtum von Arwen Island."

40

Tyra schob die Splitter mit dem Fuß zusammen, als ob sie damit etwas reparieren oder zumindest das drohende Unheil abzuwehren vermochte.

Poppy ließ den Lichtstrahl kreisen. Der etwa fünf mal fünf Meter große Raum war leer – bis auf einen steinernen, hüfthohen Sockel, der direkt aus dem Fels des Bodens herauszuwachsen schien. Die Oberseite zeigte in der Mitte eine schüsselförmige Vertiefung.

In der Mulde lag ein rundes Objekt; unter der dicken Staubschicht war zunächst kaum etwas zu erkennen.

Tyra trat näher, streckte ihre Hand aus und hielt inne. Dort, wo die Kugel sich nach unten wölbte und keine Fläche für den Staub bot, schimmerte es rötlich. Poppy kam dazu.

„Der goldene Apfel … der Solstice-Altar. Niall hat davon berichtet."

„Solstice?" Tyra sah sich aufgeregt um. „Weißt du, was das bedeutet? Es muss eine Luke oder so etwas geben, durch die die Sonne auf den Apfel treffen konnte – und wo eine Öffnung ist, kommen wir vielleicht raus!"

„Langsam! Siehst du hier irgendein Loch?"

Sie suchten die Wände ab. Außer dem zerborstenen Tor gab es eine weitere Tür gegenüber. Sie trug eine schwere, gusseiserne Klinke. Poppy drückte sie, aber sie bewegte sich keinen Millimeter.

„Auch verschlossen", sagte sie überflüssigerweise. „Trotzdem. Wir brauchen kein Loch, ich glaube, wir gehen einfach hier durch."

„Einfach? Nach der nächsten Martial-Arts-Performance, meinst du wohl."

Poppy grinste. „Wenn's sein muss? Wir sind gut im Training."

Sie leuchtete an die Decke. „Aber deine Bemerkung mit dem Loch für die Sonne ist interessant."

In der massiven Steindecke entdeckten sie eine quadratische Aussparung, die vollständig mit Ziegelsteinen und Mörtel zugemauert war.

Tyra richtete das Handy nach oben aus, doch auch hier rührte sich die Empfangs-Anzeige nicht.

„Kein Wunder, wir sind bestimmt immer noch metertief unter der Erde." Poppy hielt die Lampe senkrecht über den Apfel. „Ich nehme an, die Strahlen fielen nur am Tag der Sommersonnenwende durch einen langen Schacht genau auf den goldenen Apfel. – Der Effekt war sicher enorm!"

Als Tyra wieder nach dem Apfel greifen wollte, hielt Poppy sie zurück. Sie betrachtete den Altar. Der Stein war nicht nur mit einer Staubschicht bedeckt. Dunkle Flecken flossen in Richtung der Mulde zusammen.

„Das scheinen Blutreste zu sein."

Tyra schüttelte sich. „Von Opfern?"

Poppy nickte. „Wir lassen alles an seinem Platz. Das ist eine archäologische Sensation – ein keltischer Tempel unter einem Kloster der Blackfriars! Bisher war das bloß eine Sage."

„Aber warum ist der immer noch hier? Stell dir vor, der Apfel ist aus massivem Gold ..."

„Schau nicht so gierig! Im Ernst – ich glaube, der Erzdiakon von Exeter wollte damals mehrere Fliegen mit einer Klappe schlagen: das Kloster in seine Schranken weisen, den Gang unbrauchbar machen – und die heidnische Konkurrenzveranstaltung für immer unter der Erde verschwinden lassen.“

„Deshalb wurde auch der Sonnenschacht zugemauert, und niemand hat danach auf der Oberfläche der Insel etwas entdeckt.“

„Das hatte sein Gutes; sonst wäre so ein Klumpen Gold längst verschwunden. – Und wir haben schon genug Schaden angerichtet, als wir hier wie die Elefanten eingefallen sind. Dabei haben wir den zweiten Kultgegenstand zerstört, das Mirror Gate.“

„Das mit der Aura?“

„Auch darüber hat Niall referiert. Der Spiegel zeigte dem, der vor ihm stand, seinen wahren Charakter.“ Poppy hob eines der größeren Fragmente hoch und hielt es Tyra vor die Nase.

Sie zog eine Grimasse; das wellige Glas und das von Flecken durchbrochene Silber verstärkten die Verzerrung.

„Ich fühle mich wohler auf dieser Seite des Spiegels als eingesperrt in dem nassen Tunnel.“

„Du sagst es, Tyra. Aber eingesperrt sind wir immer noch.“

Poppy zeigte zur Tür auf der Gegenseite. Sie seufzte. „Willst du anfangen?“

Tyra nickt und holte aus. Poppy hob die Hand.

„Stopp! Das tut mir in der Seele weh. Lass es mich noch mal probieren.“

Sie drückte ein zweites Mal auf die Klinke, zog und rüttelte daran. Rostige Flocken rieselten zu Boden. Poppy verschnaufte kurz. „Einmal noch."

Der Widerstand in ihrer Hand gab plötzlich nach. Die schwere Klinke brach ab und fiel scheppernd zu Boden. Die Tür rührte sich nicht.

„Poppy, jetzt ist Schluss mit dem Denkmalschutz!"

Tyra steckte das Smartphone ein, nahm Anlauf und stürmte los.

Ihre Fußkante hatte die Tür kaum berührt, als sie fast mühelos aufschwang. Anders als Poppy fing sie sich und blieb auf den Beinen. Sie stützte sich an der Wand gegenüber der Tür ab.

Poppy kicherte und hustete abwechselnd. „Das Schloss ist durchgerostet. Ich hätte besser drücken als ziehen sollen."

Sie ließ die Lampe an Tyras Kopf vorbei scheinen. „Bei deinem Schwung wärst du beinahe ins Grab gesunken."

Tyra schaute über ihre Schulter. Sie schrie auf und ließ die Wand los. Torry knurrte, und seine Nackenhaare sträubten sich.

Aus einer Nische grinste sie ein Schädel an. Er hatte sich vom Skelett gelöst und war zur Seite gekippt.

„Er ist nicht allein hier unten."

Die Lichtstrahlen leuchteten tiefe, in die Wände eingelassene Nischen aus. Sie waren gefüllt mit Schädeln und Skelettresten.

„Ein Ossarium", flüsterte Poppy.

„Eine Totenstadt?" Tyra keuchte. Sie hatte Schwierigkeiten, ihre Beherrschung wiederzufinden.

Poppy hielt Torry am Halsband fest, er zeigte ihr zu viel Interesse an den uralten Gebeinen. Sie war ein Stück weitergegangen.

„Es sind nicht viele. Vielleicht waren diese Gräber nur besonderen Toten vorbehalten."

Erschrocken blieb sie stehen.

„Der Gang ist zu Ende!", rief sie. „Außerdem wird das Licht schwächer", murmelte sie so leise, dass Tyra sie nicht hören konnte.

„Hier geht's weiter!", rief die von der anderen Seite der Gruft.

Poppy beschloss, den Akku so weit wie möglich zu schonen und schaltete ihr Licht aus.

Der anschließende Gang behielt seine geräumige Breite und Höhe, verfolgte jedoch keine gerade Linie.

„Das ähnelt wieder mehr dem Tunnel unter dem Meer. Man hat dort gegraben, wo das Gestein den geringsten Widerstand bot." Poppy tastete sich an einem breiten Riss entlang. „Dafür scheint hier einiges in Bewegung zu sein."

„Pass auf deine Finger auf, nicht dass diese seltsame Insel plötzlich zubeißt."

Poppy lachte, zog ihre Hand aber schnell zurück.

Immer wieder mussten sie Felsstücke überklettern, die von der Decke gebrochen waren. Aus den Lücken sickerte Wasser.

Ein paar Schritte weiter blieb Tyra stehen. Sie legte den Kopf in den Nacken, wartete, bis Poppy zu ihr aufgeschlossen hatte und schaltete die Lampe aus.

„Kommt da Licht von oben?"

Ein Riss führte wie ein Kamin in Richtung Oberfläche.

Poppy starrte hinauf. Sie wischte einen Wassertropfen weg, der sie direkt zwischen die Augen getroffen hatte.

„Das ist zweifellos ein kleines Stück blauer Himmel", murmelte sie andächtig.

„Leider für uns unerreichbar." Tyra stemmte die Arme in die Seiten. „Meinst du, wir sollten schreien? Vielleicht hört uns jemand?"

„Ich glaube nicht. Es sind bestimmt fünf, sechs Meter bis da oben, und es ist wirklich nur eine winzige Öffnung."

Tyra stöhnte. „Ich habe jedes Gefühl dafür verloren, an welcher Stelle auf der Insel wir uns befinden könnten."

Poppy streichelte Torry, der versuchte, an der Wand hochzuspringen.

„Du spürst auch, dass es da rausgeht. Aber nicht einmal ein kleiner Hund wie du würde da durchpassen. – Lass uns weitergehen, Tyra. Ich glaube, wir sind noch ein ganzes Stück vom Kloster entfernt. Wenn überhaupt, haben wir erst dort eine Chance ..."

„Was meinst du mit *wenn überhaupt*, Poppy?"

„Ich fragte mich gerade, warum der Tunnel in neuerer Zeit nicht wiederentdeckt worden ist. Nicht der Zugang an der Felsengrotte, der scheint ja aus dem Krieg zu stammen. Ich meine, die Verbindung zum Kloster."

Tyra sah sie nachdenklich an. „Beim Bau von Nialls Haus ..."

„Genau, spätestens da hätte man darauf stoßen müssen." Wieder wischte sich Poppy einen Wassertropfen von der Stirn. „Ich will dir keine Angst machen. Das bisschen Himmel eben war wenigstens ein Hoffnungsschimmer.“

„Was ist das da vorn?“ Tyra richtete den Lampenstrahl geradeaus. Er fing sich an einer Reihe gerader, ebenmäßiger Strukturen. „Wir scheinen an einer Wegkreuzung zu sein.“

Acht aus dem Felsen gehauene Säulen waren kreisförmig angeordnet und standen rings um einen kleinen Platz. Vor den Säulen lag verrottetes Holz. Poppy hob ein Stück auf, es zerfiel in ihren Fingern.

„Das sieht aus wie die Reste von Bänken. Vielleicht war hier eine Art Wachstation.“

„Und das könnte eine Feuerstelle gewesen sein.“ Tyra leuchtete auf einen verkohlten Fleck in der Mitte.

„Dann muss es einen Abzug geben.“

Beide richteten ihre Lampen an die Kuppel des kleinen Saals. Die Decke verlor sich in der Dunkelheit.

„Wenn, dann hat man auch ihn verschlossen.“ Tyra verbarg ihre Verdrossenheit nicht. „Unsere archäologische Exkursion ist faszinierend, aber langsam geht sie mir auf die Nerven.“

„Hab Geduld, Tyra. Wenigstens müssen wir nicht mehr kriechen. Ich bin gespannt, was als Nächstes kommt.“

Neben dem Weg, auf dem sie gekommen waren, mündeten zwei Tunnel in den Platz. Sie folgten dem linken.

Nach etwa zwanzig Metern trafen sie auf die nächste Erweiterung, von ihr gingen ein halbes Dutzend Öffnungen aus.

„Das wird mir zu kompliziert." Tyras Stimme zitterte. „Bisher habe ich es ganz gut verkraftet, aber jetzt drehe ich durch." Sie hielt die Hände vors Gesicht.

„Mir geht's nicht anders." Poppy griff nach ihren Schultern. „Lass uns systematisch vorgehen. Bleib hier stehen. Ich sehe mir die Gänge an und gehe nur bis maximal zur nächsten Abzweigung, dann komme ich zurück."

„Wir könnten eine Spur legen, mit den Holzstücken …"

Poppy schüttelte den Kopf. „Das Brotkrumenspiel wird uns nicht weit bringen. Außerdem läuft uns die Zeit davon. Seit einer ganzen Weile schon werden unsere Lampen schwächer. Die Akkus halten nicht mehr lange. – Auch wenn es dir schwerfällt: Mach deine aus und warte auf mich. Torry bleibt bei dir." Sie gab ihm klare Platz-Anweisungen, und er gehorchte. Ihr fiel auf, dass er nicht die geringsten Anstalten machte, die Abzweigungen zu erforschen.

Sie wartete Tyras Reaktion nicht ab, sondern machte sich auf den Weg.

Die erste Höhle führte nicht weit. Es schien ein Vorratsraum gewesen zu sein. An den Wänden türmten sich Stapel von zerfallendem Holz, dazwischen lagen Reste von Stoffballen. Alles zerfiel bei der kleinsten Berührung und löste Hustenattacken aus.

„Poppy?", hörte sie Tyra rufen.

„Alles okay!" Sie bemühte sich, nichts mehr anzufassen und keinen weiteren Staub aufzuwirbeln.

Sie ging in den Vorraum zurück und probierte die nächste Abzweigung.

Hier, wie in den folgenden zwei Kammern, stieß sie nur auf vermodertes Holz und undefinierbare, zerfallene Gegenstände.

In den beiden letzten standen hohe Tonkrüge und Holzfässer.

Der Weinkeller des Klosters? Dann kann es nicht mehr weit sein.

Sie wollte sich schon abwenden, als sie die Stirnwand anleuchtete. Dort wurde der Fels von einer Ziegelreihe unterbrochen.

Eine zugemauerte Türöffnung? Poppys Gedanken begannen zu rasen. *Sicher sind wir hier in der Nähe der alten Klosterküche. – Aber wenn das der einzige Zugang in das Tunnelsystem war?* Ihr Herz klopfte. Sie beschloss, die Frage für sich zu behalten und Tyra nichts von ihrer Entdeckung zu sagen.

41

Sie gab Tyra den positiven Teil weiter: „Das sind ehemalige Lagerräume. Ich glaube, wir sind jetzt irgendwo unterhalb von Arwen Abbey. Lass uns in die Säulenhalle zurückgehen und die andere Richtung nehmen."

Torry sah sie mit einem *Hättet ihr besser mich mal gefragt*-Ausdruck an.

Bevor er munter vorausrannte, markierte er noch eine der Säulen.

Tyra staunte. „Dein Hund scheint dieses gruselige Labyrinth als sein Revier zu betrachten."

„Nehmen wir das mal als gutes Zeichen", seufzte Poppy. „Solange er seine Beharrlichkeit behält …"

Diesmal war der Weg breiter und länger, endete aber nach etwa fünfzig Schritten in einer Sackgasse.

„Und, was sagt dein Hund jetzt?" Tyra schlug mit der flachen Hand gegen die Wand. Anders als in den früheren Bereichen war sie hier geglättet. Ihre Finger hinterließen schwarze Streifen an der verputzten Fläche.

Poppy zog sie weg. „Hast du die Öffnungen auf dem Weg hierher gesehen?"

Sie liefen ein Dutzend Schritte zurück. Zwei Durchgänge lagen sich direkt gegenüber.

„Das sind sorgfältig gearbeitete Rundbögen, glaub mir, wir sind fast da."

Poppy versuchte sich und Tyra Mut zu machen, aber ihre Stimme klang belegt.

Sie leuchteten in den ersten Raum – und zuckten zurück.

Tyra schrie auf. „Sind ... sind das Leichen?“, stammelte sie.

Poppy berührte mit der Fußspitze einen Arm, der scheppernd wegrollte. Sie stieß die angehaltene Luft aus und lachte.

Die vor ihnen aufgetürmten Gestalten waren Ritterrüstungen, Helme, Brustpanzer, Kettenhemden, Schienen für Arme und Beine. Torry interessierte sich besonders für die eisernen Stiefel.

„Die Rüstungen standen bestimmt einmal in Reih und Glied aufgereiht an der Wand. Dann sind die hölzernen Ständer verrottet, und die ganze Truppe ist übereinandergepurzelt.“

„Ich bin zu Tode erschrocken.“ Tyra wischte sich die Stirn und hinterließ eine Kriegsbemalung.

Poppy ging in den Raum gegenüber.

„Hier scheint es geordneter zuzugehen.“

Das immer schwächer werdende Licht wurde matt zurückgeworfen. Dutzende von Schwertern, Hellebarden und Streitäxten lagen in flachen, in den Stein gehauenen Fächern.

Poppy ging dicht heran. Zögernd griff sie nach einem der Schwerter und hob es mit beiden Händen von seinem Lager.

„Verdammt, ist das schwer.“ Sie musste aufpassen, dass es ihr nicht auf den Fuß fiel.

Tyra wischte die Staubschicht ab. Die Klinge schimmerte matt durch die wirbelnden Partikel.

„Toledo-Stahl. Die Mönche haben nicht gespart.“

Behutsam legte Poppy das Schwert zurück und ging an der Parade mittelalterlicher Waffen vorbei. „Das ist Material für eine halbe Armee." Vor einer Streitaxt blieb sie stehen. „Die nehmen wir mit."

„Damit wir unsere Knochen schonen, wenn die nächste verschlossene Tür auf uns wartet?"

„Genau, Tyra. Und überhaupt – man kann nicht wissen, wer oder was uns dahinter erwartet."

„Mal den Teufel nicht an die Wand."

„Mir reicht schon die Vorstellung von Bottrill."

Sie griff nach dem Stiel, direkt unter der elegant geschwungenen Klinge, zog die Axt aus der Nische und wog sie in der Hand.

„Wenn ich sie kurz unter dem Blatt halte, ist sie in Balance."

„Poppy, wir sind hier nicht auf einem Mittelalter-Festival."

„Leider nicht." Sie untersuchte die Verbindung von Schaft und Kopf. „Sieht solide aus. – Das ganze Arsenal wirkt erstaunlich frisch."

„Hier ist es weniger feucht als in den Tunneln weiter unten." Tyra rieb die Handflächen aneinander. „Aber es ist immer noch kalt."

Poppy musterte die eigene Gänsehaut, als ob ihr Arm jemand anderem gehören würde.

„Vor lauter Adrenalin habe ich bisher kaum was gespürt."

„Dann schnapp dir deine Waffe, edle Rittersfrau und rette uns. Dein treuer Begleiter scheint zu wissen, wo es langgeht!"

Torry, der unter dem Türsturz stehen geblieben war und das Hantieren mit den Waffen misstrauisch beäugt hatte, trippelte ungeduldig hin und her. Als er ihre Aufmerksamkeit hatte, lief er los.

Sie folgten ihm ein Stück den Gang zurück. Auch hier lagen sich zwei Öffnungen gegenüber. Einer der Räume war leer. Torry interessierte sich für den anderen. Er bellte einmal. Poppy hielt das Licht auf ihn. Er stand auf der ersten Stufe einer Steintreppe, die steil nach oben führte – und an einer Falltür endete. Tyra stieß einen Schrei der Begeisterung aus und wollte losstürmen. Poppy hielt sie fest.

„Langsam. Und sei leise!“

Tyra presste die Lippen zusammen und nickte.

Poppy stellte die Axt ab, stieg die Treppe hoch, entdeckte das Scharnier der Tür und drückte dagegen.

„Sie rührt sich“, ächzte sie, „aber nur ganz wenig. Wahrscheinlich steht irgendetwas drauf. Komm, hilf mir!“

Tyra stellte sich neben sie, eine Stufe tiefer, um ihre Körpergrößen anzugleichen. Die beiden pressten die Schultern gegen das Holz. Sofort war der Effekt spürbar. Die Tür hob sich, erst langsam, dann gab sie plötzlich nach, schwang auf und krachte auf den Boden der Etage über ihnen.

Staub quoll nach unten, es roch leicht säuerlich, nach schmutziger Wolle.

„So viel zum Thema *leise sein*.“ Tyra lugte durch die gähnende Öffnung. Torry überholte sie und verschwand hinter einem Kistenstapel.

Langsam stiegen sie hinauf. Die Lampen bohrten massive Lichtbalken in die staubdurchsetzte Luft.

Nach dem kalten Keller war es hier deutlich wärmer.

Der Raum war anders als die vorherigen, weit weniger roh. Ein aus Ziegeln gemauertes Tonnengewölbe, getragen von vier Säulen aus Sandstein, war angefüllt mit Kisten und Mobiliar.

Poppy untersuchte die Falltür.

„Die Kiste darauf haben wir weggestemmt." Tyra zeigte auf die massive Truhe aus Eiche, die umgestürzt neben der Öffnung lag. Der Inhalt, mottenzerfressene Wolldecken, lag verstreut dahinter.

Der angrenzende Raum sah ähnlich aus, aber hier spürten sie einen kühlen Luftzug.

„Es gibt ganz unterschiedliche Strömungen in diesen Gängen." Poppy dachte laut nach. „Es muss hier eine Verbindung zur Oberfläche geben."

„Bleib mal stehen", flüsterte Tyra. „Spürst du das?"

Sie schalteten die Lampen ab und lauschten.

Es war mehr ein Vibrieren als ein Geräusch.

„Ich glaube, wir sind in der Nähe des Kraftwerks. Nialls Haus bezieht seine Energie aus Wärmepumpen und Generatoren."

Tyra packte Poppy so heftig am Arm, dass diese schmerzhaft das Gesicht verzog.

„Dann sind wir gleich da!"

Poppy fühlte nach der Streitaxt in ihrer Hand. Obwohl ihr der Gedanke an die Funktion der Waffe kein Vertrauen einflößte, wirkte der schwere Gegenstand beruhigend. Sie schaltete die Lampe wieder ein und suchte Torry, der verschwunden war.

Sie folgten der Spur seiner Pfoten auf den staubigen Holzbohlen.

„Zum ersten Mal haben wir keinen Steinboden mehr unter den Füßen."

Der dritte Raum in der Reihe ähnelte den vorherigen. Hier war die Luft noch trockener. Alles wirkte aufgeräumter und besser erhalten. Schränke mit massiven, schmucklosen Eichentüren füllten die Wände bis zur Decke aus.

„Sind das Kleider?" Poppy hatte einen Schrank geöffnet und zog einen Stapel des festen Wolltuchs heraus. Einer der Stoffballen rutschte auseinander. Tyra fing ihn auf und hielt ihn hoch. Poppy leuchtete das braune Gewebe an.

„Eine Mönchskutte."

Fast hätte sie hinzugefügt: *Mit so einer hat Brios mich gerettet* – aber im Moment war ihr nicht nach Traumgeschichten.

„Sie ist ziemlich gut erhalten – halt mal." Poppy gab Tyra ihre Lampe und zog sich die Kutte über den Kopf.

Ein schwerer, ranziger Geruch stieg ihr in die Nase. Lag es an der Dunkelheit und ihrem überreizten Gemüt, dass die Erinnerung an den Piratenüberfall drohte, sie zu überwältigen? Sie holte sich das Smartphone zurück und schien sich damit ins Gesicht, als ob sie mit der Lichtdusche die bedrohlichen Gedanken loswerden könnte.

„Was ist, Poppy? Du schwitzt plötzlich."

„Alles ok. Das Ding ist etwas muffig. – Auch wenn du dich wunderst, ich behalte es an. Es gibt mir mehr Schutz als Shorts und T-Shirt. Außerdem passt es prima." Mit erhobenem Kinn machte sie ein paar Schritte wie ein Model auf dem Laufsteg.

„Sogar die Länge“, bestätigte Tyra amüsiert. „Die Menschen waren damals viel kleiner als heute – oh, entschuldige, ich wollte nicht taktlos sein.“

„Schon gut. – Du solltest das auch probieren, das Mittelalter-Gefühl ist authentisch.“

„Nein, danke. Ich möchte so schnell wie möglich in die Gegenwart zurück.“

Torry witterte, dann rannte er los, diesmal überhörte er das Bei-Fuß-Kommando.

„Er will uns etwas zeigen – so eine Energie hat er nur, wenn er kurz davor ist, einen Kaninchenbau auszubuddeln.“

„Auch in umgekehrter Richtung?“ Tyra hob den Kopf. „Normalerweise fällt Alice ein Kaninchenloch hinunter und nicht hinauf.“

„Auf Arwen Island ist alles anders.“

Am Ende eines schmalen Ganges wartete Torry und führte sie in eine Art Halle.

An der Schwelle erstarrten die beiden Frauen.

Tyra flüsterte: „Hört diese Geisterbahn niemals auf?“

Ledrige Strukturen mit knochigen Gliedmaßen baumelten an eisernen Haken von der Decke herab und bewegten sich leicht im kräftigen Luftstrom.

„Das sind Tiere! Mumifizierte Hirsche und Rehe!“ Poppy leuchtete in alle Richtungen. „Dieser Raum ist perfekt belüftet. Er muss eine direkte Verbindung zum Meer haben. Die stetige Zufuhr von Salzluft hat das tote Wild konserviert.“

Torry schien sich nicht für Poppys Erklärung zu interessieren. Er fixierte die ausgedörrten Kadaver, seine Augen folgten dem Hin und Her wie hypnotisiert.

Poppy entdeckte die Luftschlitze. Sie lagen an gegenüberliegenden Enden der Grotte.

Sie testeten es an beiden Seiten, aber die Durchlässe waren so schmal, dass kaum eine flache Hand hindurchpasste.

Beide löschten die Lampen, um zu prüfen, ob Tageslicht eindrang.

„Nichts." Tyra knipste das Licht wieder an.

Poppy sah die Kontraktionen ihrer Gesichtsmuskeln. Sie spürte, wie sehr Tyra versuchte, sich zusammenzureißen.

Sie ist nicht mehr weit entfernt vom nächsten Panikschub – und ich auch nicht.

42

„Bald ist von mir nicht viel mehr übrig als von diesem Dörrfleisch." Tyras Stimme rutschte eine Oktave nach oben, sie atmete heftig.

Ich muss sie ablenken! Fieberhaft sah sich Poppy um. An einer der Längswände bewegte sich etwas.

Der Luftzug fächelte durch Bündel von Lavendel, Thymian, Bohnenkraut und Majoran, getrockneten Rosen, Margeriten und Sonnenblumen.

Poppy schob den dichten Vorhang auseinander. Ihre Finger berührten eine Ziegelwand, und ihr Mut sank. Sie tastete sich nach den Seiten.

„Tyra, hier ist eine Öffnung – pst!" Poppy hob die Hand. „Komm her, aber sei leise. Ich höre was."

Torry knurrte. Poppy hielt ihm die Schnauze zu. „Sei jetzt bitte ganz still", raunte sie ihm ins Ohr.

Tyra steckte den Kopf durch die Kräuterbündel und lauschte.

„Stimmen", raunte sie. – „Ist das Bottrill? Oh Gott, wir laufen ihm direkt in die Arme."

„Er ist nicht allein."

„Umso schlimmer."

„Nein, hör doch! Das ist Niall – und noch ein Mann. Vielleicht der Inspektor. Er müsste längst auf der Insel sein."

Poppy sah, wie der Ausdruck stumpfer Verzweiflung in Tyras Augen schlagartig wich.

Sie kletterten durch die Lücke. Staunend betrachteten sie die neue Umgebung.

Links lag die antike, teilweise eingestürzte Mauer des alten Klosterkellers und rechts eine moderne, weiß gestrichene Gipswand.

Poppy berührte Tyra an der Schulter und zeigte stumm zur Decke. Dort, gut vier Meter über ihnen, war durch quadratische Oberlichter dunkelblauer Himmel zu sehen. Tyra stellte sich unter eine der Öffnungen und blinzelte ungläubig.

Sie saugt das Licht auf wie Löschpapier. Leise lehnte Poppy die Streitaxt an die alte Mauer und schloss Tyra in die Arme. An ihrer Körperspannung merkte sie, dass sie sich anschickte, um Hilfe zu rufen. Fast zärtlich legte sie ihr die Hand auf den Mund.

„Etwas müssen wir noch erledigen", flüsterte sie. Tyra sah sie unwillig an.

Poppy tastete die Oberfläche vor ihr ab. Der Gips war glatt und warm.

Das fühlt sich an wie eine Leichtbauwand.

Auf Augenhöhe war ein Lüftungsgitter angebracht. Auch von dort drang Licht in den Gang, allerdings waren die Lamellen schräg gestellt, und es war nichts zu sehen.

Sie näherten sich auf Zehenspitzen; jetzt waren die Stimmen deutlich zu vernehmen.

„… hübsche Aufnahmen. Wo haben Sie die Bilder her?" Bottrills arroganter Tonfall war unverkennbar.

„Wer ist der Mann, mit dem sie Streit hatten?"

„Das ist Nazar, ein russischstämmiger Ukrainer, der mit seinem Schlauchboot gelegentlich Transporte auf die Insel durchführt. Sagen Sie, Inspektor, hat Ihnen diese Dayton das Filmchen zugespielt? Ich habe sie gesehen, drüben in Penzance. Eigentlich sollte sie auf der Insel arbeiten, oder, Mr Flexer?"

Niall antwortete etwas Unverständliches.

„Die Frau spioniert mir hinterher." Bottrill behielt den Beschwerdeton bei.

„Sie scheint etwas gegen uns zu haben." Das war Muriels Stimme. „Wir haben keine Ahnung, warum."

„Wann haben Sie Mrs Dayton zuletzt gesehen?", fragte Gray.

„Heute Vormittag, am Strand in der Nähe des Nordkliffs", antwortete Bottrill, vielleicht eine Spur zu eifrig. Poppy knirschte mit den Zähnen. „Es ist sehr gefährlich dort. Ich habe extra Warnschilder angebracht, wegen der brüchigen Hangkante. Und es gibt Strömungen, die den geübtesten Schwimmer aufs offene Meer hinausziehen."

„Poppy müsste längst hier sein." Flexers Besorgnis war deutlich zu hören. „Genauso wie Tyra."

„Mrs Teague macht gern ihr eigenes Ding." Bottrill lachte spöttisch.

„Sie hat den Gang zwischen Arwen Island und Mousehole entdeckt und ihn fleißig benutzt. Und dabei Ihre Kreise gestört, nicht wahr?"

„Inspektor!" Die Entrüstung klang echt. „Welchen Gang? Ich weiß nichts von ..."

„Warum nehme ich Ihnen das nicht ab, Mr Bottrill? Ich habe Sie im Verdacht, dass Sie den Frauen aufgelauert haben, und sie irgendwo da unten festhalten. Machen Sie es sich und uns nicht so schwer, kooperieren Sie! Wir wissen, dass der Gang zum Drogenschmuggel benutzt wird. Wenn Sie uns helfen, die Sache aufzuklären, werde ich mich für Sie einsetzen und ..."

„Jetzt reicht es, Inspektor! Ich verlange einen Anwalt. Ich weiß nicht, was Sie mir anhängen wollen. Und diese Frauen – ich fürchte, sie sind Opfer ihrer Neugier geworden, gewarnt waren sie jedenfalls."

„Wir müssen Sie suchen lassen!" Flexer klang ängstlich. „Ein Todesopfer reicht!"

„Wo wollen Sie suchen?" Bottrills Tonfall war kalt und ätzend. „Bestenfalls wird die Flut sie irgendwann anschwemmen."

„Die Flut kommt – sie ist da!" Poppy hatte sich aufgerichtet und hielt ihren Mund direkt vor das Lüftungsgitter. Der Gang, in dem sie stand, verlieh ihrer Stimme einen düsteren Hall.

Tyra starrte sie entgeistert an.

„Ich bin da, Manas!" Mit beiden Händen umklammerte Poppy die Streitaxt, holte aus und schwang sie über die Schulter.

Durch die Wand war zu hören, wie ein Stuhl umgestoßen wurde.

„Mrs Dayton?" Es war mehr ein Schrei als eine Frage. „Das kann nicht ..."

Ein infernalisches Krachen und Splittern beendete den Satz. Getrieben vom hohen Gewicht und der scharfen Klinge durchschlug die Waffe mühelos die Gipswand.

Poppy kreischte in unbändiger Wut, sie holte ein zweites und drittes Mal aus, und die Wand zerbarst unter den Schlägen.

Dann sprang sie durch die Lücke.

Gefolgt von Tyra stand Poppy in der Küche, erhöht, auf einer Arbeitsplatte, was ihrem Auftritt einen noch eindrucksvolleren Rahmen verlieh. Torry drängte sich zwischen sie, knurrte und fletschte die Zähne.

Alle glotzten zu der Gruppe hinauf.

Muriel versuchte wegzulaufen, aber ein Polizeibeamter hielt sie fest; Gray hatte Bottrill im Schwitzkasten.

Die beiden Frauen starrten vor Dreck. Tyra in zerrissener Jeansjacke, mit geballten Fäusten und Poppy in der braunen Mönchskutte, aus der ihr Kopf hervorstach, schwarze Streifen gingen strahlenförmig von Mund und Nase aus. Die Streitaxt hatte sie losgelassen, sie steckte in der hölzernen Arbeitsplatte, in die Poppys letzter Schlag sie tief hineingetrieben hatte.

„Schon gut, Inspektor, lassen Sie mich los!" Bottrill fing sich erstaunlich schnell. „Statt mich zu belästigen, sollten Sie besser diese Frau festnehmen." Er blitzte Poppy an. „Es ist wohl offensichtlich, dass sie nicht ganz richtig im Kopf ist und gewalttätig noch dazu."

Gray lockerte seinen Griff.

Flexer rieb sich die Augen. Es war zu spüren, dass er nicht so recht wusste, ob er lachen oder weinen sollte.

„Es ist gut, euch zu sehen! Poppy, wo hast du das Kostüm her? Gehört der Auftritt noch zu eurer Performance?"

„Nein, Mr Flexer, sicher nicht", stellte Gray mit ruhiger Stimme klar. „Wenn ich überlege, was die beiden Frauen durchgemacht haben, ist Mrs Daytons Durchbruch als schreiende Banshee mehr als nachvollziehbar." Er blieb ernst.

„Was immer Sie mit *durchgemacht* meinen, Inspektor – ich habe jedenfalls nichts damit zu tun." Mit jeder

Minute fand Bottrill zu seiner alten Selbstsicherheit zurück.

„Wir werden beweisen ...“, entgegnete Gray, als Bottrill ihn barsch unterbrach.

„Vergessen Sie's. Keine Ahnung, wo die beiden Girls ihren Kinderfasching gefeiert haben.“

„Erinnerst du dich nicht? – Mit dir als Chefclown, Manas!“, zischte Poppy. „Sei froh, dass die Axt feststeckt. Aber ich habe was Schärferes für dich.“

Sie sprang vom Tresen herunter, sah sich um und entdeckte die Ladestation in einer Steckdose.

Poppy stöpselte das Smartphone ein, wählte die Abspielfunktion und stellte auf maximale Lautstärke. Mit frisch geladener Energie dröhnte Bottrills hämisches Lachen durch die Küche:

„... und wenn Sie beide spurlos verschwinden, ist das noch viel besser als der ganze Hokuspokus mit der blutigen Hand und den mystischen Schnitzeljagden über die Insel. Es wird endlich dazu führen, dass Flexer und Konsorten die Insel verlassen und nie mehr zurückkommen!“

„Bottrill! Noch kann sich alles klären! Sie sind doch nicht selbst verantwortlich für diesen Wahnsinn. Helfen Sie bei der Aufklärung, und Sie bekommen Ihr ruhiges Leben zurück. Denken Sie doch an Ihre Frau!“

„Danke für das Angebot. Wir haben ein besseres. Genießen Sie den Tag, oder besser Ihre letzte lange Nacht. Sterben Sie wohl. Ladys!“

Poppy drückte auf Pause.

43

Muriel weinte hemmungslos. Bottrill brach zusammen. Gray zog ihn hoch, stellte den umgestürzten Stuhl wieder hin und setzte ihn darauf.

„Mr Bottrill, ich verhafte Sie wegen des Verdachts, Mrs Saunders umgebracht zu haben, sowie wegen des Mordversuchs an Mrs Dayton und Mrs Teague. Mein Kollege wird Ihnen Ihre Rechte vorlesen. Es steht Ihnen frei, einen Anwalt hinzuzuziehen."

Bottrill nickte stumm. Seine Körperhaltung war wie verwandelt, die Arroganz zerstoben, Schulter und Arme hingen kraftlos herab. Ein Konstabler trat vor und legte ihm Handschellen an.

Langsam hob Bottrill den Kopf.

„Inspektor, Sie sprachen von einer Einigung?", flüsterte er.

Muriel versuchte, dazwischenzugehen. „Manas, nein!" Sie schrie: „Das überleben wir nicht!"

„Mrs Bottrill, wir haben die Mittel, Sie zu schützen. Als Zeugen der Krone haben Sie die Chance, irgendwann ein neues Leben anzufangen. – Aber das entscheide nicht ich, sondern der Staatsanwalt." Gray gab den beiden Beamten einen Wink. „Sie werden aufs Festland gebracht und verhört."

Auch Muriel wurden Handschellen angelegt.

An der Tür zur Küche drehte Bottrill sich noch mal um.

„Ich schwöre Ihnen, ich habe Fia nicht getötet. Das war Nazar." Seine Mundwinkel zuckten, und der stumpfe Blick hellte sich auf. „Dafür gibt es sogar einen Zeugen." Bottrills Augen flitzten hin und her. „Aber mehr sage ich nicht. – Erst will ich mit dem Staatsanwalt sprechen."

„Schon wieder großspurig?" Gray verschränkte die Arme.

Poppy wandte sich schaudernd ab.

„Lassen Sie ihn wegschaffen, Inspektor, ich kann den Kerl nicht mehr sehen!" Sie griff nach dem Smartphone. „Ich schicke Ihnen noch meine kleine Tonaufnahme."

Als die beiden Konstabler mit Bottrill und seiner Frau verschwunden waren, wurde es still in der Küche.

Die Spannung löste sich; gleichzeitig spürte Poppy, wie ein Zittern, beginnend an Armen und Beinen, von ihrem Körper Besitz ergriff.

„Ein Glas Wasser, bitte", krächzte sie. Sie legte das Handy hin und atmete gegen die schwarze Wolke an, die sich in ihrem Kopf ausbreitete.

„Natürlich, entschuldige!" Flexer sprang auf, füllte zwei Gläser mit Eiswasser und reichte sie ihr und Tyra. Poppy trank gierig, die Kälte der Flüssigkeit stach ihr in den Gaumen, der Schmerz half ihr, sich zu konzentrieren.

„Was meinte er mit *es gibt einen Zeugen?*"

Gray schüttelte den Kopf. „Ich vermute, er will nur von sich ablenken. Aber Sie können sich darauf verlassen, dass wir die Wahrheit aus ihm herausbekommen."

Poppy gab sich damit nicht zufrieden.

„Es gibt zwei Möglichkeiten für einen Zeugen: Einen anderen seiner Spießgesellen ..."

„… oder einen von uns“, vollendete Tyra den Satz.

Poppy wickelte eine strähnige Locke um den Finger. Sie nickte langsam.

Gray klappte sein iPad zu. „Wie gesagt, das Verhör wird alles klären. Wir sollten Spekulationen vermeiden. Ihre Gruppe hier ist schon genug belastet.“

Flexer nickte dankbar. „Ich bin ganz Ihrer Meinung, Inspektor“, sagte er beflissen.

Tyra zog die Schultern hoch, als wollte sie Schutz suchen. „Mir reicht es jetzt.“ Sie stand auf. „Danke, Poppy, ohne dich und Torry hätte ich das nicht überlebt, das werde ich euch nie vergessen. Aber ich brauche einen Moment für mich. Wir sehen uns zum Abendessen.“

„Das fällt aus.“ Flexer seufzte tief. „Koch und Köchin sitzen im Knast.“

Kurz darauf tauchte Carol in der Küche auf und schaute über die Schulter zurück.

„Was ist mit Tyra? Sie ist gerade an mir vorbeigestürmt – sie sah aus wie aus einem Zombiefilm. Und Manas und Muriel wurden abgeführt – in Handschellen!“

Sie blieb wie angewurzelt stehen, starrte erst auf die zersplitterte Wand und dann auf Poppy. „Und was ist mit dir? Kommst du gerade aus Mittelerde zurück?“

„Das trifft es ziemlich genau.“ Poppy versuchte zu lächeln, aber ihr war klar, dass sie der Erschöpfung nicht mehr lange standhalten würde.

„Es ist etwas komplizierter, Mrs Charteris.“ Auch der Inspektor konnte sich ein Schmunzeln nicht verkneifen. „Ich bitte Sie nur, für die nächsten vierundzwanzig Stunden nichts an die Presse zu geben. Nur dann haben wir eine Chance, die ganze Bande auffliegen zu lassen.“

„Welche Bande?" Carol sah ihn entgeistert an.

Er ließ ihre Frage unbeantwortet und stand auf. „Ich verlasse Sie jetzt. Ein Konstabler wird zu Ihrer Sicherheit auf der Insel bleiben – falls doch noch jemand ohne Einladung durch dieses Loch kommen sollte."

„Ich begleite Sie hinaus, und dann brauche ich dringend ein heißes Bad." Poppy hatte keine Lust, der Journalistin Rede und Antwort zu stehen. Sie drückte Flexers Schulter.

„Niall, keine Sorge wegen des Abendessens. Ich kümmere mich später darum, und vielleicht hilft mir ja noch jemand."

„Ich bin dabei", versicherte Carol eifrig. „Vielleicht kann mir ja dann einer erzählen, was ..."

„Prima, dann um halb sieben hier." Poppy griff nach der Streitaxt. Mit einem unangenehm quietschenden Geräusch löste sie sie aus der Platte. „Darf ich die behalten?"

Flexer verbeugte sich. „Klar, große Kriegerin! – Und das meine ich nicht ironisch. Der Geist Boudiccas ist immer willkommen in meiner bescheidenen Küche."

Poppy grinste über die Anspielung auf die legendäre britannische Königin, die damals sogar Rom in Panik versetzt hatte. Mit elegantem Schwung raffte sie die Kutte zusammen und verließ die Szene in einer muffig riechenden Staubwolke.

Zurück in ihrem Apartment versorgte sie als Erstes Torry mit Wasser und Futter. Er stürzte sich darauf.

„Du hast uns gerettet, alter Höhlenhund." Sie kraulte ihn hinter den Ohren, was ihn nicht vom Fressen abhielt.

Endlich befreite sie sich von dem verfilzten Wollstoff und vom Rest ihrer Kleidung. Im Bad drehte sie den Hahn der Badewanne voll auf.

Mit einem wohligen Seufzer ließ sie sich ins dampfende Wasser gleiten.

Erst jetzt fingen die Kratzer und Abschürfungen an Armen, Knien und Unterschenkeln an zu brennen. Dort, wo sie die Axt umklammert hatte, bildete sich am Daumenballen eine Blase. Es war ihr egal.

Eine halbe Stunde später lag sie, in ein Handtuch gehüllt, auf dem Bett und schlief sofort ein.

Ein Klopfen an der Tür weckte sie. Sie schlug die Augen auf. Erst die grüne Eidechse, die aus der Deckung der Lampenfassung zu ihr hinuntersah, brachte die Erinnerung zurück.

Sie stöhnte leise. Heftige Kopfschmerzen und ein Gefühl, jemand hätte sie verprügelt, nahmen ihr die Lust, aufzustehen.

„Herein! Die Tür ist offen.“

Flexer lugte um die Ecke. Er senkte den Blick, rasch zog Poppy die Decke hoch.

„Entschuldige, Poppy. Dein Handy hat geklingelt. Du hast es in der Küche liegen lassen.“

„Danke, Niall.“ Sie schaute aufs Display. „Mein Mann hat fünfmal versucht, mich zu erreichen.“

„Kann ich mir vorstellen. – Ich lass dich allein. Bis später.“

Barney war sofort dran. „Draußen läuft der Hubschrauber warm“, hörte sie seinen grollenden Bass durch den Lautsprecher.

„Lass ihn stehen und wechsle zur Tunnelbohrmaschine."

Sie erzählte ihm die Geschichte, von der Entdeckung des untermeerischen Ganges bis zur Verhaftung Bottrills.

„Soll ich dich nun anbrüllen oder Beifall klatschen?" Barney klang ratlos und bewundernd zugleich.

„Bitte weder noch, beides würde meine Kopfschmerzen verschlimmern."

„Kehrt denn jetzt Ruhe ein?"

„Ich hoffe es. Die Polizei zählt darauf, dass der Caretaker kooperiert und sie morgen Nacht die Bande hopsnehmen kann."

„Dann bist du aber nicht mehr dort, oder?"

„Höre ich da eine Drohung heraus?"

„Pure Sorge – und die Sehnsucht eines liebenden Ehegatten!"

„Mir geht's genauso, Darling. Und inzwischen kann ich es auch nicht mehr erwarten, von dieser unheimlichen Insel runterzukommen."

Barney schien es zunächst darauf beruhen lassen zu wollen und fragte: „Wie war denn eure Ausstellung?"

„Ein Riesenerfolg!" Poppy war froh, dass er von sich aus das Thema wechselte. „So unterschiedlich die Charaktere und die Arbeiten sind – sie waren alle extrem von der Insel inspiriert ...", sie schluckte und machte eine Pause, „... und von Fia Saunders Tod."

Die dunklen Wolken kehrten zurück. Es war unmöglich, unbeschwert von der Kunst zu schwärmen.

„Niall will alle Arbeiten ankaufen und sie noch mal in der Galerie in London ausstellen. Auch zum Gedenken an Fia."

„Das würde ich mir gern ansehen – aber im Moment will ich nur, dass du zurückkommst."

„Morgen um diese Zeit kannst du mich in die Arme schließen."

„Ich liebe dich, Poppy." Er legte auf.

Poppy kniff die Augen zusammen. Die Anspannung ließ nur langsam nach, Tränen rollten über ihr Gesicht.

Vorwürfe, sich und andere in Gefahr gebracht zu haben, kämpften mit dem Stolz darüber, einen starken und skrupellosen Gegner geschlagen zu haben.

Doch am Ende blieb ein anderes Gefühl – der bohrende Gedanke, etwas übersehen zu haben.

44

Das Abendessen verlief in ausgelassenerer Stimmung, als Poppy es erwartet hätte.

Nachdem sich herumgesprochen hatte, dass die Bottrills verhaftet worden waren, fand sich die ganze Gruppe in der Küche ein.

Sie verschafften sich Zugang zu den reichen Vorräten und beschlossen, dass jeder von ihnen ein Gericht beisteuern würde.

Dicht gedrängt standen sie an den Arbeitsplatten und am Herd, wobei sie immer wieder zur zerstörten Wand hinüberschielten.

Brent Payne hatte beim ersten Anblick des gähnenden schwarzen Lochs einen Teller fallen lassen. Poppy half ihm beim Wegräumen der Scherben und sah, wie seine Hände zitterten.

„Kann ich etwas für dich tun, Brent?", fragte sie leise. Er schüttelte nur stumm den Kopf.

Tyra, die Pimientos in einer Pfanne frittierte, konnte nicht aufhören, ihr Abenteuer in glühenden Farben zu schildern, und nicht nur Carol hörte gebannt zu. Immer wieder kam sie auf Poppy zu sprechen.

„Sie war so cool! Dass sie so geistesgegenwärtig war, Bottrills Stimme aufzunehmen, als er uns seinen widerlichen Fluch entgegenschleuderte – unglaublich!" Das Fett spritzte in der Pfanne, und sie band ihre Haare zurück. „Ihr hättet sehen müssen, wie Poppy die Axt geschwungen hat …"

„Vergiss den Hund nicht." Torin Dupree schnitt ein Stück Rote Bete ab und warf es Torry zu. Der schnappte es auf und schluckte es herunter, bevor sich seine Stirn in Falten legte, als er registrierte, dass es kein Fleisch war.

Juna schauderte. „Ohne eure Aktion würden jetzt Manas und Muriel hier stehen und seelenruhig das Dinner vorbereiten, während ihr da unten weiter durch die Dunkelheit geirrt wärt." Energisch trieb sie das Messer in eine Sellerieknolle. „Wisst ihr, was mich am meisten freut? Dass der Mord geklärt ist – und dass es keiner von uns war. Allein die Idee hat mich krank gemacht!"

Danach sprach keiner mehr das Thema an. – Das lag vielleicht auch am Polizeibeamten, der sich diskret im Hintergrund hielt, aber immer ein wachsames Auge auf die Gruppe hatte.

Juna schnitt Gemüsescheiben für ein vegetarisches Carpaccio, Torin war für einen grünen Salat zuständig und Poppy richtete venezianische Cicchetti an. Dazu häufte sie pikante Zutaten auf geröstete Baguettescheiben. Brent Payne füllte Artischocken mit Ziegenkäse.

Kyla wagte sich an Hummer mit Mandelkruste, und Niall steuerte das zweite Hauptgericht bei, Lammfilet mit Mint-Sauce; Carol schnippelte Früchte für das Dessert.

Als Cailan Tregennas vorschlug, zum Lamm einen Yorkshire-Pudding zu machen, klopfte ihm Flexer auf die Schulter. „Danke, aber das ist ein bisschen schwer, alter Freund, findest du nicht? Der Tag war hart genug."

Tregenna sagte nichts, streunte zunächst ziellos durch die Küche. Plötzlich kletterte er auf den Tresen.

„Hey!" Juna protestierte und zog das Schneidebrett weg. „Nimm deine schmutzigen Latschen von meinem Gemüse!"

Er ignorierte sie, machte einen Schritt vorwärts und versuchte, sich durch die Bresche zu zwängen. Sofort war der Polizist zur Stelle und hielt ihn an den Beinen fest. „Sir, es tut mir leid, Sie dürfen da nicht hinein. Die Spurensicherung ..."

„Schon gut!" Cailan hob die Hände und sprang herunter. „Ich ergebe mich. Ich wollte nur einen Blick hinter die Kulissen werfen." Herausfordernd musterte er Flexer. „Wie kommt es eigentlich, dass du offenbar keine Ahnung hattest von den verschlungenen Wegen in den Tiefen deiner Insel?"

Flexer warf seinen Zopf nach hinten. „Die Architekten versicherten mir damals, dass alles zugemauert und versiegelt worden sei, damit niemand in Gefahr gerät."

Poppy nickte. „Das war bestimmt so. Aber Arwen Island hat seine eigene Dynamik. Das Gelände ist in Bewegung, es entstanden Risse im Untergrund ..."

Torin grinste. „Immerhin hat es dazu geführt, dass ihr euch bis hier durchschlagen konntet."

„Im wahrsten Sinne." Flexer wiegte verdrießlich den Kopf. „Ich hoffe nur, die Dynamik hält sich in Grenzen. Ich werde das untersuchen lassen."

Tregenna wollte zu dieser Diskussion offenbar nichts mehr beitragen. „Ich merke, ich bin hier überflüssig. Wir sehen uns zum Essen."

„Du könntest den Tisch decken."

Er schien über Kylas Vorschlag nachzudenken und schaute aus dem Fenster. „Ein paar Wolken ziehen auf, aber es ist warm genug für die Terrasse."

„Super Idee!" Carol drückte Tregenna die Schüssel mit Obstsalat in die Hand. „Den kannst du schon mal mit rausnehmen."

Grummelnd zog er ab.

Es war Mitternacht, bis alles gegessen und auch gesagt zu sein schien; wohlige Ermattung senkte sich auf die Gruppe.

Eine Menge leerer Flaschen stand auf der langen Tafel, Flexer hatte seine besten Chablis und Burgunder spendiert.

„Ich war ewig nicht im Weinkeller. Viel ist da nicht mehr." Nachdenklich drehte er den Stiel seines Glases zwischen Daumen und Zeigefinger. „Ich werde einen neuen Caretaker für Arwen Island suchen müssen. Aber erst mal kümmere ich mich selbst um alles und werde eine Weile hierbleiben."

„Und die Polizeiaktion morgen?", fragte Tregenna.

„Soweit ich den Inspektor verstanden habe, wird die vor der Küste, auf dem Meer und in Mousehole stattfinden. – Mein Arwen Island nach alldem allein zu lassen, fühlt sich falsch an. Ich habe mit Julia Armstrong gesprochen, sie kommt nächste Woche rüber und will mir helfen."

Er sah Poppy an. „Dich kann ich damit nicht behelligen, das ist mit klar. So entscheidend deine Unterstützung war – du sollst dich erst mal erholen und dann deine Talente ganz der Kunst widmen."

Er stand auf. „Hiermit gebe ich offiziell bekannt, dass Poppy in die Galerie aufgenommen ist."

Er hob sein Glas. „Auf gute Zusammenarbeit!"

Poppy musste sich zusammennehmen, um nicht auf der Stelle einzuschlafen, aber sie strahlte.

Alle stimmten mit ein, außer Cailan Tregenna, der nur die Lippen kräuselte und Brent Payne, der gedankenverloren aus Baguette-Teig eine Figur knetete.

Flexer verkündete, dass Poppy und Tyra vom weiteren Küchendienst befreit waren.

Die beiden Frauen nahmen das dankbar an.

Nebeneinander standen sie eine Weile am Geländer und sahen aufs Meer hinaus.

Die Wolken hatten sich verzogen. Es war immer noch dämmrig und wenige Sterne waren zu erkennen. Am zimtfarbenen Horizont blinkten die Lichter der Fischerboote. Von den Beeten am Rand der Terrasse wehte Lavendelduft herüber.

Tyra legte den Arm um Poppys Schulter. „Danke", sagte sie nur. Sie wandte sich ab und ging in Richtung der Apartments.

Poppy hatte so tief geschlafen wie nie und konnte sich an keinen Traum erinnern, aber als sie im Morgengrauen den Mann an ihrem Fußende sah, freute sie sich, dass Brios sie ein letztes Mal besuchte.

„Schön, dass wir uns noch mal sehen", murmelte sie.

„Du hast mich erwartet?"

Das war nicht die Stimme des Mönchs.

Erschrocken fuhr Poppy hoch. Es war kein Traum und keine Erscheinung, was da am Bett stand, sondern ein Mann aus Fleisch und Blut.

„Brent? – Was willst du? Wie bist du hereingekommen."

„Die Tür war nicht abgeschlossen."

Stöhnend sank Poppy auf das Kissen zurück.

„Ich dachte, die könnte ich offen lassen. – Die Bösen sind weg!"

Brent seufzte. Er fuhr sich mit beiden Händen durch das wirre Haar.

„Nicht ganz, fürchte ich."

Hellwach, war Poppy jetzt auf der Hut. Ihr Herz klopfte heftig, aber äußerlich blieb sie ruhig.

„Nimm dir einen Stuhl, Brent." Sie wollte ihn vom Bettrand weghaben.

Torry linste nur verschlafen von seinem Körbchen herüber, er schien den Mann im Register „Freunde" abgespeichert zu haben.

Payne setzte sich und knetete die Finger. Es knackte unangenehm.

„Vorhin in der Küche hatte ich schon den Eindruck, dass du etwas loswerden wolltest, Brent. Doch dass es uns jetzt die Nachtruhe kostet, wundert mich ein wenig."

„Wenn du hörst, was ich zu sagen habe, wirst du es verstehen." Der Satz kam stoßweise, mit Unterbrechungen.

„Dann schieß los. Verzeih, wenn ich nicht aufstehe und Tee mache, das ist mir zu früh."

Sein Lachen war ohne Wärme. „Junas Freude darüber, dass es keiner von uns war, ist leider unbegründet ..." Er verschluckte den Rest des gestelzten Satzes; der Adamsapfel am hageren Hals hüpfte auf und ab.

Poppy wagte die Offensive. „Weil du ...?"

„Nein!“ Er wollte den Kopf heben, als ihn etwas mitten in der Bewegung blockierte. Die zurückgeschobenen Haare fielen ihm über die Stirn, sodass Poppy seine Augen nicht sehen konnte.

„Ich hätte es verhindern können.“ Jetzt sprudelte es aus ihm heraus. „An dem Abend hatten Fia und ich uns im Streit getrennt. Es waren nicht nur künstlerische Differenzen. Ich hatte ihr gestanden, dass ich sie liebe, aber dass ich Schwierigkeiten mit ihrem unsteten Beziehungsleben habe. – Sie lachte mich aus! Gleichzeitig versicherte sie mir, dass auch sie mich lieben würde, aber eben auf ihre Art.“

„Das konntest du nicht akzeptieren?“

„Ich war verletzt. Ich wusste, bei ihr würde ich vergeblich auf absolute Hingabe warten, obwohl ich bedingungslos ... Irgendwann beendete sie die Diskussion und verabschiedete sich. Ich werkelte eine Weile an unserem Projekt weiter, doch meine Gedanken kreisten unablässig um Fia. Ich hatte schreckliche Angst davor, dass unsere Beziehung zu Ende war, bevor sie richtig angefangen hatte. Und ich war so wahnsinnig wütend auf sie. Ihre Überlegenheit und permanente Fröhlichkeit machten mich aggressiv.“

„Hast du sie noch mal gesehen?“

„Nein! Oder doch, aber ...“ Er schniefte, was Poppy ebenso abstoßend fand wie das Knöchelknacken. „Ich dachte, ein kühles Bad im Meer würde mir guttun, und ging hinunter zur Franzosenbucht. Kurz vor dem Strand hörte ich Stimmen. Ich versteckte mich hinter den Felsen.“

„Was hast du gesehen?“

„Bottrill – und einen anderen Mann. Und ...“

„Und?“

„Fia!“ Es klang wie das Kreischen eines verwundeten Tieres. Brent biss sich in den Daumenballen, bis es blutete. „Sie kamen von Norden den Strand entlang und schleppten sie hochkant zwischen sich in einem Netz. Einmal dachte ich, sie würde sich bewegen. Ich war wie erstarrt. Sie legten Fia auf dem Sand ab und unterhielten sich. In der ruhigen Nacht konnte ich jedes Wort verstehen. Der kleinere Mann sagte, sie müssten sie loswerden, nachdem sie die Grotte entdeckt hatte. Bottrill fragte noch halbherzig, ob es nicht genügen würde, ihr einen Denkzettel zu verpassen, aber der andere meinte, es stünde zu viel auf dem Spiel. Es war Ebbe. Sie hoben Fia auf die Schultern, wateten bis zur Riffkante und warfen sie ins tiefe Wasser. Als ich das schreckliche, gurgelnde Geräusch hörte, erwachte ich aus meiner Starre. Ich schrie auf! Die beiden Männer waren schon auf dem Rückweg zum Strand. Sie hatten mich gehört. Bottrill zeigte in meine Richtung. Statt ihnen entgegenzutreten, duckte ich mich noch tiefer, und irgendwann rannte ich in Panik los. Der Mann rief hinter mir her: *Du bist der nächste!* Er hatte einen russischen Akzent.“

„Haben er oder Bottrill dich erkannt?“

„Ich weiß nicht. Es war dunkel, der Himmel hatte sich bezogen, und es fing an zu regnen. Ich rannte, so schnell ich konnte, zurück ins Haus und schloss mich ein.“

Poppy schnappte nach Luft. „Verdammt, Brent, warum hast du nichts unternommen? Dann wäre Fia vielleicht noch am Leben.“

„Ich weiß, und das wird mich nie mehr loslassen. Aber in dem Moment, dort unten am Strand, wollte ich nur meine eigene Haut retten. Gegen die beiden hätte ich keine Chance gehabt."

„Und später? Bei den Ermittlungen?"

„Ich wollte dem Inspektor alles sagen, nur … dann habe ich den Mund gehalten. – Aus Furcht davor, wegen unterlassener Hilfeleistung zur Rechenschaft gezogen zu werden. Ich hoffte einfach, die Polizei würde so darauf kommen. Und als dein Einsatz heute im wahrsten Sinn des Wortes alles zutage gebracht hat, war ich erst erleichtert, und dachte, jetzt kommt es nicht mehr auf mich an."

Er stockte.

„Warum bist du dann hier?"

„Poppy – weil dein couragiertes Verhalten mich noch mal mit meiner eigenen elenden Feigheit konfrontiert hat. Und weil ich den Anblick von Fias leblosem Körper im Netz niemals vergessen werde."

„Du willst nicht damit leben?"

„Ich weiß nicht, ob ich es kann."

„Dann mach den nächsten Schritt."

Er schüttelte den Kopf. „Es geht mir schon viel besser, jetzt, nachdem ich dir alles erzählt habe."

„Das freut mich, aber es wird nicht genügen."

Er krampfte sich auf seinem Stuhl zusammen und hakte die bloßen Füße hinter die Stuhlbeine.

„Ich will nicht ins Gefängnis."

„Dein Verhalten wird Konsequenzen haben, Brent, das ist dir sicher klar. Doch vor allem bist du ein wichtiger Zeuge und kannst den Fall zur Aufklärung bringen. Das wird der Richter bestimmt berücksichtigen und froh darüber sein, dadurch nicht nur von einem Deal mit Bottrill abzuhängen."

„Ich habe eine Scheißangst, verstehst du das nicht?"
Brent barg das Gesicht in den Händen. „Wenn hier eine
schwerkriminelle Bande am Werk ist, rächen sie sich
bestimmt an mir."

Poppy stand auf. Brent beachtete ihre Nacktheit
nicht, er starrte zu Boden. Sie zog sich den Bademantel
über.

„Ich habe noch ein Stück frischen Ingwer. Ich mache
uns doch einen Tee."

Sie schnitt die Knolle in dünne Scheiben, verteilte sie
auf zwei Porzellanbecher, goss mit kochendem Wasser
auf und drückte Brent einen Becher in die Hand.

Er nahm ihn zögernd an und zitterte dabei so stark,
dass er etwas von der heißen Flüssigkeit verschüttete.
Das warme, zitronig scharfe Aroma des Ingwers verbreitete sich im Raum.

Er trank hastig, in kleinen Schlucken.

Poppy schwieg. Sie behielt den Bademantel an und
ging in ihr Bett zurück.

Als der Becher leer war, stellte Brent ihn neben sich
auf den Boden.

„Soll ich noch mal aufgießen?", fragte Poppy.

Er schüttelte den Kopf. „Nicht nötig."

Nach einer Pause fuhr er fort: „Du hast recht. Es hat
sich gut angefühlt, damit zu dir zu kommen, aber es
reicht nicht. – Ich werde dem Inspektor alles sagen, sobald ich auf dem Festland bin."

„Nein, Brent. Ruf ihn an, am besten ganz früh morgens. Die Polizei hat Mittel und Wege, dich zu schützen."

Er ging zur Tür und drehte sich noch mal um. „Weißt du was? Fia ist weg. Eigentlich ist es mir egal, was mit mir passiert. – Entschuldige die Störung."

„Keine Ursache. Es zeugt von Mut und Haltung, dass du hergekommen bist."

„Da bin ich nicht so sicher."

45

Als er die Tür zugezogen hatte, stieß Poppy die Luft aus.

Torry sprang zu ihr aufs Bett.

„Hast du gehört, wie mir ein Stein vom Herzen gefallen ist?"

Er spitzte die Ohren und kuschelte sich an sein Frauchen. Sie ließ ihn gewähren.

„Ein bisschen mulmig war mir schon, das sage ich dir."

Sie legte sich zurück und starrte an die Decke. Die grüne Eidechse war aktiv und pirschte sich an eine Mücke heran.

Ein seltsames Gefühl hatte ich bei Brent schon länger. – Doch war das jetzt die ganze Wahrheit?

Das Gedankenkarussell und die Ingwer-Schärfe auf ihrer Zunge ließen sie nicht so schnell zur Ruhe kommen. Aber die Müdigkeit war so groß, dass sie schließlich die Augen schloss.

Als der nächste Mann am Fußende auftauchte, war es fast Tag.

„Das kann nicht wahr sein, kommt noch ein Geständiger?"

„Ich wüsste nicht, was ich noch gestehen sollte", war die spitze Antwort, „du weißt alles von mir."

„Brios! Wie schön – ich hatte Angst, dich gar nicht mehr zu sehen."

„Angst? Du? Gestatte, dass ich lache."

„Okay, zwei- oder dreimal hatte ich mich noch mehr gefürchtet."

„Das kann ich mir vorstellen. – Darf ich mich zu dir setzen?"

Sie rutschte zur Seite.

Poppy war klar, dass er keinen Abdruck auf der Matratze hinterlassen würde, aber zum ersten Mal war sie enttäuscht, dass er keine physische Präsenz hatte.

Sie musste der Versuchung widerstehen, nach seiner Hand zu greifen.

„Der Moment des Abschieds ist gekommen." – Immerhin konnte selbst eine Geisterstimme rau klingen.

„Ich denke, es ist nicht für immer, Brios."

„Willst du mir Hoffnung machen?" Traurig nestelte er an seinem Gewand. „Das ist nett von dir, aber ich nehme eher an, ich bin bald ganz allein hier."

„Wie kommst du darauf?"

„Nach all dem, was passiert ist? Niemand wird sich mehr nach Arwen Island trauen!"

„So dramatisch sehe ich das nicht." Sie versuchte ihn zu trösten. „Die Polizei hat jetzt alles im Griff, das hoffe ich zumindest. Morgen werden sie dem Spuk – entschuldige den Ausdruck – ein Ende bereiten."

„Meine Gebete werden sie begleiten! – Ich möchte nicht, dass die Menschen die Lust an dieser seltsamen kleinen Insel verlieren." Er schaute aus dem Fenster. „Vor allem du nicht."

„Ich kann dir nichts versprechen, Brios. Aber Flexer hat mich in die Galerie aufgenommen, und wenn alles gut läuft, könnte ich beim Retreat im nächsten Jahr wieder dabei sein."

Er strich sich mit der Hand über die Tonsur. „Weißt du, was Unendlichkeit ist? Ich habe einen kleinen Eindruck davon – und deshalb ist ein Jahr kein nennenswerter Zeitraum für mich."

„Umso besser! Vielleicht kommt in der Zwischenzeit noch jemand anderes hierher, mit dem du Kontakt aufnehmen kannst. Das Shining ..."

„Ich fürchte, ihr seid wenige, die diese Eigenschaft besitzen, und noch viel weniger, die davor nicht schreiend zurückschrecken."

„Sei charmant wie immer, dann stößt dich niemand von der Bettkante."

„Du nimmst alles so bewundernswert leicht." Er lächelte scheu. „Obwohl du heute gnadenlose Härte bewiesen hast. Die Streitaxt – ich konnte sie durch deine Augen sehen! Und die Kutte! Dass eine Frau sie trägt ..."

„Warum nicht eine Frau? Immerhin hat sie mir genauso viel Glück gebracht, wie die von unserer ersten Begegnung."

„Ich freue mich auf viele weitere, Poppy."

Sonnenstrahlen drängten sich ins Zimmer, zerschnitten das Bild des Mönchs und erreichten Poppys Gesicht.

Sie wachte auf, nieste und sah auf die Uhr.

„Es ist fast zehn!" Erschrocken sprang sie aus dem Bett. „Warum hast du mich nicht geweckt, Torry?"

Der Hund lag immer noch auf der Matratze; er hielt die Ohren angelegt und sah schuldbewusst zu ihr hoch.

„Ich verstehe, auch du hattest einiges nachzuholen." Poppy gähnte. „Und die Nacht war nicht die ruhigste. Komm, wir gehen Schwimmen, ein letztes Mal!"

Es war auflaufendes Wasser, und sie musste ein ganzes Stück weit hinausgehen, um ins Tiefe zu gelangen. Sie verdrängte die Erinnerung an Brents Schilderung von der Nacht in der Franzosenbucht und genoss das kühle, glatte, kristallklare Meer.

Torrys Bellen ließ sie zurückschauen. Aufgeregt rannte er am Strand hin und her. Flexer tauchte auf und gestikulierte wild in ihre Richtung.

Sie kraulte los.

Einer nach dem anderen erschienen die Teilnehmer des Retreats und stapelten ihr Gepäck auf dem Sand. Nur Carol Charteris fehlte.

Flexer empfing sie ungeduldig. „Poppy, wo warst du? In einer Stunde ist Flut, dann werdet ihr abgeholt."

„Ich habe total verschlafen, aber ich packe mein Zeug zusammen und bin gleich wieder da."

„Beeil dich, das Boot kann nicht warten."

Sie lief zum Haus zurück.

Als sie mit gepacktem Rucksack die Halle durchquerte, die Streitaxt in der Hand, blieb sie ein letztes Mal vor den Kunstwerken stehen.

Bei ihrem Anblick kamen Poppy die Ereignisse der letzten Tage seltsam abstrakt vor.

Wie würde es sein, wenn man sie in London in der Galerie aufbaute?

Sie war gespannt, ob sich die Energie von Arwen Island gegen die Oberflächlichkeit der Metropole würde behaupten können.

„Poppy?"

Sie drehte sich um. Carol stand in einem weißen Sommerkleid am Durchgang zu den Apartments.

Sie sieht aus wie eine Braut. – „Carol! Ich muss los." Sie stutzte. „Kommst du nicht mit?"

Die Journalistin grinste verlegen. „Ich bleibe mit Niall hier. Ich wollte ihn nicht alleinlassen. Und wenn die Polizei heute Nacht ihre Aktion durchführt – vielleicht springt doch noch eine spannende Story dabei heraus."

Sie kam auf Poppy zu und umarmte sie. „Wir sehen uns hoffentlich bald wieder."

„Bestimmt! Passt auf euch auf." Poppy zwinkerte ihr zu und lief mit Torry zum Strand zurück.

46

Sechs Stunden später schloss Barney seine Frau in die Arme, Torry sprang an dem großen Mann hoch und kläffte ausgelassen.

Der Chauffeur des gelben Bentleys ging um den Wagen herum und öffnete den Kofferraum.

Flexer hatte seinen Wagen eigens nach Mousehole beordert, damit er Poppy nicht nur nach London, sondern bis vor die Haustür in der Marylebone High Street brachte.

Sie ließ sich das gern gefallen und hatte sich zusammen mit Torry auf der bequemen Rückbank breitgemacht.

Nach einem intensiven Kuss hielt Barney sie ein Stück von sich weg und betrachtete sie eingehend.

Plötzlich ließ er sie los, und Poppy hätte sich beinahe aufs Pflaster gesetzt.

Entgeistert beobachtete Barney den Chauffeur, wie der mit indignierter Miene eine gewaltige Streitaxt neben Poppys Rucksack platzierte.

Passanten blieben stehen und bestaunten erst die gelbe Luxuskarosse und dann die mittelalterliche Waffe.

Lachend packte Poppy sie am Griff, schwang sie über die Schulter und winkte dem Chauffeur zum Abschied zu.

Kopfschüttelnd kümmerte sich Barney um den Rucksack und bugsierte Poppy durch die Tür von „Bromley Books and Arts" und dann in die kleine Küche.

Sie stellte die Axt in die Ecke. „Das ist mein Glücksbringer." Sie versuchte, cool zu klingen, prustete aber los, plumpste auf die Bank und lachte – sie konnte nicht mehr aufhören.

Barney ließ sie in Ruhe, machte Tee und stellte eine Etagere mit Lachs- und Gurkensandwiches und ihren Lieblings-Macarons auf den Tisch.

Poppy strahlte. „My love! Du warst bei Alex & Garry? Ich danke dir!"

„Die Sandwiches sind von mir. Aber komm erst mal an. Lass dich anschauen – du bist braun geworden! Nur die Ringe unter den Augen ..."

„Da klebt ein bisschen Kellerstaub in den Poren, obwohl ich heute Morgen noch im Meer war."

„Dein Haar duftet nach Sonne und Salz", flüsterte Barney heiser.

Poppy griff nach seiner Hand und küsste die Innenfläche. „Und du riechst nach Floris No. 89 und alten Büchern, Darling, so wie ich es liebe. Weißt du was: Weil ich keine Ahnung habe, wohin mit meiner Leidenschaft, würde ich es vorziehen, den High Tea unbekleidet in unseren Gemächern einzunehmen."

Wortlos griff er nach der Etagere und folgte ihr die Treppe hinauf in die Wohnung.

Am Morgen weckte Barney seine Frau mit frisch aufgebrühtem Jamaika-Kaffee, Croissants – und einer Neuigkeit.

„Ich war gerade mit Torry draußen und habe es in der Zeitung gelesen. – Komm ins Wohnzimmer, aber verschluck dich nicht."

Sein Tonfall veranlasste Poppy, das Croissant auf halbem Weg zum Mund abzustoppen.

Sie schwang sich aus dem Bett und streifte sich Barneys zerknittertes weißes Hemd über, das sie ihm am Abend zuvor ausgezogen hatte; bei der lustvollen Erinnerung musste sie lächeln.

An der Schwelle zum Wohnzimmer blieb sie stehen.

„Du siehst fern? Um diese Zeit?"

„Es heißt doch Frühstücksfernsehen, nicht wahr? ... Es kommt in den Nachrichten, auf allen Kanälen!"

Poppy setzte sich auf Barneys Schoß, gähnte – und ließ den Mund offen stehen.

„... an der idyllischen Küste Cornwalls ist der Polizei letzte Nacht ein spektakulärer Coup gegen das internationale organisierte Verbrechen gelungen. Auf einer Privatinsel sowie in Mousehole und in Penzance wurden insgesamt zehn Personen verschiedener Nationalitäten festgenommen. Neben Kokain und Heroin im Schwarzmarktwert von mehreren Millionen Pfund wurde ein Schnellboot sichergestellt. Aus ermittlungstaktischen Gründen ..."

Poppy hörte nicht hin. Sie blickte durch den Nachrichtensprecher hindurch auf das bildschirmfüllende Foto hinter ihm. Es zeigte die Silhouette von Arwen Island zwischen dem tiefblauen Meer und der smaragdgrünen Küste.

Das ist meine Gegend!

Der Gedanke war sehr stark, trotzdem hütete sie sich, ihn auszusprechen, um Barney nicht zu verärgern, kaum, dass sie wieder bei ihm war.

Er schien es zu spüren. „Poppy, Cornwall schreit buchstäblich nach dir", seufzte er. „Inspektor Edwards aus Falmouth hat mehrmals angerufen. Beim dritten Mal habe ich ihn gefragt, worum es geht, doch das wollte er nur dir sagen. Allerdings schwor er mir, dass es nicht um Mord oder andere Kapitalverbrechen ginge!"

Poppy schlang ihre Arme um ihn. „Eine interessante Reportage. Nur meinen Namen haben sie nicht erwähnt."

„Stört dich das?"

„Ganz und gar nicht", antwortete sie sofort. „Bei der Geschichte mit Wythcombe Manor war das anders, und es hängt mir bis heute nach." Sie küsste ihn. „Mach den Fernseher aus, Darling. Cornwall ist herrlich. Aber im Moment will ich nur in mein Bett zurück, und zwar mit dir!"